跨度小说文库

Kuadu Fiction Series

跨度小说文库
Kuadu Fiction Series

暗道

刘连书 ◎著

ANDAO

中国文史出版社

目　　录

引　子

田有怎么也想不到，矿山下马没两年，破嘴山金矿生活区竟被毁坏成这般模样：梯次建造在半山坡上的一排排平房宿舍，所有屋顶大敞四开，柁木檩架不知去向，屋门和窗户没了踪影，墙体被拆成残垣断壁，就连当年他拴在门前晾晒衣物的那根粗铅丝也被剪走了，只留下两个起斜拉作用的水泥柱子埋在土里。

不过，这倒也好，彻底省了田有的心思。原本，他是想找矿上留守人员打探一下，看能不能拆些旧砖，哪怕多少作点儿价，也比买新砖要便宜得多。谁承想，留守人员已经撤离，职工宿舍破败成这个样子。那么拆旧砖的事就不用跟什么人商量，也不用花费一分钱了。田有心里盘算，等收完秋，叫上两个儿子来这里拆旧砖，再雇辆车运回家，顶多用七八天，就够盖房所需的了。

预计明年开春盖的房子，是给大儿子准备的。大儿子又聋又哑，光棍一条。在田有他们金牛坨村，村民们把光棍分为三六九等。年岁大的，叫老光棍；年纪轻的，叫小光棍；从未碰过女人身子的，叫生光棍；死了女人或离了婚的，叫二茬子光棍。哑巴儿子就属于生光棍，三十多岁了，还从未碰过任何女人。

破嘴山最早叫馒头山。从唐代开始，历朝历代官府都派人在这里淘金。后来由于过度开采，山顶发生严重塌陷，“馒头”被削去了一半，馒头山改叫破嘴山。国营破嘴山金矿是大炼钢铁那年开办的。田有原是破嘴山金矿的农民合同工。有一天，他偶然在一条早已废弃的巷道里，发现一条只有筷子般粗细的金矿脉，便报告上去。后来，沿着这条金矿脉只掘进了十几米，金矿脉就突然“放槽”了，竟挖到一块千载难逢的“金锅盖”。形状和大小如同农家大柴锅锅盖的“金锅盖”，薄厚不均，厚的地方两三厘米，薄的地方四五毫米，重有一百多公斤，纯度高达百分之九十，这在中外采金史上都极为罕见，至今“金锅盖”仍在中国黄金博物馆里展出。作为奖励，田有从合同工转为正式工，户口也由农业户变为非农户，并从采掘班组调到探矿班组，干起了号称具有火眼金睛本事的探矿工。

老子吃上商品粮，拿上国家赏，媒婆三天两头上门来。很快，二儿子定了亲，大儿子却没哪个女人看得上。直到前两年金矿下马，田有退休回家，哑巴儿子的婚事还是迟迟没有着落。这是田有挥之不去的一块心病。不久前，媒婆上门，给介绍了邻村的一个中年寡妇，说人家不嫌弃大儿子残疾，只图找个好人家。这简直是天上掉馅饼的美事！乐得田有夫妇对媒婆好吃好喝好招待。席间，媒婆透露，寡妇先前的男人，钻到废巷道里找尾矿，走失在里面了，始终活不见人，死不见尸。田有听了，心里咯噔一下，表情顿时僵住，最终回绝了媒婆让寡妇上门认亲的提议，并委婉地推掉了这桩好不容易盼来的婚事。这是为啥？

七七事变的第二年，侵华日军在紧邻破嘴山的金牛坨山开办了金矿，强迫几百名中国劳工日夜开采金矿石，把炼出的一批又一批金砖，武装押运到天津塘沽，然后再装上轮船运回日本。一九四五年八月八日，苏联向日本宣战。苏联红军的哈萨克骑兵和坦克集群以迅雷不及掩耳之势攻打到长城脚下。见大势已去，驻矿的日本鬼子仓皇逃离，还随车运走八百块金砖。但中途被游击队打了伏击，鬼子倒是死伤不少，金砖却一无所获。这让人大惑不解，众说纷纭。一说，日本鬼子金蝉脱壳，从另外一条小路用骡马运走了金砖。另一说，日本鬼子根本就没有起运金砖，依然藏匿在废巷道隐秘的金库里。至今，各种猜测仍不断演绎，从未间断，特别是那八百块金砖的传说，更是甚嚣尘上，越传越神，成为一个不解的暗道之谜，无时无刻不在勾引着人们的心绪。

经千百年来断断续续的挖掘，整座破嘴山基本上被掏空。后来，日本鬼子开的金牛坨金矿与破嘴山凿通了，两个金矿的巷道相互串通，纵横交错，形同一张硕大无比的蜘蛛网。即便是熟悉这里地形的人，走在黑咕隆咚似乎永远没有尽头的暗道里，也很容易迷路。而一旦迷了路，若再失去照明，接下来就是急死渴死饿死累死，总之必死无疑。

十年前，田有父亲走进废巷道里，再也没有出来。对父亲的失踪，村里人的传言很有贬损意味，说老头太财迷，钻进大山肚子里寻找日本鬼子藏的八百块金砖，由于迷路而丧了命。媒婆介绍的这个寡妇的前夫与田有父亲一样，进入吃人不吐骨头的废巷道里，同样是活不见人，死不见尸。这对田有来说，是多么硌硬和忌讳啊！所以，田有不惜推掉哑巴儿子和寡妇的这门婚事。

田有走进没有门和门框的门口，来到他昔日住的宿舍里，发现白色的北墙上有用黑色墨水书写的一副对联，虽然字体歪歪扭扭像蜘蛛爬似的，但却是那种很需要文化底蕴的叠字联。上联：新郎压新娘新娘压床床压地地动山摇；下联：老头顶老婆老婆顶炕炕顶墙墙倒屋塌；横批：地覆天翻。田有骂了一声，妈的，哪个坏小子编的，还挺招笑儿。

话音未落，从没有窗户和窗户框的豁口处忽地冒出一个人，准确地说是露出上半截身子，吓得田有一激灵。待定睛看了，那人三十多岁，胡子拉碴，头发很长。不等田有说话，那人先开口了，对不起大叔，吓着您了吧？语气虽沙哑，但是很客气。田有问，你在这里干啥？那人说，实在憋不住了，拉了一泡屎。尾音带出东北大楂子味儿。田有不再说啥，转身离去，心里泛起一股莫名其妙的不安。这种不安不是没有道理。就是这个说话带有东北大楂子味儿的男人，后来险些要了他和二儿子的两条性命。

这是后话。

第一章　草驴一泡尿冲出来一块金子

一

听见一阵叫声隐约传来，二丫头立刻抬起脑袋寻看，竖起耳朵聆听，但它辨别不清那性的诱惑和呼唤到底是从金牛坨山梁那边还是从淘金谷下边传来的。二丫头有些气馁，打了一个响鼻，刚想低下头吃草，又一阵“儿啊儿啊”的叫声再次隐隐约约传来。这次，二丫头把眼睛和耳朵准确地定位在山梁那边，嘴巴发出吧嗒吧嗒的声响，嘴角溢出一股浓稠的白沫子，因发情而变得肥厚丰满的两扇生命通道之门，也越发显得红润润湿漉漉的了。随后，二丫头高高地扬起脖子，张大嘴巴，向着山梁那边扯开大嗓门“儿啊儿啊”地回应好长一阵。

瞎叫唤啥呀？再忍一忍，等明儿我就拉着你去配种。坐在山坡上的大洋驴冲着二丫头狠狠地骂了一句。

二丫头似乎不满，翘起尾巴，从臀部的沟壑里排泄出一股黄黄的液体，哗啦啦，哗啦啦，没完没了，无休无止，在地上形成一道涓涓的细流。入秋的山风开始硬了，把草驴尿浓浓的臊气一点儿不糟蹋地吹到大洋驴脸上，呛得他一连打了两个响亮的喷嚏，眼泪都流出来了。大洋驴边骂边捡起一块山石，砸在二丫头滚圆的屁股上。二丫头哩哩啦啦止住尿，夹紧尾巴离开了。

所谓草驴，就是母驴，而公驴称作叫驴。大洋驴一共养了五头草驴，他所要做的，除了每天放牧以外，就是给驴从配种到怀孕，从下驴到养大，从育肥到屠宰，直到把新鲜的驴肉卖到县城二街张记驴肉火烧铺。大洋驴把饲养的五头草驴，按照驴龄排序，管它们从大丫头一直叫到五丫头。村里人跟大洋驴打哈哈，你都有五个丫头了，老婆要是再给你生个驴驹子，非得按严重超生处理，罚你个倾家荡产不可。他知道，这是人们嘲笑他没个一儿半女。所以每当听到这话，大洋驴就气不打一处来，回到家也不管白天还是晚上，按倒老婆就猛干一通。可惜，白费驴劲，结婚五六年，老婆光开谎花不结果，别说是驴驹子，就连驴粪蛋子也没拉出来一个。这是大洋驴最大的一块心病。

大洋驴这个外号，起先不属于大洋驴，而是他父亲的。父亲杨满原本在北京城里一家市政公司做合同工，下到污水井里干活，被沼气熏死了。老子不在了，人们便把大洋驴这个外号原封不动地转送给儿子。大洋驴继承了父亲的外号，也继承了父亲的相貌和禀性：人高马大，脸形特长，头发又粗又硬，像是驴尾鬃，还有股子暴躁的驴脾气，动不动就冲人尥蹶子。

阳光从茂密的栗子树叶间透过来，照在二丫头撒尿的山坡上，竟引出一道金光，直刺大洋驴眼睛。大洋驴以为是一摊汪汪水儿的驴尿反射的光，可马上又觉得不对，驴尿反射的光不可能这么刺眼。大洋驴起身过去，凑近驴尿，一股浓浓的臊气直扑鼻孔。但他顾不得这些。他看见地上有一块金光闪闪的石头，大小、形状和颜色都酷似一个窝头。这显然是二丫头刚才撒的一泡尿，冲洗掉了蒙在上面的封尘，使其露出本来面目。大洋驴捡起湿漉漉的“窝头”，在衣襟上擦擦，凑在眼前仔细看，既惊喜又疑惑，这难道是一块金矿石不成？

大洋驴将“窝头”揣进衣兜，赶紧连骂带吆喝地轰着五个丫头向山下走去。他想找懂行的人看看，这“窝头”若真是一块含金量很高的金矿石，二丫头这一泡尿，可就真他妈的值大钱了！

没走多远，狭路相逢。大洋驴看见老丈人田有从山路走来，赶紧凑上前说，爸，真巧了，我正想找您去呢！田有不爱搭理这位动不动就冲女儿凤兰尥蹶子的姑爷，脸上显出几分不快，眼睛盯着地面说，你找我有啥事？大洋驴从衣兜里掏出那块“窝头”，递给田有，说您帮我好好看看，这是不是一块金矿石呀？

田有接过石头，掂了掂，压手沉，再看那石头上，白马牙，黑铁碴，还挂有一块块绿锈，心里已经明白八九分。田有举起石头，侧对阳光看了看，石英石的马蜂窝里藏着一个个如小米粒大的“明金儿”，闪着金光，很是耀眼。不用说，这是一块含金量极高的金矿石。

田有问，你在哪儿偷的？大洋驴顿时拉长了驴脸，瞧您说的，我在您眼里，就那么没出息？田有哼了一声，算是回答。大洋驴指着金牛坨大山说，我在山坡放驴时捡的。田有似乎没听清，又追问一句，你在哪儿捡的？大洋驴重复一遍，在金牛坨北山坡上，哎呀，您就快告诉我吧，这到底是不是一块金矿石？田有将石头塞给大洋驴，并没有确切回答是不是一块金矿石，而是让他去找金盏沟村的丑子，说丑子眼力也不差，也懂得怎么炼金子。大洋驴一时没闹明白，说您的意思是……田有这才明说，炼出的金子，起码够打两三个金戒指。大洋驴听了，眼睛睁得大大的，似乎不敢相信自己的耳朵，结结巴巴地问，真……真的吗？真够打两三个金戒指？您不会蒙我吧？田有阴着脸说，想让我蒙你，没那闲工夫！说完，田有就要走。大洋驴拉住老丈人，将金矿石再次塞到田有手里说，爸，您是行家，您就辛苦辛苦，帮我把这金矿石炼成金子、打成金戒指吧，完了事，我一定拿两瓶好酒去谢您。田有说，难道你就不怕我占了你的便宜？大洋驴脸上的笑容立刻僵住，重新拿回金矿石，说那……那我还是去找丑子吧。

大洋驴抑制不住内心的激动，驴似的叫了一声，尥着蹶子跑走了。田有冲着大洋驴远去的背影，低声骂了一句，狗东西，还真有傻福气。

对大洋驴在金牛坨北坡捡到一块含金量极高的金矿石，田有并不觉得有多意外。金矿脉沿着岩石缝隙走，金牛坨北坡肯定伸出一些露头矿，天长日久，风化侵蚀，裸露的金矿石被雨水冲下来，滚到山坡上，也就不足为奇。田有曾在破嘴山金矿干了二十多年，自然懂得这个道理。

如今，国家放宽政策，有水快流，允许个体淘金了，干脆组织一拨人凿掌子淘金吧，反正采矿、叫金儿、拉溜、冶炼的技术他样样懂行……这一念头在田有心里冒了出来，他自己都吓了一跳。要知道，淘金可不是好玩儿的，吃的是阳间饭，干的是阴间活，人的小命拴在裤腰带上，随时随地都有可能发生危险，轻者缺胳膊少腿儿，重者这辈子就交待了，甚至连尸骨都找不到。说穿了，淘金就是赌，是人跟大山的一场赌博，最诱惑人，最折磨人，也最戏弄人。有人早上没饭吃，晌午有马骑，一夜暴富，肥得流油。也有人耗尽了所有的金钱和精气，倾家荡产，血本无归。十年前，田有父亲田万山迷失在金矿的废巷道里。田有带着十几个人举着火把、打着手电，钻进层层叠叠、七上八下、曲里拐弯如蜘蛛网般的废巷道里，一连找了半个月，始终也不见父亲的踪影。这对田有来说，是个永远也解不开的心结。

田有按下心中刚刚冒出的淘金念头，来到金牛坨北坡半山腰，从随身携带的帆布兜子里掏出一个塑料袋，里面装着四五个裹有羊肠子的药丸。田有把这些药丸分别放在路旁的草丛里、树棵子下。若是往日，田有放好药丸就可以颠颠儿地下山回家了，只等到明天一早儿来捡被药死的獾子。但今天田有没有立刻回家，而是来到路旁不远处的山坡上，隐蔽在一棵歪脖子树后面，他想闹个明白，到底是谁坏了他的好事。昨天傍晚，田有把同样裹有羊肠子的药丸放在山腰的小路旁，今天早晨他发现，所有蜡制药丸都被拍碎了，藏在蜡丸里的氰化钠暴露在外。獾子即便再傻，闻到氰化钠的气味，自然也就不会上当。这是谁跟他成心作对？田有在放药丸的地方，仔仔细细查看一番，没有发现任何痕迹，甚至连一个脚印也没留下。其实，田有捕捉獾子，既不是因为嘴馋，也不是因为有打猎的嗜好，只是一种无奈之举。他家种在淘金谷山坡地里的玉米，被獾子糟蹋得一塌糊涂，惨不忍睹，他捕捉獾子是为了从獾子嘴里夺粮。当然，既保护了庄稼又能有獾肉吃，也算是一举两得。何况，那獾油可是好东西，用獾油烙出的饼外焦里嫩，还是治疗烫伤的良药。

误食了氰化钠的獾子，人还能吃吗，会不会中毒？前些天，田有到破嘴山去看望原来的工友，就曾这么问。已经干上个体淘金的工友说，氰化钠杀伤的是脑神经，只要割掉脑袋，吃肉绝对安全。工友当即给了田有一些用来融化金水的氰化钠，还传授了制作药丸的方法：先把蜡放在盆里用火化开，拿胡萝卜插进融化的蜡水里，蘸一下，拎出来，胡萝卜尖上粘了一层蜡，褪下便是个蜡丸；然后在锅里放一张窗户纸，将氰化钠平摊在纸上，用文火煲干，装进蜡丸里，密封好，擦干净，在蜡丸外面裹上作为诱饵的羊肉或羊肠子，药丸就算做好了。獾子一旦咬碎药丸，氰化钠就像烟幕弹似的在嘴里爆开，用不了几秒钟就倒地身亡。田有回到家如法炮制，上山一试，果然灵验，几乎百发百中。连续数天，田有家都飘出阵阵的獾子肉香。

躲在歪脖子树后面约有半个时辰，田有看见从山腰上颠颠儿地走来一只柴狗般大小的动物。待凝神细看，尖尖的下巴，窄窄的瘦脸，银灰色的皮毛，拖着一条长尾巴，原来是一只狐狸。这狐狸先是蹿上一个石坎，东张张，西望望，没发现什么人，然后才回到小路旁，扬起前腿，挺直腰身，把全身的重量都集中在前爪子上，猛地砸下来，拍碎了裹着羊肠子的药丸，藏在蜡丸里的氰化钠露了出来，呛得它打了一个喷嚏。那喷嚏的声音又尖又细，尾音还拐了一个小小的弯儿，仿佛是个女子发出的。

狐狸居然还会打喷嚏？田有心里说，今天算是开了眼。

接下来，狐狸照方抓药，把田有放在草丛里、树棵子下的药丸，一个个全都拍碎了，又掉过头来，用那长长的尾巴当扫帚，稀里哗啦一通乱扫，抹平所有痕迹之后，一蹦一跳地隐入荆条丛中。

哈哈，好你个狐狸精，原来是你在捣蛋！我还以为是什么人跟我作对呢。田有不仅没生气，反倒轻蔑地笑了笑。他打定主意，要跟这只会打喷嚏的狐狸好好玩一玩儿。很快，一个猎狐的计谋在田有心里孕育成熟了。

田有从歪脖子树后面闪出身，走了没几步，骨碌一滑，摔个马趴，幸亏是双手先着地，不然非得和山坡亲个嘴不可。田有骂了一句，爬起来，拍拍膝盖上的土，搓搓火辣辣的手，回头瞟了一眼使他滑倒的那块石头。这一眼，决定了田有今后的命运。那块石头呈黄褐色，有核桃般大小，表面凹凸不平，铁锈深浅不一。田有心里咯噔一下，多年的淘金经验告诉他，这无疑又是一块金矿石。田有捡起这块石头，呸呸啐了两口唾沫，抹掉岁月蒙上的泥土，石头露出本来面目：白马牙，黑铁碴，黄蜂窝，还挂有一块块米粒大的绿。虽然没有大洋驴给他看的那块矿石含金量高，但田有可以断言，这样的矿石，一吨起码能出产三四十克金子。而每吨矿石含三四克金子，就有开采价值，就不至于赔钱。

田有沿着山坡向上寻去，走没多远，就找到一处半裸在地表的岩石。岩石下半部有一条只有韭菜叶宽的岩缝，岩缝里紧紧夹着的是那种带有铁锈的石英。石英与金银铜铁锡铅是伴生矿，没有石英就不会含金子。在外行人看来，这与千百条岩缝夹层没什么两样，但干过探矿工多年的田有一准儿认定，它就是从大山肚子里伸延出来的露头矿！

难道这是天意？淘金的念头又在田有心里潮水般地涌起。

二

打喷嚏如女人声音的那只狐狸，看见两个拿着家伙的男人张牙舞爪地远远跑来，使劲挣扎几下试图逃脱，但无济于事，钉在地上的铁夹子牢牢钳住了它的一条前腿。

昨天，田有回到家，拿上药丸和铁夹子，返回淘金谷。狼走山脊，狐走山腰。田有便把铁夹子掩埋在山腰小路旁，上面放了一个裹有羊肠子的药丸。狐狸果然又来了，拍碎一个药丸，又拍碎一个药丸，当拍第三个药丸时，铁夹子砰的一声弹起来，紧紧夹住它的左前腿，只得束手就擒。

田广和跑到狐狸跟前，二话不说，举起铁锨照着它的脑袋就要拍。哎，等等！田有一把拦住二儿子，说让它再多活一会儿，反正也跑不了，等干完正事，回来再收拾它也不迟。

田有要干的正事，是想探一探他发现的露头矿。

田广和说，爸，刚出家门您就说，今儿八成能逮着狐狸，想不到就真逮到了。田有笑着说，这就叫再狡猾的狐狸也斗不过好猎手。田广和说，这狐狸个头儿不小，回头让我妈做俩皮帽子，您一顶，我一顶。田有咂咂嘴，遗憾地说，要是再过些日子就好了，到了小雪节气，狐狸会长出茸茸的毛，那时的皮子，又轻又软又暖和。田广和说，那咱们就把它拴在家里养起来，等到小雪再宰了它。田有说，这你就不懂了，狐狸气性大，养不了几天就会气死。田广和说，那就活该它命短，我从没吃过狐狸肉，今儿回家正好尝尝它是啥滋味。田有说，还不如獾子肉好吃呢，跟猫肉差不多，酸了吧唧的。

父子俩一边议论狐狸皮暖不暖和、狐狸肉好不好吃，一边向不远处的露头矿走去。田广和回头看了一眼，发现那只狐狸竟一瘸一拐地向山坡上跑去。爸，狐狸跑了！田广和大喊一声，拎着铁锨追过去。

明明有大铁夹子夹得牢牢的，狐狸怎么跑了呢？田有来到放置铁夹子的地点，只见有一截半尺长的狐狸腿依旧夹在铁夹子上。原来，这狐狸为了活命，不惜咬断自己前腿。田有心说，想不到这东西真够狠的。

失去半条前腿的狐狸毕竟跑不快，眼看田广和就要追上它了，那狐狸却忽然翘起长尾巴，砰砰砰……机关枪似的放了一串屁，奇臭无比，熏得田广和脑袋一阵阵发晕，简直要窒息，恶心得差点儿吐出来，再也没有力气和心思去追赶猎物。田广和捂着鼻子皱着脸回来了，向父亲一学说，田有忍不住笑出声。他告诉儿子，人们都知道猫有九条命，却很少有人了解狐狸有二十五个救命的屁，前二十四个臭得出奇，最后一个是空响儿。田有说，跑就跑了吧，看它以后还敢不敢替傻獾子管闲事。

田有本来只想探一探金矿脉的走向，可谁知，刚刚用尖镐刨了几下，露头矿外面包裹着的一层岩石便哗啦啦塌下来，金矿脉竟然“放槽”了，露出一个鸡窝大小的砂窝子。按淘金人的说法，这叫“鸡窝槽”。

田有从帆布兜子里拿出锤子、铝盆、瓷碗和水壶，吩咐儿子广和搬来一块有平面的石头，把撬下的一块金矿石放在上面，一手拢着，一手用锤子将金矿石砸成粉末儿，然后把粉末儿收进碗里，又往碗和铝盆中倒一些水。等水慢慢浸透粉末儿，便将碗贴近铝盆的水面，让水流进去，再流出来，像淘米似的开始“叫金儿”。粉末儿随之漂走，矿物质留存下来，碗底只剩下一些黑色的“底留”。田有知道，这“底留”里往往含金，便用锤子头对那“底留”研了又研。待水在碗里又几经流进流出后，他把碗往另一只手掌上用力一磕，灵巧地一抖手腕，“底留”拉成了长条，十几个黄黄的微小颗粒显现出来，闪着金灿灿的光。

田有把碗送到儿子广和面前说，瞧见了吧，这些针尖儿似的东西就是金子。田广和惊诧地接过叫金儿碗，仔细看了看，说，啊，真的吗？田有说，要是假的，你爸我在破嘴山金矿白干那么些年了。田广和说，哦，我明白了，爸您是不是想干淘金呀？田有反问，你说呢？田广和说，好啊，干淘金当然好！要真能淘到金子，比伺候咱家那几亩山地，收入肯定多多了。

其实，田广和媳妇史翠珍早就不止一次地撺掇，让田广和劝说父亲带着他们哥儿俩干个体淘金。可田广和知道淘金太悬，真要出啥娄子，他准得落埋怨，吃不了兜着走，所以一直不敢跟父亲提这事。既然父亲自己想干淘金，说明他把所有问题都考虑好了。要知道，父亲是个非常有心计的人，不把事情翻来覆去想周全，绝不轻易发表意见。

爸，只要您一声令下，我和哑巴哥就跟着您甩开膀子大干一场，不信咱家发不了财！田广和说这话时显得信誓旦旦。田有叮嘱道，这事我还没跟你妈商量，所以不能算最后定。田广和说，我妈肯定会同意的。田有说，那你也先别跟家里人说，更不能透露给外人。田广和保证，您放心吧，我谁也不告诉。田有说，等我跟你妈商量好了，到县里办妥了采矿手续，咱们就干。好了，你去砍一抱树枝来，盖上这砂窝子。田广和答应一声，从帆布兜子里拿出一把砍刀离去。

田有铲起一锹锹山土和石块，填埋着“鸡窝槽”。忽然，田有凭着某种气息的传递，预感危险从他头上方袭来，觉得有个活物在注视着他。田有稳住神，抬头看去。果然，在山岗的长城敌楼楼座上，站着一个小伙子，手搭凉棚正向田有这边张望，太阳的光芒从他两条腿中间闪烁着透了过来，形成一条五彩缤纷的光带。田有心头不禁一紧。

建在山岗上的长城敌楼已经没有城楼了，只剩下用过了錾子的石条筑起的楼座。小伙子下了敌楼楼座，沿着小路向田有走来。

田有攥紧了手里的铁锨把。

小伙子走近了，浓眉大眼，皮肤白皙，留着分头，一身书生气。他客气地向田有询问，大叔，劳您驾，跟您打听个道儿。田有说，你要去哪儿？小伙子问，您知道金盏沟村怎么走吗？田有一手攥着铁锨把，一手指着山下说，哦，不远了，沿着那条山路往沟里走一二里地，就是金盏沟。小伙子点点头说，好的，谢谢您。田有试探地问，你这是走亲戚？小伙子含糊地应了一声，又对田有道声谢谢，然后向山下走去。田有松开攥铁锨把的手，发觉手心微微出汗了，自言自语地说，妈的，我还以为碰见孬人了……可他眼睛里为啥藏着那么多的怨恨？田有刚放下悬着的心，不免又犯起疑惑。

田广和抱着一大捆树枝子走回来，问道，爸，刚才跟您说话的那小伙子是谁呀？田有回答，不认识，打听道儿的。田广和有些担心，这么说，他看见咱们挖的金窝子了？田有说，看见了也没关系，听他口音不像是本地人。父子二人用树枝子盖严“鸡窝槽”，瞧瞧不见有什么破绽，这才收拾起家什离开了。

父子俩一前一后走在回家的山路上。忽然，听见一阵女人的哭声传来，悲切而绝望，但却寻不到哭的人影。待他们绕过山弯，只见一个三十多岁的女人坐在路旁，一边烧纸，一边哭泣。冥纸燃烧产生的青烟，拧成一股烟柱，打着旋儿地升入云天。父子二人表情严肃地从女人身边走过，谁也不好意思去打扰她。走了一段路，田有忽然站住，不行，我得回去问问。田广和说，那就快去快回，我在这儿等您。田有说，不用等我，你先回家吧。

烧纸的女人看到刚刚走过去的那个老头又折回来，哭声收敛了一些。田有轻手轻脚地走近女人，弯下身子小心翼翼地问，大侄女，能告诉我，你是哪个村的吗？女人抹了一把脸上的泪水，哽咽着说，水峪子的。田有又问，你这是给谁烧纸啊？女人抽泣了几声说，给……给孩子他爸，今天是他三十四岁生日。田有不明白，问，生日怎么要烧纸呀？女人说，半年多以前走丢了。田有心想，一个大男人怎么会走丢呢？便又问，丢哪儿了？女人说，丢在山窟窿里了。田有说，他进山窟窿里干啥呀？女人说，到废巷道里找尾矿，起初，每天都能背回家一袋子金矿砂，可后来……后来进去了，就再也没出来，活不见人，死不见尸。田有的头皮有些发紧，眼前这位莫不是不久前媒婆介绍的那个寡妇？

田广和并没有回家，看见父亲返回来，关切地问，爸，那个女人哭啥呢？田有无心回答，自顾往前走。田广和跟在父亲屁股后面追问，那女的到底为啥哭呀？田有叹了一口气，道出实情。田广和惊讶地说，这……这不跟我爷爷似的吗？田有说，是呀。父子俩不再说话，默默地走着，心情都很沉重。

田宝赶着一只母羊和两只羊羔走在山路上，看见田有父子俩迎面而来，便侧过身去，面向山坡，低下脑袋，只留给田有父子一个干瘦而佝偻的后背。田广和打着招呼，大爷，您放羊去呀？田宝似乎没听见，一声不吭，一动不动。田有拉了儿子一把，示意赶紧走。别说管田宝叫大爷，就是管他叫天皇老子叫太上老君，他也不会搭理的。

田有比田宝小两岁，哥儿俩还没出五服，他们的爷爷是叔伯兄弟。田宝原本生性活泼，特爱唱京戏，且男扮女装，角儿是刀马旦，嗓子亮，功夫好，曾是公社业余宣传队的台柱子。寒冬腊月，农村人家里一般都不生炉子，不是耐冻，是生不起。那年大年初一，女儿带着女婿回娘家看望父母。女婿头一次来拜年，怎么也不能慢待，就生了土炉子，却没安烟囱。结果，一家人全部中了煤气，老婆、儿子、女儿、女婿都给熏死了，只有田宝一个人被抢救过来。从那以后，田宝就封口闭嘴了，跟谁也不说话，几乎每天夜晚都在外面游荡，跟个幽灵似的，手里拿着一个陶质的五眼埙，边走边呜呜地吹，不成曲也不成调儿。只要听见夜空里飘忽不定的埙声，金牛坨村的大人小孩就都觉得瘆得慌。

走到山脚下，田有的鞋带开了。对一个近六十岁的人来说，猫腰系鞋带是个费劲的事。田有就把脚搭在路边一块磨盘大的石头上，不等系好鞋带，发现石头上面刻着一个带把儿的葫芦，葫芦中间有一横一竖两条虚线，形成一个“田字葫芦”。田有好不纳闷儿，是谁刻在这里的？又代表什么意思？忽然，田有脑子里闪出一个烫画葫芦，那是父亲生前留下的，作为唯一的念想儿，田有把烫画葫芦一直挂在西厢房农具间里。莫非那烫画葫芦与这田字葫芦有什么关联？

田有回到家，看见孙子热闹儿正在院子里将烫画葫芦当皮球踢着玩，便赶紧抢过来说，这可不是踢着玩儿的。热闹儿说，不，我要踢，我就要踢！田有说，好孙子听话，赶明儿爷爷给你买个真皮球玩儿。说完，田有抱着烫画葫芦急匆匆出了院门。在东厢房炕上做被子的田广和媳妇史翠珍，隔着玻璃窗看到这一情景，用针指着说，嘁，啥好东西呀，还这么舍不得，真是抠门儿！

田广和在村口小卖部买了包烟，耽误了一会儿，当来到家门口，看见父亲三步并作两步从院门里走出来，就问，爸，您抱着葫芦干啥去？田有说，你甭管了，我去去就来。不等儿子再说什么，田有连跑带颠儿地走了。凤芹妈追出院门，问儿子广和，你爸刚回来，又急忙忙跑出去干啥呀？田广和摇摇头说，不知道。

田有来到山脚下那块磨盘大的石头上，猫腰撅腚地把手里的烫画葫芦和地上的田字葫芦进行对比，想找出两个葫芦之间的奥秘。但他翻过来调过去地对比了半天，也没比出所以然，不免有些灰心。然而，当他直起酸痛的腰身，看看眼前的金牛坨大山，再看看怀抱的烫画葫芦，竟有惊人的发现：父亲烫刻在葫芦上的山水画，居然是金牛坨大山的缩影，而且几乎一模一样！

山脊孤零零立着一块大石头，烫画葫芦上也刻有一块大石头孤零零立在山脊。山腰有一条横向的弯弯曲曲小路，烫画葫芦上也刻有一条横向的小路弯弯曲曲。山坡长着一棵歪脖子树，田有就是躲在这棵树后发现狐狸拍碎了药丸，烫画葫芦上不仅刻有这棵歪脖子树，而且连龟裂的树皮、凸起的树瘤都描绘得很清楚。田有脚下踩的这块刻有田字葫芦的大石头，在烫画葫芦上自然也有明显体现。但有个问题让田有闹不明白，陡峭的山坡并没有奇形怪状的石头，一块也没有，烫画葫芦上却在不同地点刻了三块形状各异的石头，一块像翻板，一块像马蹄，一块像竹笋。

这是为啥？仅仅为了点缀，还是另有含义？田有不得而知。

回到家，田有把烫画葫芦挂在他和凤芹妈睡觉的两间一明住屋的北墙下，然后坐在炕沿上，点燃一根烟，端详着父亲留下的遗作。那年，田有从矿上回家休假，看见父亲用电烙铁在葫芦上烫画儿，问父亲烫刻这东西干啥。父亲说闲来没事烫着玩儿。父亲也算是半个手艺人，经常给人在陪嫁女儿的红木箱子上作画，画的大都是富贵白头、鸳鸯戏水、丹凤朝阳等风俗画。在葫芦上烫画，兴许是父亲多谋一条喝喜酒的途径，所以田有便没深究。但不久，父亲就迷失在大山的废巷道里了。

凤芹妈看见老伴儿把烫画葫芦挂在了北墙下，问，这是为啥呀？田有敷衍过去，并没有说出实情，叮嘱凤芹妈看好它，以后不能再让热闹儿踢着玩了。凤芹妈知道田有是个孝子，而烫画葫芦又是公爹留下的唯一念想儿，便保证说，放心吧，别说是热闹儿，我谁都不让动。

这天晚上田有做了一个梦，梦见父亲指着烫画葫芦比比画画跟他说什么，但怎么也听不清。一着急，田有醒了。

一阵夜风吹开窗户，把挂在北墙下的烫画葫芦吹得来回来去地摆动。

三

大洋驴盘腿坐在炕桌前，摆出一副大爷似的模样。媳妇田凤兰端着饭菜从堂屋走进来，把蒸的馒头和炖的萝卜条放在丈夫面前。大洋驴拿筷子敲打着炕桌，拉长了驴脸说，我放了半天驴，腿都跑细了，就给我吃这个？你以为喂猪啊？田凤兰说，这还赖呀，不年不节的，能填饱肚子得了呗。大洋驴说，去，给我买肉打酒去！田凤兰说，先凑合一顿吧，明天我再去买。大洋驴把筷子摔得一蹦老高，我让你去你就去，废啥话呀你？田凤兰一伸手，让我去也行，拿钱来。大洋驴变戏法似的从衣兜里掏出厚厚一沓钱，啪地摔在炕桌上。田凤兰很惊讶，你哪儿来这么多钱？大洋驴说，反正不是偷的也不是抢的。说完，大洋驴脸上显出几分得意，实话告诉你吧，前几天我放驴时，二丫头一泡尿冲出一块金矿石，这钱是我用金矿石跟咱村丑子换来的。你知道这叫啥吗？这就叫福大命大造化大！田凤兰不屑地哼了一声。大洋驴骂了一句，妈的，别总瞧不起我！你哪怕给我生出一个没屁眼儿的孩子，也算不是废物点心！田凤兰说，你才是废物点心。大洋驴说，骂你废物点心冤枉你了吗？结婚好几年，你光开谎花不结果，想让我们杨家断子绝孙啊。田凤兰说，活该！生个孩子跟你一样也是个畜生，还不如不生。大洋驴说，嗬，三天不打，上房揭瓦是不是？再敢顶嘴，我抽你王八蛋！田凤兰吓得躲到一边。大洋驴捡起筷子，在馒头上蹭了蹭，撕下馒头皮，甩到媳妇脸上。

好歹吃完饭，田凤兰收拾着碗筷。大洋驴一把拉住媳妇的手，神秘地说，今儿丑子教了我一招儿。田凤兰说，他贼头滑脑的，能教你什么好儿呀？大洋驴说，他让我跟你干事时，在你屁股底下垫个枕头，这样一来，你就能留住精虫儿了。这招儿没准还真行，来，咱这就试试。说着，大洋驴将媳妇按倒在炕上，骑了上去。田凤兰紧紧攥着裤腰带，不让最后一道防线失守，挣扎着说，你再强迫我，我就还去死！大洋驴说，那好啊，你不是跑出去自杀过一次了吗，你趁早死了算了，投河上吊抹脖子，我绝不拦着你，正好我再娶个老婆，接续我们家的香火。话说到这份上，大洋驴已没了兴致，从媳妇身上滚下来。田凤兰说，整天香火香火的，把土地庙搬家里来得了。大洋驴说，乌龟下蛋鱼甩子儿，草留种子树留根，人活一辈子，留不下一个后，我算是白活了。

这时，传来轰的一声闷响，是那种开山炮的声音。

大洋驴愣怔了一下，忽然意识到什么，赶紧穿鞋下地跑出屋。

正如大洋驴猜想的那样，田有在发现露头矿的位置开凿了一个掌子。

成立不久的县黄金公司经理老孟，是原破嘴山金矿的副矿长，与田有一直称兄道弟。有了这层关系，田有在几天内就合理合法地办好了采矿证、镐位证等相关手续，又拿着县黄金公司开具的证明信，到县公安局特行科所属的炸药库，顺利地买回了炸药、雷管和导火索。

今天一清早儿，田有就带着大哑巴和田广和哥儿俩上山了。那个“鸡窝槽”送给爷儿仨一个大大的见面礼，不大工夫，他们就采到四口袋金矿砂，每条口袋重有一百五六十斤。等采空这一窝金矿砂，岩石便如蚌壳似的夹紧了，只留下一指宽的一道岩缝，岩缝里夹着的依然是带有铁锈的石英。燕山山脉东麓这一带金矿的特点是“小而富”。小，指矿藏量不大；富，则指含金量很高。这里的金矿脉可不像京西门头沟的煤层那么厚，不然，金子就真跟煤球一个价了。夹在岩缝里的金矿脉走向不定，但只要沿着金矿脉一直凿掌子追下去，一般迟早要“放槽”。槽有大有小，根据矿藏量多少叫作“王八槽”“鸡窝槽”“半间房槽”。淘金人把金矿脉“放槽”形象地比喻为“倭瓜秧上结倭瓜”。但这“倭瓜秧”到底爬多远才能结出一个倭瓜、结多大的倭瓜，就连老天也说不准。

掌子已经掘进山里四五米深。不等爆破后的硝烟完全散尽，大哑巴和田广和就钻进掌子里清理废石渣。田有在掌子口用碗“叫金儿”，想再次验证一下金矿脉的含金量。正当他把叫金儿碗凑在眼前，数着碗里的“底留”有多少个金色微粒时，忽然，飞来一脚，踢翻了田有手里的叫金儿碗。

田有抬头一看，大洋驴虎视眈眈地站在眼前。

大洋驴阴阳怪气地说，好啊，亲爱的老丈人，敲寡妇门，掘绝户坟，你可真是阴损到家了！田有站起来，不紧不慢地说，你小子想干啥？大洋驴指着田有鼻子尖说，怪不得那天你一个劲儿追问我，金矿石是在哪儿捡的，敢情你是顺藤摸瓜找到了金矿脉，瞒着我跑这儿凿掌子淘金来了。田有说，金矿是国家的，我在哪儿开采，还用向你请示吗？但听得出来，田有这句话明显底气不足。大洋驴吼道，你少废话！没有我在山坡上捡到一块金矿石，你能找到金矿脉吗？你能想到干淘金吗？你今儿说出大天儿来，也别想被窝放屁独吞！田有说，那你想怎么办？大洋驴说，让我入伙儿淘金，你要敢不答应，往后就甭想过好日子，我啥脾气，你是知道的。田有说，正因为知道你那驴脾气，我才坚决不跟你共事。大洋驴说，老丈人，你这叫忘恩负义，知不知道？

大洋驴所说的“忘恩负义”，田有当然明白是啥意思。那年，凤芹妈胃里长了个大瘤子，医生说若不及时把长瘤的那部分胃切除，很可能发生癌变。做手术得需要两万元，可家里哪儿有这么多钱啊。大洋驴主动找上门来，愿意拿出父亲死于非命的赔偿金，帮田家解燃眉之急，条件是把田有大女儿田凤兰嫁给他。凤芹妈躺在县医院病房里等着做手术，多耽误一天就多一分危险。田凤兰当即答应了大洋驴的要求，用换来的两万元钱为母亲做了手术，并在母亲出院不久便与大洋驴结为夫妻。其实，田凤兰并不是凤芹妈的亲生女儿。田凤兰七岁那年，生母到山上砍柴，被一条毒蛇咬伤，中毒身亡。后来，父亲娶了带着哑巴儿子改嫁的后妈，生下妹妹田凤芹。虽说不是亲妈，但凤芹妈对田凤兰和田广和比亲妈还亲。这也许就是田凤兰不惜牺牲自己一生幸福嫁给大洋驴的原因。婚后，不知为啥，田凤兰始终没怀孕。大洋驴用两万元钱娶来一个废物，觉得这笔买卖亏大了，对田凤兰越来越不满，张口就骂，抬手就打。田凤兰每次回娘家看望父母，凤芹妈都发现她身上青一块紫一块的，恨自己把女儿给害了。

这时，田广和、大哑巴走出掌子。田广和说，嗬，大洋驴，闻着腥味儿就赶来了。大洋驴说，广和二哥你老实待着，今儿没你说话的份儿！大哑巴不明白他们说什么，连啊啊带比画地向继父询问。田有比画着不用他管。趁这当口儿，大洋驴几步冲过去，用身体将掌子口挡了个严实，说不答应我入伙儿淘金，谁也别想进掌子干活。田有说，你知道“上阵亲兄弟，打仗父子兵”这句话吧？我们爷儿仨要是把你捆个四脚朝天，恐怕不是件难事。大洋驴忽地从腰里亮出一把刀，挥舞着说，我这把杀驴刀，还从没沾过血呢，看你们谁敢过来?!

话音未落，田凤芹赶到了，大洋驴！姑奶奶我来了！说着，田凤芹捡起一块石头向大洋驴砸去。大洋驴抬胳膊去挡，当啷啷，发出一声金属的脆响，飞来的石头正好打在杀驴刀上。

田凤芹赶着骡子上山来给父亲和两个哥哥送饭，待下山时把挖出的金矿砂运回家。看见大洋驴挥刀向父亲大发淫威，她岂能容忍。

大洋驴平时就怵这个天不怕地不怕如假小子似的小姨子，今天她突然冒出来横刀立马插一杠子，大洋驴心里不由得先畏惧三分。但大洋驴不甘示弱，鼓着肚子说气壮的话，我警告你田凤芹，你要敢过来，我也照样儿不客气！田凤芹冷笑几声，说出的话绵里藏针，那就别客气，让我来体验一把，你这个当姐夫的，敢不敢用杀驴刀捅小姨子的屁股。大洋驴不免有些胆怯，说你趁早躲一边儿去，我好男不跟女斗。田凤芹说，我好女还不跟驴斗呢！你再敢叫板，我就夺过你的杀驴刀，宰了你这个大洋驴！

田有喊着，凤芹，你别管，这儿没你的事。

田凤芹不理睬父亲的劝阻，径直向大洋驴走去。

大洋驴说，你再敢向前走，我可就真不客气了！田凤芹来到大洋驴面前，闭上眼睛说，来呀，想杀就杀，要剐就剐，随你的便。

大洋驴举起杀驴刀，啊啊啊叫着，却迟迟不敢落下。片刻，田凤芹听到刀子落地发出当啷一声，睁眼看去，大洋驴像泄了气的皮球似的一屁股坐在地上。

大洋驴带着哭腔说，姑奶奶，我怕你行了吧？田凤芹说，哎，这就对了，有啥事说啥事，舞刀弄枪的干啥呀？大洋驴说，本来我不想使这假招子吓唬人，可你爸就是不吐口让我入伙儿淘金，我这是被逼无奈。田凤芹说，你不就是想入伙儿淘金吗？这好办，我给姐夫出个主意。大洋驴说，你能有啥好主意？田凤芹说，你不是好喝酒吗？大洋驴说，没错，饭是我爸，酒是我妈，在我们金盏沟村，我喝遍天下无敌手。田凤芹说，那好，小姨子今儿跟姐夫斗一次酒怎么样？大洋驴说，不行不行，不管斗赢了斗输了，传出去，人家都会说我当姐夫的欺负小姨子。田凤芹说，小姨子要是心甘情愿让姐夫欺负，那谁还管得着呀？你要是斗赢了，我让爸答应你入伙儿淘金；你要是斗输了，对不起，乖乖儿地给我滚蛋，以后再也不许来胡搅蛮缠。大洋驴说，使唤丫头拿钥匙，就怕你做不了主儿。

田有又喊着，凤芹，你搭理他干啥，别跟他胡闹了！

田凤芹回过头说，不用您管，今儿这主儿我做定了！说着又问大洋驴，怎么样，到底敢不敢接受小姨子的挑战？大洋驴愣了一下，问道，你带酒来了吗？田凤芹答，那当然，就怕你的酒量没那么大。大洋驴又问，那……那有下酒菜吗？光白嘴儿喝，我可不跟你斗。田凤芹答，一个鸡爪子四两酒，我带来半锅炖鸡爪子，足够咱俩就酒的。

大洋驴之所以又问带没带酒，又问有没有下酒菜，是因为心里有些发虚。女人酒量如同女人心思似的很难捉摸，要不就是一口不沾，要不就是一口酒缸。但事已至此，大洋驴不可能服软，不然面子就栽大了。况且，就不信喝不过这丫头片子，要是斗赢了，看你田有老东西还有啥理由不让入伙儿淘金。

于是，在一个刚刚入秋的正午，在一棵歪脖子树下，在一座长城敌楼楼座不远的地方，姐夫与小姨子之间的一场斗酒大赛，就这样戏剧性地开始了……

当太阳西斜，田凤芹哼着《九九艳阳天》的曲调，赶着负重的骡子走在回家的山路上。骡子肋骨两侧各驮了一口袋沉重的金矿砂，脊背上还驮着酩酊大醉的大洋驴。山路坑洼不平，骡子走得不稳。随着骡子的晃动，歪倒在骡子屁股上的大洋驴脑袋，一会儿滚到这边来，一会儿又滚到那边去，扰得骡子很不舒服，走几步就使劲地甩甩尾巴，用又长又粗又硬的鬃毛，轰苍蝇似的一次次抽打着那个在腚上滚来滚去的东西。

第二章　深更半夜有个人影溜出院门

一

金牛坨和骆驼峰两座山之间有一条东西走向的山谷，名叫梨树沟。山谷南北两面山坡上，长有核桃、柿子、板栗、山里红等果树，却唯独不见一棵梨树。所以不明白老辈子人为啥要把没有一棵梨树的山谷起名叫梨树沟。在这条六七里长的山谷中，从下至上依次坐落着金牛坨、金盏沟、玻璃台三个小山村。串起三个村零零散散百十户人家的除了一条山路，还有一条伴着山路蜿蜒而下的小河，河水冬春两季近乎干涸，夏秋时节溪流湍急。

田有家住在金牛坨村东头的一个坝坎儿上，金鸡独立，坐北朝南，背靠山坡，面向山川。凤芹妈正在院子里喂鸡，听到院门响了一声，扭头看去，只见一个陌生的小伙子背着行李走进院子。

凤芹妈问，你找谁呀？小伙子说，请问这是田有家吗？凤芹妈说，对，你有啥事？小伙子说，大妈，您家里是不是要雇人淘金呀？凤芹妈说，是，你怎么知道的？小伙子说，我听县广播站广播里说的。凤芹妈赶紧放下鸡食盆子，热情招呼道，对对对，来，快进来。

办好淘金所有手续后，田有在县广播站播了一条招工广告，内容很诱人，不仅管吃管住，保证按月发放工资，还应许给每位雇工上人身保险。听说田有要干淘金，村里有好几个人找上门来，但都被田有婉言谢绝了。老话儿说，雇活不雇本村活，三天两头瞧老婆。其实，瞧瞧老婆倒是次要的。雇本村的人，管松了，管严了，拿钱多了，拿钱少了，都会招来是非。雇外村的人，就没有这些麻烦事。干得好，给加几个钱就会乐得屁颠儿屁颠儿的；要是调皮捣蛋不正经干活，一句话就可以给辞了。

这时，刚刚起床的田凤芹披头散发地从正房堂屋里走出来，站在门口台阶上，伸着懒腰打了个哈欠，露出凹陷的肚脐眼和一截白藕似的腰身。当她看见院子里站着一个英俊的小伙子，眼神立刻直了，哦，这不就是她心中白马王子的形象吗！小伙子发现台阶上的姑娘不错眼珠地看着他，便转过脸去，躲开姑娘投过来的火辣辣的目光。忽然，田凤芹意识到自己形象不佳，衣冠不整，赶紧转身跑回屋。

田有家有正房四间、东西厢房各三间。正房东边两间一明的房子归田有夫妇住。正房堂屋西边那间是田凤芹的闺房。东厢房堂屋南北两间，一间住着大哑巴，一间住着田广和、史翠珍和热闹儿。西厢房原先是存放农具的，现在腾出来作为淘金工住屋。凤芹妈把小伙子让进西厢房，屋子里收拾得窗明几净，地上墁了红砖，墙上涂了白灰，还新换了木头炕沿。凤芹妈说，条件不太好，凑合着住吧。小伙子环视了一下四周说，这条件已经算很好了。说着，小伙子把行李放在炕上。凤芹妈说，我还没问你叫啥呢。小伙子说，我叫魏山河，大妈您以后叫我山河就行。凤芹妈说，这个名字起得好，好听好记还响亮。

哎哟哟，妈，您这是夸谁呢？话音未落，门帘一挑，田凤芹走进屋来，只见她小辫梳得光光溜溜，衣服穿得整整齐齐，脸蛋上还涂了一点点粉。魏山河发现这姑娘完全换了一副模样，不禁流露出几分惊讶。田凤芹伸出右手说，来，认识一下吧，我叫田凤芹。魏山河大大方方握住姑娘的手，我叫魏山河。田凤芹模仿母亲的话语和口吻，这个名字起得好，好听好记还响亮。魏山河有些难为情，一时不知说什么好。凤芹妈赶紧打圆场说，啊，这是我老闺女，她就爱开玩笑，山河你可别见怪。魏山河说，大妈，没事儿，挺好的。田凤芹立刻追问，你是说我人好，还是说我性格好？魏山河垂下眼帘说，都挺好的。田凤芹哈哈笑了几声，说，你也挺好的，起码没被我吓住。再说下去，指不定女儿还会冒出啥话呢。凤芹妈往屋外推着女儿，别耍嘴皮子了，快沏茶去，人家山河走了那么远的路，肯定渴坏了。田凤芹脚步往外走，嘴上不饶人，嘀，妈您可真会心疼人，刚认识就一口一个山河、山河地叫。凤芹妈照女儿背上拍了一巴掌，让你再胡说！

待母女俩走出屋子，魏山河解开行李卷，从里面拿出一个半导体收音机和一把口琴。他打开收音机，里面正播放一首《恋曲 1990》的新歌，由于山区接收信号不好，声音嘶嘶拉拉，听来有些失真。

赶着骡子上山给爷儿仨送午饭时，田凤芹把家里来了一个淘金工的消息告诉了父亲。田有说，哦，这么快就来了，多大年纪？田凤芹说，看上去也就二十六七岁吧，名字叫魏山河。田有说，人怎么样啊？田凤芹话语里带着赞美，不高不矮，不胖不瘦，有模有样，气质不凡。田有说，我问的是他身体壮实不壮实，能不能干活。田凤芹说，那是您关心的，我才不关心这个呢。田有说，嘿，那你关心啥呀？田凤芹说，反正……反正我关心的和您关心的不是一回事。

田有关心的和女儿关心的当然不是一回事，所以当收了工，田有走进淘金工住屋，看到坐在炕沿上边看书边听音乐的魏山河，便不禁怔住了。原来这个小伙子就是前些天那个向他打听金盏沟村怎么走的人，心里不免又生出几分疑惑。魏山河也认出了对方，赶紧礼貌地站起来。田有问，你就是向我打听道儿的那位吧？魏山河说，大叔，是我，再次谢谢您。田有说，别客气，坐吧。说着，田有抄起茶壶给魏山河茶碗里满上水，见魏山河依然立在地上，就又劝着，坐吧，随便坐吧，别客气。魏山河这才重新坐在炕沿上。田有拉过一条板凳坐在魏山河对面，问道，那天我记得你说是到金盏沟村走亲戚。魏山河说，啊，是，后来我才知道，他们搬到县城住去了。

田有还想问魏山河那家亲戚姓甚名谁，可又觉得有审查的意味，话到嘴边又止住了。近几年确实有些人到县城做买卖，陆续把家搬离了山村。

田有把话进入正题，说，对不起，按上边要求，我得先看看你的身份证，带了吗？魏山河说带了，从挎包里拿出身份证，递过去。田有看了看身份证说，哦，兴隆县的，离这儿不算远，家里都有啥人呀？魏山河说，有妈，有我，还有一个姐姐，出嫁了。田有问，你爸爸他……魏山河说，我爸在我十几岁时就死了。田有怔了一下，换了个话题，你啥文化呀？魏山河说，高中毕业，大学差七分没考上。田有说，咳，怪可惜的，来这儿之前，你在哪儿打工？魏山河说，我妈身体不好，为了照顾妈，我没出去打工，一直在家干农活，还种了一些药材。田有问，你打算在我这儿干多久？魏山河说，听大叔您安排。

一直躲在窗外偷听的田凤芹，忽然闯进屋子，埋怨说，爸，您这么刨根问底的干啥呀，查户口啊？人家肯来咱家做工，说明看得起咱。田凤芹又对魏山河说，好了，我替我爸做主儿，收下你了。走，吃饭去！说完，不管三七二十一，田凤芹拉起魏山河走出屋子。田有无奈地摇摇头，心里的疑惑依然没有解开。

夜里躺在炕上，田有把对魏山河的疑惑讲给凤芹妈，怀疑这个眼睛里埋着怨恨的小伙子，目的不是来做工，而是另有企图。凤芹妈说，打工赚钱花，出来混饭吃，还能有啥企图呀？我瞧这小伙子挺好的，一准儿是个正派人。田有说，甭管啥事，只要太好了，就得多掂量掂量。凤芹妈责怪老头子疑心太重，对谁都不信任。田有说，这年头儿坏人太多，害人之心不可有，防人之心不可无啊。凤芹妈说，话是这么说，可那得分谁，你就相信我的眼力吧，这小伙子错不了。

经凤芹妈这么一解劝，田有心里总算安稳了些。虽说他们不是结发夫妻，但不管大事小情，田有都很尊重凤芹妈的意见。这不仅因为凤芹妈做事稳重，有板有眼，还因为田有总觉得欠了老婆和哑巴儿子一份情。哑巴儿子随母改嫁过来时只有十三岁，如今已三十五了，依然还光棍一条。尽管田有没少托人给哑巴儿子介绍大姑娘小寡妇，但都嫌弃他不会说话，小喇叭吹吹了。

凤芹妈打了一个哈欠说，睡吧，明儿我还得早起做饭呢。田有说，好，睡吧。凤芹妈伸手摸到掩在炕沿下的灯绳，拉了一下，吧嗒一声，吊在房柁中间的电灯熄灭了。

田凤芹住屋里的灯也熄灭了，但她心里那盏灯却明晃晃亮着。她躺在炕上，翻来覆去睡不着，只要一闭眼，脑子里就冒出魏山河的身影。作为年满二十岁的姑娘，心目中遐想过无数个白马王子的模样，但没有一个是真实的，都不过是一朵飘浮的云，一团朦胧的雾，一个捉摸不定的精灵。直到今天魏山河的出现，田凤芹心上的那个人才不再是云，不再是雾，也不再是精灵，而是一个活脱脱的具体形象。

山村里初秋的夜晚很寂静，没有盛夏的青蛙叫，没有深秋的蛐蛐鸣，也没有严冬的北风吼。此时，只有拴在牲口棚里的骡子用嘴巴翻腾木槽子，寻找埋在谷草下玉米粒吃的声音。

吱扭一声，东厢房的屋门开了，随即传来一阵哗啦哗啦的撒尿声。不用说也知道，这是六岁的侄子热闹儿。几乎每天夜里他都起来撒尿，但从不去厕所，出了屋门，连台阶也懒得下，掏出鸡子就制造出一系列的响动。这个小流氓！黑暗中，田凤芹骂了一句，不禁笑出声。

不知过了多长时间，屋门又吱扭响了一声，听得出，这是西厢房的门，比刚才那一声要轻多了。是魏山河出来方便吗？晚饭后，也许是吃咸了，他与家人在一起聊天时，左一杯右一杯，喝了不少水。水长精神料长膘，这话指的是骡马驴等大牲畜，莫非人也是这个理儿？怪不得他长得那么精神。但为啥听不到他的脚步声？田凤芹爬起来，轻轻撩开窗帘，隔着玻璃窗向外看去。院子里月光如洗，如同白昼，只见魏山河蹑手蹑脚走出淘金工住屋，打开院门溜了出去，还不忘回身轻轻带上院门。

田凤芹放下窗帘，觉得很奇怪，这么晚了，他出去干啥？

忽然，门又吱扭响了一声，是正房堂屋的门，带动得田凤芹住屋里的玻璃窗微微发颤。田凤芹再次撩起窗帘，看见父亲悄没声地走出堂屋，随手从窗根下抄起一把铁锨，出了院门，尾随魏山河而去。

田凤芹眨着大眼睛，对父亲和魏山河这种连环套式的蹊跷，百思不解。

这时，夜空里响起一阵呜呜的埙声，悲凉，神秘，不成曲，不成调儿，只响了几声便戛然而止……

第二天刚一吃完午饭，田凤芹就叫上魏山河，从淘金掌子口来到长城敌楼楼座上，直截了当地逼问，老实告诉我，昨天夜里你悄悄溜出去干啥了？魏山河知道瞒不过了，不慌不忙地说，我换了地儿睡不着觉，想出去走走。田凤芹说，只是出去走走？魏山河说，大晚上的，人生地不熟，我出去还能干啥呀。随后，又反守为攻地问，怎么，都那么晚了，你为啥还没睡呀？田凤芹怎么好意思道出是他搅乱了她的心思，使她失眠了，便谎说，你是换了地儿睡不着，我是见了生人睡不着。魏山河就坡下驴说，你是指我吗，等赶明儿熟了就好了。

站在敌楼楼座上远远地望去，座座大山，层峦叠嶂，山谷里的小河闪着粼粼波光，像是系在大山巨人脚下的一条银链。

二

河水清清亮亮，一眼能望到底。一群小鱼沿河边逆流而上，但因力量小，水流急，不管怎么努力摆动尾巴，依然原地不动，便放弃这一徒劳，洄游到一块肉团前又嘬又啃。田凤芹坐在河边洗衣服，觉得泡在水里的脚丫子一阵痒痒，猛地抬起脚，撩得水花四溅，待水面恢复平静，河里的小鱼已不见了踪影。田凤芹把一件外衣里里外外打上肥皂，随着手中的棒槌一起一落，一股股污水从衣服里渗出来，顺着河水流走了。每洗完一件衣物，田凤芹就晾晒在河滩的草地上，看去花花绿绿，五颜六色，其中包括她的一件粉乳罩和两条红内裤。

一个小伙子沿着河边的山路走来，肩背行李，手拎网兜，网兜里兜着一个搪瓷脸盆，搪瓷掉了几块，显出铁红的锈斑。他长得跟瘦猴子似的，个头不高，眼睛很小，是那种又细又长的眯缝眼儿。这瘦猴子显然是走累了，额头流着汗水，脸上露出疲惫。但当他看到河边洗衣服的姑娘，特别是发现了晾晒在河滩上的红内裤和粉乳罩，脸上的疲惫一扫而光，随即露出一副坏笑。瘦猴子放轻脚步，悄悄来到只顾埋头洗衣服的姑娘身后，看到姑娘两条小辫中间露出一截后脖颈子，白白嫩嫩的肌肤上长着浓密的绒毛，在夕阳映照下，清晰可见，撩动人心，真想伸手摸上一把。

听见身后有越来越粗的喘气声，田凤芹回头一看，吓了一跳，厉声地质问，嘿，谁呀你？来了怎么也不知哼一声？

我又不是猪，不会哼哼。

田凤芹知道遇到对手了，站起身说，哎哟嗬，瞧不出来，嘴皮子够贫的。

承蒙姑娘夸奖，贫说不上，穷倒是真的。

田凤芹打量了一下说，又贫又穷，我看你长得跟旧社会似的。

妹妹眼睛真毒，简直入木三分。

田凤芹说，大眼儿精，小眼儿怪，眯缝眼儿的一准儿坏。

我这叫大眼无神，小眼迷人。

田凤芹呸了一声，还迷人呢，一瞧就知道，肯定有一肚子坏水。

要不说妹妹眼毒呢，隔着衣服都能看见哥哥肚子里的东西。瘦猴子把话茬儿引向了下三路。

田凤芹忽地举起棒槌，吓得瘦猴子立刻双手抱住脑袋。田凤芹咯咯笑了，你真是个耗子胆儿。

算姑娘说对了，我天生就是色大胆儿小。

哼，瞧你这德行，色也大不了哪儿去，坏包儿一个倒是真的。

如今这社会，男人不坏，女人不爱。

萝卜白菜，各有所爱，有人爱孙猴子，有人爱猪八戒。

得得得，我算服你了还不行吗。几个回合下来，瘦猴子没有占到便宜，便言归正传，问道，你知道田有家住哪儿吗？

田凤芹问，你找田有干啥？

瘦猴子说，找他还能干啥呀，当淘金工挣钱呗。

田凤芹眉头一皱，计上心来，指着小河对岸的淘金谷说，不远了，过了这道河，往上走二三里路，拐过一个山弯儿，就是田有家。

妈的，还得爬山，见到田有非得跟他要跑路钱。瘦猴子骂着，走向河边。

田凤芹说，哎，我可提醒你啊，田有他们家养了好几条大狼狗，可凶了，前几天刚刚把一个男人的裆给咬烂了。

瘦猴子一愣，啊？是吗，谢谢你的提醒。

田凤芹说，甭客气。

瘦猴子脱掉鞋子，挽起裤腿下河。河水看着并不深，但瘦猴子还没走到河中间，河水就漫过膝盖，接着又漫过大腿，等蹚过河，裤腰以下全都湿透了。

看到瘦猴子的狼狈样，田凤芹觉得特解恨，活该，好好遛遛你坏小子的狗腿，不然不知道姑奶奶的厉害。

待蹚过河，瘦猴子边穿鞋边回头看了姑娘一眼，心说，平时不行善，出门大风灌，今儿怎么遇见这么一个又疯又野的丫头。

田凤芹的疯和野在村里是出了名的。十二三岁，她仍同光屁股的男孩子一起到小河里打水仗，甚至学男孩子的样子站着撒尿。十四五岁，她遇见猪搭圈、鸡踩蛋、狗打连连、叫驴趴到草驴身上这类事，不仅不回避，还凑上去起哄架秧子，不是用石头将余兴未尽的公鸡打跑，就是拿棍子把两条难解难分的狗打得嗷嗷叫，再不就是追着配种站的大叔屁股后边，一个劲儿地问，叫驴两条后腿中间为啥又多长出一条腿。女大十八变，疯劲儿和野劲儿总算有所收敛。但她还是她，跟村里大姑娘小伙子说起“荤谜素猜”，从来都不脸红。

当田凤芹把带来的衣物洗完时，山路上又走来一个身背行李的人，与刚才那个瘦猴子截然不同，身体壮，个头高，大手大脚大脑壳，憨厚与笨拙全都写在脸上。他来到小河边，一声不吭蹲下，捧起河水就喝，咕噜咕噜跟饮牛似的。

这个傻大个！不说先放下行李，也不嫌压得慌。田凤芹捡起一个小石子，嗖地扔过去，不偏不斜，正好打在那人篮球般的大脑袋上。

嘿，谁呀？傻大个抬起头，说话瓮声瓮气，像是牤牛叫唤，见眼前的姑娘咯咯地笑着，自己也咧了咧大嘴，随后说，劳驾，打听个人行吗？

你找谁呀？

到田有家怎么走啊？

你找田有啥事？

做工淘金。

算你找对人了，我就是田有家的老闺女。

傻大个张大嘴巴，半天没合上，结结巴巴地说，啊，那……那太好了。

田凤芹问，你叫啥呀？

傻大个说，我叫牛大力。

田凤芹问，你是哪村的？

牛大力说，寡妇店儿的。

听了傻大个自报的村名，田凤芹差点儿没笑出声来，寡妇店儿造出这么一个憨实的傻大个，那还叫寡妇店儿吗？田凤芹伸出手说，我叫田凤芹。

也许因为害羞，也许不习惯这礼节，牛大力搓着双手说，我……我手湿。

田凤芹说，那你就不能擦擦？

牛大力赶紧在衣服上擦了擦手，可还是不敢去握。

怎么着，还怕我吃了你不成？田凤芹依然伸着手。

牛大力这才勉强地把手递过去，只跟田凤芹的手沾了一下，就像被火烫了似的赶紧缩回来。

田凤芹说，头一次跟姑娘握手吧？

牛大力的脸顿时涨红了，羞涩地低下头。

看到牛大力这副窘样儿，田凤芹笑着说，去，帮我把晾在河滩上的衣服收起来，跟我回家。

牛大力高兴地答应一声，跑去收衣服。

田凤芹喊道，哎，回来，你回来！

牛大力问，啥事？

田凤芹说，我考你个问题。

做工淘金儿，有力气就行，为啥还要考试？牛大力脸上显出发愁的样子。

现在干啥不考试呀？田凤芹说，我问你，是鸡蛋沉，还是鸭蛋沉呀？

原来是这个问题，回答再简单不过了，牛大力如释重负地说，咳，三岁小孩儿都知道，当然是鸭蛋沉了。

想不到，引来田凤芹一阵大笑。

你……你笑啥呀？牛大力被笑蒙了，重复说，鸭蛋本来就比鸡蛋沉嘛。

田凤芹笑得前仰后合，眼泪都流了出来。牛大力越加不明白，难道自己说错了吗？这话有那么好笑吗？就用两个拇指和食指比画成两个不同大小的圆圈，说鸭蛋这么大，鸡蛋那么小，鸭蛋当然要比鸡蛋沉多了。

田凤芹捂着肚子猫下腰，哎哟哟，你饶了我吧，笑得我肚子都疼了。

牛大力瞪着牤牛似的大眼睛，彻底闹糊涂了，最终也没懂“鸭蛋沉还是鸡蛋沉”的含义。其实，田凤芹玩的是骂人不带脏字的把戏，指的不是“鸭蛋”，而是“压蛋”，至于行李下压的是鸭蛋是鸡蛋还是什么蛋，怎么理解都可以。

你就不能放下行李，再去收衣服，背着行李跑来跑去的，你不嫌沉啊？田凤芹终于忍住笑。牛大力摇着大脑袋说，不沉，我有的是力气，从小我爸就教育我，没有一个坟头是累死的。说完，牛大力走向河滩去收衣服。田凤芹忽然想起什么，赶紧跑过去，抢在牛大力之前捡起晾晒在河滩上的内裤和乳罩，胡乱卷起来，塞进裤兜里。

这时，瘦猴子从小河对岸返回来，远远就听见姑娘放荡的笑声，低声骂道，人浪笑，猫浪叫，猪浪吧嗒嘴，狗浪跑细腿。

看见瘦猴子蹚着河水走过来，田凤芹大声喊着，嘿，你怎么又回来了？

瘦猴子嘟嘟囔囔地说，出门没长眼，挨了兔子涮。

田凤芹听了并不生气，反倒笑了，谁让你刚才不拿好眼瞧人家呢。

瘦猴子说，离老远就听见你嘻嘻哈哈的，吃喜鹊蛋了？

你小子，真是嘴大没边儿，缺德带冒烟儿。说着，田凤芹猛地推了瘦猴子一把。瘦猴子一只脚站在河里，一只脚抬起来甩着水，单腿独立正准备穿鞋，被姑娘抽冷子一推，晃了几晃，扑通一声，倒在河里，溅起大片水花。

田凤芹拍手大笑，哈哈，活该！真是活该！

牛大力看到这一情景，不禁也咧嘴笑了。

瘦猴子从河里爬起来，衣裤全湿，贴在身上，像个落汤鸡，但嘴里依然不老实，说要知道下河洗澡，应该脱得一丝不挂，省得闹个落汤鸡。

田凤芹随口编了段顺口溜，落汤鸡，羽毛稀，炖进锅里不用洗，捞出一尝是臭的！

瘦猴子说，嘿，你这丫头到底是谁呀？敢跟猴儿哥这么放肆。

田凤芹说，实话告诉你吧，我就是田有家的姑奶奶田凤芹，你还想朝我爸要跑路钱吗？

瘦猴子快速地转动着小眼睛，我……我那是说着玩儿的。

田凤芹问，你小子叫啥呀？

瘦猴子说，哥哥我叫侯子明。

嗯，不愧名如其人，瞧你这贼眉鼠眼、尖嘴猴腮的样儿，以后我就管你叫猴子吧。田凤芹说。

行，叫猴子，叫孙悟空，叫弼马温，叫齐天大圣都行，反正叫啥都是我。侯子明无所谓地说。

田凤芹大叫一声，坏猴子！

侯子明大声回答，哎！

田凤芹说，走，跟姑奶奶回家去喽！

侯子明用太监似的一副公鸭嗓，拉长声音说，遵旨——

牛大力被逗笑了。侯子明瞪了他一眼。牛大力赶紧忍住笑，捂上嘴。

忽然，侯子明发现从田凤芹裤兜里耷拉出一根粉色的布带，那显然是她的乳罩。田凤芹看见侯子明一脸坏笑，问，你又想冒啥坏水儿呢？侯子明说，我两条腿都被你遛细了，哪还敢再冒坏水儿呀。

走了几步，田凤芹发现乳罩带露在裤兜外面，赶忙将其塞进裤兜里，又看了侯子明一眼。侯子明把目光投向一边，装作啥也没看见。

夕阳渐渐沉到山那边去了，天边燃起一团团火红的晚霞。洗衣服归来的田凤芹走在回家的路上，身后跟着一只猴子和一头牤牛。

三

掌子掘进十几米深了，金矿脉依然只有筷子般粗细。但田有并不着急，他相信，只要金矿脉不断线，沿着“毛绪儿”一直追下去，金矿脉“放槽”是早晚的事。通过这两天观察，田有对魏山河还算满意，干活肯卖力气，不偷奸，不耍滑，办事踏实得体，不多说，不少道。但田有心里一直没有放松戒备，他至今也不明白，魏山河为啥在来家的第一天夜里就悄悄溜出院门。那天，田有借助月光尾随魏山河往金盏沟方向走了一段路，魏山河却又折了回来，坐在小河旁一块大石头上，默默地待了好长时间，一会儿望望一弯明月，一会儿看看通向金盏沟的山路，既像找人，又像等人。可他找什么人等什么人呢？是男人还是女人？田有大惑不解，只好拎着铁锨回了家。对这件事，田有压根儿没有追问过，魏山河也表现得似乎什么都不曾发生。

山里的太阳出得晚，落得早。收了工，田有、田广和、大哑巴和魏山河走出淘金谷沟口，天色已经暗下来。这时，从通往山外的路上走来一个三十多岁的男人，背着行李，手拎提包，看到田有他们几个，便主动上前打招呼。

大叔，跟您打听个人。来人对田有非常客气，客气得近似卑微。田有问，你打听谁呀？来人说，您认识田有吗？

不要说田有，田广和、大哑巴、魏山河都已猜到此人来到这里的目的。

田有稳住神，若无其事地问，你找他有啥事呀？

我想到他家做工淘金。来人的尾音带出了东北大楂子味儿。

田有一下子认出来了，眼前这位就是在破嘴山金矿废弃的职工宿舍北墙外拉屎的那个人，尽管胡子刮了，头发理短了。田有心里又隐隐泛起一股不安。

田有向田广和、大哑巴、魏山河使个眼神，示意他们先走。然后，故意考验来人说，淘金这活儿可不好干，吃的是阳间饭，干的是阴间活，一般人受不了这份儿罪。没想到来人说得很干脆，世上只有享不了的福，没有受不了的罪。田有感叹道，话是这么说，可做起来太难了。来人说，我猜出来了，您就是田有大叔吧？田有只好承认，说眼力不错，你怎么称呼呀？来人说，我叫王全盛。在家时我爸管我叫盛子，以后您也叫我盛子吧。田有赶忙拦阻道，不不不，这便宜我可不能占。王全盛说，这有啥呀？俗话说，见人矮三分，出门小三辈，走到哪儿都不吃亏。再说了，真要论起来，您比我爸恐怕也小不了几岁。

尽管话有些肉麻，但田有还是说，哎，我可没答应一准儿要雇你啊。王全盛赶忙说，对对对，我太急茬儿了，雇不雇我，您说了算。田有忽然话锋一转，问道，你一顿能吃几碗饭？王全盛愣了一下，立刻明白了田有的用心，便所答非所问地把话说得滴水不漏，他说，哪个把式头怕伙计能吃，不是抠门儿就是穷光蛋，一辈子也别想干成大事。田有点点头，对王全盛的回答很满意，笑着说，好，走吧，回家跟我吃饭去。王全盛放下提包，垂直双臂，毕恭毕敬地向田有鞠了一躬，说，谢谢大叔了。田有说，行了，以后别跟我这么客气。说着，田有伸过手去想帮王全盛拿提包。王全盛赶紧拎起提包说，这哪儿成呀，您是长辈，我是晚辈，您是把式头，我是伙计，怎么能让您给我拎包呢？田有说，分得那么清楚干啥，反正我手也闲着。不等田有伸过手来，王全盛迅速把提包从左手换到右手，似乎他的提包里藏着什么宝贝东西，不许任何人碰。

走在回家路上，田有向王全盛询问一些情况，大概知道了王全盛家住张北坝上，有老婆和两个孩子，曾办过一个小企业，但不久就倒闭了，现在收完种的几亩土豆，没旁的事干，便出来打工，听说田有招人淘金，就一路打听找来了。

盘腿坐在田有夫妇居住的两间一明大连炕的饭桌上，田有爷儿仨和魏山河、牛大力、侯子明、王全盛围着桌子吃晚饭。牛大力双手捧着烙饼卷鸡蛋，咬了一大口，连连称赞，好吃，真好吃，我长这么大，头一回吃到这么好吃的烙饼。田有跟几个伙计说，好吃就尽管多吃，你大妈还烙着呢。田广和插了一句，这饼是我妈用獾油烙的，外焦里嫩。几个伙计不禁感叹难怪饼这么好吃，层数又多。牛大力说，我们家烙的饼，连嘴唇加起来，总共就三层。大家都被逗笑了。

王全盛提醒牛大力说，哎，我说兄弟，烙饼是把式头家的，肚子可是你自己的，撑坏了肚皮，谁难受谁知道。

牛大力立刻停止咀嚼，眼巴巴地看着把式头。田有慷慨地说，没关系，打开里外间，敞开肚皮吃，农村人嘛，饿的时候能饿，吃的时候能吃，睡的时候能睡，干的时候能干。怕伙计能吃的把式头，一辈子也别想干成大事。说着，田有意味深长地看了一眼王全盛，二人会心地一笑。牛大力这才放心地大咀大嚼起来。

堂屋里，凤芹妈和儿媳史翠珍一人烙饼一人烧火，忙得汗流浃背，生怕供不上里屋七个男人吃。凤芹妈把“油等子”伸进灶台角上的瓷坛里，沾一下，提出来，用两个手掌夹住“油等子”，灵巧地那么一撮，挂在铜钱上的獾油便均匀地洒在大锅里，像是满天星斗。“油等子”是这一带农家妇女烙饼时往锅里放油的专用工具，制作方法很简单，把一枚铜钱从筷子细的一头穿进去，卡在筷子粗的一头，“油等子”就做成了，使用起来得心应手，经济实惠。凤芹妈又如此重复了一遍，锅里的满天星斗变成了满地月光。随后，凤芹妈从案板上托起擀好的大饼，啪地贴在锅里。

凤芹妈提醒烧火的儿媳妇史翠珍，火别烧得太旺，不然饼该烙煳了。史翠珍噘着嘴嘟囔，烙煳了更好，省得他们吃起来没够。凤芹妈说，都是大老爷们儿，可不能吃呗。史翠珍反驳说，雇他们是来做工淘金的，又不是来吃饭的。凤芹妈说，不吃饱饭，怎么能干活呀？史翠珍瞪了婆婆一眼，讥讽说，嗬，可真会心疼人，我倒是干了半天活呢，一口也还没吃，有谁知道心疼我呀？凤芹妈耐着性子说，等伺候完他们，咱们再吃。史翠珍哼了一声，等饿过了劲儿，吃啥也觉得不香了。凤芹妈说，要不，等这张饼烙熟了，留下一块你先垫补垫补？史翠珍并不领情，反倒吃了枪药似的顶撞一句，甭装菩萨充好人儿，连老母鸡都知道往怀里刨食儿，没见过谁把胳膊肘往外拐的。

凤芹妈被噎住了，但她忍气吞声，不跟儿媳妇一般见识。

史翠珍是那种不生出点儿事就不舒服的女人，生性矫情，争强好胜，没理搅三分，得理不饶人，对谁都永远是一肚子怨气。娘家地处平原、相貌不丑的她，心比天高，命比纸薄，如果不是被一个乡邮递员恋人狠狠地甩了，她才不甘心嫁给家住山区、家境不富裕的田广和。自从结了婚，特别是生了儿子热闹儿，她便以田家传宗接代的功臣自居，明着暗着欺负婆婆。凤芹妈度量大，心眼宽，从不跟儿媳妇计较，一是免得儿子广和两头受气，二是担心史翠珍再犯羊角风。近几年，因为跟田广和打架生气，史翠珍已经抽好几次羊角风了。每次抽起来时都眼斜嘴歪，口吐白沫，不省人事。

忽然，从灶火口倒出一股浓烟，呛得史翠珍一阵咳嗽。她扔掉烧火棍，气哼哼地说，我才不当这个下三烂呢！谁愿意伺候谁伺候，反正我是不伺候了。说完，史翠珍出了堂屋。院子里的公鸡母鸡，看见有人走出屋子，以为是来给它们喂食，便纷纷围过来。史翠珍抄起一把扫地笤帚，嗖地打过去，受了惊吓的鸡们咯咯叫着飞散了。凤芹妈无奈地摇摇头，只好一个人又烧火又烙饼。待饼烙好了，凤芹妈把饼切成四块，放在盘子里，双手端着走进里屋。

田有接过盘子，放在桌子上，招呼伙计们说，饼又上来了，赶紧吃吧。

牛大力抢先把一块烙饼拿在手上，瞬间，两腮就像气球似的鼓胀起来。

坐在炕沿边上的王全盛往里移了移屁股，让着说，大妈，您别忙活了，坐下来一块儿吃吧。

不忙，你们吃吧，还有好几张饼没烙呢。说完，凤芹妈转身出了屋子。

吃完晚饭，回到淘金工住屋，牛大力端着大茶缸子咕咚咕咚没完没了地好一通喝水。侯子明贬损说，乡巴佬吃顿饼，三天离不开井。牛大力心满意足地双手抚摸着鼓鼓的肚皮，咚地放了一个响屁。侯子明立刻捂起鼻子喊，嘿，老牛，你这山歌儿唱得真嘹亮，我都瓦斯中毒了！魏山河笑着纠正说，那气体不叫瓦斯，化学名称应该叫“三甲基吲哚”。侯子明没听明白，问这几个字怎么写。魏山河重复说了一遍，并拿出圆珠笔把“三甲基吲哚”写在侯子明手心里。王全盛和牛大力也想知道这是哪几个字，便伸脑袋凑过来看。侯子明把手掌啪的一声拍了过去，牛大力肥嘟嘟的脸蛋子上印下五个反写的字，逗得魏山河、王全盛、侯子明一阵哈哈大笑。牛大力并不恼，擦去脸上的字迹，说，你们有啥好笑的？人生之气，哪有不放之理？还没等说完，惊天动地的屁声再次响起，而且是长长的一串，熏得侯子明、魏山河、王全盛赶紧扯过被子蒙住脑袋。

早上刚从炕上爬起来，牛大力就双手捂着肚子跑出住屋，奔向位于院子一角的厕所，推门进去了。顿时，厕所里传出田凤芹啊的一声大叫。牛大力提着裤子慌慌张张跑出厕所。

片刻，田凤芹走出厕所，指着牛大力鼻子骂道，浑蛋王八蛋，你长俩眼睛是用来出气儿的？没瞧见门上挂着木牌儿吗？牛大力这时才发现，厕所门上确实挂着一个小木牌，上面用黑墨水写着“有人”两个字。

农村许多家庭，男女共用一个厕所，为了避免发生撞车，各家都有各家的高招儿。有的在厕所门口咳嗽一声，如果没有听到回应，说明里面没人，尽管进去方便；有的在厕所里备一个铃铛，里面的人听见有脚步声走来，摇一下铃铛，意思不言自明；也有的就像田有家这样，在门口挂一个小木牌，一面写着“有人”，一面写着“没人”，进去时将小木牌翻到“有人”一面，待完了事再翻过来。昨天晚饭牛大力吃了好几张外焦里嫩的大烙饼，今天早上起来肚子依然撑得难受，感觉屎已经堵到屁股门儿了，一心只想着往厕所跑，哪还顾得上看挂在门口的那小木牌。

牛大力自知理亏，低着头，红着脸，结结巴巴地说，对不起，我……我一急，没……没瞧见门口挂着牌儿。说完，看也不敢看田凤芹一眼就冲进厕所。

你趁早儿掉茅坑里淹死算了！田凤芹似乎还不解恨，抓起一把垫猪圈的土，隔墙扔进厕所，随即升腾起一股尘埃，但厕所里却鸦雀无声，没有任何反应。

这精彩一幕，被淘金工住屋玻璃窗里面的侯子明看得清清楚楚，他不禁笑出了声，那双本来就眯缝的眼睛，眯成了两条细缝儿。

这时，魏山河走到院子里刷牙。田凤芹脸上的怒气云消雾散，瞬间换作一副笑模样，主动上前搭话，起来了，晚上睡得还好吧？魏山河从嘴里拿出牙刷，带出来一些白沫子，含含混混地回答，啊，好，早上好。田凤芹忽然扑哧一声笑了，笑得魏山河莫名其妙。

魏山河一开口说话，几块白白的牙膏沫子从嘴角流出来，掉在衣服上。田凤芹随手从晾衣服的铁丝上扯下一条毛巾，走过来帮助魏山河擦。魏山河连忙说，不不不，我来，我来吧。结果这一来，又有几块白沫子掉在他衣服上，惹得田凤芹又是一阵咯咯地笑。魏山河接过毛巾，低头擦着牙膏沫子，同时也躲开了姑娘火辣辣的目光。

田凤芹笑着跑回住屋，脖子后面的两条小辫摆来摆去，活蹦乱跳，仿佛是刚刚蹦到岸边的两条小鱼。

第三章　有道白光嗖地眨眼就不见了

一

男女搭配，干活不累。掌子里不许女人进来，就只好把女人挂在嘴边，干活累不累难说，起码能够解闷儿。不然整天猫在黑咕隆咚的大山肚子里，与外面的世界几乎隔绝，仅凭电石灯发出的跟萤火虫屁股似的那一点点亮光照明，累不死也得憋闷死。

侯子明和牛大力在掌子面一个扶钎，一个打锤。扶钎看似不累，但需要技巧，大锤每打一下，钎子就得转上几转，以便把炮眼里的石头末子带出来，不然即使大锤打得再有劲，打眼速度也会大打折扣。打锤不仅要有力气，也同样需要技巧，八磅重的大锤，抡起来虎虎生风，如猛虎下山，若没个准星儿，砸在扶钎人手上，轻者撕下一块肉皮，重者咬断几根手指。好在侯子明和牛大力都不是生手，配合起来很默契，也就有闲心逗闷子了。

侯子明说，大牛，有个问题我总也想不明白，你说“媳妇儿”这词儿是啥意思呀？牛大力说，媳妇儿就是老婆，老婆就是媳妇儿呗。侯子明说，废话！我问的是，为什么要叫媳妇儿？牛大力想了想，摇摇头。侯子明说，我来告诉你吧，媳妇儿就是一人一份儿，这辈子没有，下辈子两份儿。牛大力抡起大锤打下去，我让你两份儿！这次，侯子明钎子攥得紧了，震得手掌阵阵发麻。他搓搓双手，问道，老实说，你有自己的那一份儿了吗？牛大力摇着头，如实回答，没有。侯子明说，甭着急，赶明儿猴儿哥帮你划拉一个。牛大力撇了撇嘴，哼，你碗里要是有肉，还舍得让给别人吃？侯子明说，没关系，我先吃肉，你后啃骨头。牛大力说，你小子就犯坏吧，赶明儿养活孩子没屁眼儿。

大哑巴推着独轮车回到掌子面，拿起铁锨往车槽子里装废矿石。侯子明腾出手来，向大哑巴伸出两个大拇指，合并在一起，比比画画地说，啥时你也找个媳妇呀？大哑巴看懂了侯子明的意思，羞红了脸，连连摆手，意思说不要媳妇。侯子明说，哪个男人不想娶媳妇呀，不然找谁败火去？大哑巴明白侯子明说的不是好话，举起铁锨就要拍，吓得侯子明连连作揖告饶。他知道，哑巴不禁逗，个个都是酸脸子狗，一旦惹恼哑巴，动起手来没轻没重，就等着吃哑巴亏吧。

田广和推着空车走过来，猴子，不许跟我哑巴哥瞎胡闹！侯子明说，怎么是瞎胡闹呢，我说的是正经事。男人不娶媳妇，等于白活一世，当年连大总管李莲英都娶了三房媳妇呢！田广和说，你就胡编吧，一个太监娶媳妇有啥用？侯子明说，广和二哥，这你就孤陋寡闻了吧，下边没了那一嘟噜玩意儿，嘴里不是还有个能硬又能软、能长又能短的东西嘛。说着，侯子明快速地翻卷了几下舌头，并且弄得呱唧呱唧响。田广和说，真下流，你小子脑袋上长疮，脚底下流脓，简直坏透了。侯子明笑着说，谢谢夸奖。忽然又想起了什么，对牛大力说，哎，大牛，话说到这儿，我出个荤谜素猜，你要是猜得出来，今儿收工回家时，我豁出去背你下山。牛大力哼了一声，鄙视地说，你这秫秸秆儿似的身子骨儿还想背我？一上肩就得把你压趴下。侯子明说，别管压不压趴下，你先猜猜这个谜。不过话说前头，你可不能顺着我说的意思往裤裆里想，得往素里猜，知道吧？田广和也想听听侯子明到底能说啥新段子，边装车边催着，别贫了，快说吧。侯子明煞有介事地咳嗽几声，你们听仔细了啊，我只说一遍，不再重复的。田广和说，大力，他再卖关子，咱们把耳朵捂起来。田广和、牛大力就真的用双手捂起耳朵。侯子明赶忙拦着，哎哎哎，别价呀，精彩着呢！然后扯扯衣服，挺直腰板，摇头晃脑地说起来，什么东西能硬又能软，什么东西能长又能短，什么东西能湿又能干，什么东西永远磨不断。

猴子！想让我把你舌头割下来是不是？田有拿着一捆炸药走过来，你小子没个正形儿，一天到晚胡咧咧。侯子明脸上堆笑说，大叔，我是想让大家高兴高兴，人一高兴，干活就多，就能早一天挖到金矿砂。田有说，你的意思是我应该表扬你才对？侯子明斩钉截铁地说，那当然了！田有说，要那样，你更得蹬鼻子上脸，不知道姓啥了。侯子明说，您放心，到啥时我也不会随您的姓。

侯子明本来还想说，除非把你老闺女许配给我，让我当你们田家的倒插门女婿。但终究没敢说出口。自从那天在小河边初次见到洗衣服的田凤芹，他对这位长得浓眉大眼的漂亮姑娘就不敢有任何奢望，顶多是逗逗闷子，开心一笑，过过嘴瘾罢了。至于他敢跟把式头一句句地逗贫，也全因为田有对每个伙计都很随和很慈善，不像有的雇主那样，只会端起架子拉下脸，冲着工人瞪眼喊。但说归说，逗归逗，田有容不得谁干活时偷奸耍滑，稀松二五眼。这一点，伙计们心里非常明白，干起活来个顶个地卖力气。

掌头的岩壁上已经打好了三个炮眼，田有检查一番，探探深浅，往每个炮眼里填上炸药，放进雷管，封上泥巴，用电石灯吐出的火苗点燃导火索，迅速撤离出掌子。导火索嘶嘶响着，吐着火舌，冒着蓝烟，像蛇一样剧烈地扭动着。

田有拎着电石灯跑出掌子口，田广和、大哑巴、侯子明、牛大力、魏山河、王全盛已经躲在山坡一侧。别看侯子明一肚子坏水，胆子却很小，明明知道爆炸产生的石块落不到这里，却依然捂紧耳朵，抱着脑袋，缩成一团。牛大力大喊一声“轰隆隆”，侯子明吓得浑身一哆嗦，刚把手从耳朵眼移开，想跟牛大力撕扯，从掌子里传来一声惊天动地的巨响，他赶紧又捂上耳朵，只觉得坐在地上的屁股被震得颠了一下。随后，一股尘烟裹挟着碎小的石块，雪崩似的冲出掌子口，带有硫黄气味的硝烟呛得人们不断咳嗽。

对一天两次的放炮时间，精明的田有算计得既精到又合理。一次安排在午饭前，等吃完饭，歇息一会儿，掌子里的硝烟差不多就散尽了，再进去干活，两不耽误。另一次安排在收工后，待第二天早晨上工来，掌子里连一丝一毫的硝烟气味也闻不到了。

叮叮当当的声音，由远而近传来。田凤芹赶着骡子给人们送饭来了。骡子脖子下新拴了一个如核桃大小的铜铃铛，左右摆动，清脆悦耳。

装在塑料桶里的饭菜从骡子驮架上卸下来，田凤芹一碗碗地给盛好，递给辛劳了半天的人们，一荤一素，大白馒头管够。

边吃饭，田有边告诫伙计们，以后在掌子里不能逮啥说啥，嘴上得有个把门儿的，有些词儿也得要改改口。比如：塌，得说作啸；灭，得说作谢；没，得说作靠。侯子明说，为啥？田有解释，就像撑船人吃鱼时不能翻个儿一样，图的全是一个吉利。魏山河问，大叔，您真的信这些？田有说，老一辈儿淘金人这么传下来的，信不信的，落个心里踏实。

金矿脉不“放槽”，便没有金矿砂往家里运。田凤芹解开骡子的缰绳让它去吃草，自己来到山坡上采野花。初秋时节，正值山菊花盛开，到处是一团团一簇簇的粉红花朵。蜜蜂嗡嗡响，蝴蝶翩翩飞，鸟儿喳喳叫，还有蚂蚱飞翔时发出的翅鸣，这一切都赋予姑娘非常好的心情。她想好了，把采到的野菊花插在家里那个据说是奶奶陪嫁的瓷瓶里，倒进一些水，摆放在住屋，如果晚上能约魏山河到闺房来聊天，肯定会增添不少情趣。自打四个淘金工来了以后，田凤芹无论是在坏猴子侯子明、憨大个牛大力，还是在一本正经的王全盛面前，都可以随随便便，大大咧咧，想说啥说啥。可每当面对魏山河时，她却怎么也放不开，就像有一根无形的绳索，束缚了她的心也拴住了她的嘴。直到昨晚，她在从魏山河那儿借来的一本杂志里看到这样一句话，当一个女人准备把心交给一个男人时，往往会变得缩手缩脚，小心翼翼。如此说来，她是准备把心交给魏山河，所以才在他面前小心翼翼，缩手缩脚？可魏山河会接受吗？他会不会已经有了心上人呢？

作为把式头，田有最重要的职责是随时摸准金矿脉走向，检测含金量多少，除了装填炸药，一般不必亲自干活。其余六个人分工合作，有的打炮眼，有的清运废矿石。随着掌子越凿越深，清理出来的废矿石越来越多，堆放在掌子口外，形成一个十几平方米的平台。

魏山河推着满满一车废矿石走出掌子倒掉，哗啦啦，废矿石滚下坡，一块石头落到放驴的大洋驴脚上。大洋驴张口就骂，嘿，你王八蛋眼瞎了？魏山河向坡下的人道歉，对不起，我没看见。大洋驴脱下鞋子看看，本无大碍，却夸张地说，瞧见了吧，脚背都让你小子给砸流血了。魏山河说，真是对不起。大洋驴骂道，妈的，光说对不起就行了？你说这事怎么办吧？魏山河连连点头赔不是，对不起，我真不是故意的。大洋驴吼道，你要是敢故意，我扒了你的皮！

大洋驴对魏山河不依不饶，醉翁之意不在酒。田有不许他入伙儿淘金，却雇了几个工人，这让他心里憋足了火，正想找碴儿闹事呢。

田广和推车走出掌子，听见大洋驴跟魏山河急赤白脸地嚷嚷，悄声跟魏山河说，甭理他，这人逮谁跟谁尥蹶子。大洋驴佯装一瘸一拐地来到平台。田广和迎上前说，算了吧，他是新雇来的，不太懂事，给二哥一个面子。大洋驴一把推开田广和，二哥你走开，今儿这事跟你没关系。魏山河满脸歉意地向大洋驴点点头，这位大哥，对不起了。大洋驴一挥手，甭跟我来这一套！说声对不起就算完事了？门儿也没有！

道歉不行，那你还想怎么办呀？田有走出掌子口。

大洋驴的目的就是要跟田有直接对阵叫板，于是更加来了劲儿。

我的脚总不能白让你的伙计砸伤了吧？

想让他赔你多少钱，尽管说。

我让他赔钱了吗？

你除了钱，还认识啥？

嘿，老丈杆子，您要这么说，我可就真不客气了。

你啥时候对我客气过呀？

好，既然你这样说，那我就一报还一报。

说着，大洋驴捡起块石头，冲到魏山河面前，吼着，你小子把脚伸过来，让我也砸一下，然后我也跟你说声对不起。田有拦阻道，不许你胡来！大洋驴说，不砸你伙计的脚也行，让我入伙儿淘金，两样儿任你挑一个。田广和说，你原来为这，怪不得没完没了胡搅蛮缠。大洋驴旧话重提，二哥，你凭良心说，要不是我们家草驴一泡尿冲出一块金矿石，你们能想到在这儿淘金凿掌子吗？还好意思说我胡搅蛮缠，是有人先六亲不认的！

听见外面吵吵嚷嚷，侯子明、牛大力、王全盛、大哑巴相继走出掌子口。

嘿嘿嘿，这是谁在这儿撒野呢？

大洋驴闻声回头看去，只见田凤芹抱着很大一束山菊花走来，气焰顿时灭了几分。田凤芹放下山菊花，走近大洋驴，抬起一只脚说，你不是要一报还一报吗，来，要砸就砸小姨子的脚，小姨子的脚软乎。大洋驴说，今儿这事不用你管！田凤芹说，大洋驴姐夫，你是不是又想跟小姨子斗酒了？大洋驴说，别总拿斗酒吓唬人，我脚被这小子砸伤了，你说到底怎么办吧？田凤芹问，砸伤你哪只脚了？大洋驴抬起右脚说，这只。田凤芹出其不意一把攥住大洋驴的脚，用力一掀，大洋驴摔了个仰面朝天。田凤芹一阵大笑，怎么样，你还想砸谁的脚吗？大洋驴知道再闹下去不会有好果子吃，爬起来就跑，跑了几步回过头来，指着田有喊，回家再好好想想，明天给我一句准话儿，不答应我入伙儿淘金，我就跟你没完！田有哼了一声，算作回答。

魏山河感激地看了一眼田凤芹，要不是她及时出面，事情不定会是什么结果呢。田凤芹说，卤水点豆腐，一物降一物，对这号儿恶人，就得恶治。然后又说，怎么着，我给你解了围，不该说声谢谢吗？魏山河赶紧说，谢谢。田凤芹开玩笑说，是先卸（谢）胳膊，还是先卸（谢）腿儿呀？魏山河也以开玩笑的方式回敬道，你想卸胳膊卸腿儿都行。

这一句“卸胳膊卸腿儿都行”，让田凤芹盯着魏山河足足看了好几秒钟。心说，既然卸胳膊卸腿儿都行，让你答应一辈子爱我是不是更没问题呀？

收工回到家，田有把大洋驴跑到掌子口又闹着要入伙儿淘金的事跟凤芹妈说了。凤芹妈说，依我看，干脆答应他入伙儿算了，省得以后三番五次找麻烦。田有说，这不可能！他三天两头打骂凤兰，我恨不得撕碎了他。让他入伙儿淘金，等于引狼入室。凤芹妈说，不管怎样，他对我也算有恩。那年要不是他拿出两万块钱，替我交齐了手术费，我没准儿还活不到今天呢。田有说，可咱还把闺女嫁给他了呢。可他又是怎样对待凤兰的？凤芹妈说，是呀，凤兰每次回家来，我都发现她身上青一块紫一块的。田有说，这不得了，他大洋驴简直就是一头活驴，要想入伙儿淘金，除非他对凤兰好。可他改得了那驴脾气吗？猪往前拱，鸡往后刨，狗改不了吃屎！

凤芹妈感到一阵胸闷，担心这样闹下去，大洋驴这浑小子又该变本加厉欺负女儿凤兰了。因忍受不了大洋驴虐待，田凤兰曾离家出走一次，还险些自杀。

正如凤芹妈担心的那样，大洋驴回到家就跟田凤兰吵吵起来。他说，你爸真是没良心，雇了几个人干活，宁可把钱让外人挣，也不答应我入伙儿淘金。田凤兰说，那是因为我爸看透了你是啥东西。大洋驴说，我再不是东西也比你这个废物强，这辈子娶了你，我算是倒了血霉啦！田凤兰反驳说，你也不能总怨我呀。大洋驴说，不怨你怨谁呀，你就是一头废物骡子！

骂女人是废物骡子，等于把父母也一起骂了，这对任何一个不孕的女人来说，都是最重最狠最伤人心的一句话。骡子是公驴和母马杂交的产物，根本就没有生育能力。前两年，大洋驴和田凤兰曾到县医院去检查，医生的诊断结果是：男方精子数量和成活率尽管不是很高，却仍属正常值范围；女方虽然患有轻微子宫肌瘤，但调理好心情和身体，应该不妨碍生育。既然二人都没有太大问题，为啥却造不出一个孩子来呢？那天，医生特意留下大洋驴，提醒他房事要有所节制，不要天天打光枪膛里的子弹，集中使用起来才更具杀伤力。大洋驴把劝告当成耳旁风，偏偏不信这个邪，回到家照旧乐此不疲地几乎每天上演同样节目，并将罪责归咎于田凤兰跟骡子似的无能。

大洋驴警告田凤兰，明天回家跟你爸说，他敢不答应我入伙儿淘金，我就敢一天打你三次，让你皮开肉绽，全身上下没一块好地方，看他到底是心疼闺女，还是心疼金子！

田凤兰一声不吭，以泪洗面。

二

离坝坎上的娘家门口不远了，田凤兰的脚步变得踌躇起来。尽管大洋驴威胁说打她个皮开肉绽，但她拿定主意，绝不劝说父亲让大洋驴入伙儿淘金。她太了解大洋驴的为人了，今天若答应他入伙儿淘金，明天一准儿还会得寸进尺，不定又提出什么非分要求呢，就跟田家永远亏欠他似的。虽说金盏沟和金牛坨之间相隔只有二三里路，但田凤兰已经有两个多月没有迈进娘家门了。以往每次回到娘家，母亲都能发现她身上的伤痕，心疼得一个劲儿流泪，责怪自己把女儿给害了，要不是因那两万元手术费，也不会让女儿嫁给大洋驴。所以田凤兰尽量减少回娘家的次数，只为让母亲少难过。

田有爷儿仨和四个淘金工前后脚出了院门，下了坝坎的坡道，走上奔往淘金谷的山路。田凤兰发现，在这上工的一行人中，有个身影似乎有些眼熟。

哦，是他吗？难道真的是他吗？不，不可能，他怎么会跑到这儿来做工呢？田凤兰躲在路旁一棵核桃树后，直到父亲他们一行人走远了，才闪出身子。

走到通向淘金谷的岔路口，魏山河不经意间回头望了一眼，看见一个女人从树后闪出来。也许距离太远，也许她侧着身，他没能认出这个女人是谁，紧走几步，跟上淘金的队伍。

来到娘家院门口外的坝坎下，田凤兰依然犹豫是否走进去。这时，热闹儿跑了出来，看到姑姑很惊讶，高兴地喊道，姑姑！田凤兰答应了一声。热闹儿跑下坝坎，拉起姑姑的手，姑姑走，跟我回家。

听见热闹儿喊叫姑姑，田凤芹从院门口跑出来一看，果然是姐姐，上前一把拉住姐姐的手，责怪地说，姐，你怎么好多天也不来了，我都想你了。田凤兰说，我也想你们。

姐妹俩和热闹儿走进院子。田凤兰看见母亲在北房堂屋里刷碗，喊了一声，妈，我来了。凤芹妈扔下手里的抹布，迎出门，来，快来，快屋里坐。田凤兰看得出，对她的到来母亲显得很高兴，但她敏感地察觉到母亲的眼神里有一种不安、一种牵挂。而不安和牵挂的缘由，无疑是担心女儿又被大洋驴欺负。

得知女儿还没吃早饭，凤芹妈把小米红豆粥倒回锅里，烧了一把火，随后往碗里打了俩鸡蛋，切碎些葱花，用筷子急速地搅拌着。

田凤芹把姐姐拉到自己闺房，问为啥好多日子了也不回家看看。田凤兰推辞说整天瞎忙。田凤芹又问，姐夫还敢欺负你吗？田凤兰垂下眼帘，不提他，说咱姐俩的话。田凤芹说，对，不提他，提起他我手就痒痒，真想拧他脸蛋子。田凤兰换了一个话题，听说爸爸雇工淘金了？田凤芹回答，对，雇了四个人呢。说到这儿，田凤芹起身关上屋门，神神秘秘地说，姐，我喜欢上一个人。田凤兰感到很惊喜，哦，谁呀？田凤芹悄声地说，这是个秘密，我跟谁都没说呢。田凤兰说，那就先把秘密告诉姐，姐帮你参谋参谋。田凤芹不禁有些扭捏。田凤兰催问道，快说，喜欢上谁了？能让我妹妹看上的，肯定错不了。田凤芹说，那当然，他就是我梦中的白马王子。田凤兰用食指刮了一下妹妹的鼻子，笑着说，真不嫌害臊！田凤芹得意地说，姐，你不知道他长得有多帅！高鼻梁，大眼睛，不胖不瘦，不高不矮，又机灵又沉稳，说起话来文文静静的。田凤兰说，你风风火火惯了，还真得找个沉稳的。哎，对了，你都快把人家夸成一朵花儿了，我还不知道他是谁呢。田凤芹说，他是咱家新招来的淘金工。田凤兰想起刚才在院门口远远看到的那个身影，问道，他叫什么名字？田凤芹说，他叫魏山河。说完，脸红了，低下头，沉浸在无比的幸福里。

田凤兰听到“魏山河”三个字，不禁一怔，随即转过身去，为的是避开妹妹的眼睛，不让她发现自己脸上突变的表情。

妈说了，魏山河这名字，又好听又好记，叫起来特响亮。不等田凤芹说完，田凤兰站起身，不行，我得走了。田凤芹说，哎，姐，我还没跟你说完呢。

对不起，有件事我得赶紧去办。不由分说，田凤兰开门走出去。田凤芹追出来，姐你别走啊，你还没帮我参谋呢！

炒鸡蛋的凤芹妈看见田凤兰匆匆走出堂屋，追着她的背影喊道，饭马上就做好了，吃完了再走吧。田凤兰头也不回地说，不了妈，我还有急事，等过两天我再来看您。

田凤芹追出院门口，站在坝坎上，望着走向金盏沟方向的姐姐身影，嘟嘟囔囔地说，正聊得好好儿的，怎么说走就走了呢？

田凤芹转身回家，看见魏山河走来，问道，你不是上工去了吗，怎么又回来了？魏山河说，忘带钢钎儿了，大叔让我回来拿。说着，望了一眼远去的那个女人，问道，你刚送走的那个人是谁呀？田凤芹答，我姐。魏山河说，你姐这是去哪儿啊？田凤芹说，回她自己家，住在金盏沟。魏山河脸上的肌肉抽动了一下，你姐叫啥？田凤芹说，叫田凤兰。魏山河心里释然了，脸上的表情恢复了平静。田凤芹问，怎么，你们认识？魏山河说，啊，不，不认识，我随便问问。

当天夜里，魏山河走出淘金工住屋，再次悄悄地溜出院门。

片刻，田有跟了出去。

又过片刻，田凤芹也跟了出去。

透过淘金工住屋的玻璃窗，王全盛把这螳螂捕蝉，黄雀在后的情景，全都看在眼里，他不解地摇摇头，重新钻回被窝。

魏山河出了田家门，走向金盏沟。忽然，夜空中响起埙的呜咽声，不成曲，不成调儿，既悲切，又神秘，只响了几声便戛然而止。魏山河看见迎面走来一个幽灵似的老头儿，手托陶埙，目不斜视，旁若无人地从他身旁走过。随后，呜咽的埙声又断断续续响了起来。魏山河心说，这真是个神秘的怪人，胆子小的非得吓个半死。

来到金盏沟，村里多数人家都睡了，只有零星几家的窗户还亮着灯光。魏山河凑近一家院门前，扒着门缝儿往院子里看，只见正房的玻璃窗上映出一个女人的身影，怀抱孩子在炕上来回来去走遛儿。女人哄孩子的声音隐约传出来，噢噢，好宝宝，睡大觉，狼来了，虎来了……

魏山河又来到一家亮着灯的住户门前。这家院墙不足一米高，住屋与院墙的距离也很近，魏山河不用踮脚就能看到院子里的情况，也可清晰地听见屋子里一男一女说话的内容。女人说，哎呀，那是盐坛子，不是蜜罐子，吃多了小心齁着你！男人说，就是齁死我也乐意，别耽误工夫了，快来吧。女人说，你小声点儿，孩子刚睡着。男人说，顾不得那么多，急死我了。随后，屋子里的灯熄灭了，窗户变得一片漆黑。

一直尾随魏山河的田有，躲在路边一堆柴火垛旁，他实在闹不明白，魏山河到底搞的什么鬼。

忽然，从后面传来哗啦一声。

谁呀？田有压低嗓音问。

爸，是我。田凤芹从一座砖垛后面走出来，刚才她不小心碰掉一块砖。

田有走过来，死丫头，你跟在我身后干啥？田凤芹反问道，那您跟在魏山河身后又干啥呀？田有一时不知说什么好，走走走，跟我回家去。说着，田有回头看了一眼，魏山河已经走远了。

田有摸着黑儿，轻轻走进两间一明住屋。却不想，凤芹妈笔直地坐在炕上，严厉地问，深更半夜的，你跑出去干啥？田有只好实话实说。凤芹妈不免也觉得奇怪，魏山河溜出家门，到金盏沟村去干啥？田有说，是呀，我也纳闷儿呢，他一不像做贼，二不像干坏事。凤芹妈说，他不是说金盏沟有亲戚吗，是不是去找亲戚？田有说，他那家亲戚搬到县城去了。再说，找亲戚为啥不白天去，用得着这么偷偷摸摸、鬼鬼祟祟的吗？凤芹妈说，从表面儿上看，这孩子倒是挺老实的……哎，对了，你发觉没有呀，咱凤芹好像挺喜欢他的。田有说，你这情报也太晚了，从他来的那一天，我就觉察出来了。凤芹妈说，嘿，你这人，可真能沉住气。田有说，我把丑话说头里，在没摸清楚魏山河底细之前，不许凤芹和他交往。凤芹妈说，姑娘大了不由娘，特别是咱这闺女，从小任性惯了，她想要做啥事，谁能管得了啊。

田凤芹躺在被窝里，翻来覆去睡不着，心情烦躁得直冒汗，每次翻身都如鲤鱼打挺儿似的，啪地翻过来，啪地又翻过去。魏山河为啥接二连三在半夜里溜出去？他到底去干啥？看他一户户偷窥的样子，似乎像找什么人。他为啥非要找这个人？这是他的什么人？难道他的目的不是来做工？他到底值不值得去爱？一连串的问题，搅得田凤芹脑子简直要炸开。

听见院子里传来一声响动，田凤芹以为魏山河回来了，爬出被窝，掀开窗帘一角，透过玻璃窗向院子里看去。院子里月色朦胧，寂静无声，一只花猫追逐着一只白猫，跑过院子，蹿上墙头不见了。

埙的呜咽声再次响起来，飞过夜空，透过窗户，顽强地传进屋子，依旧不成曲也不成调儿。起初，田凤芹同金牛坨村许多人一样，每当深夜听到这时断时续、飘忽不定的埙声，就会头皮发紧，泛起鸡皮疙瘩。后来，时间长了，听习惯了，人们也就渐渐理解了，这是田宝对死去的亲人一种特有的思念和哀鸣。若真偶尔哪天夜里听不到埙声，反而会觉得空空荡荡的，没着没落。但今天听来，田凤芹觉得那曲调既凄苦又悲凉，搅得心情都随之酸楚起来。

一声院门发出的声响隐约传来。田凤芹掀开窗帘看去，果然发现魏山河走进院子，回身关上院门，拴上门闩，蹑手蹑脚走向淘金工住屋。在推开房门前，他还向正房这边看了一眼。

魏山河悄没声地走进屋子。并排躺在炕上的牛大力、侯子明、王全盛睡得正香。牛大力吧唧着嘴巴，可能是梦见了什么好吃的。魏山河脱去衣裤和鞋袜，钻进被窝里。身旁的王全盛似乎被搅扰了，翻了个身，便又睡去。

第二天送午饭时，田凤芹看见魏山河推着一车废矿石走出掌子，她视而不见，理也不理，自管卸着骡子驮架上装有饭菜的塑料桶。魏山河倒掉废矿石，过来给田凤芹帮忙。

田凤芹劈头盖脸地问，你知道我最恨什么人吗？魏山河一怔，不知所以然。田凤芹说，我最恨那种满嘴编瞎话的骗子！魏山河没吭声，躲过姑娘咄咄逼人的目光。田凤芹索性直截了当地逼问，你老实给我交代，昨天夜里你又悄悄溜出去干啥了？不等魏山河开口，田凤芹又说，不许你再拿什么换了住地儿睡不着觉来骗我！魏山河知道隐瞒不过去了，只好实话实说，我去找一个人。田凤芹没想到魏山河会如实招来，便继续问，你去找谁？叫啥名字？魏山河沉了沉说，她叫马兰。田凤芹愣住了，马兰？没听说金盏沟有叫马兰的呀，她是你什么人？魏山河说，她是我什么人并不重要，重要的是我一定要找到她，不然我心里永远都不会安稳。田凤芹说，好，你不愿意说，我也不强求。魏山河还想解释，看见田有等人陆续走出掌子，只好作罢。

田凤芹给人们盛着饭菜。侯子明发现，牛大力一眼又一眼地不断瞟着田凤芹的发卡，这是新别在她头上的，白色硬塑质地，带有粉红小花，精致且又好看。当与姑娘目光相遇，牛大力便赶紧低下头，用大烙饼挡住整个脸庞。侯子明暗暗一笑，莫非这癞蛤蟆还想吃天鹅肉？

田凤芹盛了一碗熬茄子递给侯子明，还不等他接过来，他突然嗷地惨叫一声，歪倒在地，杀猪般地喊叫着，腿！我的腿！王全盛和田广和赶紧过来，挽起侯子明的裤子，只见从裤腿里掉出一只黑褐色的山蝎子，迅速钻进石头缝儿。顿时，侯子明腿肚子上红肿起一大片，疼得他“哎哟哎哟”乱号，满头是汗。

快，你们快去逮个蜘蛛，个儿越大越好。田有吩咐完，掐住侯子明腿肚子，挤出一股黑红的血，然后从驮架上解下根绳子，紧紧捆住侯子明大腿。蜘蛛很快找到了，是个很大的黑白花纹蜘蛛。田有把蜘蛛放在侯子明红肿的腿肚子上。这东西真怪了，不跑也不闹，乖乖地把尖嘴巴插进山蝎子蜇的小黑眼里，贪婪地吸吮着人体中含有蝎毒的血液。不一会儿，蜘蛛肚皮就像吹起的小气球，鼓胀得近乎透明。随后蜘蛛翻了一个身，滚落在地，缓慢爬了一段，便再也动弹不得，剧烈地抽搐着，直到抽搐成一个肉球球。

田有拉起侯子明说，好了，没事了，走走试试看，腿肚子还疼不疼。侯子明就试着走了几步，嘿，还真不疼了，一点儿也不疼了，谢谢大叔。

田凤芹感到很惊讶，爸，这到底是怎么回事呀？田有说，这就叫以毒攻毒，一物降一物。田广和问，您怎么知道用这一招儿？田有说，我在破嘴山金矿上钻了二十年掌子，啥邪事怪事没遇过呀。

大哑巴跷起大拇指，大声啊啊着连连称赞。田广和、魏山河、牛大力、王全盛几个人，你看看我，我看看你，被田有治疗蝎毒的绝技彻底征服了。

牛大力有了跟侯子明斗嘴的话题，这回你知道了吧，山蝎子专门蜇有一肚子坏水的人。然后又向田有挤挤眼，求证道，大叔，我说得没错吧？田有笑着说，没错。大家都笑了，也一个个跟着说没错。侯子明咬咬牙，没吭声，心说，大牛你甭忙，早晚让你知道我肚子里有多少坏水儿。

早晨起来天就阴阴沉沉的，一阵雷声从山顶响过，终于淅淅沥沥下起雨来。人们躲进掌子口避雨。田凤芹趁机狠狠踩了一下魏山河的脚，疼得魏山河哎哟叫了一声。田凤芹满脸歉意地道声对不起，心里却狠狠地说，活该，把你脚指头踩断了才好呢，看你深更半夜还溜出去不。

不一会儿，从天而降的雨丝，就给黑褐色的岩石泼上一层墨，给发黄的草尖涂了一层色，给深绿的树叶抹了一层油。于是，黑的更黑，黄的更黄，绿的便更绿了。

三

同往日一样，傍晚放过炮之后，人们就收工回了家。第二天早晨上工来，硝烟早已经散去。然而奇怪的是，掌头上的岩壁不见了，现出一个大窟窿，金矿脉自然也就断了线。田有举着电石灯照去，前方黑咕隆咚，深不可测。

田广和有些害怕，爸，这是怎么一回事儿呀？田有说，咱们打通了日本鬼子留下的废巷道。

这是田有早就料到的事情。当年，日本人开的金矿虽然在金牛坨大山南坡，但从北坡凿掌子钻进去，肯定会与废巷道相遇。田有吩咐大家调大电石灯火苗，戴好安全帽，留心脚下别被绊倒。伙计们听了，一个个表情异常严肃，跟在田有身后走进废巷道，亦步亦趋，小心谨慎。

与田有他们凿的掌子比，废巷道又宽又高，还算平坦，但却闷热潮湿，气味难闻，几乎令人窒息。来到一个三岔路口，田有停下脚步，用电石灯火苗吐出的黑烟当作墨笔，在岩壁上画了一个指向来时的箭头，叮嘱人们一定要记住这个标记。不然一旦迷了路，就是插翅也难逃出去。

侯子明走在队尾，不断回头张望，总觉得有什么东西尾随，于是紧走几步跟在田有身后，心里这才感觉踏实一些。电石灯昏黄的光亮照在岩壁一侧，上面乱七八糟画着一些图案，侯子明举着电石灯凑近看了，只见一个个女人一丝不挂，奇形怪状，横七竖八地摆着各种撩人的姿势，有的捧着两个硕大的奶子，有的叉开双腿露出阴户，有的弓下腰身撅着肥肥的大屁股。还有一些歪歪扭扭的字迹，内容写得赤裸裸的，全部与男女床第之事有关，有的字一看便是自造的。

对此，田有见怪不怪。在破嘴山金矿的巷道里，有的工友也常常干这种下流勾当，他们把电石灯的截门调到最大，故意让乙炔气燃烧不充分，用那冒出的黑烟作画，将一些淫秽图案和字迹涂鸦在岩壁上。但今天，与晚辈一同看见这些不堪入目的东西，作为长辈和把式头的田有脸上一阵发热，觉得很不自在。

侯子明解开腰带，掏出家伙，运足气，瞪着眼，机枪扫射般地将黄黄的水柱击到岩壁上，一个个“女人”随之粉身碎骨，变成摊摊黑水流了下来。

你小子，啥时都不忘了犯坏。田有笑骂着，招呼人们离开。

越往里走，掌子越暗，温度和湿度也越高。忽然，由远而近传来一阵轰隆隆的响声，人们还没弄清楚怎么回事，一股强大的气浪迎面扑来，一盏盏电石灯立刻被吹灭了，掌子里变得一片黑暗。

快趴下！田有喊声未落，所有人都抱着脑袋趴在地上。

轰隆隆的声音越来越近，越来越响，像滚雷，像海啸，像炸弹爆炸，像楼房倒塌，像瀑布从天而降，像山洪顷间爆发。随之而来的是一阵令人心惊肉跳的吱吱吱、叽叽叽的声浪，在人们头上足足过了两分钟才逐渐平息。

人们陆陆续续从地上爬起来，重新点燃电石灯。王全盛问，大叔，刚才飞过的是啥东西呀？田有说，蝙蝠。牛大力一怔，啊，哪来这么多蝙蝠？魏山河说，起码有好几百只。田广和说，上千只也不止呀！王全盛觉得头发上有什么东西，伸手胡噜了几下，手上沾满了黏乎乎臭烘烘的稀屎，原来蝙蝠把粪便排泄在了他脑袋上。他骂着蝙蝠的八辈祖宗，在岩壁上蹭干净手。

听不见侯子明搭腔，人们这才发现，侯子明依然双手抱着脑袋趴在地上。

牛大力走过去，照着侯子明屁股踢了一脚，嘿，这又不是热炕头儿，赶紧起来吧！侯子明哆哆嗦嗦从地上爬起来。田有问，吓着没有，猴子？侯子明上牙磕着下牙说，没……没有。牛大力发现侯子明的裤裆湿了一片，揭发道，还说没吓着呢，瞧，裤子都尿湿了。侯子明赶紧用双手捂住裤裆。人们不禁一阵嬉笑。大哑巴伸出小拇指啊啊着，嘲笑侯子明胆小如鼠。

田有掏出一包烟，分发给大家，为的是安稳一下被吓得怦怦乱跳的心。掌子里的烟雾渐渐浓了，像云朵一样缓缓地飘浮着，翻滚着，在气流的作用下，一会儿拉成长条，一会儿聚成片状，最后像是被天棚上的潮湿吸住了，水平地贴附在光滑的岩石上。

魏山河不会吸烟，趁这工夫他模仿田有的样子“叫金儿”，从地上捡起一块矿石，放在一块有平面的石头上，一手拢着，一手用锤子砸着，一下又一下，神情专注极了，就像一个孝子为患病的母亲捣草药。田有心说，这小子要是可靠，倒也是块儿好料。

几粒细小的石渣从天棚震落下来，掉在大哑巴脑袋上，他立刻抬起头，警觉地望着天棚，直到确认没有异常，这才收回目光。别看他的听觉失聪了，但视觉嗅觉触觉却有超乎寻常的功能。

矿石被砸成粉末儿，魏山河将这些黄面面儿用手掌刮进碗里，又貌似老练地用手指头蘸了蘸水，沾起残余的粉末儿放在碗里涮涮，这才把碗贴近盆里的水面，像淘米似的让盆里的水流进来，又流出去。尽管手生，黄泥汤子照样流走了，碗底只剩下黑色的“底留”。正是有了这黑色，才更显得金子的灿黄，“底留”里竟然现出几粒针尖儿大小的黄黄的物质。

大叔您看，这是不是金子？魏山河将“叫金儿”碗递到田有手里。田有看了看，眼睛不禁一亮，“底留”里那几粒黄黄的物质，居然真的是金子！

田有顺藤摸瓜，追根求源，在他身后的岩壁上，发现有一道岩石夹缝儿，犹如手指宽厚，夹缝儿里是那种带有石英白和铁锈红的金矿脉。

这是条金矿脉，含金量也不低，来，就在这儿凿掌子吧！田有带领人们叮叮当当干起来。

收工往回走时，侯子明觉得小肚子一酸，立刻停下脚步，解开裤子撒尿。自从被蝙蝠吓得尿了裤子，他裤裆里的那个水龙头就关不严了，只要下身有点儿感觉，就得赶紧解决问题，不然准有几滴尿遗在内裤里。忽然，他看见废巷道里有道白光一闪，吓得他提起裤子就跑，一阵哭爹喊妈地乱叫。

田有回身问侯子明，你一惊一乍地喊叫啥呢，蝎子蜇了还是耗子咬了？

侯子明哆哆嗦嗦地说，我……我看见有一道白光，嗖地一闪，眨眼就不见了。

田有说，这巷道里黑咕隆咚的，哪儿来的白光？

牛大力贬损说，你这就叫生孩子不生孩子——吓唬人玩儿。

侯子明争辩道，我……我不是吓唬人，真是有道白光一闪……

田有沉着脸打断说，好了，以后别有事没事大惊小怪的。

被把式头这么一责怪，侯子明也怀疑自己刚才看走了眼。但这个想法很快就被否定了。当他猫腰走过一处低矮的巷道时，觉得脸上被什么东西轻轻划了一下，很轻柔，很痒痒，以为是蜘蛛网，就在空中胡乱地抓了一把，却不想竟从岩壁上扯下一根银丝，足足有两尺长！

侯子明紧走几步将银丝交给田有，大叔你看，这是啥东西呀？田有接过银丝仔细看着。侯子明找补道，刚才我看见有道白光一闪，不是瞎说吧？田有没有直接回答，你在哪儿捡的？

侯子明领着田有走回到发现银丝的地方。田有举着电石灯在岩壁和地上寻找，果然又发现一根。侯子明也又发现了一根。

田广和走回来，看到父亲拿着几根银丝发呆，问道，爸，这会不会是马尾鬃啊？田有没有说话，把银丝绕成卷，塞进衣兜里。

人们走出掌子，夕阳将金牛坨大山涂上了一层神秘的金色。

田宝牵着一只母羊和两只羊羔往家里走，听见山路上传来脚步声，便又一如既往地转过身去，一动不动，像根木桩。直到田有他们从他身后匆匆走过，他这才转过身，目送一行人远去了。

回到家，田有把银丝交给凤芹妈辨认。

凤芹妈问，咦，这是啥东西呀？

田有说，我也琢磨呢，你说是马尾鬃吗？

不像，马尾鬃比这粗，比这硬。

田有说，那会不会是尼龙丝？

更不像，尼龙丝摸着光溜有弹性。

田有道出憋在心里的话，我觉得这八成是人的头发。

凤芹妈问，哦，你在哪儿捡到的？

废巷道里。

凤芹妈很惊讶，这东西怎么会跑到废巷道里？

我也觉得奇怪。

凤芹妈说，我怎么觉得有点儿瘆得慌呀。

好了，不说了，铺被窝儿睡觉。

凤芹妈扫炕、铺被褥，准备睡觉。田有拿过椅子，站了上去，将几根银发穿过拴烫画葫芦上的绳扣，一分两半，搭在两侧。

凤芹妈喊道，哎我说，你怎么把那东西挂葫芦上了？

田有说，就自当看着好玩儿呗。

凤芹妈哼了一声，还好玩儿呢，我看着怪吓人的。

这一刻，田有想到了迷失在废巷道里十年之久的父亲。但他唯恐吓着凤芹妈，所以没有说出口。

夜里，田有听见西厢房的门响了一声，爬起来撩开窗帘往外看，只见魏山河走出淘金工住屋，但这次他并没有溜出院门，而是直接走向院子一角。随后侯子明从屋子里跑出来，跟着魏山河走进厕所。这也许是侯子明被栖息在废巷道里的蝙蝠吓得屁滚尿流，夜深人静自己不敢出来撒尿，让魏山河开路为他壮胆吧？

打通日本鬼子留下的废巷道，发现了金矿脉之后，新开的掌子没凿多远，金矿脉就“放槽”了。只不过这槽的形状比较怪，像是一条齐刷刷的泄水沟，两侧被岩石紧紧夹着，即便是有丰富淘金经验的田有也从没遇到过。但不管怎么样，每天挖出的金矿砂，依然能装满几条布口袋。

坐下来抽烟歇息时，王全盛向把式头田有讨教，金矿脉为啥一会儿放槽，一会儿又不放槽？田有反问，你在家种过倭瓜吗？侯子明抢着问道，淘金跟种倭瓜有啥关系？牛大力也说，是呀，金子和倭瓜怎能比呀？田有说，这金矿脉，好比是倭瓜秧，放槽的金矿砂呢，好比是结在倭瓜秧上的倭瓜，而倭瓜秧不可能每一截儿都结倭瓜。王全盛说，要是每一截儿都结倭瓜，那成冰糖葫芦了。田有笑了笑，这话说得好，要想找到放槽的金矿砂，就好比秋天在地里沿着倭瓜秧找倭瓜，这倭瓜秧到底爬多远能结一个倭瓜、结多大的倭瓜，就连神仙也说不准。魏山河适时地插话说，所以物以稀为贵。

说话间，一只白毛小耗子跑过来，魏山河眼疾手快，一把抓在手里。田有赶紧阻拦道，哎，快放了它！这是咱的小伙计，是淘金人的财神爷，咱们都得好好保护它。小白耗子重新获得自由，沿着掌子壁跑走了。牛大力似乎找到证据，揶揄侯子明，猴子，这小白耗子就是你说的那白光一闪吧？不等侯子明争辩，田有立刻制止说，好了好了，都给我住嘴，以后谁也不许再提起这件事了。

王全盛有些不解，把式头为啥不让再提白光一闪的事了？莫非这跟白毛小耗子似的，也大有讲究？他话到嘴边，没有说出口。

田凤芹一天两趟赶着骡子往家里运送金矿砂，全都堆放在院门口坝坎下的石碾旁。史翠珍负责碾压金矿砂，她坐在马扎上，像罗面似的来回来去拉着罗，罗杠下面是笸箩，笸箩里装的是金矿粉。每拉完一罗，她就把剩下的矿石渣倒回在碾盘上，让拉碾子的叫驴继续碾压，然后新装上碾碎的金矿砂，坐回马扎接着拉罗。一来二去，笸箩里的金矿粉堆成了小山。淘金要经过采矿、碾压、拉溜、冶炼等多道工序，碾压只是其中一个环节。

突然，“嘣”的一声，如同放响小鞭炮。史翠珍吓了一跳，看看四周，不见有人，以为谁躲了起来，便扯开嗓子喊道，没事吓唬人玩儿，这是谁吃饱了撑的呀？有本事你给我出来！

“嘣”的又一声。这次，史翠珍看清楚了，一个黄豆大的玩意儿，从碾盘上升起一条抛物线，落在三四米远的草丛里。史翠珍起身寻过去，发现有个大小和形状如同黄豆粒似的东西，在太阳的映照下，发着耀眼的光。她捡了起来，掂了几掂，觉得很沉，再仔细一看，原来是颗金豆子！史翠珍既欣喜又惊慌，四下巡视一番，没有看见人，只有一只大红公鸡带着几只母鸡在不远处觅食，便赶紧把金豆子装进衣兜里。然后在地上继续寻找，果然又发现一颗金豆子，大小与第一颗相差无几。

嫂子！突如其来的一声喊叫，吓得史翠珍浑身一哆嗦，回头一看，原来是大洋驴，便骂道，该死的大洋驴，你把我魂儿都吓出来了。大洋驴嬉皮笑脸地说，撅着屁股在地上找啥呢？史翠珍赶忙掩饰道，我……我衣服扣子掉了一个。说着，掀起外衣给大洋驴看，衣襟最下面的扣子果然不见了。大洋驴说，我还以为找金子呢。史翠珍说，谁能跟你比呀，草驴撒一泡尿都能给你冲出一块金疙瘩。

蒙着眼睛拉碾子的叫驴走累了，停下来歇息。

史翠珍吆喝一声，驾！叫驴又走起来。大洋驴借机一语双关地说，嫂子，用我给你拉帮套不？我比广和二哥的劲儿可大多了。

“拉帮套”指的是男人体力不行，需要另一个男人帮着老婆快活。

史翠珍当然明白“拉帮套”这句话的含义，她从笸箩里抓起一把金矿砂向大洋驴扬去，我让你没大没小、胡说八道！大洋驴没有防备，脸上和身上落满了矿石面子。史翠珍哈哈笑着说，来了就别闲着，给我撑着口袋。说着，递给大洋驴一条布口袋。大洋驴尽管说“拉帮套”可不是帮忙干活，但还是用双手撑起口袋嘴。史翠珍用铁簸箕从笸箩里搓起金矿粉，倒进布口袋里。

传来一阵铃铛声。史翠珍和大洋驴循声看去，只见田凤芹赶着骡子走来，骡子驮架两侧各搭载着一个沉重的布口袋，不用说，里面装的全是金矿砂。

离老远田凤芹就喊，哎，大洋驴姐夫，长点儿眼力见儿行不行，过来帮我卸口袋。史翠珍对大洋驴悄声说，你不是想拉帮套吗，赶紧帮你小姨子去吧。

大洋驴走过去，帮田凤芹从骡子驮架上卸下布口袋，然后问道，怎么着，掌子又放槽见阔儿了？田凤芹说，那当然，要不然哪儿来这么多金矿砂。

大洋驴听了，心里忽悠一下，感觉像是从高高的悬崖坠入深深的谷底。

第四章　翻板陷阱底下发现一具腐尸

一

大洋驴头朝里，脚朝外，四仰八叉地躺在田有夫妇住屋的大连炕上。

凤芹妈站在炕沿边，一脸无奈地劝着，你有啥事说啥事，躺在炕上不起来，这算怎么一回事呀？大洋驴好像没听见，躺着一动不动。凤芹妈又说，我知道，你是想入伙儿淘金，可这也不是我能做主儿的事啊。起来，听妈话，等你爸收工回来，咱娘儿俩跟他好好说说。大洋驴闭目养神，好像睡着了。凤芹妈对这个无赖姑爷奈何不得，气得一屁股坐在炕沿上。

热闹儿跑进屋子禀报，奶奶，我爷爷他们收工回来了。凤芹妈隔着玻璃窗看见田有他们走进院子，就跟盼来救星似的。

凤芹妈拉着热闹儿走出堂屋，着急忙慌地说，哎呀你可回来了。田有问，怎么，家里出啥事了？凤芹妈指着住屋说，咳，咱那个冤家，躺在炕上要赖好半天了，死说活说也不起来。田有低低骂道，这头活驴！

田有走进住屋，瞟了一眼躺在炕上的大洋驴，没有立刻理睬他，而是将一条毛巾泡进脸盆，故意把盆里的水撩得哗啦哗啦响。大洋驴躺在炕上一动不动，似乎根本听不见田有洗脸闹出的响动。

田有洗完脸，坐在炕沿上，点燃一支烟，这才开口说，哎，别驴鼻子里插葱假装大象了，有啥话，起来说。

不答应我入伙儿淘金，今儿我就躺这儿不起来了！大洋驴用脚后跟敲打着炕沿，以示他的决心。

田有拿过一个枕头，扔给大洋驴，给，枕上，省得炕席硌脑袋。他本想戏弄一下这位浑蛋姑爷，但大洋驴却不客气，抓过枕头，垫在脑袋下。田有说，嗬，给你个棒槌就纫针，你还真想躺在这儿不起来了？

少说废话，来句痛快的，到底答应不答应我入伙儿淘金？大洋驴抬起脑袋说了一句，扑通又躺下。

田有口气变得严厉起来，要答应我早就答应了，你再怎么耍赖也没用！

好啊，我还就不怕你跟我来硬的。大洋驴双手枕在头下，玩世不恭地说，我今儿就躺在这儿，看谁敢把我抬出去！

田有气得涨红脸，他沉了沉说，狗怕夹尾儿，人怕输理儿，你躺在这儿一点理儿也不占。

大洋驴忽地坐起来说，嗬，学会猪八戒倒打一耙了，是我不占理儿，还是你不占理儿？没有我们家草驴一泡尿冲出一块金矿石，你就是再精明，也不会想到去凿掌子淘金吧？你们家现在能有大堆大堆的金矿砂，还不是托我的福？田有说，你这是强词夺理，胡搅蛮缠，有本事你也去凿掌子淘金呀，谁也没拦着你。大洋驴使劲拍着炕席，知道我不懂，你才这么说。不然我一个大活人还能让尿憋死，非得抓住你这根破稻草不撒手？

大洋驴讲的是实情。作为一个山里男人，他除了会放放驴，有一身笨力气和一副驴脾气，养家糊口的本事诸如干农活、剪果树、垒坝阶、编荆条、搭土炕等，他没有一样在行，更别说淘金了。

那你就憋着尿在这儿躺着吧，我倒要看看你躺到啥时候！田有走出住屋，摔得屋门山响。

大洋驴冲着田有背影吼道，那我就在这炕上拉、炕上尿，把你们家的炕熏臭了，尿塌了，你啥时答应我啥时起来！

田凤芹随父亲他们一起收的工，洗完脸，擦着油，推门走进屋，笑呵呵地坐在炕沿上。大洋驴见了，转过身去，亮给小姨子一个宽后背和两瓣大屁股。田凤芹说，嗬，大洋驴……姐夫。她故意在大洋驴和姐夫之间停顿一下，你躺在丈母娘的大连儿炕上，比自己家舒服多了是不是？大洋驴说，那当然了！田凤芹说，我把炕再烧热点儿，你是不是更舒服呀？大洋驴顺杆儿往上爬，好啊，把炕烧得热热的，正好治治我的腰酸背痛腿抽筋儿。

我看你是找挨抽！田凤芹急了，扒下大洋驴一只球鞋，抽打他的屁股。

大洋驴缩成一团，忍痛喊着，哎哟，好舒服啊，我屁股蛋子正好痒痒，有小姨子给我挠，真是舒服，舒服死了！

那好，今儿我就让你舒服个够！田凤芹手里的球鞋加大了力度和速度。

大洋驴强忍疼痛，嘴上逞能，哎哟，真舒服！从来没有这么舒服过啊！

田凤芹越加来气，边打边骂，让你舒服！让你舒服死了算！

大洋驴说，赌咒不灵，放屁不疼。

我让你不疼，让你不疼！我今儿非打烂你这个驴屁股，让你放不成屁！田凤芹手里的球鞋雨点般地落在大洋驴屁股上。

堂屋里传来凤芹妈的喊声，凤芹，出来吃饭了。

田凤芹这才扔掉球鞋，走出屋子。大洋驴侧身看了一眼小姨子，得意地笑了，随即又疼得咧了咧嘴，用手捂住火辣辣的屁股，悄声骂了一句，妈的疯丫头，赶明儿谁娶了你谁倒霉，整天都得缩在王八盖儿里待着。

堂屋里，一家人围着桌子坐下来吃饭。

大洋驴走出屋，拉过一条凳子，挤坐在饭桌前，抓起馒头就吃。忽然喊叫一声，噗地把嘴里的馒头吐在手心里，举到凤芹妈眼前，这馒头怎么是苦的呀？肯定是碱面儿没揉开。说着又抓起一个馒头，掰开看看，大呼小叫，这里头怎么还拉黏儿呢，肯定是火候儿小没蒸熟。看到一桌子人谁都不搭理他，大洋驴觉得有些没趣，自我安慰说，咳，得了，没蒸熟也凑合吃吧。说完大口吃起来，还故意大声地吧唧着嘴。

按常理，姑爷来到丈人家，本该是座上宾。但面对这位成心找碴儿捣乱的姑爷，一家人哪还有心思吃饭，全都阴起脸瞪着大洋驴。只有不太懂事的热闹儿拿起筷子去夹菜，被田广和啪地将筷子打掉在地。大洋驴只当看不见，夹起一筷子炒菜送进嘴里，嚼了几下，吐在桌面上，妈呀，谁打死了卖盐的了，咸得直杀舌头，肯定是盐放多了。

田凤芹啪地一拍桌子，你一口一个肯定肯定的，啃你奶奶的驴腚！

要是换个人，被小姨子这么一骂，准得找个耗子洞钻进去了。而大洋驴无所谓地笑笑，转脸跟凤芹妈说，我这个姑爷不轻易来一次，总不能就这么白嘴儿吃吧，拿瓶酒来，让我痛痛快快喝几盅儿。

不等凤芹妈回答，田有气得摔掉筷子，离开桌子。这顿饭算是没法儿吃了，一家人随后也相继走开。大洋驴正中下怀，大声喊道，不答应我入伙儿淘金，我让你们一家子谁也吃不成饭！

几个大白馒头下肚，大洋驴抹抹嘴回到屋子，扯过被褥铺在炕上，脱去衣服躺下就睡，害得田有夫妇只好跟女儿凤芹凑合着躺在一条炕上。

对大洋驴如此恬不知耻，田凤芹拿他一点办法也没有。骂也骂了，打也打了，损也损了，总不能抄起碾棍揍瘸他一条驴腿吧。不看僧面看佛面，毕竟凤兰姐姐是他老婆。田凤芹问母亲，对这样一头活牲口，您说可怎么办呀？凤芹妈嘬着牙花子说，是呀，真应验了那句话，豆腐掉在煤灰上，吹不得，掸不得。她爸，你有啥好主意吗？田有没有正面回答，说就让他厚着脸皮可劲儿闹腾吧，我倒要看看他怎么收场。

第二天早晨起来，热闹儿受凤芹姑姑指使，走进爷爷奶奶住屋。大洋驴躺在炕上睡得正香，呼噜打得震天响，身边倒着一个空酒瓶子。原来，夜里大洋驴爬起来，翻找出一瓶白酒，喝了个精光。

热闹儿劈根笤帚糜儿，捅着大洋驴耳朵眼。大洋驴激灵一下子醒了，骂道，小兔崽子，别跟姑夫闹！热闹儿上了炕，使劲拉着大洋驴胳膊，起来，快起来，太阳都晒屁股了。

大洋驴就势一把拉过热闹儿，抱在怀里，又是亲，又是掐，像对条小狗似的，哎哟哟，多乖呀，我啥时也能有你这么个大儿子啊！草留种子树留根，你姑让我断子孙，我这一辈子算是白活了。

田有阴着脸走进来。热闹儿借机挣脱大洋驴，跑出屋子。

田有说，怎么着，吃也吃了，喝也喝了，睡也睡了，闹也闹了，还不爬起来拍拍屁股走人？大洋驴说，走人？没门儿！田有发火了，你这叫牵着不走，打着倒退，给脸不要脸！大洋驴说，要说不要脸，有人比我更不要脸！

凤芹妈走进屋子，劝道，哎呀，你们爷儿俩有话不能好好儿说啊。

既然话说到这儿，我就跟你们俩好好掰扯掰扯。大洋驴披衣坐起来，指着田有说，要没有我们家草驴一泡尿冲出一块金矿石，您能想到重操旧业淘金吗？能沿着山坡找到露头矿吗？说我是你们家头号功臣，这应该当之无愧吧？然后又指着凤芹妈说，当年，要不是我拿出两万块钱，替您交齐了手术费，恐怕您也难活到今天吧？那两万块是啥钱？你们不是不知道，那是我爸被沼气熏死在下水道里的赔偿金！说我是你们家的救命恩人，这也不为过吧？可是你们呢，忘恩负义，六亲不认，连我提出入伙儿淘金都不答应，非要雇用外乡人，还口口声声说，雇活不雇本村活，三天两头瞧老婆。我老婆是谁，还不是你们闺女吗?!

田有说，可你又是怎么对待凤兰的？三天两头张口就骂，抬手就打。大洋驴说，活该！谁让她身子不争气呢，肚子永远跟瘪臭虫似的。田有说，凤兰多亏没给你生个一儿半女，不然也是个有人养、没人教的东西！

翁婿二人越吵越厉害，话说得越来越没谱儿，凤芹妈赶紧往堂屋推着老伴儿，算了算了，别吵吵了。大洋驴威胁说，不答应我入伙儿淘金，我就在这沙家浜扎下去，不走了！

凤芹妈推着田有走到院子里，劝道，你就答应他入伙儿淘金吧，不然他这样胡闹下去，啥时算个完呀？田有说，他越这样闹，越别想跟我一块儿干。凤芹妈说，你不值得跟这个浑小子斗气儿。

这时，田广和、大哑巴和王全盛、魏山河、牛大力、侯子明相继走出各自住屋。田有挥手招呼道，走，上工去！凤芹妈说，哎，你还没吃饭呢。田有说，不吃了，气都气饱了。

田有带领大家出了院门，上山淘金去了。

看见父亲他们从院子里鱼贯而出，远远等候多时的田凤兰赶紧躲在一棵树后，望着一行人走上奔往淘金谷的山路。

昨天晚上，田凤兰就已经来过一趟。大洋驴没回家吃晚饭，田凤兰估计他一准儿跑到娘家闹事去了。她来到娘家门口，想起妹妹凤芹说喜欢上淘金工里有个叫魏山河的，便迟迟不敢走进去。今天，她早早地候在这里，只等父亲他们上了工，她再迈进娘家门。刚才，她躲在树后，又一次远远望见了那个让她再也熟悉不过的身影，眼泪不禁在眼窝里打起转儿。思念，愧疚，悔恨，感激，恐惧，各种复杂的情感涌上心头。

大洋驴见田凤兰走进屋子，挖苦道，怎么着，充当救兵来了？田凤兰抓住大洋驴胳膊，走，别在这儿给我现眼了，跟我回家！大洋驴一把推开田凤兰，你一边儿给我凉快去！田凤兰说，你不嫌丢人，我还嫌丢人呢。大洋驴说，丢人也是丢在丈母娘家，我怕啥呀？

田凤芹走进屋，姐，甭搭理他，宁可跟明白人打顿架，不跟浑蛋人说句话。说着，拉起凤兰姐胳膊走出屋子。

大洋驴盘腿坐在炕上，自鸣得意地说，这就叫任凭风浪起，稳坐钓鱼船，不答应我入伙儿淘金，我就吃死喝死气死恶心死你们！

但大洋驴万万没想到，他死皮赖脸的战术虽然让田家人束手无策，却被一只刚出生几天还没长毛的小耗子吓得潦潦草草收了兵。

吃晚饭时，大洋驴又挤坐在饭桌前，而且专门挨着田有坐下。他的意图很明确，你不是不让我入伙儿淘金吗，我就成心凑在身边气你。田有不急不恼，甚至还貌似友好地递给他一个馒头。大洋驴以为田有被他整怕了，接过馒头，咬了一口，不满地说，怎么又是馒头呀？就不能换换样儿啊！凤芹妈说，等下一顿我给你烙饼吃。田凤芹说，妈，你搭理他干啥，想吃就吃，不吃滚蛋！

田有示意女儿息怒，用筷子指着大洋驴说，你掏掏裤兜儿。

怎么着，姑爷吃老丈人的饭理所当然，还想让我掏饭钱？

田有说，你掏掏裤兜儿看看就知道了。

掏也没钱，除非你让我入伙儿淘金。

田有稳住神情，将了一军，说你要有胆量就掏一下裤兜儿。

掏就掏，这有啥不敢的。

说着，大洋驴把手伸进裤兜，掏出个小布包，觉得好奇怪，这东西是打哪儿来的？他打开布包一看，是只小耗子，全身粉红，还没长毛，吱吱地乱爬，吓得大洋驴嗷地大叫一声跳起来，惊慌失措地逃了出去。

一家人莫名其妙，面面相觑。

原来，在大洋驴不满周岁那年，有一天夜里睡觉时，被饿疯了的耗子咬掉一个小脚指头。这在当时成为骇人听闻的恐怖事件，传得三里五村的人都知道。即便长大以后，大洋驴只要见了耗子就跟见了鬼似的。这件事，田有本来早就忘了。今天在掌子里干活时，看到被视为淘金人财神爷的那只白毛小耗子，田有这才又想起来。收工回家后，田有在粮囤里捉到一只刚出生没几天的小耗子，找块破布包裹起来，在他一手递给大洋驴馒头的同时，一手把破布包悄悄放进大洋驴裤兜里。

一家人听了田有的叙说，不禁都笑了。

田广和说，想不到天不怕地不怕的大洋驴，居然怕一只没长毛儿的小耗子。

史翠珍接过话茬儿，别说是头驴，大象还怕耗子钻进耳朵眼儿呢。

田凤芹发现母亲闷闷不乐，问道，妈，您怎么了？

凤芹妈矜持片刻说，我担心，这浑小子又该欺负你凤兰姐了。

说完，凤芹妈不禁有泪流下来，泪水像暴露于地表的两条蚯蚓似的，缓缓爬行在她布满皱纹的脸上。

二

“拉溜”的地方设在石碾旁。坝坎上放个废旧的汽油桶，里面盛满水，桶底部钻个孔，接出根水管子，安装上截门，“拉溜”的水源就解决了。“拉溜”是淘金人的一句行话，说白了就是把金矿粉中含的金子用水冲刷提取出来。“拉溜”的木槽没有堵头，两侧有一拃高的槽帮，长和宽如一般的写字台大小。木槽是榆木做成的，使用时必须得戗着茬。因为榆木一经着水，表面就会翘起无数小倒刺，金子重，石粉轻，金子沉底被倒刺截住，石粉便顺水流走了。

田广和为父亲打下手，他从布口袋里铲出两锹金矿粉，倒在支成斜坡的木槽上。田有坐在木槽前，拧开水管截门，让水流出来，浸湿金矿粉，随后一边用水冲着金矿粉，一边用小铁耙子来回来去划拉。待黄泥汤子都流走了，木槽槽板上的密密麻麻倒刺，截住了一长条黑色矿物质。淘金人管这叫作“底留儿”。

头一次跟着父亲“拉溜”，田广和觉得新鲜好奇，不禁问道，爸，这“底留儿”里怎么看不见金子呀？田有说，要是现在一眼就能看到金子，一吨矿石的含金量就不是几十克，而是几十两了。继而田有向儿子解释，这头道“底留儿”，金子比例很小，大多是铅、锌、铁、银等金属，所以呈黑色。田广和还是不解，那金子在哪儿呀？田有让儿子别急，铲起些“底留儿”放进碗里，然后加入一些水，像平日“叫金儿”那样，晃着碗转了转，灵巧地一抖手腕，碗底里显出几十个金灿灿的微小颗粒，其中有一颗居然有小米粒那么大。田有捏起这颗“小米粒”，放在儿子广和手心里，高兴地说，所有“底留儿”要都像这样，一吨矿石的含金量起码有百八十克！

田广和把“小米粒”凑在眼前仔细看，心里不禁乐开了花。他记得父亲说过，每吨矿石含三四克金子就不会赔钱，而眼前这批金矿粉每吨含金量高达百八十克，这多么令人欢欣鼓舞啊！田广和很激动，说话声音都有些发颤了，爸，这么说，咱们家开始发了？田有说，发家了不敢说，但以后再也不用一分钱掰成两半儿花了。

父子俩把所有金矿粉“拉溜”完，头道“底留儿”足足装满一脸盆。这些“底留儿”要重新放回木槽里进行二次“投溜”，再经过“泼水子”、硝酸烧、硫酸聚等若干道提纯去杂工序，放进坩埚就可以冶炼了。

吹风机呼呼地响着，坩埚下面的焦炭烧得通红。田有抓起一把硼砂，扔进坩埚，轰的一声，铅银等杂质化作烟雾随风而去，坩埚里的溶液渐渐显露出金黄的色彩。如此几番之后，坩埚里的溶液越来越稠，越来越黄。真金不怕火炼，就是这个意思吧。

田有用长把儿铁钳小心翼翼地夹起坩埚，将金黄的浓稠溶液倒进或长形或圆形的砖模子里。待冷却下来，两根大拇指粗的金条便炼好了，还有几块铜钱大小的金疙瘩。

当初田有到县黄金公司办理采矿证时，工作人员就一再声明，按有关条文规定，炼出的黄金必须交售国家银行，不得私下进行买卖。但田有还是留了个心眼儿，存下几块金疙瘩，拿着两根金条和儿子广和一起走进县城的中国银行。当父子俩走出银行时，难以抑制的喜悦和紧张同时写在他们脸上。田广和挽着父亲的胳膊，像个贴身保镖。田有紧抱着装钱的书包，生怕被人抢跑似的。

留够雇人的工钱和日后所需的开销，田有把卖金子余下的钱分成七份儿。吃完午饭，不等凤芹妈收拾利落碗筷，田有就把七个崭新的牛皮纸信封整整齐齐地摆放在炕桌上，每个信封都鼓鼓囊囊的，不用说也能猜到那里面装的是什么。

田有向家人通报说，这是卖金子的钱，我跟你妈商量好了，总共分成七份儿，除了还没成年的热闹儿，咱家所有大人，包括凤兰，一人一份儿。

田凤芹、田广和显得很兴奋。史翠珍的脸色却顿时变了，由晴空万里一下子变得乌云密布。

田有已经料到，分给大女儿凤兰一份钱，肯定会招来儿媳妇史翠珍的不满。但他必须这样做。没有凤兰主动牺牲自己的幸福，嫁给大洋驴，凤芹妈兴许就活不到今天。况且，田凤兰整天挨打受骂，没有功劳也有苦劳。

史翠珍憋不住嘟哝一句，生产队解散了，大锅饭跑到咱家吃来了。田凤芹说，嫂子，你还别阴阳怪气儿的。史翠珍说，我哪儿敢阴阳怪气儿呀，只有老老实实干活的份儿，不像有的人，坐享其成，不劳而获。田凤芹逼问，你说谁呢，有话直说，别藏着掖着！史翠珍说，还用我藏着掖着吗？这是秃头上的虱子明摆着的事。凤芹妈赶紧解劝道，翠珍，我知道你碾压金矿砂，吃了不少苦，也受了不少累……史翠珍打断说，我不怕吃苦，就怕白吃苦！我也不怕受累，就怕白受累！田广和一声也不敢吭，看看媳妇，看看父母，左右为难。凤芹妈说，谁也没白吃苦、白受累，你爸刚卖金子回来，这不就立刻分钱了嘛。史翠珍说，还不是为了堵住人的嘴，谁比谁傻多少呀。

田有终于忍耐不住训斥道，翠珍，别没大没小的，怎么跟你妈说话呢？

老公公一开口，史翠珍不敢再吭声，但脸阴得更厉害了。

田有说，没钱时都和和气气的，有了钱怎么倒掐起来了？谁也别再说了，一人一份儿，都赶紧拿走吧。

田凤芹、田广和、史翠珍各自拿上一个信封走出屋子。凤芹妈把他们夫妇俩和大哑巴、田凤兰的那一份收起来，锁在板柜里。

田凤芹、史翠珍这姑嫂俩一直就不和。田凤芹嫌嫂子太厉害，动不动就给广和二哥气受。史翠珍怪小姑子跟假小子似的，说话做事不给她留一点儿情面。在堂屋刷锅洗碗时，不知是无心还是故意，史翠珍把几滴刷锅水溅在田凤芹衣服上，于是二人又针尖对麦芒地吵吵起来。

你轻点儿不行吗，衣服脏了你给洗呀？

怕溅脏了衣服，到城里打工去呀。

等我一走，你好在家里称王称霸啊，甭想！

有能耐你一辈子也别迈出这个家门儿。

那可没准儿，赶明儿我给爸妈招个养老女婿进门儿。

喝粥专拣锅底下的捞，也不嫌牙碜。

有钱难买愿意，硌掉槽牙跟你也没关系。

田家不是绝户，用不着姑奶子赔本儿倒贴。

娶了你，我二哥那才叫赔本儿倒贴呢。

两口子那点儿事，用不着别人说三道四。

还用别人说三道四，被乡邮员给甩了，谁不知道啊。

田凤芹这句话触到史翠珍的痛处。史翠珍火了，撩起刷锅水洒向小姑子。田凤芹急了，抓起洗碗抹布砸向嫂子。

凤芹妈闻声走出住屋，你们俩给我都住手！

史翠珍哼了一声，拂袖而去。

凤芹妈责怪女儿，跟你嫂子较啥劲呀，气得她抽起羊角风，你就该傻眼了。田凤芹说，仗着她有羊角风，在家就成了皇太后了？本姑娘不吃这一套！凤芹妈说，好了好了，为了你二哥，你就忍着点儿吧。田凤芹说，我二哥娶了她，这辈子算是没出头之日了。

史翠珍回到东厢房住屋，扯过躺在炕上的田广和又掐又拧。田广和不敢大声嚷嚷，哎哟，你手轻点儿！史翠珍又狠狠拧了田广和一把，你妹妹那疯丫头气我，我就找你算账。田广和说，你要再拧，我可喊救命了。史翠珍一把揪住田广和耳朵，你喊，你喊，你喊救命呀。田广和求饶道，得得得，不喊了，不敢喊了！史翠珍松了手，瞧你这熊样儿！来，给我捶捶后背！

田广和言听计从，乖乖儿地给老婆捶起后背。他已经锻炼出来了，拳头不轻不重，不紧不慢，恰到好处。史翠珍闭眼享受着，嘴里嘟哝说，整天碾压金矿粉，累得跟驴似的，还得受小姑子欺负，我真成你们家的长工了。田广和安慰道，我早就跟你说，别跟凤芹一般见识，她是个急性子、快嘴子，锅开等不得豆儿熟。史翠珍瞪大眼睛，那我就活该挨她欺负呀？田广和说，你不招惹她，她也不会跟你掐架，你当嫂子的，得有个当嫂子的样儿。史翠珍呸了一声，你妹妹欺负我，你也鸡一嘴儿、鸭一嘴儿地贬损我。田广和说，我是你免费的出气筒，哪儿还敢贬损你呀。史翠珍被逗笑了，哼，知道你自己啥东西就行！

接着，两口子又提起分钱的事。史翠珍埋怨公公婆婆偏心眼子，根本就不该分给田凤兰一份，甚至分给大哑巴一份也是多余。理由明摆着，一个是嫁出去的闺女、泼出去的水，为啥还要占娘家人的便宜？一个又聋又哑，都三十五六岁了，难道还想娶个黄花大闺女不成？田广和认为史翠珍摆的这是歪理，不管怎么说，哑巴哥和凤兰妹妹也是田家人。

史翠珍说，你傻不傻呀？凤兰嫁给大洋驴，就是杨家人了。哑巴哥不过是个拖油瓶的，跟妈改嫁过来才改成姓田。再说了，儿子热闹儿是你们田家独苗，为啥不分给他一份儿？田广和说，爸不是说了吗，热闹儿还没成年。史翠珍说，以后再敢这么欺负人，我就敢啥活儿也不给他们干了。田广和指指窗外，悄声说，老佛爷，您说话就不能小声点儿？史翠珍反而提高了嗓门儿，怎么着，分配不公平，还不许人说话了？

田广和透过玻璃窗向院子里瞄了一眼，看见父亲拎着电石灯走出正房堂屋，便赶紧出屋随父亲上工去了。

父子俩出了院门，迎面遇到田凤兰走来。田凤兰跟父亲和二哥打过招呼。田有说，回家吧，你妈等着你呢。

田凤兰走进院子，情不自禁看了一眼淘金工住的西厢房，尽管屋门关着，也明知道淘金工都上山做活去了，但她依然显出几分不安。

这时，凤芹妈迎出正房堂屋。田凤兰上前叫了一声妈，说道，您托人给我捎话儿，让我今天务必回家一趟，到底有啥急事呀？凤芹妈说，来，跟我进了屋，你就知道了。

凤芹妈拉起田凤兰走进住屋，打开板柜，拿出一个鼓鼓囊囊的信封，递给女儿说，拿着吧。田凤兰问，妈，这是啥呀？凤芹妈说，打开看看你就知道了。田凤兰抽出一看，是厚厚一沓钱，顿时怔住，您哪儿来这么多钱？当得知这是卖金子所得，家里一人分得一份儿后，田凤兰立刻把钱塞回信封，退给母亲，妈，这钱我不能要。凤芹妈说，这就是分给你的那一份儿，为啥不要啊？田凤兰说，我又没给咱家出力。凤芹妈一愣，话还没说，眼圈先红了，你……你给咱家出的力还少吗？要不是你给妈换来两万元手术费，说不定，妈早就死了。田凤兰安慰道，妈，您别老为这事过意不去，只要您身体健健康康的，我再怎么着也不后悔。凤芹妈眼泪流下来，凤兰，妈这辈子对不住你。田凤兰为母亲擦去眼泪，妈您说这话就见外了，我亲妈在我刚记事时就死了，是您一手把我拉扯大，您比我亲妈还亲，我想报答您还报答不过来呢。

田凤兰说得不假。凤芹妈带着哑巴儿子改嫁给田有后，她就把田有与死去的前妻生养的凤兰和广和，当成自己的亲生儿女。那时家里穷，粮食不够吃。但凤芹妈宁可自己吃糠咽菜，甚至委屈哑巴儿子，也不让这双儿女饿肚子。凤芹妈嫁过来的第二年，田凤兰出了水痘，高烧不退，浑身痒痒，睡不着觉。凤芹妈把田凤兰抱在怀里，整宿整宿地摇啊摇，摇啊摇，直到把田凤兰摇进梦乡。田凤兰曾暗暗发誓，这辈子一定要好好报答把她养育成人的母亲。

凤芹妈把信封又塞给女儿，你收下这份儿钱，就算报答妈了。

田凤兰说，不，妈，这钱我无论如何也不能要。

你不要我要！大洋驴不知啥时闯了进来，抽冷子抢走信封。

田凤兰扑上去夺，把钱还给妈！还给妈！

我是田家的功臣，这钱本来就是我的！大洋驴一把推开田凤兰，跑走了。

田凤兰追出院门口，险些与呼哧带喘赶回来的哑巴哥撞个满怀。原来，大哑巴听田广和跟他比画说，今天上午他和父亲到银行卖金子去了，一人分得一份儿钱，便活也顾不上干了，赶紧跑回家。

大哑巴冲进屋子，向母亲急赤白脸地连比画带啊啊。凤芹妈一时没明白什么意思，比画着说，别着急，慢慢的，你到底想说啥呀？大哑巴稳了稳情绪，模仿着打锤和背金矿砂的动作，又用指头做了个数钱的手势。凤芹妈明白了，哦，你是说咱家卖金子分钱了？大哑巴使劲点点头，连啊啊带比画，伸手向母亲要他的那一份。凤芹妈指着板柜比画说，放心吧，你的那一份儿，妈给你锁起来了。大哑巴忽然急了，过去掀动着板柜盖儿，弄得铁锁和钌铞儿哗啦哗啦响。凤芹妈赶紧掏出钥匙打开锁，掀起板柜盖儿，拿出一个信封，还不等交给儿子，就被大哑巴一把夺过去，转身跑出屋子。

凤芹妈被哑巴儿子近似疯狂的举动闹糊涂了。过去，每当田有发了工资，或年底生产队分了红，凤芹妈总会给大哑巴一些零花钱，但他都推来搡去地不要，比画说要钱没用，能吃饱喝足就够了。即便有时接过钱，不是给侄子热闹儿买包糖块，就是给妹妹凤芹买个发带，再不就是给父亲买瓶廉价白酒。从来舍不得给自己花一分钱，节俭得让母亲都替他难过。他把供销社卖东西时捆的牛皮纸纸绳一根根积攒起来，编成裤腰带，系了十来年，直到田有从破嘴山金矿提前退休回来，特意给他买了条皮革腰带，他这才把那根被汗水和油污浸得黑腻腻的纸绳裤腰带替换下来。

可今天大哑巴这是怎么了？为啥听说卖金子分了钱，不等收工就急忙赶回家？为啥母亲打开板柜拿信封的动作慢了些，他就猴儿急得一刻也等不得，把板柜盖儿掀得哗啦哗啦响？

大哑巴回到自己住屋，盘腿坐在炕上，从信封里掏出钱，手指蘸着吐沫数起来，全神贯注，忘情极了。他发现厚厚的一叠钱里夹着几张百元新票，便抽了出来，翻过来调过去地看，好像辨别着真伪，又使劲地抖了几下，钞票发出悦耳的响声，然后贴近鼻子闻闻，深深吸了一口气，尽情体味着油墨的特有芬芳。

凤芹妈来到东厢房前，透过玻璃窗看见哑巴儿子坐在炕上，嘴巴一张一合地数着数儿，神情是那样专注，那样陶醉，那样痴迷。她似乎一下子理解了哑巴儿子的心思，别说是他，家里任何人从来也没接触过这么多的钱啊！这是一种愉悦，一种享受，体现了劳动的价值和做人的尊严。

大哑巴觉得身上一阵燥热，脱去上衣，光着膀子，继续专心致志地一遍遍数钱，一点儿也没察觉窗外有双眼睛正目不转睛地看着他。数着数着，钱哗啦啦散了，洒落得满身满炕都是。大哑巴爆发一阵大笑，捡起所有票子，紧紧抱在怀里，像是拥抱着一个女人，眼睛里分明有种晶莹的东西流下来。

这种情绪感染了窗外的凤芹妈，她的眼眶也不由得湿润了。

凤芹妈前脚走回住屋，大哑巴后脚就跟进来。他把厚厚的牛皮纸信封交还到母亲手里，啊啊地比画着，让母亲将钱存进银行，留着赶明儿翻盖房子用。且不管母亲是什么表情，转身走出屋子。

在院子里玩耍的热闹儿指着天空喊起来，大爷你快看，过飞机了！

大哑巴仰头向天上看去，天空一丝云彩也没有，仿佛是一面刚刚擦过的玻璃。虽然他听不见飞机的嗡嗡声，但清楚地看见蓝蓝的天上有两个芝麻粒大的亮点，身后拖着两道长长的银白的弧线。

这不是一般的民航客机，而是两架喷气式战机在做飞行训练。

大哑巴抱起侄子，扛在脖子上，转着圈地跑起来。热闹儿张开双臂，比作飞机翅膀，高兴地喊着，飞啊飞，飞啊飞，飞起来了，我飞起来了！

凤芹妈隔着玻璃窗看到这情景，先是笑了笑，后又一阵心酸。哑巴儿子过了生日就该三十六岁了，至今依然打着光棍。这让任何一位做母亲的，心里都不能安生。

三

“放槽”过后，掌子追着金矿脉又掘进了十几米。这天，大哑巴抡起大锤狠劲打下去，扶在田广和手里的钢钎嗖地一下子钻进岩壁里不见了，只留下一个大拇指粗的黑洞。田广和贴近黑洞却什么也看不见。

田广和喊来父亲，问是不是又打通了废巷道。田有拿过一根八号铅丝，对准钢钎留下的黑洞捅进去，直到将一米多长的铅丝全部捅进洞眼里，也没探到底。田有抽出铁丝，断定说，没错，前面又是一条废巷道。来，你们靠边，瞧我的。说着，田有抡圆了大锤砸向掌头上的岩壁，没几下，岩壁便轰隆一声倒了。

有了前一次的经验，人们不再那么紧张，拎着电石灯随田有走进黑咕隆咚的废巷道。田有和哑巴儿子并排走着，为的是用两盏电石灯照亮前方。

这条废巷道比先前那条潮湿了许多，凝结在天棚上的水珠不时掉下来，滴答滴答的声响在死一般寂静的环境里显得异常夸张。拐过一个弯道，大哑巴忽然一脚踩空，身子坠入坑里。田有眼疾手快一把拉住哑巴儿子，但大哑巴还是摔了一个屁股蹲。

人们扶起大哑巴，七盏电石灯照在一个地方，只见地上有块二尺多宽三尺多长的翻板，带有轴套的翻板旋转几圈停下来，严丝合缝地与地面成为一个整体，翻板上有一层用水泥伪装的岩石，不仔细观察几乎看不出什么破绽。

这显然是什么人精心设计的一道翻板陷阱。

废巷道里泛起一股恶臭，跟死耗子味儿差不多。侯子明质问牛大力，你又放屁了吧？真该给你屁眼儿堵个暖瓶塞儿。牛大力说，你才放屁呢！王全盛说，这就怪了，哪儿来的臭味儿呀？魏山河说，可能附近有死蝙蝠吧。说话间，田有用钢钎撬动一下伪装成岩石的翻板，只见翻板像水车似的转动起来，一股奇臭随之扑面而来。人们一个个赶紧捂住鼻子，但依然被熏得作呕。田有用钢钎卡住转动的翻板，探头向陷阱里看去，隐约看见陷阱里埋着许多锋利的竹剑，竹剑上趴着一具人的腐烂尸体……

田凤芹焦急地等候在院门口，终于看见父亲他们走来，赶紧跑下坡道迎上前，问道，爸，天都已经黑了，你们怎么才回来呀？

田有所答非所问，伸出双手拦挡着，别靠前，千万别靠前，离我远点儿！

田凤芹莫名其妙，为啥呀爸？

你先别问为啥，赶紧回家拿一把砍刀出来。

田凤芹更加不解，拿砍刀干啥？

先去拿刀，回来我再跟你说。

田凤芹只好从命，快速跑回家。

凤芹妈走出院门，责怪道，知道这么晚回来也不说先捎句话，让人多不放心啊。她发现收工回来的一行人全都站在坝坎下，没有往家走的意思，觉得好生奇怪，哎我说，你们怎么不进家呀？干了一天活，难道还不饿啊？田有说，你就别问了，赶紧回家烧一大锅开水，待会儿把我们脱下来的衣服给好好烫烫。凤芹妈虽然猜不到发生了什么事情，但还是立刻返回院子。

田凤芹拿出一把砍刀，交给父亲。田有两只手倒换着在刀刃上攥了攥，然后传给儿子广和。田广和照着父亲的样子如法炮制，然后又传给哑巴哥。

田凤芹被搞糊涂了，爸，你们这是做啥呀？

为的是不把野鬼带回家。田有答道。

田凤芹一愣，野鬼？啥野鬼？世界上哪儿有鬼呀？

没有鬼当然更好。田有显然是在敷衍。

王全盛、魏山河、牛大力、侯子明也都摸过了刀。田有叮嘱大家进门后要好好洗洗手，换下衣服，统一交给凤芹妈烫洗。人们纷纷答应着，走上坡道，进了院门。田凤芹拉住魏山河，你跟我说，这到底怎么回事儿呀？不等魏山河回答，田有转过头来，等吃完饭再说！田凤芹只好作罢。

吃完晚饭，田有把在新打通废巷道里发现的事讲给凤芹妈，并解释为啥这么晚才回来。原来，当看到翻板陷阱里的腐尸，田有马上就想到前些日子遇见的为丈夫烧纸的女人，便吩咐田广和、牛大力到水峪子村找来那个女人辨认。果不其然，这具尸体就是她迷失在大山肚子里的丈夫，他们帮助这个叫王翠玲的女人掩埋了她的男人。田有还向凤芹妈透露，王翠玲就是不久前媒婆给哑巴儿子介绍的那个寡妇。凤芹妈哦了一声，心里有了新的盘算，但没说出口。

田有翻来覆去睡不着，凤芹妈说，想啥呢？田有说，废巷道里的翻板陷阱是谁挖的，为啥要设这道陷阱？凤芹妈听了，不免有些紧张，你问这啥意思呀？田有说出心里的疑惑，这翻板陷阱很可能就是当年日本鬼子挖的。凤芹妈一怔，说，日本鬼子为啥要设这道陷阱？

田有趴在炕沿上，点燃一支烟，像是自言自语，又像是说给凤芹妈，难道真像人们传说的那样，金牛坨大山里有一座藏着八百块金砖的秘密金库？日本鬼子挖这道陷阱，是为了保护金库里的金砖？凤芹妈说，这好像不大可能，那是人们闲着没事瞎传。田有想了想又说，废巷道里会不会还有什么暗道机关呀？凤芹妈哎哟一声，听你这么一说，我后脖子嗖嗖地直冒凉气。田有自我提醒说，是呀，不管怎么样，以后再进废巷道，可得要加倍小心了。

田有蹬着椅子摘下挂在墙上的烫画葫芦和几根银发。

凤芹妈说，大晚上的你摆弄那东西干啥？

田有没有搭话，抱着烫画葫芦仔细看。葫芦上烫刻着一条弯弯曲曲的线条，像是山腰上一条小路，也像是一条废巷道，在一拐弯处画着一个长方形图案。

凤芹妈问，你盯着烫画葫芦琢磨啥呢？

沉寂片刻，田有说，咱爸为啥要在这上面烫一个长方形的图案？你不觉得这有讲究吗？说着，田有把烫画葫芦拿到凤芹妈眼前，指着那个长方形图案。

凤芹妈说，这能有啥讲究呀，不就是画在路中间的一块平板石吗。

田有听了，似乎受到很大启发，你说是平板石？对，它就是一块平板石！

凤芹妈不明白，一块平板石有啥值得大惊小怪的？

我猜想，这块平板石指的就是那个翻板陷阱，是爸做的一个特殊记号。

这葫芦上还画着好几块石头呢，这个像竹笋，那个像马蹄儿，还有花啊草啊树啊，难道都是爸做的记号？

那也说不定，咱可不要忘了，爸烫刻在葫芦上的这幅山水画，是金牛坨大山的缩影。

提起这，凤芹妈不再吭声。她多多少少相信，老公公田万山刻在烫画葫芦上的这块平板石，真的不平凡了。

如果这块平板石真是翻板陷阱的标记，那么父亲还会把什么不可告人的秘密标注在烫画葫芦上呢？田有抱着烫画葫芦，左看右看，思来想去，琢磨了整整一个晚上，也没找出任何线索。

第二天清早，田有一行人拿着家什正准备去上工，院门突然被推开了，那个叫王翠玲的女人跌跌撞撞地闯进来，扑通一下子跪倒在田有面前，连磕了三个响头，声泪俱下地说，大叔，我谢谢您！谢谢您了！

田有搀起王翠玲，我哪儿受得起这么大的礼呀。王翠玲擦了一把眼泪，向田广和、大哑巴和四个淘金工深深鞠了一躬，谢谢各位兄弟，谢谢你们了！

凤芹妈赶过来问道，闺女，这是怎么回事呀？王翠玲把田有他们帮忙掩埋她丈夫的事情学说一遍。大妈，我也谢谢您！王翠玲说着又要下跪。凤芹妈赶紧扶住王翠玲，别价，快别价，应该的，这是他们应该做的。田有安慰王翠玲说，事情既然已经这样，就别太难过了，想开点儿，以后日子还长着呢。王翠玲点点头，谢谢大叔，我听您的。

田有让凤芹妈和史翠珍留王翠玲在家多坐一会儿，说说话儿，便和工人上工去了。史翠珍怕被王翠玲沾上晦气，借故去碾压矿砂。凤芹妈把王翠玲让进住屋，安慰了她一会儿，王翠玲脸上的悲情渐渐散去。又聊了一阵，凤芹妈知道王翠玲家里有公公婆婆和一个小叔子，还有个五岁的儿子。凤芹妈把话题故意引到哑巴儿子上，说从小儿就摔成哑巴，没人愿意跟。

提到大哑巴，王翠玲又潸然泪下，说昨天要不是哑巴哥不顾一切地下到陷阱里，把孩子他爸托举上来，真不知道该怎么办好呢。

凤芹妈劝说王翠玲要往远了看，为了孩子，也一定得好好活着，并试探地询问她有没有往前走一步的想法。王翠玲的意思是，等孩子他爸过了一周年再说。从这一点上，凤芹妈认定王翠玲是个重情重义的好女人。

刚刚走上奔往淘金谷的山路，侯子明的贫嘴就憋不住了。他说，掉进陷阱里的那短命鬼也够缺德的，臭了一块庄稼地不说，还害得一个女人成了寡妇。昨儿光顾埋那死鬼了，没有仔细瞧，今儿再一看这寡妇，模样儿还真够俊的，身条儿也不像生过孩子，只可惜俩奶子瘪了一点点儿，如果再丰满一些……不等侯子明说完，田有忽地转过身，指着侯子明鼻子尖呵斥道，我真想抽你俩大嘴巴！人家刚刚给男人办完后事，你就这么糟践人家，真是少调失教，连起码的同情心也没有。王全盛赶紧解劝说，大叔别生气，他猴子没心没肺是个烂嘴子，您甭跟他一般见识。田有愤愤地哼了一声，继续赶路。牛大力拉住侯子明，悄声说，这回你的嘴该堵上暖瓶塞儿了吧？侯子明甩开牛大力的手，骂道，去你妈的，甭幸灾乐祸，河边没青草，不用多嘴驴！

山路上的一行人脚步匆匆。传来一阵羊羔“咩咩”的叫声，田有循声看去，只见路旁不远处有几座坟头，大小高矮不一，四周长满荒草，两只羊羔围在垂着大奶子的羊妈妈身旁咩咩地叫着。田有知道这是田宝家的坟地，但让他感到奇怪和异常的是，坟地里出现一圈新挖出来的黄土，并正一锹一锹从坑里扔出来，却看不见坑里挖土的人。

田有吩咐其他人先走，叫上儿子广和，拐向田宝家坟地。一锹一锹的黄土仍源源不断地从坑里扔出来，依然不见挖土的人。

父子俩走近坟地，来到一圈新土前，这才看见长方形的深坑里，田宝背身低头挖土，全然不觉有人到来。这显然是一个墓坑，长约两米五，宽约一米五，已经挖到两米多深，还修了一条斜坡墓道。田有父子对视一眼，觉得这事挺怪，怪得让人难以用正常思维判断。

田广和唯恐吓着田宝大爷，轻轻咳嗽了一声，这才弯下腰询问道，大爷，您这是给谁挖墓坑啊？

田宝耳朵一点儿也不背，肯定听见了田广和这句问话。但他既不应答也不抬头，只顾一锹一锹地挖土，甚至故意将土扬撒到田有父子俩脚下。

田有父子俩离开了，边走边议论墓坑的事。

我猜这墓坑，田宝大爷是给自己挖的，他真是越来越古怪了。

是呀，他比我大不了几岁，身体看上去也挺结实的，为啥要给自己挖墓坑？

会不会他孤苦伶仃一个人，担心哪天死了，没人给他料理后事啊？

真到了那一天，咱老田家支支脉脉有五六十口子人呢，谁都不会不管。

父子俩自然而然地提起田宝的遭遇，不禁唏嘘不已。田宝的老婆、儿子、女儿、女婿都让煤气给熏死了，只剩下他孤零零一个人，这事摊在谁身上也难以承受。说了归齐，这全因为当时兜里缺钱啊！大年初一，女婿头一次来拜年，怎么也不能慢待，生个煤球炉子想暖和暖和，可又舍不得花钱买烟囱，结果悲剧就这样发生了。田有感叹道，说起来你田宝大爷也真够可怜的，以后咱们尽可能多照顾照顾他。田广和说，抽空儿我给他买桶油、背袋白面送过去。田有说，好的，这事明天就办。

估计田有父子走远了，田宝这才沿着墓道从墓坑里走上地面，他望了一眼远去的父子俩，眼神里流露出几分让人捉摸不透的东西。母羊和羊羔看到田宝，对着主人“咩咩”地叫了几声。田宝没有理会羊们，重新下到墓坑里，继续给自己挖掘坟墓。

走到山路上，田有回头看了看，一锨又一锨的黄土不断从墓坑里扔上来，依然看不见挖土的人……

第五章　苦苦寻找的姑娘出现在镜框里

一

田凤芹赶着骡子走在淘金谷的山路上，去给父亲他们送午饭。骡子不断甩打着尾巴，以防范蚊虫的侵袭，但还是有一只马蝇落在它的臀部。田凤芹见了，赶紧用手里的树枝将马蝇轰走。马蝇的个头如马蜂大小，是叮咬马骡驴等大牲畜的一种吸血昆虫，偶尔也会攻击人，杀伤力极强。马骡驴要是被它叮了，都会疼得尥起蹶子。它若是叮了人，即便隔着衣服，皮肤上也会鼓起一个比铜钱还大的包，没有十天半月休想消肿。

拐过一个山弯儿，田凤芹看见有个十六七岁的半大小子，坐在路边抽泣，破衣烂衫，满脸灰尘，身旁放着一个铺盖卷。田凤芹吁了一声，让骡子停下，问道，哎，你是谁呀？哪个村的？为啥一个人偷偷躲在这里哭啊？

面对连珠炮似的发问，半大小子低着头，一声不吭。

田凤芹提高了嗓门儿，嘿！我问你话呢，你聋了还是哑巴了？

半大小子抬起头，擦去泪水。

谁欺负你了？

半大小子站起来，点了点头，又马上拨浪鼓似的摇摇头。

你这孩子，不是点头就是摇头，你难道真的不会说话？

半大小子小声说了一句，会说话。

那我问你，你是哪村的？

半大小子答，狼房峪的。

狼房峪？大老远的你跑这儿干啥来了？

半大小子说，找田有做工淘金。

哦，你找到他了吗？

半大小子说，找到了，他嫌我年龄小，没力气，死活也不肯收我。

你这么小就出来打工，你妈也舍得？

半大小子又有泪流下来，说我亲妈早就死了，后妈逼着我出来打工，说挣不到钱，就别想再回家。

你爸也忍心让你出来？

我爸做不了后妈的主儿。说着，半大小子走上前央求道，姐你认识田有吗？求你帮我跟他说说，让我留下来做工吧，我一定好好干，要是嫌我年龄小，给我开半个工钱也行，我求求你了。

田凤芹心里酸酸的，决定帮助这个半大小子，问道，你叫啥呀？

半大小子说，我叫小顺子。

得知小顺子还没吃饭，田凤芹用筷子从驮架的塑料桶里扎起两个馒头，盛了一碗白菜炖粉条，塞到小顺子手里。这时，田凤芹发现小顺子两个大脚指头分别从两只破鞋里露出来，便让小顺子脱下鞋。她一看，差点掉下眼泪。小顺子这双脚太让人心酸了，脚后跟的皴足有铜钱厚，硬得像是一块干牛皮，脚面两侧的冻疮虽已愈合，却留下一块块紫红的伤疤，大拇脚指头也被过于小的鞋子挤弯了。

说起来，小顺子的命够苦的。他刚一落地，母亲连儿子的啼哭都没听见就因大出血而永远闭上了眼睛。六岁时，父亲给他找了个后妈，但后妈嫁给父亲的前提条件是，必须把小顺子送人。于是，他被一对不能生育的夫妇领养去，当亲骨肉养着。好景不长，后来养母生了一个弟弟，又添了一个妹妹，他变成了“小多余的”，家里烧火洗碗喂猪拾柴看孩子等活，全都压在他肩上。有一次，妹妹从炕上摔下来，养母不许他吃饭，罚他跪到半夜。十四岁那年，他跑了，跑回老家。而后妈更狠，常常无端地打骂他。前些日子，后妈在广播里听到田有招募淘金工的广告，便逼着不满十七岁的他用命换取那嘎嘎响的票子来了。

听了小顺子诉说的身世，田凤芹叮嘱小顺子坐这儿等着，她一会儿就回来。小顺子半信半疑地点点头。

田有他们出了掌子吃午饭时，田凤芹劝说父亲留下小顺子。但田有坚决不同意，理由很简单，小顺子看去还像个孩子，身单力薄不说，万一出点儿事，谁也担待不起。但田凤芹还是把小顺子带回家，等说通了父亲再说。

收了工，田有走进院子，看见抱柴火的小顺子，竟不敢相信自己的眼睛。小顺子如同变了个人，脸洗了，头发洗了，破烂衣裳换成一身运动服，脚下还穿着一双半新的球鞋，而那身运动服和半新球鞋，一看就知道是田凤芹送给他的。

田有问，我不是让你走人吗，你怎么跑到家里来了？

小顺子吭吭哧哧说不出话，转脸看向屋子，寻求援助。

凤芹妈从堂屋里走出来，接过小顺子怀抱的柴火，去，你先回屋吧。

小顺子低着头，蔫蔫儿地走进淘金工住屋。

田有说，我跟凤芹讲了，不能留下他。

凤芹妈说，咳，这孩子也怪可怜的。

田有说，可怜归可怜，做工归做工。

这时，田凤芹走出堂屋，爸，您进屋来，我跟您解释。

过了大约十分钟，田凤芹走进淘金工住屋，发现小顺子不见了，就问魏山河，哎，那半大小子呢？魏山河说，背着铺盖卷儿走了。

田凤芹追出院门口，发现小顺子站在坝坎上。田凤芹走过去说，对不起了小顺子，我好说歹说，我爸还是不同意你留下。小顺子眼泪流下来，拎起铺盖卷儿就走。田凤芹赶紧拉住他，好你个臭小子，还挺有志气，我跟你闹着玩儿呢，我爸同意你留下来了。小顺子破涕而笑，姐你说的是真的吗？

田凤芹点点头，告诉小顺子，父亲答应他试工一个月，能干正式签约，不能干敬请走人，试工期间只能给开半个工钱。小顺子向田凤芹深深鞠了一躬，待直起身，已是满脸泪水。

晚上，侯子明把小顺子当使唤丫头似的呼来唤去，小顺子，把洗脚水给我倒了去！小顺子答应着，端起洗脚盆走出屋子。牛大力说，坏猴子，你这是屎壳郎变知了，一步升天了。侯子明说，这叫老兵操伙夫，官儿大一级压死人。王全盛问，你当的是啥大官儿呀？魏山河插话说，屎壳郎官儿。侯子明恬不知耻地说，屎壳郎官儿也是官儿。

小顺子端着空盆返回屋。侯子明把刚刚脱下的一双袜子扔给小顺子，去，给我洗洗，多打几遍肥皂。小顺子犹豫一下，不禁耸耸鼻子。侯子明说，怎么着，嫌臭是不是？王全盛看不下去了，猴子，别太过分了啊，你那袜子臭得能熏人一个跟头。魏山河说了一句文词儿，己所不欲，勿施于人。侯子明指着小顺子说，好你小子，还挺有人缘儿，刚来就有人帮你说好话，今儿我得好好儿调教调教你，让你知道马王爷到底有几只眼。说着，侯子明一手揪住小顺子耳朵，一手把袜子贴到他鼻子底下，逼问道，你说，是臭还是香？

坏猴子你干什么？田凤芹闯进来，夺过袜子扔在侯子明脸上，好啊你，长能耐了是吧，敢欺负我弟弟。侯子明嬉皮笑脸地说，哎哟哟，我哪儿敢呀，姑奶奶的弟弟不就是姑爷爷吗。田凤芹打了侯子明一巴掌，臭贫嘴！我告诉你猴子，今儿我先饶了你，以后你要再专拣软柿子捏，小心姑奶奶给你看瓜。然后又对小顺子说，他再敢欺负你就告诉我，姐姐替你出气。小顺子看看田凤芹，又看看侯子明，没敢吭声，他知道谁都得罪不得。

大家脱衣服准备睡觉。牛大力问侯子明，哎，啥叫“看瓜”呀？侯子明说，连这你都不懂，白活二十多年了。牛大力说，这跟活了二十多年有啥关系呀？侯子明想捉弄一下牛大力，说要给演示演示，演示对象自然是这头犴牛。牛大力不知是计，按照吩咐，背过双手。侯子明从炕席下找出一根背包绳，三绕两绕捆住牛大力双手，然后命令道，把脑袋钻进你大裤衩子里。牛大力不解，干啥？侯子明说，你不是想知道啥叫看瓜吗，这是最关键的一个步骤。

趁牛大力还在犹豫，侯子明撩起牛大力裤衩上的松紧带，将那西瓜似的大脑袋塞进他自己的大裤衩子里。侯子明说，知道了吧，这就是正儿八经的看瓜，绝对够得上国家标准。

牛大力脑袋憋在大裤衩子里，松紧带勒在后脖颈子上，双手又被反绑着，使他动弹不得。侯子明问，这回知道啥叫看瓜了吧？牛大力说，知道了，放我出来。侯子明忍住笑，进一步问，看见瓜了吗？是冬瓜西瓜还是南瓜北瓜呀？牛大力方知上当，嚷嚷道，坏猴子你放我出来！快放我出来！

王全盛、魏山河笑出了声。小顺子也想笑，赶紧捂上嘴。

侯子明迟迟不给牛大力松绑。脑袋钻进大裤衩子里的牛大力憋得够呛，连骂带喊，猴子你王八蛋，快放我出来！不然我饶不了你。侯子明继续追问，你看见瓜了吗，不然就不算看瓜。牛大力说，我看见你祖宗的瓜了！

事已至此，见好就收。王全盛撩起松紧带，魏山河解开背包绳，牛大力这才得以从大裤衩子里抬起头。只见他满脸通红，青筋暴跳，恼羞成怒地一把揪过侯子明，照着他的鼻梁子按下去，侯子明随即发出鬼哭狼嚎般的喊叫。

夜里，侯子明起来撒尿，发现睡在他身边的小顺子嘴边垂着一根面条，便想给他拿开，却不知那“面条”滑溜溜的而且会动，吓得他哇地大喊一声，像是挨了枪子的乌鸦。原来这“面条”是小顺子肚子里的蛔虫从嘴爬了出来。第二天，田有得知此事，吩咐凤芹妈买来一些塔糖，让小顺子空腹吃下去。小顺子竟然拉出二十多条筷子般长短的蛔虫。没过多少日子，小顺子就比来时胖了许多，脸蛋儿也红扑扑的，有了光泽。

一场秋雨一场寒。连续几场秋雨过后，风刮起来的时候，人们开始感觉到了凉意，山路上滚动起酸枣棵子的树叶，结满枝头的柿子也渐渐变黄了。这天上工时，田有发现在田宝挖的墓坑旁，码放着新运来的几垛红砖，田宝坑上坑下一个人忙活着，用红砖和水泥砂浆为他的墓坑做着衬砌。田有不想再去打扰他，匆匆走过。前几天，田广和给田宝大爷送去一桶菜籽油和一袋富强粉。田宝却不在家，田广和等了一会儿也不见人回来，便放下东西离开了。

钻了将近一个月掌子，侯子明的胆子练得大了些，进入黑咕隆咚的废巷道，已经不在乎走在前面还是跟在后面了。忽然，他发现天棚上垂下一串长长的黑色东西，指给身旁的牛大力。二人举起电石灯，只见那串长长的东西蠢蠢蠕动，再仔细一看，竟是连成一串的蝙蝠！

牛大力跳起来抓住一只，其余的呼啦啦飞散了。侯子明说，扒开下边看看是公是母。牛大力扒开蝙蝠下身，果真是个公的。侯子明用两个指甲掐住那个米粒大小的红尖尖，一下子揪了去。蝙蝠吱的一声惨叫，挣脱开飞走了。侯子明笑得眼睛眯成一条缝，显得开心极了，终于解了那天被蝙蝠吓得屁滚尿流之恨。

田有在废巷道里找到一条新的金矿脉，追着金矿脉掘进十几米，金矿脉就“放槽”了。田有一如既往地对金矿砂“叫金儿”检测，碗的“底留”里显出七八粒针尖儿大小的金黄物质。田有很高兴，招呼说，这拨儿矿砂含金量不错，手脚都麻利着点儿，今儿晚上回家，我请大伙儿大口喝酒，大碗吃肉！

听见把式头的许诺，人们干得更欢了，把挖掘出来的金矿砂运到废巷道相对宽敞的地方，等午饭前再运出山外，由田凤芹赶着骡子驮回家。不到半天工夫，金矿砂就堆成很大一堆，足够装满十几条布口袋了。

废巷道里拢音，不大一点儿声响就能传得很远。田有先是听见一阵脚步声，而后又看到两个亮光越来越近。田有问了一句，谁呀？传来一个男人粗粗拉拉的声音，大哥，是我。田有又问，你是谁呀？男人话音里含着不满，大哥连我的话也听不出来，我是丑子！

丑子和大洋驴一人打着手电筒，一人拎着盏电石灯，渐渐走近了。田有看见他们手里各拿着一条布口袋，马上猜到了他们的来意。大洋驴一声不吭，甚至看都不看老丈人。丑子显得很热情，一口一个大哥，给田有又是递烟又是点火。打火机的光亮把丑子脸上的麻子和翻着的眼皮暴露无遗。

但凡长得丑的人，肯定有其丑的地方。有的丑在长相上，有的丑在皮肤上，有的丑在身材上。丑子则丑在了他的脸上和眼睛上。他脸上遍布大大小小几十个麻子，像是雨点落在沙地里砸出的坑，这是小时候出天花留给他的永久印记。他有一双金鱼似的鼓包眼睛，眼珠子突在外面，左眼的下眼皮往外翻翻着，露出一道道毛细血管，似乎随时都要滴出血来。当地人管这叫作“红眼烂边子”。后面还有一句话，不是窝囊废，就是人尖子。丑子属于“人尖子”。丑子和田有曾是工友，也是破嘴山金矿下马后回了家。若要论起淘金技术，丑子比田有稍逊一筹。大洋驴搬来同村的丑子，可见是预谋好的。

田有讥讽地说，你们俩真比狗鼻子还灵，闻着味儿就来了。大洋驴说，鱼找鱼，虾找虾，乌龟单找大王八，骂我是狗，你闺女凤兰又是啥呀？丑子赶忙接过话说，大哥，咱哥儿俩相处二十年，可从来没结过梁子。田有不想跟他们多纠缠，快刀斩乱麻地问，你们有啥事就直说，到底干啥来了？

丑子示意让大洋驴说，而大洋驴示意让丑子说。

田广和、大哑巴和伙计们停下手中活计，走出掌子围过来。

田有点着丑子的名，丑子你说吧，好意思来，还有啥不好意思开口的。

丑子擦了擦烂眼边子，似乎找到了胆量，大哥，我知道您这是明知故问，非得让我们自己说出来。那好，我就觍着脸明说吧，我们是来“沾灶火”的。说完，丑子示威似的将布口袋扔在田有面前。大洋驴也学着丑子的样子把布口袋扔在地上，说，不让我入伙儿淘金，蹭一口袋金矿砂，沾沾灶火总可以吧。

自古以来，淘金人就有“沾灶火”的规矩，一旦“见阔儿”了，无论是谁，只要提着口袋来掌子里“沾灶火”，淘金把式头不能讲任何条件，必须都得答应。但对前来“沾灶火”的人也有制约，不管力气大小，也不管往布口袋装了多少金矿砂，一定要自己背起来，不能让别人帮忙。而这些不成文的规矩，大洋驴又怎么懂得？

田有问丑子，是你这个军师出的鬼点子吧？

丑子看了大洋驴一眼，承认道，嗯，就算是我的主意吧。

田有说，还算你诚实，除了你，没几个人懂得“沾灶火”的规矩。

丑子说，所以我们就照规矩来了。

田有指着金矿砂说，那好，你们装吧，我就是再舍不得从肋巴扇儿上割肉，也不能破了淘金人的规矩。

丑子和大洋驴听罢，立刻捡起布口袋，奔向成堆的金矿砂。

田有忽然一摆手，哎，等等！

大洋驴和丑子以为田有变卦了，惊愕的表情僵在脸上。

田有说，“沾灶火”只许一次，要是隔三岔五没完没了总是来，那可就是破了规矩。

那当然，规矩不能破，灶火我们保证就沾一次。丑子信誓旦旦地说。

大洋驴随声附和，对，就沾一次。

田有说，那就装吧，往足了装，只要能扛得走口袋，随便装。

大洋驴和丑子如恶狼见到羊羔似的向金矿砂堆扑去。

遵照“沾灶火”的规矩，大洋驴和丑子每人装了满满一布口袋金矿砂，且没用任何人帮忙，自己背起来移走了。一条装满金矿砂的布口袋，足有二百多斤重，大洋驴和丑子被压成虾米状，根本看不见他们的身子，只有两个一人长的布口袋在移动，走出没多远，他们就喘不过气来了。尤其是丑子，毕竟已是五十岁的人，累得呼哧带喘，连哈喇子都流了出来，他体力到了极限，一步也迈不动了，扔下布口袋，歪倒在地上。

哎哟妈呀，累得我快吐血了。丑子躺在地上大口大口地喘气。

吐血也值了，便宜不能让田有老小子一个人得。大洋驴也扔下布口袋。

躺了一会儿，丑子缓过劲，坐起来说，你骂谁老小子呀？那个老小子可是你老丈人。

他不认我这个姑爷，我认他老丈人还有啥用？

也是，姑爷和丈人闹得跟仇人似的，真是没意思了。

大洋驴从衣兜里摸出烟卷，递给丑子一支，自己叼了一支，然后掏出打火机，吧唧，吧唧，吧唧，打了几次也没打着。他调大打火机气门，当再次按下开关，突地蹿起一寸长的火苗子，险些烧到眉毛。大洋驴先给丑子的烟卷点燃，随后把火苗凑近自己嘴里的烟卷。就在这时，他透过眼前的光亮，看见前面有道白光一闪不见了。

大洋驴吓得浑身一哆嗦，我的妈呀，那是啥呀？

丑子问，一惊一乍的怎么了？

大洋驴说，我看见前面有一道白光，嗖地一闪就不见了。

丑子拿起手电筒照向前方，我怎么啥也没瞧见呀，会不会是你累得眼冒金星儿，看走眼了？

大洋驴揉了揉眼睛，对刚才的发现产生怀疑，难道我真看走眼了？

你可不就是看走眼了嘛，这废巷道里哪儿来的白光呀，除非闹鬼了。

大洋驴说，这黑咕隆咚的，你别提闹鬼好不好。

说闹鬼也不是真有鬼。我在破嘴山金矿钻了二十年掌子，啥邪事怪事没见过呀，就是没见过鬼。

得得得，丑子叔您嘴上就积点儿德吧，我头发根子都立起来了。

你说得太邪乎，自己吓唬自己。

大洋驴重新打着打火机，火苗凑近嘴里叼着的烟卷时，再次透过亮光看去，前方除了不尽的黑暗，什么也没有发现，更不要说什么鬼了。

二

魏山河来做工近一个月了，田凤芹第一次邀请心中的白马王子走进自己闺房。房间里收拾得干干净净，井井有条，桌子上的青花瓷瓶里插着一束山菊花，空气中弥漫着一股淡淡的清香，同时还有一种年轻姑娘特有的那种甜腻腻的芬芳。田凤芹打开台灯，灯光照在山菊花上，粉红的花朵越发显得明媚灿烂。

田凤芹从盘子里拿起个苹果，递给魏山河，给，不用我给你削皮了吧？

魏山河接过苹果，握在手里，没有吃的意思。

怎么着，还不好意思？来，我陪你吃。田凤芹抄起个苹果，咬了一大口，问道，怎么样，我的屋子布置得还算可以吧？魏山河吃着苹果，环视一番说，收拾得真干净。田凤芹直言不讳地说，这是为了欢迎你，我精心收拾的。

魏山河佯装没听见，躲开田凤芹火辣辣的眼睛，把目光投向挂在墙上的镜框。其中一个镜框里摆着田家若干年前照的全家福黑白照片，站在后排边上那个梳着两条辫子的姑娘，魏山河觉得很眼熟，不禁问道，这是谁呀？田凤芹说，我姐姐，叫田凤兰，嫁给大洋驴了。

魏山河贴近照片仔细看，心里咯噔一下，顿时怔住。

田凤芹察觉魏山河表情骤变，问道，怎么，难道你们认识？

啊，不，不认识。魏山河说完，慌忙走出屋子。身后传来田凤芹的追问，哎，你怎么说走就走了？

远在天边，近在眼前。魏山河苦苦找寻的马兰，竟是田凤芹的姐姐田凤兰！

这天夜里，魏山河再次溜出院门，向金盏沟方向直奔而去，根本顾不上注意身后是否有人跟踪。

魏山河潜入大洋驴家院子，隔着玻璃窗看见大洋驴正跟田凤兰吵架。

大洋驴说，没有丑子叔的面子，你爸那个抠门儿绝不会让我“沾灶火”，请丑子叔来咱家喝顿酒，还不是理所应当的。可你瞧你那德行，垂丧个脸，耷拉着眼，跟你妈刚死了似的。田凤兰回骂道，你妈才死了呢！大洋驴说，我妈要是不死，能同意娶你这个废物点心吗？我跟你在这炕上睡了五六年，吭哧吭哧白费他妈驴劲了，还不如把那好东西甩在墙上喂苍蝇。田凤兰说，你本来就是一头驴，一头动不动就尥蹶子的大洋驴！大洋驴抄起扫炕笤帚砸向田凤兰脑袋。田凤兰抬胳膊一挡，笤帚掉在地上。大洋驴劈头盖脸抽了田凤兰一个嘴巴。

窗外的魏山河再也控制不住情绪，刚要冲进屋子，却被人从后面一把拉住。他回头一看，原来是田有。而躲在门口的那个身影，无疑是田凤芹。

田凤芹跑回家，趴在炕上，痛哭不已。听见女儿的哭声，凤芹妈赶过来问，盐打哪儿咸，醋打哪儿酸，这深更半夜的你哭啥啊？田凤芹啥话也不说，推母亲出了屋子，关紧房门，插上门闩。

田有走进住屋，发现凤芹妈闷闷不乐地坐在炕沿上，问为啥不睡觉。凤芹妈说，你们一老一小，半夜都溜出了家门儿，我能睡得着吗？田有说，多亏出去了，不然还蒙在鼓里呢。凤芹妈一头雾水，你们爷儿俩出去到底干啥了？田有说，今儿我总算弄明白一件事，魏山河跟咱凤兰，敢情早就好上了。凤芹妈听了，目瞪口呆，啊？你……你不会弄错了吧？田有说，没错，千真万确，刚才魏山河把他和凤兰的事一五一十地都跟我说了。

今年夏天，田凤兰被大洋驴毒打后，再也无法忍受欺辱，离家出走了。她漫无边际地走了一天，越想越觉得没有活路，便找根绳子上吊自杀。就在她把绳索套在脖子上，踢翻踏着的石头，双脚离开地面时，被过路的魏山河救下，并背她回了家。魏母发现她遍体鳞伤，问其原因。她谎说是滚下山坡摔的，同时隐瞒了真实姓名，称自己叫马兰。魏母问她出阁没有，她支支吾吾，含糊其词。魏母理解为她羞于开口，尚未婚配。在魏家养伤期间，她从魏山河那里感受到了男人的温暖和做人的尊严。魏山河对她也产生了感情。他们一起出出进进，上山采药，下地劳动，在月明星稀的夜晚，二人并肩坐在河边，魏山河吹口琴，她来唱歌。他们最喜欢那首《小河淌水》，每当唱起“月亮出来亮汪汪，亮汪汪”，她的眼眶里就总是亮汪汪的。有时，魏山河给她朗诵自己写的一些诗作，她感觉似乎触摸到了他那一颗激情澎湃的心。有一天，魏山河到县城去卖药材，回家后发现母亲哭哭啼啼，一问才知道，马兰被突然闯进家的几个素不相识的人捆绑走了。魏山河开始了漫长的寻找。后来，魏母回想起，马兰曾无意中透露过“金盏沟”几个字。魏山河来到金盏沟打探，村里不仅没有叫马兰的，连一户姓马的也没有。难道是魏母记错了？听说田有雇工淘金，而金牛坨村和金盏沟村相隔只有二三里路，魏山河便前来应聘，白天做工，晚上溜出去寻找马兰。然而让他万万没有想到，马兰根本不叫马兰，真名叫田凤兰，还恰恰是田凤芹同父异母的姐姐，五六年前就嫁给大洋驴了。

听了田有的转述，凤芹妈呆住了，这么说，是魏山河救了咱凤兰？可从来没听凤兰提起过呀。田有说，魏山河还跟我保证，一定要救凤兰逃出苦海。

乱了，全都乱套了。

要我说，这也是好事。

我怎觉不出是啥好事呀？

凤兰整天受大洋驴欺负，魏山河带走她，下半辈子她就能幸福了。

宁拆一座庙，不破一场婚。等凤兰有了孩子，兴许两口子就会好起来。

三岁看小，八岁看老，大洋驴这辈子狗改不了吃屎。

一口一个大洋驴，你也说得出口，他毕竟还是咱家姑爷。

叫他大洋驴是客气的，应该叫他大浑蛋。凤兰早离开他一天早幸福一天。

这可不是上嘴唇一碰下嘴唇的事，他能轻易让凤兰离开吗？

大不了就上法院打离婚。

离不离婚先放一边，凤芹对魏山河喜欢得可是了不得。

甘蔗没有两头甜，只好让凤芹受委屈了。

咱那丫头是受委屈的人吗?

为了她姐姐，这点儿委屈，我想，她能受。

田有话音未落，田凤芹满脸泪痕地闯进屋，凭啥让我受这个委屈呀?

凤芹妈说，哎哟，你不能小点儿声，房子都快被你吵塌了。

田凤芹说，塌了更好，砸死算了，省得活着受委屈!

田有耐心解释说，你不受这个委屈，你凤兰姐就得受。这些年，你姐过的是啥日子，你不是不知道。当初，为给你妈凑齐做手术的两万块钱，她违心嫁给了大洋驴。现在，咱家有钱了，再也不能看着你姐活受罪了。

田凤芹问，那我怎么办呀?

田有说，你刚刚二十岁，着什么急呀，天底下好小伙子多着呢，以后有的是机会。

反正我觉得，谁也不如魏山河好！说完，田凤芹走出屋子。

第二天早晨，田有让田广和带大家去上工，把魏山河留在了淘金工住屋。

山河，咱爷俩开门见山，不用绕弯子，我就想听你一句实话。

您有啥话就直说吧。

你对凤兰，到底是啥态度?

您问我是不是喜欢凤兰?

可以这么说吧。

那我就明明白白告诉您，我非常喜欢她。

你不嫌弃凤兰?

我为啥要嫌弃她?

凤兰毕竟嫁过人，而你还没结过婚。

这不会成为我们之间的障碍。

那我再问你，以后你能给凤兰幸福吗？

您放心，能不能给凤兰富贵我不敢说，但我保证能给凤兰幸福。

好，我等的就是你这句话！

大叔，您放心，我一定带凤兰逃离苦海。

如果需要钱，跟大叔说。

钱的事，您就不用操心了。

不给大洋驴钱，那浑蛋不会轻易放人。

我知道，您就别管了，我会有办法的。

院子里的凤芹妈把这些话全都听去了。当田有和魏山河走出淘金工住屋上工时，她从他们脸上看到了同一种严峻的表情。她想象不出事情将会如何发展，是福是祸，难以预料，也就越发担心起来。

与往日一样，田凤芹赶着骡子送来午饭。她从桶里盛起一碗碗猪肉白菜炖粉条，递给每一个人，还特意给小顺子碗里挑了几块肉。轮到给魏山河盛菜时，田凤芹把勺子砰地往桶里一扔，不管了。魏山河不免有些难堪。田有看到这一情景，上前拿起勺子给魏山河盛菜。魏山河要过勺子说，大叔，我自己来吧。

牛大力看见田凤芹从他眼前走过，眼神追了过去。侯子明用筷子敲了敲牛大力的碗边，悄声说，长点儿眼力见儿，今儿姑奶奶气不顺，你小子别傻了吧唧地往枪口上撞。牛大力说，还用你提醒，我早看出来了。

田凤芹沿着小路来到山岗上的长城敌楼，坐在敌楼基石上，茫然地望着层峦叠嶂的群山，默默发呆。过了一会儿，田凤芹听见身后有脚步声，知道是魏山河走来。她没有回头，捡起一块废砖头，远远地抛向山下。茂密的荆条棵子里蹿出一只野兔子，头也不回地逃走了。

魏山河说，对不起凤芹，昨天你问我认识不认识你姐姐，我说谎了。其实，我们早就认识，而且……

不等魏山河说完，田凤芹站起来走下敌楼，把魏山河一个人晾在那里。

地上两座山走不到一起，世上两个人总能相会。魏山河和田凤兰这一对有情人终于见面了，他们坐在小河边，河水在明亮月光映衬下闪着粼粼波光。

田凤兰说，以后我们不要再见面了，就自当谁也不认识谁。

魏山河说，自从你被人绑走之后，我就发誓一定要找到你，救你逃离苦海，带你远走高飞。

我现在的处境，你也许都知道了，我不可能跟你走。

事在人为，只要你答应跟我走，我去跟大洋驴谈条件。

他能听你的吗？他是个无赖，是个酒鬼，是个没人味儿的畜生！

难道你就甘愿跟这畜生过一辈子？

田凤兰叹了一口气，沉默片刻说，我反抗过挣扎过斗争过……我也自杀过，可到头来，还不是越来越遭罪？你不要管我了，我这是命里注定。

魏山河说，我不信命，我只相信经过奋斗，命运是可以改变的。

我原来也曾这么幻想过，可现在，不得不向命运低头了。

我们谁都不该向命运低头，恰恰应该鼓足勇气去争取幸福。

对不起，如果你没别的可说，我该回去了。

凤兰，这样下去，你会毁了你自己！

我已经被毁了，还能毁到哪儿去？

不，你还有希望！

我不再抱有任何希望，也不再指望哪天能熬出头。

等我把两万块钱还给大洋驴，把你从他手里赎出来，你就会熬出头的。

田凤兰淡定地说，事到如今，已经不是钱的事了。人不能过河拆桥，说话不算数，答应的事就不能反悔，除非……除非我这个人不存在了。

听田凤兰这么说，魏山河有些担心，凤兰，咱们可都要好好儿活着。

田凤兰苦笑一下，说道，谁不想好好儿活着呀，但如果什么指望都没有了，总得想办法解脱自己。

魏山河说，我不许你胡思乱想，你我都要好好儿活着，我一定让你幸福。

田凤兰停顿片刻说，你把幸福……给我妹妹凤芹吧。她跟我说，她非常非常喜欢你。

魏山河说，可我喜欢的是你啊，凤兰！

忽然，“哗啦”一声，是两块鹅卵石碰在一起发出的那种声响。

魏山河回过头厉声问道，谁？

没有人回答，随即听见几声喵喵的猫叫。魏山河借助月光看见，有只肥大的白猫叼着一条小鱼跑走了。

这时，传来小顺子的呼喊，越来越近，一遍又一遍，凤芹姐，你在哪儿啊？大妈让我找你回家睡觉！

躲在河边一块大石头后面的田凤芹不得不压低声音回应道，臭小子别喊了，我在这儿呢。

小顺子没听见，继续喊着，凤芹姐，大妈让我找你赶紧回家睡觉！

田凤芹提高声音，小顺子别喊了！

小顺子发现了田凤芹，走过来，姐，你躲在这儿干啥呀？

你管我干啥呢，小兔崽子！田凤芹发觉小顺子的目光投向她身后。她转过身来一看，田凤兰和魏山河双双站在面前，她顿时就傻眼了。

一块厚厚的云彩飘来，遮挡住圆圆的月亮，夜色顿时黯淡了许多。夜空里响起一阵阵埙声，不成曲，不成调，时高时低，时续时断，听来似乎是一个女人绝望的呜咽。

三

金矿脉断线了。田有责骂这是大洋驴和丑子“沾灶火”带来的晦气。但这毕竟是气话。金牛坨大山里埋着无数条金矿脉，这条断了可以再去找。果然，田有在岩壁上又发现一条含有石英白和铁锈红的夹缝。经“叫金儿”验证，这条金矿脉含金量很高。

坐下来歇息时，田有向淘金工们保证，等干满这个月，工钱一准儿照发，一天不拖，一分不欠。王全盛说，大叔仁义，没把我们伙计当外人，晚些日子发工钱，大伙儿也不会说啥的。田有说，那哪儿成呀，要么就别雇人，多少活都自己干，要雇人的话，就不能拖欠工钱，用克扣钱留住人，留人也留不住心。王全盛说，您这样的把式头，一定能干成大事。侯子明悄悄撇了撇嘴。

田有吩咐大家追着金矿脉打炮眼、清废石，自己回家取炸药。看见把式头拎着电石灯离去，侯子明跟王全盛嘀咕一句，你可真会溜屁股沟子，要是晚发一天工钱，老子抬脚就走人。

田有出了掌子，走在山路上，路过田宝家坟地时，本来已经走过去了，但他又停住脚步，犹豫一下，折了回来，走向田宝墓坑。

来到田宝给自己挖掘的墓坑前，田有看见墓底已铺上红砖，墓壁四周也用红砖衬砌好了，斜坡墓道留了一个门，为的是日后棺材下葬时用。墓坑深度足有三米多，而一般的墓坑最深也不过两米。田有苦笑一声，这老哥哥，可真会心疼自己，把墓坑挖得这么深。

田有没有察觉到山坡上有一双阴郁的眼睛正在密切注视着他。田宝坐在一棵栗子树下，尽管距坟地不是很远，但茂密的树荫遮蔽了他的身影。母羊和羊羔吃饱了草，懒散地卧在山坡上。田宝一边抚摸着羊，一边居高临下看着田有离开墓坑，走远了。

驴拉着碾子在碾道里循环往复地转着。史翠珍从碾盘上捧起一些矿渣，放进罗里，然后将罗放在罗杠上，来来去去筛着。史翠珍发现罗的矿砂渣子里显出几个小米似的金黄色颗粒，眼睛顿时放了光，赶紧捏起一个个“小米”，放在手心里，总共有四五粒。随后她掏出一个小布口袋，这是上次捡到金豆子后，她用一块花手绢特意缝制的，想不到今天真的派上用场。她把“小米”倒进小布口袋，系上口。

田有走来，翠珍，就你一人忙着呢？

史翠珍来不及把小布口袋装进衣兜，只好随手将其藏在衣襟下，心怦怦乱跳。她说，啊，爸，我……我一人忙得过来。田有说，暴土狼烟的，辛苦你了。史翠珍稳住神说，没事儿的，我这算啥呀，没您整天钻掌子辛苦。连史翠珍自己都觉得，她对公爹说话的语气，从来没有像今天这般客气。

田有走到碾盘前，用笤帚往里扫了扫被挤压到碾盘边上的金矿砂，然后从史翠珍筛的罗里抓起一把矿砂渣子，扒拉几下看了看，又放回去。

田有问，渴不渴呀？让你妈给你送点儿水过来。史翠珍说，不渴，谢谢爸。您这是从山上回来？田有说，回来取炸药，你忙吧，我走了。

作为晚辈，史翠珍自然要站起来送公爹，但忘了衣襟下藏着的小布口袋，只见那东西出溜滑落到地上，她赶紧伸出一脚踩住。多亏踩在脚下，不然肯定被公爹发现。田有回过头，让儿媳筛完这一碾子矿砂，回家帮助婆婆做晚饭。史翠珍满口答应，见公爹走上坡道，走进院门，不禁长舒一口气，悬着的心终于放下来。她移开脚，捡起小布口袋，装进衣兜里。

等史翠珍帮助婆婆做好了晚饭，摆上饭桌，大哑巴却无缘无故地不吃饭了，饭碗也不端，筷子也不拿。凤芹妈连比画带说，吃啊，怎么不吃啊？

大哑巴无动于衷。

凤芹妈比画着问，是嫌今儿做的饭菜不可口？

大哑巴愣愣坐着，一声不吭。

田有倒了一杯白酒，放到哑巴儿子面前。

大哑巴视而不见，理也不理。

你是不是哪儿不舒服了？凤芹妈伸手去摸哑巴儿子的脑门儿，却被他一把推开。嘿，你今儿这是转的哪根儿筋呀，怎么说不吃就不吃了？

一家人面面相觑，谁也猜不明白大哑巴这是为啥。

在凤芹妈的一再追问下，大哑巴忽地站起来，连啊啊带比画，指指田广和史翠珍两口子，又指指侄子热闹儿，然后拍拍自己胸脯，伸出两个大拇指，使劲地合并在一起。一家人都理解了大哑巴的意思，他也想娶妻生子了。

田有夫妇对视一眼，觉得这事情来得太突然。

然而也是必然。尽管大哑巴又聋又哑，但他也是一个男人，一个除了耳膜和声带，其余一切人体器官都非常健全的男人，一个同样有着七情六欲的男人。

大哑巴小时候和一个叫蓝花的女孩儿非常要好。他们一起下河摸鱼，一起挖苦苦菜打猪草，还一起走上十几里路到山外去看呼啸而过的火车。有时，他让蓝花坐在笨重的碾框上，他推起碾子骨碌骨碌一圈圈儿地跑，直到蓝花喊晕了，他才止住脚步。蓝花见他手背上长了一个大瘊子，就按老人讲的偏方那样，每逢下雨就用淋到碾盘上的雨水给他洗瘊子，真真把瘊子洗没了。后来他随母亲从长城外的老家改嫁到长城内的金牛坨田家，他和蓝花从此断了联系。他二十五岁那年，忽然收到蓝花一封信，说她要结婚了。他赶回老家，躲进庄稼地，眼巴巴地看着穿红戴绿的蓝花坐在拖拉机上被人娶走了。这些年，田有夫妇为哑巴儿子的婚事没少发愁，不断托人介绍，但一听说他又哑又聋，便再没了下文。后来，再有相亲的机会，大哑巴干脆不去见面，连连摆手比画，这辈子不再指望娶媳妇，只想一心孝顺父母，给双亲养老送终了。

今天大哑巴却突然向父母提出要找个女人。这可不像买件衣服一手交钱一手交货那么简单。一时半会儿的，上哪儿去找合适的人呀？田有让凤芹妈抽空儿去找金盏沟的阎媒婆问问，看有没有合适的再给儿子介绍一个。

对大哑巴想娶媳妇的事，史翠珍很是不屑，一个三十五六岁的大哑巴，哪个女人愿意嫁给他呀？田广和问史翠珍她娘家那村有没有合适的，帮忙给哑巴哥划拉一个，大姑娘没有，小寡妇也行。史翠珍说，我从平原村嫁到你们深山老峪，就已经够亏的了，还想让我再拉来一个垫背的，我才不管呢！其实，史翠珍心里有个小九九，大哑巴若真娶了媳妇，赶明儿公公婆婆过世了，哥儿俩分家时，财产肯定要一分两半儿，那样可就亏大了。

第二天，还没容凤芹妈去找阎媒婆，这位保媒拉纤儿的老女人就走进了田家的院门。别看她五十多岁了，衣服穿得花枝招展，脸蛋涂得花里胡哨，头发梳得油光锃亮，像是被牛舌头刚刚舔过。

凤芹妈热情地把阎媒婆让进屋，说他阎婶，我正想找你去呢，你倒先上门儿来了。阎媒婆哈哈笑着，我是谁呀？不等乌云翻滚，我就知道要下雨；不等树叶摇动，我就知道要刮风。嫂子你是不是想给哑巴儿子说媳妇呀？凤芹妈不得不服，说你比诸葛亮还能掐会算，真让你给猜对了。阎媒婆得意地说，就靠这点儿能耐吃饭呢。凤芹妈问，是不是给我儿子物色好对象了？阎媒婆一拍大腿，还夸我能掐会算呢，嫂子你简直就是神仙。凤芹妈说，那你快讲，想给我儿子介绍谁呀？阎媒婆说，给大哑巴介绍的还是先前的那个寡妇。见凤芹妈的脸色沉下来，阎媒婆用她那三寸不烂之舌，先是介绍这寡妇如何能干，上炕一把剪子，下地一把铲子，家里家外的活，全都能拿得起、放得下。然后又夸奖起这寡妇虽说生过孩子，可你要是从后面瞧，那腰肢、那胯骨、那屁股，好多大姑娘也比不上。至于人品就更没得挑儿了，贤惠，厚道，脾气好，心眼正，男人死了快一年了，从来没听说有啥是非。阎媒婆还特别强调说，这回可是人家主动找我，要当你们家儿媳妇的。凤芹妈说，自己不能做主，要跟孩子他爸商量商量，明天给一句准话儿。

田有听凤芹妈说，阎媒婆给儿子介绍的对象还是王翠玲，想到掉进翻板陷阱里的那具腐尸，心头顿时蒙上一层阴影，让凤芹妈再去找阎媒婆，请她介绍一个别的女人。最后田有还说，你跟她直接挑明，等事成之后，咱必有重谢。

凤芹妈来到金盏沟，找到阎媒婆，把意思跟她说了。阎媒婆立刻就拉下脸来，说这么好的媳妇不要，再也不管你们家的事了。凤芹妈好话说了一火车，阎媒婆这才又给介绍了一个。

回家后，凤芹妈把阎媒婆新介绍的这个女人说给田有。

田有问，你们见面了吗？

凤芹妈说，见了，阎媒婆带我去的。

田有问，人怎么样？

凤芹妈说，跟王翠玲一样，也是个寡妇，身体健康，干净利落，模样也还算说得过去，让咱儿子倒插门儿也行，让那女的带着孩子嫁到咱家也行。

她有几个孩子？

三个。

啊，三个？

我也是觉得孩子多，太拖累，还都是秃小子，老大十五，老二十三，老三九岁，我都见了，一个个虎头虎脑的。

不成不成，半大小子，吃死老子，不管是倒插门，还是娶回家，咱儿子都成了给人家扛长活的了。

可不是吗，所以我当时啥也没答应，说回家跟你商量商量。

甭商量，肯定不成。

那明儿我就给回了。

赶紧回了吧。

凤芹妈叹了一口气，到哪儿给儿子找媳妇去呀？田有安慰凤芹妈说，好事多磨，也许老天爷哪天派个仙女下凡来。凤芹妈说，都快急死我了，你还有心思开玩笑。田有说，着急也没用，手里攥着嘎嘎响的票子，我就不信给儿子娶不上一房好媳妇。

几天来，大哑巴蔫头耷脑，跟霜打了似的。这天早上，大哑巴竟赖在被窝里不起来了，不管凤芹妈怎么劝说也无济于事。待逼急了，他就连比画带啊啊，问母亲啥时能给他找到媳妇。凤芹妈哭笑不得，无可奈何，说不是不给你找媳妇，是没有合适的，总不能挑到篮子里就是菜吧。都说十个哑巴九个倔，还有一个是一根筋，大哑巴也不例外。他摸摸下巴，弯弯腰身，意思是说等到老了，长胡子了，走不动路了，就更找不到媳妇了。凤芹妈劝说，不会的，你爸我们俩正四处托人给你找呢。快别闹气儿了，听妈的话，吃完饭干活去。

忽然，凤芹妈疼得皱起眉，双手捂住胃部。这是她的胃病又犯了。大哑巴见了，收起倔脾气，搀着母亲回到住屋。

田凤芹把灌了开水的热水袋放在母亲胃部，然后给盖上被子。田有说，上医院让大夫瞧瞧吧。凤芹妈说，没事，刚才那一阵儿过去了，现在不怎么疼了。田有说，还是到医院查查吧，自从做完手术，好像还没这么严重过呢。凤芹妈说，真不用，我又不是泥儿捏的，没那么娇贵。田凤芹说，妈您别硬扛着，还是听我爸的，去医院查查吧。凤芹妈说，说不用就不用，可能夜里着了凉，用热水袋焐一会儿就好了，你们都忙去吧。田有说，要真没事，我们上工去了。凤芹妈说，去吧去吧，有凤芹照顾我就行了。

大哑巴低着头默默守候在母亲身边，满脸愧疚的样子，像是犯了错误的孩子。他认为母亲胃疼都是为他着急而引起的。随父亲上工前，大哑巴看了母亲一眼，似乎不放心。凤芹妈挥手说，走吧，妈没事儿的。大哑巴这才走出屋子。

热闹儿伏在奶奶身旁说，奶奶，我给您说个歌谣吧，听了我的歌谣，您的胃就不疼了。凤芹妈说，好孙子，啥歌谣啊？说吧。

热闹儿站直身子，一板一眼很有节奏地说，月亮地儿，明光光，开开后门儿洗衣裳，洗得白，浆得白，嫁个女婿不成材，又喝酒来又打牌。

凤芹妈被逗笑了，问道，这是谁教你的？

热闹儿说，跟我一起玩儿的大丫头。

凤芹妈夸奖说，嗯，真好听。

热闹儿受到鼓舞，又给奶奶背诵起来，去年元夜时，花市灯如昼。月上柳梢头，人约黄昏后。今年元夜时，月与灯依旧。不见去年人，泪满春衫袖。

你知道这是啥意思吗？田凤芹问，她上中学时学过这首宋词。

热闹儿摇摇头。

田凤芹又问，这是谁教你的？

热闹儿答，魏山河叔叔。又补充说，魏叔叔还答应教我吹口琴呢。

听到“魏山河”三个字，田凤芹不由得一怔。月上柳梢头，人约黄昏后。不见去年人，泪满春衫袖。魏山河是想借此抒发他和凤兰姐的情感吗？这首宋词，无情地拨响了田凤芹心中那根无形的琴弦，搅得她魂不守舍，意乱如麻。

第六章　野马驹变成了乖乖的小绵羊

一

田凤芹赶着骡子走进淘金谷，去给父亲他们送饭，看见凤兰姐候在路边。显然，她是专门在此等候妹妹的到来。田凤兰告诉妹妹，她不可能和魏山河好了。田凤芹直言不讳地问，难道你不爱他了？田凤兰犹豫一下说，我从来没这么想过，也从来不敢想，“爱”这个字，对我来说太奢侈了，更不配用在魏山河身上。田凤芹问，那他爱你吗？田凤兰说，他从没说过，顶多说一句喜欢。田凤芹说，喜欢就是爱，爱就是喜欢。田凤兰反驳道，不对，爱和喜欢，程度不一样，成分也不一样。田凤芹说，哎哟我的姐姐呀，你就别咬文嚼字了。

这时，田宝背着背篓缓缓走来，背篓显得很沉，上面盖了一件衣服，看不出到底装的是啥东西。姐妹俩止住话语，没有搭理田宝大爷，因为她们知道，即便跟他打招呼，他也绝对不会理睬。待田宝低着头从她们身边蔫蔫儿地走过，姐俩的谈话才又得以继续。

凤芹，那天晚上我跟魏山河说的话，你肯定都听到了。田凤兰说，我今儿跟你明确表个态，我不能和他再来往了，不然万一让大洋驴知道，他那个驴脾气啥浑蛋事都能做得出来，那样会伤害了魏山河。你不是喜欢他吗，尽管去追吧。

姐，那我以后对他就要发起进攻、穷追猛打了，到时候你可别后悔。田凤芹以开玩笑的方式说出自己心里话。那你就鼓起风帆，破浪前进吧。田凤兰说完，连声招呼也不打，自管离去。

田凤芹很快对魏山河就展开了穷追猛打，只不过是以守为攻罢了。收工回来走在山路上，田凤芹脚下一滑，摔倒了。小顺子赶紧上前扶她起来。田凤芹一只脚着地，一只脚悬着，疼得龇牙咧嘴。田有问，伤哪儿了？田凤芹佯装痛苦地说，哎哟哟，我的脚崴了！

田有让女儿骑到骡子背上。田凤芹不从，担心摔下来，非让人背她不可。田有说，你以为你是公主啊，谁愿意背你呀？田凤芹指着魏山河说，他。魏山河说，我不背，我也背不动。

来，我背得动！不由分说，牛大力背起田凤芹就走。

田凤芹喊着，老牛放下！你快放下我，我不让你背！

牛大力劲头十足，满脸憨笑，不管背上的姑娘怎么挣扎也不松手。

侯子明悄声说，这傻犴牛，真会献殷勤。王全盛说，别老背后嘀咕人，有胆量你跟姑娘说去。侯子明一缩脖子，得了吧，我可不想让她撕烂嘴，晚饭还想多吃俩馒头呢。

伏在牛大力背上的田凤芹，手打着，脚踢着，终于说了实话，放下我！我没崴脚，放下我！

牛大力哪管她崴没崴脚，双手紧紧托住姑娘大腿，勇往直前，健步如飞。田凤芹两只鞋子甩掉在地上，小顺子帮着捡起来，颠颠儿地跟在后面一路小跑，脸上露出少有的笑容。

吃完晚饭，侯子明问牛大力，我说老牛，背上驮个大姑娘是啥滋味儿呀？牛大力得意地说，这你就不知道了吧，又暖和，又软乎，就像……就像披着一件羊羔皮袄。王全盛和小顺子不禁被牛大力的话逗笑了。魏山河却没有任何表情。侯子明说，哎哟，那我亏大发了，这么好的机会，我怎么让给你了呢？牛大力说，哼，你也就是只啄木鸟，全凭嘴上有功夫，你这瘦猴儿似的身子骨，腰没痰盂粗，腿比麻秆还细，那百八十斤要是放你后背上，别说背着跑了，当时就得把你压趴下，来个嘴啃泥。侯子明说，嘿，那正好滚到一块儿，正中下怀。

窗外传来田凤芹的叫骂声，坏猴子！你就作死吧！

随着话音，田凤芹冲进屋，却不见侯子明。牛大力指了指门后。田凤芹明白了什么意思，使劲推了一下屋门，随即传来侯子明“哎哟”一声大叫。田凤芹把侯子明从门后揪了出来。

侯子明捂着脑门儿喊，哎哟，哎哟，疼死我了！

田凤芹说，活该！嘴不老实，罪有应得。

侯子明说，姑奶奶，我冤枉啊！

打死你都不冤枉！你刚才说的话，我在窗外全都听见了。田凤芹转身问牛大力，老牛你说，今儿该怎么收拾他？

牛大力脱口而出，给他看瓜。

田凤芹说，好，照你说的办，给他看瓜！

侯子明感到不妙，刚要溜出屋门，被牛大力一把抓住后脖领子，像搬动一条面口袋似的，轻而易举把侯子明掀翻在炕上，倒背过他两只胳膊。田凤芹解下侯子明鞋带，捆住他的双手。牛大力松开侯子明裤腰带，把他脑袋塞进大裤衩子里。这样，三下五除二就给侯子明看了瓜。

凤芹你出来！快出来！窗外传来凤芹妈的喊声。

田凤芹叮嘱牛大力说，替我看好了，起码过一个钟头再放他出来。

牛大力说，好的，没问题。

凤芹妈的喊声再次传来，凤芹你快给我出来！

田凤芹走出淘金工住屋，看见站在院子里的母亲阴着脸，便嘻嘻嘻做了一个鬼脸。凤芹妈责怪说，大姑娘家家的，也不嫌害臊，有女的给男的看瓜的吗？田凤芹说，谁让他猴子嘴那么坏呢。凤芹妈说，走，给我进屋去！田凤芹不再吱声，她也觉得刚才的举动有点儿过分了，特别是当着魏山河的面。他对这件事该怎么想？会不会给他留下不好的印象？管他呢，既然做都做了，就永远不后悔。

别看侯子明给牛大力看瓜时演示得非常熟练，其实他这是第一次被人把脑袋塞进大裤衩子里，滋味实在不好受，屈辱就更不用说了。牛大力学着侯子明给他看瓜时说的话，慢条斯理地问，坏猴子，看见瓜没有？多会儿说看见瓜了，我多会儿放你出来。侯子明也学着牛大力说过的话，我看见你祖宗的瓜了！牛大力一下下拉着勒在侯子明脖子上的松紧带，边戏弄边说，那你就多看会儿吧，要实在憋得慌，跟我说一声，我把你裤衩撕个口子，给你透透气儿。

魏山河说，算了算了，以后你们俩再闹着玩儿，来点儿文明的行不行啊。王全盛也说，就是，我们小顺子可还是未成年人呢。说着，魏山河、王全盛把侯子明脑袋从裤衩里解救出来，小顺子解开捆着侯子明双手的鞋带。

侯子明说，老牛你记着，指不定哪天，我一定报仇雪恨！

牛大力哼了一声，你就是再憋足劲，我谅你也尿不出一丈二尺尿去。

侯子明说，那你等着吧，君子报仇，十年不晚。

就你还君子呢？狗屁！牛大力说着，撅起屁股放了个响屁，屋里顿时充满了“三甲基吲哚”的味道，熏得魏山河、王全盛、侯子明、小顺子赶紧捂住鼻子。

君子报仇，不用十年，第二天，牛大力就被侯子明整治得够呛。一早起来，牛大力急急忙忙跑出屋，直奔厕所，在进入厕所之前，忽然停住脚步。他看见挂在厕所门口的小木牌被翻到“有人”一面，只好等在一旁，双手捂在裤裆下，眉头皱成一个疙瘩。

躲在淘金工住屋里的侯子明，透过玻璃窗窥视到牛大力这般狼狈，不禁笑出声，心里骂道，活该！憋死你这头大牤牛！王全盛从被窝里爬起来，发现侯子明一脸坏笑，说，你没事偷着乐啥呢？侯子明摆摆手，示意不要声张。王全盛透过玻璃向院子里看去，只见牛大力双手捂着裤裆，急得如热锅上的蚂蚁，知道侯子明又给牛大力使坏了。

牛大力憋得受不了，走出院门，四下看看，找不到可以应急的地方，只好又折回院子里。他一眼看见在正房堂屋里做饭的凤芹妈，便赶紧把捂在裤裆上的双手移开。凤芹妈问，大力，你一个劲儿在哪儿转磨磨儿，干啥呢这是？牛大力装作若无其事地说，啊，大妈，没事，早上起来，我活动活动。待凤芹妈转过身去，牛大力又赶紧捂住裤裆，夹紧双腿，急切地期望厕所里的人走出来。

隐在玻璃窗后面的侯子明，看见牛大力出尽洋相，笑得合不拢嘴。

牛大力走近厕所，想喊叫一声，让里面的人动作快点儿。可转念一想，谁知道占着茅坑的是男是女呀？万一是田凤芹，那可就糟了。他至今还记得，那次双方意外遭遇之后，田凤芹往厕所里扬土的事，一把垫猪圈土一点儿不糟蹋地落在他脑袋上，他连一声也不敢吭。所以牛大力只是张了张嘴，终究没有喊出来。就在这时，侯子明泥鳅似的出溜一下子从牛大力身边钻过去，进了厕所。

牛大力喊道，哎，出来，牌子上写着有人呢！

不见侯子明回答，只听传来哗啦哗啦的撒尿声。牛大力转了转大眼珠子，忽然明白了什么，一个箭步冲进厕所。

从厕所里传出牛大力的谩骂，你妈的坏猴子，我又上你当了！

紧接着是侯子明的声音，哎哟，你的臊尿溅到我脚面上了……

上工时，田有一行人与山路上迎面走来的田宝不期而遇。田宝背着背篓，赶着一只母羊两只羊羔。田广和对父亲田有说，怪了，我大爷今儿怎这么早就放羊回来了？田有解释说，这也没啥奇怪的，你大爷昼夜颠倒惯了。田宝拐向一条小路，避开与田有他们相遇的可能。对此，田有早已见怪不怪，习以为常。

来到掌子面，田有发觉昨天收工时没来得及运回家的金矿砂少了些。田广和猜疑这是夜里被大洋驴和丑子偷走了。田有说，要是他们干的，不会偷走一点儿，肯定得连窝端。

说曹操曹操就到。大洋驴拎着一条帆布口袋走来，怎么着，听说又“见阔儿”了？恭喜恭喜！

田有知道大洋驴又来“沾灶火”，低声叮嘱儿子，你别搭理他，让我来对付。然后问大洋驴，你怎么单枪匹马呀，你的狗头军师丑子呢？

大洋驴说，肥水不流外人田，我叫丑子来干啥呀。

田有说，“沾灶火”只许一回，谁来也不能破了这个规矩。

“沾灶火”的规矩是给外人定的，我能算是外人吗？

人活一张脸，树活一张皮，人要没脸没皮，不如一头大洋驴。

嘀，您可真会骂人不带脏字，我要是驴，您闺女凤兰是啥呀？区别无非是一头叫驴，一头草驴。

要我说，你就是一头活牲口！

谁不是活牲口呀？不吃不喝，不拉不尿，那是茅坑里的石头。

所以你又臭又硬。

知道我又臭又硬，那就痛痛快快让我“沾灶火”吧。

大洋驴把帆布口袋扔在田有脚下。田有飞起一脚将其踢开。

大洋驴说，哎，我亲爱的老丈人，您至于跟我这个姑爷发这么大的火吗？火大尿黄尿，满嘴起燎泡。

田有说，大洋驴我告诉你，别以为当年你掏了两万块钱手术费，就可以在我面前胡作非为，耀武扬威，早晚有一天我会把钱退给你。

好啊，我巴不得的！两万块钱换来个连驴粪蛋子也拉不出来的废物，我亏大了！我那可怜的老爸也算是白死了。

要不是看在你爸的分儿上，我早就一棍子打死你，宁可偿命也认了。

谢谢您手下留情。其实，您脑子里有一团糊涂糨子，始终没想明白，我来“沾灶火”，又挨损又挨骂的，这都是为了谁呀？还不是让您宝贝闺女的日子过得好一点儿吗？

要不是为这，你把脸蛋换成屁股我都不搭理你！

那还说啥废话呀，赶紧让我装金矿砂吧。

面对这样一个死皮赖脸、不知羞耻的姑爷，田有无可奈何，只好闪开身子，让出一条路。大洋驴捡起地上的帆布口袋，走向金矿砂堆。

魏山河上前一步，挡住大洋驴去路。

好狗不挡道，给我滚开！大洋驴用肩膀使劲一撞，把魏山河撞了个趔趄。没走两步，却又看见牛大力坐在金矿砂堆上，像座黑铁塔似的。大洋驴阴阳怪气地说，嘿，谁的裤裆开了，把你给露出来了？

牛大力只管闷头坐着，根本不理睬大洋驴。

你们把式头都同意让我“沾灶火”了，你坐在这儿冒充哪路英雄好汉呀？大洋驴上前拉扯牛大力，却怎么也拉不动。忽然，牛大力用脑袋向大洋驴撞了一下。大洋驴猝不及防，倒退几步，四脚八叉摔在地上。

侯子明夸了牛大力一句，嘿，一顿饭五六个馒头算是没白吃。

大洋驴爬了起来，恼羞成怒，抄起一把铁锨，向牛大力冲过去。

王全盛、魏山河、侯子明、小顺子呼啦啦站到大洋驴面前，用身体挡住坐在金矿砂堆上的牛大力，一个个义愤填膺，怒目圆睁。意思很明显，你大洋驴要是敢动一下牛大力，今儿就别想站着走出去。

田广和上前夺下大洋驴手里的铁锨。田有吆喝伙计们退到一边，跟大洋驴说，好了，别给脸不要脸，装满口袋赶紧滚吧！

大洋驴背着一口袋金矿砂走到山外，累得汗流浃背，呼哧带喘，坐下来休息。忽听见一阵铃铛声传来，循声看去，见田凤芹赶着骡子送饭来了，知道这位小姨子不好惹，赶紧背起帆布口袋离开了。

吃完午饭，田凤芹把魏山河约到长城敌楼，质问道，昨天你为啥不肯背我？魏山河说，因为我知道，你根本就没崴脚。田凤芹娇情地说，那我现在就真的把脚崴了，你背我吗？魏山河说，你这叫强人所难。田凤芹说，我就强迫你了，怎么着吧？魏山河说，强扭的瓜不甜。田凤芹说，凤兰姐已经明确告诉我，她以后不可能跟你好了，也不想再和你见面，你就死了那份心吧！

魏山河低下头来，闭口不语。

田凤芹说，我到底哪儿比不上我凤兰姐，你为啥就不能接受我？

魏山河沉了沉说，因为我心里只有马兰……不，是田凤兰，我一定帮她逃离苦海。不然，看着她整天受大洋驴虐待，我永远原谅不了我自己。

田凤芹喊起来，我再说一遍，我凤兰姐不会跟你好了！

魏山河说，那我就等，等她一辈子。

那你就等吧，等到老了，等到走不动了，等到进了棺材，你活该！田凤芹说完，愤愤离开，下了敌楼。

魏山河凝视着远方茫茫的群山，解救田凤兰的办法在他心中渐渐孕育成熟。

二

田凤芹把骡子驮回来的两口袋金矿砂卸在碾子旁，回家想喝口水，然后再去运第二趟，却发现母亲蹲坐在堂屋地上，双手捂住胃部，疼得大汗淋漓，身边有几只摔碎的碗。不用说，这是她干活时突发了胃病。今天家里只有凤芹妈一人，史翠珍带着热闹儿回娘家参加一个亲戚的婚礼去了，明天才能回来。田凤芹给父亲留下一张纸条，在门口拦了辆拖拉机，送母亲去了乡卫生院。

田凤芹和凤芹妈走进乡卫生院二层小楼的门口，迎面遇到正往外走的王翠玲。于是，王翠玲二话不说，与田凤芹一起搀扶着凤芹妈进了诊室。医生诊断凤芹妈患的是急性胃炎。从挂号、就诊、交费、取药、办理住院手续，一直到安顿凤芹妈躺在病床上打吊瓶，王翠玲帮助田凤芹楼上楼下忙活。

凤芹妈说，翠玲，谢谢你了。王翠玲说，大妈您跟我还客气啥呀，刚才看见您疼得满头大汗，吓坏我了。凤芹妈说，没大事，老毛病，养一养就好了。

从田凤芹嘴里得知，凤芹妈做过胃切除手术，现在仅有半个胃。王翠玲叮嘱说，大妈您可不能大意，今后真得好好注意保养。凤芹妈说，可不是嘛，都怪我不注意，最近干活累了点儿，再加上天气一凉，胃病就犯了。王翠玲说，胃病主要靠养，不能累着，不能生气，要少吃多餐，更不能吃凉的东西。田凤芹插话说，大嫂你懂的可真多。王翠玲说，我娘家妈也有胃病，所以我知道一些。凤芹妈心里生出几分感动，问王翠玲来医院看啥病。王翠玲说她有点儿感冒，怕传染给孩子，到乡卫生院拿点儿药。

天色已晚，凤芹妈母女劝王翠玲早点回家。王翠玲说，那好吧，明天我再来看大妈。凤芹妈说，这已经够麻烦你的了，明天就不要来了。想不到凤芹妈一句话触到王翠玲伤心处，她的眼圈忽地红了，喃喃地说，我大叔和哑巴哥他们，帮了我那么大的忙，我还没得机会报答呢。凤芹妈赶紧说，好了好了，事情都过去了，就别再提了。

田凤芹要送王翠玲下楼，王翠玲让她好好照顾母亲，自己走出病房。凤芹妈望着这个通情达理、知恩图报的女人离去，忽然冒出一个想法，等回家以后，跟凤芹她爸再说说，如果她嫁给哑巴儿子，兴许真是个不错的媳妇呢。

王翠玲走下楼梯口，险些与跑来的大哑巴撞个满怀，二人随即认出对方。大哑巴比比画画向王翠玲急切地打听，问看没看见母亲。王翠玲点点头，带着大哑巴返回病房。大哑巴扑向病床，拉住母亲的手，竟然呜呜地哭了。

凤芹妈安慰哑巴儿子，别担心，没事的，一两天妈就能回家。

大哑巴拍了拍胸脯，伸出一个小手指头，意思是都怪自己逼着母亲找媳妇，母亲一着急才犯了胃病。

凤芹妈自然明白儿子的心思，劝说道，妈的病不怪你，别往心里去。

大哑巴指指天，指指地，又指指自己心窝。

凤芹妈说，妈知道你孝顺，办啥事都对得起自己良心，你不要过意不去，妈的病真的不怪你。

大哑巴啊啊着，咬咬嘴唇，攥攥拳头。

凤芹妈说，好，我知道你听妈的话，从小就听，你是妈的好儿子。

田凤芹端着脸盆从洗漱间里走出来，见王翠玲站在病房门口，问她为啥又回来了。王翠玲没说话，抹了一把溢出眼眶的泪水，匆忙离开了。

王翠玲走出乡卫生院门口，瞥见田广和骑自行车带着父亲田有赶到了。她没有去打扰他们父子，一直看着他们慌里慌张地跑进楼里。

原来，田有他们收工回家后，看到田凤芹留的纸条，得知母女去了乡卫生院，便急急忙忙赶来了。田广和骑车带着父亲，大哑巴自己骑一辆车，所以他提前一步到了卫生院。

尽管凤芹妈不让王翠玲再来看望，但第二天王翠玲还是来了，拎着一个保温瓶，里面装的是鸡汤。这让凤芹妈很过意不去。

王翠玲说，反正我待在家里也没事，就给您炖了点儿鸡汤，听说喝鸡汤可暖胃了。凤芹妈说，咱们无亲无故的，你对我这么好，我都不落忍了。王翠玲半开玩笑地说，这好办，跟凤芹似的把我当成您的亲闺女，您就不会不落忍了。

凤芹妈听了，心里暖暖的。

第三天，王翠玲再次来到乡卫生院看望凤芹妈，这次送来的不是鸡汤，而是面片汤，说吃着软乎，还好消化。凤芹妈一高兴，当即喝了两碗面片汤。

这让看护婆婆的史翠珍很不满，待把王翠玲送出病房，她说，你把功劳都抢了去，让我这个做儿媳妇的多没面子呀。

王翠玲以为史翠珍开玩笑，说弟妹你就放心吧，我再怎么对大妈好，也不能替代你的孝心。

史翠珍阴阳怪气地说，就怕远的香，近的臭，天天在一块儿待腻了，我就是给婆婆野人参，她也觉得不如你的白薯干儿好吃。

听得出来，史翠珍与婆婆的关系并不融洽。王翠玲说，大妈是个通人情、明事理的人，你能遇到这么一个好婆婆，算是你三辈子修来的福。

史翠珍沉下脸说，你以后不要再来了，有我照顾婆婆就足够了。

王翠玲问，这是你的意思，还是大妈的意思？

史翠珍说，甭管是谁的意思，上赶着往前凑，有啥意思呀？

王翠玲一愣，你……你这是啥意思呀？

史翠珍说，我是啥意思，你难道还听不出来吗？

王翠玲听出了史翠珍的弦外之音，不免有些尴尬，说，你误解我的意思了。

史翠珍表现出不耐烦，好了好了你走吧，再说就真的没意思了。

王翠玲只好悻悻地走下楼道。

史翠珍冷笑一声，心说，傻子都知道啥意思，不就是削尖脑袋想当田家儿媳妇吗，就跟谁看不出来似的。

过了两天，凤芹妈出院回家了。晚上睡觉前，凤芹妈提起住院期间王翠玲对她的照顾，跟田有赞不绝口，说儿媳妇也不过如此。田有听出凤芹妈话里有话，问道，你是不是看上王翠玲了？凤芹妈说，可不是嘛，要真能把王翠玲娶进门给咱哑巴儿子做媳妇，赶明儿你我老了，就等着享清福吧。

田有承认，王翠玲确实是个好女人，甚至说百里挑一，在以往给儿子介绍的所有人中，王翠玲算是最佳人选。但真要给哑巴儿子做媳妇，田有目前无论如何也不能接受。因为只要一看见王翠玲，田有就自然而然地想起陷阱里的那具腐尸。这是一个回避不了也无法回避的事实。

凤芹妈说，我知道你心里有阴影，等时间一长就会好的。

恐怕再过三年五载，我心里这个劲儿也过不去。

凤芹妈说，再过三年五载，儿子都四十了，就更难说媳妇了。

我给原来矿上的师兄弟们捎话了，他们正积极地给找呢。

凤芹妈说，那是没谱儿的事，得等到猴年马月呀。

好了，不管说啥，王翠玲也不能当咱儿媳妇。

凤芹妈有些急了，你这老头子，真是死心眼！

正说着，大哑巴走进屋，交给母亲一张纸条，声也不吭，扭头出去。凤芹妈粗粗浏览下纸条，脸色顿时变得煞白。田有拿过纸条看了，上面的字歪七扭八，但意思表达得很明确。大哑巴这样写道：妈，都怪我不懂事，让您急病了，真是对不起，给我找媳妇的事就算了吧，我愿意陪您过一辈子。

大哑巴上小学二年级那年，掉下悬崖，摔破天灵盖，造成终身失聪，无法在校继续读书，转到聋哑学校学习一年多。所以尽管他不会说话，但能写一些简单文字，只不过很少用这种方式与人交流。大哑巴写给母亲的纸条，仿佛一把尖刀扎在凤芹妈胸口上，刺心的疼痛咕嘟咕嘟从里往外冒。哑巴儿子本来就是死心眼、一根筋，他从忽然提出要媳妇，到表示陪母亲过一辈子，这一百八十度的大转弯，要经历多少痛苦的折磨啊。还有女儿凤兰，当年为凑齐母亲的手术费，违心嫁给大洋驴，现在三天两头挨打受骂，魏山河要救凤兰出苦海，她就得跟大洋驴离婚。也许城里人把离婚当作无所谓的事，可在农村如果谁离了婚，不管是谁的责任，女方都要被乡亲们戳断脊梁骨。再有老闺女凤芹，口口声声说谁也比不上魏山河好，不肯在这件事上受委屈，对魏山河依然穷追不舍，这样闹下去，谁知道会有什么结果啊。

想起儿女们的这些烦心事，凤芹妈简直都要愁死了。

大哑巴自从跟母亲言明不再找媳妇，他便剃了个光头，也不再像以往那样动不动就连比画带啊啊，变得一声不吭，一蹶不振，对任何事情都置若罔闻。但干起活来不仅发狠而且拼命，似乎只有耗尽力气才可消磨他的苦闷。

这天上工来，田有一行人走在潮湿的废巷道里。挂在天棚上的几滴水珠落在大哑巴光头上，溅起片片水花儿。大哑巴只是缩了缩脖子，直到水顺着腮帮子流下来也懒得去擦。他的心仿佛已经死了。

滴答滴答的水滴从天棚掉在地上，形成一片水洼。

田有跨了一步，迈过水洼。他发现地上有一行泥脚印，蹲下来仔细查看。田广和与伙计们也凑过来，将所有电石灯对准脚印，这样看得就更清晰了。脚印的花纹很深，说明肯定是新鞋。这会不会是夜里偷金矿砂的人留下的？忽然，侯子明有个惊奇的发现，指着脚印说，你们看，这所有脚印怎么都是左脚的呀？人们一看，果真如此。

谁穿鞋会穿成一顺边儿？难道不怕把脚指头挤弯了？

魏山河仔细看了看脚印，说好像是军用皮靴留下的。

你怎么知道是军用皮靴的脚印？田有问。

魏山河解释说，我曾穿过一双，我姐夫在部队，是他送给我的。

田有起了疑心，谁会穿着两只同样左脚的军用皮靴进入废巷道？难道真是有人来偷金矿砂吗？

然而很快就证实了，并没有人来偷金矿砂。昨天收工前，田有在金矿砂堆上放了一根烟头作为记号，而今天烟头依旧原封不动地放在那里。既然没有人偷金矿砂，那一顺边儿的军靴脚印又是怎么回事呢？

来到掌子面，人们按部就班地干活。小顺子发现一只小白耗子，一把抓在手里。王全盛赶紧说，快放了它，把式头早就说了，这是咱淘金人的小伙计，有它就能找到金矿脉，就能挖到好矿砂。小顺子放了小白耗子，可它的后腿被什么东西给缠住了，怎么也跑不起来。小顺子拿起小白耗子，只见它后腿上缠着一团白毛。待解下一看，原来是五六根长长的银发！

一行军用皮靴左脚印，五六根长长的银发，两者之间有没有关联？这让田有实在费解。同上次一样，他把银发绕成一团，装进衣兜。等回家以后，他还会将银发挂在父亲留下的烫画葫芦两侧，那样就更像梳着两条辫子的卡通人物了。

一如既往地扶钎，打锤，放炮，清运废矿石，追着金矿脉寻找金矿砂，一天很快就过去了。

收工回来时，田有看见有几个男孩子在田宝墓坑附近玩耍，叽叽喳喳好不热闹。田有吩咐儿子和伙计们先回家，他过去瞧瞧。

两个男孩在田宝墓坑旁玩打仗，土坷垃当作手榴弹，你扔我一个，我投你一个，浑身上下跟土猴儿似的。热闹儿和那个教他“嫁个女婿不成才”歌谣的大丫头，站在墓坑里用白粉笔往红砖衬砌的墓墙上画画。大丫头其实是个男孩，只不过为了好养活，父母才给他起了个女孩的小名。热闹儿和大丫头各占据一面墓墙，画得兴趣盎然，专心致志。热闹儿画的是一条狗，长长的狗尾巴耷拉着，尾巴尖是翘翘的，从墓墙一直垂到墓底铺的红砖上。大丫头画的是一只鹅，鹅的脖子仰得很高，一副“鹅鹅鹅，曲项向天歌”的情景。

田有来到墓坑边上，呵斥道，嘿，你们俩怎么跑下面玩儿去了，上来，快上来！那是躺死人的地方。

热闹儿抓紧给狗画了最后几笔，粉笔嘎巴一声断了。随后，热闹儿和大丫头沿着斜坡墓道走上地面。红砖衬砌的墓底留下半根粉笔，由于红白反差分明，所以很是显眼。

等田有重新想起遗落在墓底的这半根粉笔，以及热闹儿、大丫头画在墓墙上的狗和鹅，是在一个多月以后。不过，这已是后话了。

田有叮嘱孩子们，以后不许再来这里玩儿，并吓唬他们坟地里闹鬼。几个孩子吓得跑散了，各自回了家。

没过一会儿，田宝背着背篓，赶着一只母羊两只羊羔，从淘金谷的山路上走来，直奔他为自己挖掘的墓坑而去。

三

月亮还没从山头那边爬上来，只有无数颗星星挂在天幕上。魏山河来到大洋驴家院子，透过玻璃窗看见只有田凤兰一个人在家，索性走了进去。

田凤兰吓了一跳，你怎么来家了？我不是跟你说，咱们不要再见面了吗？魏山河说，我想了，你还是跟我走吧，我们一起远远离开这里。田凤兰态度很坚决，不，这不可能，我们俩不可能走到一起。魏山河说，这个家还有什么值得你留恋的吗？田凤兰说，山河，你别再逼我了，我这辈子反正就这样了，把你这份感情给我妹妹凤芹吧，她比我年轻，比我漂亮，也比我更值得你去爱。魏山河说，凤芹是个好姑娘，但我爱的不是她，而是你。田凤兰摇摇头说，不管你说什么，我也不能答应。魏山河说，你在我们家养伤时，我们是那么情投意合，那么相互倾慕，难道你都忘了吗？田凤兰说，那个姑娘叫马兰，已经不在了，而我叫田凤兰，是别人的老婆。魏山河说，不管马兰还是田凤兰，都是你，你不能再委屈自己了。田凤兰说，我就是受委屈的命，这辈子恐怕谁也改变不了。

大洋驴跌跌撞撞走进自家院子，透过玻璃窗看见屋子里有一男一女，酒劲儿顿时醒了三分。大洋驴凑近窗户根儿，情不自禁打了一个酒嗝，屋子里面魏山河和田凤兰的声音清晰地传出来。

凤兰，你就别再固执了，听我的话，跟我走吧，我一定让你幸福的。

啥都别说了，山河你赶紧走吧，他找丑子喝酒去了，可能一会儿就回来。

谁回来我也不怕。

不，你不怕我怕，你赶紧走吧，走吧。

完事儿就想走，没门儿！屋门砰的一声被踢开了，大洋驴闯进来，回身关上屋门说，关上屋门打狗，堵住笼子抓鸡，你们俩奸夫淫妇，让我逮个正着儿！

魏山河说，大洋驴，不许你胡说八道！

大洋驴上下看了看魏山河，是我胡说八道，还是你胡作非为？做贼要单儿，抓奸要双儿，你们俩提起裤子就想不认账，还觍着脸说我胡说八道？

田凤兰往门外推着魏山河，甭理他，你走吧，赶紧走吧！

好啊，当着我面儿还敢拉拉扯扯。大洋驴挥手照着田凤兰脸上抽过去。田凤兰脑袋一歪躲开了。田凤兰向魏山河大声喊道，你还愣着干啥呀，赶紧走啊！

大洋驴挡在门口，不把你们俩的奸情说清楚，今儿谁敢迈出这屋子一步，我就打断谁的腿！

魏山河说，大洋驴，我和凤兰绝不像你想的那么龌龊！

大洋驴不明白“龌龊”这个词是啥意思，你说啥？窝……捉？哈，还想让我在被窝里捉到你们呀？

魏山河说，请你把嘴放干净点儿！

大洋驴一摇脑袋，怎么着，你搞我老婆都搞到家里来了，给我戴了一顶大绿帽子，还想让我对你说声谢谢？

田凤兰骂道，恬不知耻，满嘴喷粪！

好你个骚娘儿们，当着奸夫的面儿还敢骂老子，我现在就让你知道知道，啥叫杀鸡给猴看！说着，大洋驴将田凤兰推倒在炕上，举手就要打。魏山河一把拦住大洋驴胳膊。大洋驴使劲一挥，魏山河险些摔倒。大洋驴嘿嘿笑着说，你妈的小白脸儿，浑身上下没有四两劲儿，还想跟我要胳膊根儿？田凤兰从炕上爬起来，往外推着魏山河，我求求你快走吧！大洋驴指着魏山河鼻子尖说，你不是心疼她吗，来，要是有种就跟我拼命，来呀！你小白脸儿有这个胆量吗？她是我用两万块钱换来的老婆，我打她骂她，夜里干她，你姓魏的管得着吗？

魏山河扑向大洋驴，二人扭打在一起。

田凤兰抄起把剪子，抵在脖子下，你们要是再打，我马上死给你们看！

大洋驴夺过田凤兰手里的剪子，使劲扔了出去。剪子打在玻璃窗上，哗啦一声，玻璃碎了。随后大洋驴从门后找出把斧子，骚娘儿们，你不是想死吗，我今儿就成全你，让你们奸夫淫妇死在一块儿！

魏山河用身体护着田凤兰，大洋驴，你想干什么？

劈死你们俩狗男女我偿命！说着，大洋驴忽地举起斧子。

魏山河奋不顾身一把夺过斧子，我先劈死你！

大洋驴吓呆了，想不到眼前这个小白脸竟然这么不要命。见魏山河手里的斧子劈下来，大洋驴赶紧用手护着脑袋。

啪的一声响，大洋驴浑身直哆嗦，睁开眼一看，斧子劈在炕桌上，斧子刃深深扎进桌面里。

这时，田凤芹冲进屋，指着大洋驴说，我警告你大洋驴，以后你再敢打我姐姐，再敢侮辱魏山河，我就把你两只眼抠出来，把你四条腿剁下来，让你成为一头瞎驴、瘸驴、废物驴！说完，田凤芹拉起魏山河走出屋子。

二人来到田家院门口，坐在台阶上。

田凤芹说，你这根本不是救我凤兰姐出苦海，而是要把她往死里逼。

魏山河不服气，我看着她受大洋驴的虐待，能袖手旁观吗？

田凤芹说，你呀你，让我说你啥好呀，你这是牵着不走，打着倒退，不知好歹，不知哪头炕热。

魏山河无言以对。他从心里感谢田凤芹，若不是她及时出面，真不知道会是什么后果呢。

牛大力一边系着裤腰带一边走出厕所，听见外面有一男一女说话声，便悄悄来到院门后面偷听。

对我你不理不睬，非要去自找麻烦，也给我凤兰姐带来了麻烦，以后大洋驴更得变本加厉欺负她了。这是田凤芹的声音。

但这不是我的本意。这是魏山河的声音。

这回撞了南墙，你总该知道回头了吧？

可我还是不甘心。

啊，你还不甘心？非得撞个头破血流你才甘心呀？非得把我凤兰姐逼死了你才甘心呀？

不把你姐姐从大洋驴手里解救出来，我会谴责自己一辈子。

魏山河，今儿我算是彻底认识你了！以后你想干什么，那是你的事，我管不着，也懒得管。但你要明白一点，最终要是伤害了我凤兰姐，可别怪我跟你新账旧账一起算！

咣当一声，院门被推开，田凤芹走进来，回身关上院门，赌气插上门闩。

看到田凤芹走进住屋，躲在门垛旁的牛大力走出来，打开门闩，溜出院子。魏山河依然坐在台阶上，双手抱着脑袋，听见院门响，以为是田凤芹，便说，你不是懒得管吗，怎么又回来了？

牛大力说，嘿，瞧瞧我是谁？

魏山河抬头一看，原来是牛大力，怎么是你？

牛大力说，要不是我，你今儿晚上怎么回屋睡觉啊，总不能在这儿没铺没盖地坐一宿吧？魏山河叹了一口气。牛大力安慰说，甭管啥事，都别往心里去。你瞧我，每天吃得饱、睡得着，仨饱一倒儿，啥也不去想，除了长肉就是长力气。魏山河没言声，站起来随牛大力走进院子，回屋睡觉。

睡到半夜，牛大力被尿憋醒了。吃晚饭时，他喝了好几碗榨菜肉丝汤，睡觉前又喝了两大缸子茶水，所以闹得觉也睡不踏实。当他方便完走出厕所，发现正房堂屋的门打开了，田凤芹走出来。牛大力赶紧退回去，隐身在厕所里。

田凤芹打开院门，走出院子。

牛大力悄悄跟了出来，看见田凤芹走向村外。这深更半夜的，她去干啥？牛大力有些不放心，尾随田凤芹而去。

月牙儿从大山那边露了出来，弯弯的，窄窄的，浅浅的，仿佛是妈妈按在孩子屁股蛋儿上留下的一个指甲印儿。

田凤芹坐在村外小河边，流淌的河水闪着银光，她的脸颊上也闪着银光。那是她伤心的泪水，她不去擦拭，任凭泪水尽情地流。

昆虫发出各种鸣叫，使得这个夜晚越加深沉和宁静。啪的一声，有条鱼跃出河面，随后又传来一阵咕咕咕的夜猫子叫。

牛大力躲在一块磨盘大的石头后面，不时探出头观察坐在河边的姑娘。他想上前劝说姑娘回家，忽听传来田凤芹的抽泣声，便又蹲下来继续守候。

田凤芹抱着双腿，头抵胳膊，嘤嘤地哭了，声音虽然不大，但却是那样的伤心。各种昆虫停止了欢快的鸣叫，似乎在分担姑娘的痛苦。

过了一会儿，牛大力听见田凤芹不再哭了，便又探出头，只见姑娘已站起身，正在脱去鞋袜和衣裤。牛大力赶紧缩回头，捂住怦怦乱跳的胸口。她是想下河洗澡吗，难道就不怕冷？现在不是伏天，而是临近中秋。

被太阳足足晒了一天的河水恰恰是温的。田凤芹一步步走向河中央，河水漫过脚踝，漫过膝盖，一直漫到腰部，她这才停住。她把脸庞贴近水面，让河水洗掉脸上的泪痕。两条小辫滑下来，辫梢儿浸在水里，别在脑袋一侧的那个塑料质地的发卡闪闪发亮。

躲在石头后面的牛大力心里慌慌的，尽量克制自己不去看。但他克制不住。任何一个女人的身体对他都是一个谜，更别说一个年轻漂亮的姑娘。牛大力再一次探出头，见田凤芹全身泡在水里，只有脑袋露出水面。他不错眼珠地盯着，想着淹在水下那个身子的模样，脑子里闪过一连串浑浊的念头。不知不觉，他的下身就湿漉漉的了，小肚子有一种酸酸的感觉。刚才明明撒过尿，为啥这么快就又憋不住了？牛大力这么想着，感到有几滴尿似的东西遗在裤衩里。

田凤芹站起身向岸边走来，肌肤上挂满闪亮的水珠。这分明是一块晶莹剔透的玉雕，是一尊白色大理石刻成的塑像，是一个冬天倒挂在屋檐下的冰凌！牛大力看呆了，眼睛眨也不眨，似乎一眨眼，眼前的一切就会消失。

凤芹上了岸，穿好衣服走过来。

牛大力慌了，后退几步，不想踩在干树枝上，只听嘎巴响了一声。

谁？田凤芹惊恐地问。

牛大力躲在石头后面，不敢回答。

再不说是谁，我可喊人了！田凤芹从地上抄起一块鹅卵石。

牛大力从石头后面走出来，战战兢兢地小声回答，是……是我。

你怎么躲在这儿？

牛大力吭吭哧哧，一个字也说不上来。

田凤芹骂道，牛大力，好你个臭流氓，敢来偷偷摸摸看我洗澡。

牛大力哆哆嗦嗦地说，我……我啥也没看见，真的，我一直躲在石头后面，啥也没看见。

田凤芹口气缓和了一些，你真的啥都没看见？

牛大力发誓说，真的啥都没看见，蒙你我不是人。

田凤芹问，那你老实交代，为啥悄悄跟我到这儿来？

牛大力低着头，不说话。

田凤芹逼问，别磨磨叽叽的，快说，为啥跟着我来到这儿?

牛大力结结巴巴地说，我……我是怕……怕你想不开，投河寻短见。

只这一句话，姑娘那颗受到伤害而变得冰冷的心就被融化了。田凤芹愣怔片刻，上前伏在牛大力怀里，哭了，哭得很伤心。

牛大力蒙了，他怎么也想不到，平日这匹难驯的野马驹，忽然变成一只乖乖的小绵羊。牛大力奓着两只胳膊，对姑娘碰都不敢碰一下，似乎伏在怀里的不是女人，而是一只刺猬。直到田凤芹勾住他的脖子，他这才试探着慢慢拢起双臂，察觉田凤芹没有拒绝，这才把姑娘紧紧地抱在怀里。

哦，原来女人身上任何一个部位都像面团似的那么柔软。牛大力感到全身的热血往上涌，嗓子渴得直冒烟，简直马上就要着火了。

田凤芹听到牛大力呼吸急促，心脏咚咚乱跳，想看看他的表情。但牛大力双臂如铁钳子似的使劲夹着，使她根本动弹不得，只好服服帖帖偎在他的怀里。如果伏在魏山河怀里，也会这么宽厚，这么温暖，这么感到踏实吗？田凤芹脑子一时走了神儿。

牛大力闻到一股芬芳，这是姑娘乌黑的秀发散发出来的。他腾出一只手，抚摸着田凤芹湿漉漉的头发，手指触到了那个闪闪发亮的发卡……

四

应聘淘金工的第一天，当田凤芹问起“鸡蛋沉还是鸭蛋沉”时，牛大力就引用他爸爸的话说，世上没有一个坟头是累死的。如果说“身大力不亏”是牛大力雄厚的资本，那么，他正试图把这种资本的功能发挥到极致。

牛大力用扁担钩钩住水桶，贴在缸沿上，根本无须手扶，轻轻松松地就把桶里的水倒进水缸。这是他早晨起来一口气儿担的第五挑水了。

在担第一挑水之前，牛大力还把缸给淘干净，从缸底清理出来些许菜根菜叶，并意外发现了凤芹妈多日没找到的一把炒菜铲子。田有家堂屋里的水缸属于那种特大号的，可以装七挑水。热闹儿五岁那年，蹬着锅台弯腰到缸里舀水，一头栽了进去，在缸里翻个身，便露出脑袋，竟然安全无恙。事后，凤芹妈背着家人，跪在水缸前，一连磕了三个响头呢。

做饭的凤芹妈腾出手，递给牛大力一块毛巾，让他别再挑了，擦擦汗，歇一会儿，准备吃饭。牛大力说，我不累，再挑两趟，缸就满了。凤芹妈说，足够今儿使的了。牛大力说，家里人多，费水。凤芹妈夺下牛大力肩上的扁担，牛大力这才罢休。牛大力向田凤芹住屋看了一眼，问，凤芹还没起来呀？凤芹妈说，我这老丫头就爱睡个懒觉。牛大力说，每天赶着骡子送饭、运矿砂，也真够她辛苦的。凤芹妈不明白牛大力今天为啥忽然关心起女儿，随便应了一声。大妈您也不轻省，每天要做三顿饭，一会儿也不得闲儿，您身体不太好，可千万别累着。说着，牛大力又往田凤芹住屋瞟了一眼。凤芹妈问，大力，你还有事吗？牛大力说，啊，没事，以后家里有啥活儿，您尽管支派我，我有使不完的劲儿。凤芹妈说，好的，大妈知道你身大力不亏。

侯子明在院子里洗脸，听到牛大力巴结凤芹妈的话，心说，这个傻牤牛，还真把自己当成田家一员了。见牛大力拎着扁担和水桶走出堂屋，侯子明说，老牛，一大早儿起来就挑水，你怎么变得这么勤快呀？牛大力说，我啥时候不勤快呀？侯子明说，我的意思是你今儿特殷勤，跟倒插门儿女婿似的。牛大力愣了愣，说，那是早晚的事。侯子明说，嘿，你可真会顺杆儿爬，说你咳嗽你还喘起来了。

牛大力心里惦念着田凤芹，可直到吃完早饭，也没见到她的身影。上工时，临走出院门，牛大力不禁又回头向田凤芹的住屋望了一眼，见田凤芹拿着牙具从北房堂屋走出来，眼神立刻就直了。侯子明拉了牛大力一把，说小心瞧进眼里拔不出来。牛大力没顾得上看台阶，一脚踩空，险些摔倒。

田凤芹刷完牙，忽然想起什么，伸手摸摸头发，没有摸到发卡。她来到小河边那块大石头旁，仔细找了半天，还是没有找到。她向在河边玩儿的几个孩子打听，拾没拾到一个发卡。孩子们一个个地把头摇得跟拨浪鼓似的。怪了，发卡到底丢在哪儿了呢？

中午，田凤芹赶着骡子来送饭，牛大力赶紧跑过去替她牵过骡子的缰绳。田凤芹显得很冷淡，对牛大力似乎都没正眼看一眼。以往，端饭盛菜都是田凤芹的事。而今天，牛大力从田凤芹手里要过勺子，为人们一个劲儿地张罗，俨然一个主人。田广和看了，觉得奇怪，悄声问父亲，牛大力今儿撒啥癔症呀？田有说，谁知道他抽啥四六风呢。

田凤芹郁郁寡欢，无事可干，索性来到长城敌楼，神情茫然地望着远方的莽莽群山。牛大力走来，关切地问凤芹怎么了。田凤芹苦笑一下，没有言声。牛大力又问，你好像有点儿不高兴，是我做错啥了吗？田凤芹摇摇头。牛大力说，你是不是后悔了？田凤芹说，我后悔什么呀，有人知道会后悔的。

你说谁后悔？

反正不是你。

凤芹，要是不能和你好，我会后悔一辈子。

大力，你把事情想歪了。

我怎么想歪了？昨天晚上是你歪在我怀里。

以后不许你再提昨天晚上的事！

不提可以，但不是啥事也没发生。

我跟你本来就啥事也没发生。

怎么会呢，你……你当着我面儿哭没有？

没有！

你……你歪在我怀里没有？

没有！

你……你让我紧紧抱着没有？

没有没有没有，啥都没有！

你怎么啥都不承认了？

田凤芹沉了沉说，那是因为，我心里太失落，太无助，也太委屈了。

这么说，你……你根本就不喜欢我？牛大力张大嘴巴，半天才合上。

我知道你是个好人，但你记住，我不会和你好的，永远不会！田凤芹抹着眼泪，跑下敌楼。

牛大力从怀里掏出一个发卡，放在手心里。正午的阳光投过来，发卡闪着五彩斑斓的光……

收了工，牛大力走在一行人最后，蔫头耷脑，跟严霜打了似的。侯子明觉得纳闷儿，这傻小子早晨起来精神得像刚摘下的顶花带刺的黄瓜，现在怎么变成下台的官、上架的烟了？不等侯子明问个明白，牛大力主动跟侯子明说，女人脸，六月天，怎么说变就变呀？侯子明说，你得先告诉我，那女人是谁？牛大力张了张嘴，想说又打住。侯子明说，你不说出是谁，我怎么帮你分析？

牛大力看看田有他们走远了，贴在侯子明耳边嘀咕几句。侯子明先是露出一脸坏笑，很快又换成不屑的样子，说你就瞎吹吧，那姑奶奶能歪在你的怀里？这事儿打死我都不信。又说，人家是一朵鲜花，你是一摊牛粪，鲜花怎么可能插在牛粪尖儿上？

牛大力说，你爱信不信，反正我这儿有证据。侯子明激将牛大力拿出证据，不然就是痴心妄想说梦话。牛大力犹豫一下，从怀里掏出发卡，亮给侯子明，你看清楚了，这是梦话吗？

侯子明一眼就认出这发卡确实是田凤芹的。应聘来的第一天，他就看见在河边洗衣服的姑娘头上戴着这个发卡。侯子明刚要拿过来，牛大力赶紧把发卡重新揣进怀里。

侯子明说，嘀，你傻小子还真够有艳福的。

艳福只有一个晚上，今儿人家就翻脸不认账了。

侯子明说，你知道为媳妇拜丈人这句话吧？

当然知道。你鬼点子多，给我出出主意。

侯子明煞有介事地说，人生在世色当先，然后才是吃喝穿，要想占领制高点，你得改变战略战术，正面攻不上侧面攻。

你是说让我去讨好把式头？

侯子明存心想看牛大力笑话，伸出大拇指说，聪明，绝顶聪明！

可……可我一见她爸，心里就发怵。

你脑袋是榆木疙瘩呀，不敢拜老丈人，拜丈母娘也一样。

牛大力心里顿时豁亮起来，觉得这个主意不错。二人快走一阵，追上匆匆回家的人们。

回到家，牛大力抄起大竹扫帚扫院子。小顺子洗完脸，换好衣服，要替换牛大力。侯子明赶紧拦住，说你可不能抢功。小顺子问，我抢啥功啊？侯子明摸了下小顺子脑袋，跟你半大小子说，你也不懂。

伙计们吃完晚饭，凤芹妈走进淘金工住屋收拾碗筷，见桌子上剩下两牙儿烙饼和小半盆鸡蛋汤，就让牛大力把饼吃了，说不值得剩下。

牛大力拿过烙饼，三口两口转眼消灭掉了。

凤芹妈说，宁可撑死人，不能占个盆，你把鸡蛋汤也打扫了吧。

牛大力端起铝盆，咕咚咕咚一口气喝干了。

凤芹妈说，好，能吃才能干，我就喜欢这样的。

牛大力听了受宠若惊，说只要您喜欢，干啥我都愿意。

晚上，侯子明拉着牛大力到外面遛弯儿消食。侯子明问牛大力，为媳妇拜丈母娘这主意怎么样？牛大力说，不错，挺见效，凤芹妈说就喜欢我这样的。侯子明说，那就再接再厉，只要功夫深，铁杵也能磨成绣花针。牛大力说，铁杵磨成针，那得等到啥时候呀？侯子明说，心急吃不了热豆腐，这事得要长长的工夫慢慢的性儿，反正你有的是力气。

第二天，牛大力又早早儿起来挑水，待把水缸装满了，还要再去挑，说囤上两桶留着给凤芹妈洗衣服用。凤芹妈说今儿没打算洗衣服。牛大力改口说，那您就刷鞋刷锅台刷猪圈门子，干啥都行。说着，不顾凤芹妈阻拦，挑起水桶走出堂屋。扁担钩摩擦着水桶梁，有节奏地吱扭吱扭唱着小曲，这似乎正应和了牛大力此时的心情。

田凤芹从闺房门口探出头，妈，他这是蹬着锅台想上炕，您以后少搭理他！凤芹妈一愣，你说这话是啥意思呀？田凤芹说，甭管啥意思，他愿意累死活该，没人替他偿命。说完，田凤芹砰的一声关上屋门。凤芹妈嘟囔了一句，这丫头今儿这是怎么了？

牛大力为媳妇拜丈母娘，从早忙到晚。进山干活时，不偷懒不惜力；回到家，挑水、扫院子、起猪圈粪等活儿也全部包揽下来。这天晚上，田家人聚在田有夫妇住屋看电视，伙计们凑在淘金工住屋玩扑克牌，只有牛大力不辞辛苦地给牲口铡草。铡刀上下翻飞，谷草断成寸长，草末落满肩头，汗水淌在脸上。但他一点儿也不觉得累，咯吱咯吱的铡草声，仿佛是踩在雪地里的脚步，伴着他一步步迈向心里那个目标。

凤芹妈来到牲口棚前，劝牛大力回屋休息，说就是铁打的也不能一天到晚总是干活呀。牛大力反倒越加来了劲头儿，非要坚持把几捆谷草铡完。凤芹妈开玩笑说，让你这么没日没夜地干活，我真成周扒皮了。

大妈，您说哪儿去了。这些活儿，其实……其实也是给我自己干的。

凤芹妈很费思量，说，怎么是给你自己干的呢？

牛大力忸怩起来，憋红了脸，却张不开口。

有啥话你就直说吧。凤芹妈催促着。

我……我和凤芹……

你和凤芹怎么了？快说，别吞吞吐吐，含着骨头露着肉的。

我……我要是说了，您可别怪我。

你说吧，我不怪你。

牛大力这才吭哧憋肚地说，我和凤芹，已经……已经“那个”了。

凤芹妈没听明白，问“那个”了，是哪个了？

那个了就是……就是那个了……

哎呀真急死我，你快说到底哪个了！

就是……就是我跟凤芹抱在一块儿了。

凤芹妈一怔，你……你不会是瞎说吧？

大妈，这我还能骗您吗？

凤芹妈呆呆地愣在那里，傻了似的。

大妈，您要是不相信，问问凤芹就知道了。

以后你啥活也别干了！凤芹妈恼怒地一把夺过牛大力怀抱的谷草，狠狠摔在地上，转身走进屋去。牛大力像是泄了气的皮球，一屁股坐在铡刀背儿上。

晚上，凤芹妈把牛大力说的话告诉田有。田有更是不相信，说凤芹挑一百个女婿也不会看上他。凤芹妈说，可那小子铁嘴钢牙，说得跟真的一样。田有说，是真的也甭想！把凤兰嫁给大洋驴，我肠子都快悔青了，不能再让凤芹的婚姻也不幸福。

睡觉前，牛大力躲过伙计们的目光，从内衣兜里掏出发卡，偷偷藏在枕头下。但这却没能逃过小顺子的眼睛。

次日，牛大力再也没了早早动身挑水的动力，躺在被窝里迟迟不愿意起来。田凤芹冲进淘金工住屋，掀开牛大力枕头，果然找到了发卡，气得她从地上抄起一只鞋子摔在牛大力身上，狠狠地骂了一句，你真不要脸！

不用说，这肯定是小顺子走漏了消息。

从此，愁眉苦脸便定格在了牛大力的脸上。侯子明假惺惺地安慰牛大力，让他想开点儿，别心眼儿小得跟针鼻儿似的。又说，要是你真跟那姑奶奶好了，你这辈子的罪就算受上了，她得整天让你当牛做马，白天使唤完了，晚上接着使唤，让你往东你不敢往西，让你打狗你不敢骂鸡，让你上炕你不敢下地。

牛大力说，你甭在我面前装好人儿。

侯子明说，你狗咬吕洞宾，不识好人心。

你狗肚子里没好主意，从一开始我就上你当了。牛大力说着，将侯子明胳膊拧到背后，疼得他哭爹喊妈一通儿叫唤。

第七章　瞎老头突然问手里有黄货吗

一

丑子和大洋驴再次来到掌子里沾灶火，看到地上存放着一堆金矿砂，知道田有他们又见阔儿了，于是把两条帆布口袋噗噗地扔在田有面前。

田有显得不急不恼，说丑子你可不要忘了，按淘金人的规矩，灶火只能沾一回。丑子狡辩道，大哥，您这儿不是又见阔儿了吗，我们就再来沾一回，况且这次和上次不在一条掌子里，所以不能算破了规矩。大洋驴随声附和地说，就是，见一回阔儿就沾一回灶火，除非你们以后别再见阔儿。田有冷笑一声，听你们俩这么一说，今儿要是不让你们沾灶火，我反倒不占理了？丑子说，大哥是个明白人，占理不占理您心里清楚。田有说，我要是不答应你们呢？丑子说，那破规矩的，就是您这个把式头了。

田广和、大哑巴、牛大力、魏山河、王全盛、侯子明、小顺子闻声从掌子面里走出来，拿着钎子、撬棍、大锤，一个个虎视眈眈。大洋驴瞪了魏山河一眼。魏山河毫不示弱，迎着目光死死盯住。

丑子扯了一把大洋驴，阴阳怪气地说，看来大哥这把式头当得不错，每到关键时刻就有人为您两肋插刀。田有说，是呀，不像有的人，永远是只喂不饱的白眼狼。丑子尴尬地笑了笑，既然您把话说到这个份儿上，总不能让我俩空手回去吧？就算从您肋巴扇儿上割肉，您也得让我们再沾一回灶火。田有摆摆手，让儿子和伙计们退到一旁，说你们装吧，随便装，只要你们背得动。

丑子和大洋驴没想到，田有这么痛快就答应了，他们俩捡起地上的帆布口袋，扑向那堆金矿砂。

田有和田广和父子俩对视一眼，神情意味深长。

丑子和大洋驴往布口袋里装满金矿砂，试了几次都没能背起来。田有给儿子使个眼色。田广和心领神会，走过去帮着二人把沉重的口袋背到背上。丑子说，大哥，这可是你自己破了沾灶火的规矩。田有说，答应你们二次沾灶火，我已经破规矩了，索性帮人帮到底。不然万一扭了腰，我还得让人把你们抬出去。

在山坡上吃草的几头草驴，瞧见主人大洋驴和丑子走来，儿啊儿啊地叫了几声。二人把帆布口袋放到草驴背上，驮运到大洋驴家。他们商量好，等炼出金子五五分成。尽管大洋驴多沾一次灶火，但还要指望丑子“拉溜”炼金呢，所以二人就算扯平了。

丑子拿来家什儿“叫金儿”，想验证矿砂的含金量。大洋驴看见“叫金儿”碗里显出六七粒针尖似的黄黄物质，高兴得手舞足蹈。丑子却高兴不起来，他认出那黄黄物质根本不是金子，而是一文不值的黄铜。二人如梦初醒，方知上当。

原来，前两天田有他们追的金矿脉“放槽”了，而且又是一个“大鸡窝槽”。但经田有几次“叫金儿”验证，却是个“空槽”。所谓“空槽”，就是矿砂里的含金量微乎其微，根本不值得开采，或只含黄铜，不含金子。这似乎是大自然戏弄淘金人而设的一个骗局。对这种不含金子的矿砂，淘金人称作“毛儿石”。从表面上看，“毛儿石”与金矿砂没有什么两样，但价值却有天壤之别。田有在破嘴山金矿做工时，就遇到过类似情况。田有吩咐田广和把一些“毛儿石”倒在原来堆放金矿砂的地方。田广和不明白留下这些东西有啥用。田有没有明确回答，只是说也许有用，也许没用。想不到，这些废“毛儿石”，今天就派上了用场，让丑子和大洋驴白白受了一趟王八累。

大洋驴骂道，妈的，猫叼尿泡白喜欢了，怪不得老狐狸那么痛快就答应咱们沾灶火。丑子说，人老精，马老猾，兔子老了都难拿，咱就自认倒霉吧。

不自认倒霉也不行，因为这也是淘金人的规矩。沾灶火得来的金矿砂，不管含金量多少，都与被沾灶火的人无关，属于那种一个愿打一个愿挨。

丑子和大洋驴接受了隔山买老牛的教训，躲在废巷道暗处偷偷观察了两天。直到发现田有他们的金矿脉再次放了槽，把一车车的金矿砂从掌子里运出来，倒在地上形成很大一堆，他们这才拎着帆布口袋走过去。

田有早就料到丑子和大洋驴还会再来，但他装作若无其事地说，怎么着，又来沾灶火了？真是吃惯了嘴儿，跑惯了腿儿。丑子愤愤地说，是亏了嘴儿，遛细了腿儿！那“毛儿石”里到底含不含金子，大哥你心里比谁都知道。大洋驴哼了一声，就会装着明白使糊涂。田有说，谁让你们不好好验验，沾起灶火就走呢。丑子说，得得得，算我们瞎眼了还不行。不怪运气背，上当就一回，这次我得擦亮眼睛，好好地叫一叫金儿。经丑子“叫金儿”验证，这批金矿砂含金量很高，不像上次那些“毛儿石”，只含黄铜不含金子。

丑子和大洋驴各自背着满满一口袋金矿砂，离开田有他们的掌子。帆布口袋分量太重，压得根本抬不起头，他们只好猫着腰、低着头，几乎是一步一挪地走在废巷道里，目光所及只有前方一米多远的距离。

一团白色的东西映入丑子的视线。丑子累得眼冒金星，看东西模模糊糊的，他停住脚步，腾出只手，擦擦汗水，终于看清了，岩壁一侧蹲着个白毛人，四散的长长银发，白白的长长胡须，将身躯和容貌完全遮挡住。这时，白毛人缓缓站起来，撩开银发，露出半张惨白惨白的脸和一只通红通红的眼。丑子吓得猛地直起腰身，帆布口袋出溜一下滑到地上。丑子睁大眼睛，张大嘴巴，吓得一时失语，直到白毛人嗖地一闪不见了，他这才嗷地大叫一声。走在后面的大洋驴听见丑子惊恐的喊叫，本能地直起腰，背着的帆布口袋也滑落在地。

丑子和大洋驴连滚带爬跑出废巷道，瘫坐在山坡上。

哎哟妈呀，吓死我了！丑子捂着胸口，喘着粗气。大洋驴说，上次我看见有道白光一闪不见了，你非说我累花了眼，这次你是不是也看走眼了？

这次跟你那次不一样，白毛人就站在眼前，我瞧得真真儿的。

白毛人是不是田有故意装扮的，吓唬咱们以后别再来沾灶火呀？

二人商定回废巷道里瞧瞧。俗话说，神鬼怕恶人。要是人，就撕破他的脸；要是鬼，就扒下他的皮。

丑子和大洋驴提着棍棒战战兢兢回到刚才看见白毛人的地方，装满金矿砂的两条帆布口袋不见了。二人觉得奇怪，怀疑记错地点。于是找遍百米之内的三四条废巷道，最终在一个拐角处，发现了两条空口袋，金矿砂却不翼而飞。大洋驴说，一准儿是田有闹的鬼，走，咱们找老东西算账去！

田有不但不承认他装神弄鬼半路劫走了金矿砂，甚至猜疑丑子和大洋驴把金矿砂藏在了什么地方，又返回来找便宜。但经不住丑子和大洋驴死皮赖脸地软磨硬泡，只好又让他们沾灶火走人。然而对他们所说的在废巷道里遇见白毛人，田有却深信不疑。

那天，田有把缠在小白耗子腿上的银发带回家，一根根地捋直，一分两半搭在烫画葫芦上，就曾想这银发可能是白毛人脱落的头发。废巷道里怎么会有白毛人？莫非真是鬼变的不成？再不就是谁故意装扮的？而装扮成白毛人又是为了什么目的？

收了工，田有一行人走在回家的山路上。侯子明心里盘算，到今天为止，干满整整一个月了，发工钱的事田有却一个字也不提。侯子明把这份担心悄悄说给魏山河，想借他的嘴给田有提个醒儿。魏山河劝侯子明别急，把式头肯定会说到做到，兴许晚上就会发工钱。其实，魏山河也期盼着这一天呢。这份工钱是他拯救田凤兰计划的一部分，只不过埋在心底，对谁也没提起罢了。

果不其然，田有吃完晚饭便来到淘金工住屋，交给伙计们每人一个牛皮纸信封，里面装着嘎嘎响的“大团结”，并向人们重申，以后工钱一天也不会耽误，一分钱也不会拖欠。然后又强调，如果谁有事，急等着用钱，可以提前预支。田有说这句话时，特意看了魏山河一眼。魏山河明白田有的心思，但他没吱声。

田有让伙计们把钱数一数，半开玩笑地说，要是错了，可不许找后账。侯子明从信封里抽出一叠钱，不等数完就喊起来，哎大叔，我的票子怎么多了一张？田有说，这是奖励你那臭贫嘴的。牛大力接过话茬儿说，要贫嘴也有奖励？王全盛说，你傻不傻呀，没听出来猴子跟大叔逗着玩儿呢吗。牛大力马上改口说，那……那我的钱少了一张。田有说，那你就活该受委屈吧。

尽管“你就活该受委屈”这句话好像是随口一说，但田有明显有一语双关的意思，等于明确无误地告诉牛大力，以后对田凤芹别再有非分之想。不知憨厚得有些愚钝的牛大力是否能从中咂摸出味道来。

小顺子有生以来第一次挣到这么多钱，数钱的手哆嗦哆嗦，越数越觉得不对。他说，大爷，我的钱多了，来时我就说，您给我半个工钱就行。田有说，干的活一样，工钱也就一样。小顺子说，不，我不该拿这么多。田有说，抠那么细干啥呀，又不是用戥子称金子，你就踏踏实实拿着吧。小顺子向田有深深鞠了一躬，待他抬起头，眼睛分明已经湿润了。王全盛不失时机地赞美把式头如何仁义如何心善，以后必能发大财。侯子明心说，这个马屁精，真不嫌肉麻，啥时都不忘溜屁股沟子。

给伙计们发完工钱，田有走出淘金工住屋。魏山河跟了出来，提出请假回家办事。田有当即表示同意，询问啥时走。魏山河说明天一早儿。田有让魏山河在家陪母亲多住两天。魏山河说，不，后天一定赶回来。田有似乎猜到魏山河此行的目的，要他骑家里的自行车回去，省得坐车倒来倒去的太麻烦。又说，以后有啥事，尽管跟大叔说，只要大叔能办到，就一定尽力帮你。魏山河点点头，对田有的言外之意，他心知肚明。

第二天早晨起来，田凤芹得知魏山河请假回家了，心里顿时觉得空空荡荡。他回家去办什么事？为啥连个招呼也不打？难道他有意瞒着什么？田凤芹心情变得很坏，看什么都不顺眼，对谁都一脑门子官司。

给父亲他们送饭回来，田凤芹赶着骡子驮回两口袋金矿砂。史翠珍在碾子旁用罗筛着矿砂粉，对小姑子的到来视而不见。若是以往，也就算了。可今天田凤芹气不顺，跟史翠珍没说几句就吵吵起来。史翠珍说，你心里憋着火，该跟谁撒跟谁撒去，别拿我当箭靶子。这句话捅在田凤芹心窝子上，她恼怒地推了史翠珍一把。本来劲儿不大，可偏偏史翠珍一脚绊在石头上，趔趄几下，摔倒在地，口吐白沫，全身抽搐，犯了羊角风。幸亏凤芹妈及时赶到，抱住儿媳妇，又是按虎口，又是掐人中。史翠珍这才慢慢苏醒过来。

安顿史翠珍在住屋躺下，凤芹妈来到田凤芹闺房，责怪女儿说，明知你嫂子有羊角风病根儿，你还跟她针尖对麦芒地掐架。田凤芹气鼓鼓地说，仗着生了个儿子，把自己当成皇上他妈了，我偏不吃她这一套。凤芹妈说，你跟她较啥劲呀，就不能忍着点儿？田凤芹说，正因为啥事您都忍着、忍着，她才敢在家里称王称霸。凤芹妈说，俗话说得好，媳妇是棵白菜，全凭婆婆疼爱，冷了担心冻着，热了又怕捂坏。田凤芹说，我看是您把她惯坏了。凤芹妈说，我是不想把关系闹僵，婆媳俩要是撕破脸，就像打破的瓷盆，用锔子锔上也会有裂璺。田凤芹说，您这样忍下去，早晚有一天她会骑在您脖子上拉屎。

史翠珍不敢骑在人脖子上拉屎，却敢骑在田广和身上发威。白天在小姑子那里受了委屈，晚上就把老公当作出气筒。史翠珍拧住田广和耳朵，说你妹妹那个疯丫头欺负我，我就欺负你。田广和疼得龇牙咧嘴，说，凤芹不欺负你时，我也没少挨你欺负呀。

好啊，你也敢跟我嘴硬。史翠珍忽地掀开棉被，翻身跨到田广和身上，双腿紧紧夹住，像是骑着一匹快马，发狠地说，再不向着我说话，我就夹死你。

夹死不要紧，别给夹折了就行。田广和把话题自然而然转向下三路。这是老婆生气时他一贯采用的战术，每每奏效，百试不爽，比任何一招儿都管用。

那我就先夹折了，再夹死你！史翠珍用双腿使劲拍击着田广和两肋，发出呱唧呱唧拍巴掌似的声响。

田广和喊道，嘿，你也太霸道了吧，只许当官儿的放火，不许百姓点灯。

我就不许你点灯！史翠珍一把攥住田广和下身那一嘟噜玩意儿。

凭以往经验，到了这一步，攻打下三路的战术基本大功告成，憋在老婆心里的火差不多就要云消雾散了。田广和装作连连告饶，好了好了，咱不点灯，咱们点火。说着，他猛地掀倒老婆，翻身压了上去。

也许觉得还不到火候，田广和不急于点火，而是忙里偷闲给老婆讲起段子。话说有个小学老师，把“棉被”一词写在黑板上，没有直接教学生怎么读，而是采用启发式教学。老师问一个男生，你们家炕上有啥呀？男生说我们家炕上有炕席。老师问，你们家炕席上有啥呀？男生说炕席上有我妈。老师耐着性子问，你妈身上有啥呀？男生说我妈身上有我爸。老师急了，说，你们家难道就没有棉被？男生回答，有，让我爸踹到脚底下去了。

听了这个段子，史翠珍笑得两个大奶子乱颤，肉皮冻似的。田广和这才真刀实枪地操练起来。不用说，盖在身上的棉被肯定被踹到脚底下去了……

魏山河如期从家赶回来，路过田有家门口时，犹豫了一下，并没有进去，而是骑着自行车直接去金盏沟村找大洋驴。

听见院门响，正在给驴拌草料的大洋驴抬头一看，见魏山河挎着一个书包走进院子，气顿时就不打一处来，说，好你个姓魏的，大白天的就敢来勾引我老婆。魏山河说，不许你满嘴喷粪！走，进屋，我跟你有话说。

魏山河撇下大洋驴，率先向屋子里走去。大洋驴心里嘀咕，这小子今儿说话怎这么硬声硬气的呀？

待大洋驴跟进屋，魏山河把装在书包里写有“档案”字样的纸袋子掏出来，啪地拍在炕桌上。大洋驴问，这是啥呀？魏山河说，你长俩眼睛不是为出气儿的吧，打开看看就知道了。大洋驴从纸袋子里掏出两捆人民币，眼睛瞪大了，感到很惊讶。魏山河说，这两万块钱是你的了。大洋驴脑子一时没转过弯儿，说，你这到底是啥意思？魏山河说，从今天开始，田凤兰自由了！

大洋驴明白了，魏山河是想用两万块钱赎走田凤兰。大洋驴曾不止一次地想把田凤兰休回田家，索回当初为凤芹妈付的两万元钱手术费。不然，留在身边一个光开谎花不结果的废物有啥用？然而，当想到接受了这两万元钱，田凤兰从此跟他就再也没任何关系了，大洋驴心里咕哝一动，那感觉酸酸的、怪怪的，似乎还有点儿舍不得。毕竟田凤兰长得不算难看，家里家外一把好手，过日子勤勤俭俭。要是娶个歪瓜裂枣、啥活也懒得干、一天到晚穷打扮的老婆，就跟丑子儿媳妇那样的，不也得受着吗？但有点儿舍不得的念头，只在大洋驴脑子里一闪而过。杨家的香火绝不能让她给断送了，这才是最根本的。再说了，田凤兰离家出走近一个月，经多方打听才把她从魏山河家绑了回来，谁知道他们俩有没有一腿呀。不然的话，魏山河为啥肯花这么大的价钱买个二手货？不能就这么便宜了魏山河，能多诈一些是一些。

大洋驴说，拿两万块钱就想让我把媳妇转给你，门儿也没有！

当初你给田家不就是两万块钱吗？

没错，是两万块钱。可一斤猪肉都从两块钱涨到四块钱了。

那你想要多少钱，才肯给田凤兰自由？

起码……起码翻一番，四万块，少一分钱也不行！

明明知道大洋驴是在敲竹杠，但为了让田凤兰早日脱离苦海，魏山河顾不上这些了。他毫不犹豫地说，那好，一言为定，就照你说的办，先给你这两万，剩下那两万，我给你打张欠条，半年之内保证还你。

其实，魏山河凑齐两万块钱已很不容易。他请假回到家，拿上存折到银行取出所有积蓄，加上这个月工钱，这才一万多。他昼夜兼程去了一趟昌平南口，向担任坦克师副师长的姐夫借了一万。随军安家在南口的姐姐问为啥要借这么多钱，魏山河只说有急用，并没有道出实情。

大洋驴说，嘿，你可真会赊账，等半年之后你后悔了，提起裤子不认账了，到那会儿我找谁去？魏山河说，请你说话文明点儿！大洋驴说，我要是不文明，说话比这还难听呢。魏山河说，你到底想怎么样，痛快点儿说。大洋驴把钱装进纸袋子，递到魏山河手里，说，在你没拿来四万块钱之前，田凤兰还是我老婆，我还得跟她天天睡一个被窝。你要觉得心里不是滋味，就赶紧想办法凑够钱，到时你一手交钱，我一手交人。魏山河说，你不要逼人太甚！大洋驴说，只想在一棵树上吊死，那是傻子。我给你出个主意，保准手拿把攥。田凤兰是田有的亲闺女，你朝田有要钱去呀，他可是个大钱柜。

魏山河悻悻地离开大洋驴家，心里想着如何尽快筹集到另外两万元钱。的确，田有曾几次向魏山河表示，如果需要钱就尽管说话。但魏山河拿定主意，不能接受田有的钱，更不能主动向田有伸手。不然，他认为救田凤兰脱离苦海的性质就变了，意义也变了。

田凤兰从地里干活回来，大洋驴并没有向她提起魏山河到家里来的事。

魏山河拿钱要赎田凤兰时，大洋驴觉得当初用两万块钱换个黄花闺女，睡了五六年，不但没掉价儿，反倒翻了一番，这笔买卖赚大了。然而见到老婆的面，大洋驴忽地生出一种当王八的羞辱感。尽管他同意了这笔交易，还口口声声说让魏山河拿来四万块钱，一手交钱，一手交人。这种当王八的羞辱感，燃起了大洋驴心中的妒火，而且越烧越旺。他把田凤兰当成发泄的对象，没有来由地对她连骂带打。然后又把田凤兰按倒在炕上，强行做了那事。甚至在射精的一刹那，他还在想，干一回就赚一回，不然以后她就成为魏山河的女人了。

田凤兰逆来顺受，一声不吭地任凭大洋驴在她身上施虐。她对活在这个世上彻底失去了勇气和信心。

二

田凤芹赶着骡子为父亲他们送午饭时，带来一个消息，小顺子的爸妈看他来了。小顺子不仅没高兴，情绪反倒很低落。吃完饭，田有准了小顺子半天假，让他跟田凤芹一起回去见父母。

小顺子后妈见到儿子，没说一句问寒问暖的话，张嘴就让小顺子交出工钱。小顺子父亲老邢刚想要说什么，小顺子后妈瞪了一眼，老邢立刻就不敢言声了。但小顺子一块钱也拿不出来，说全都借人了。小顺子后妈不信，认为小顺子满嘴编瞎话，不想把工钱交出来，转脸对老邢说，今儿叫你跟我来，你还老大不情愿，说小顺子发了工钱会立刻送回家……狗屁！你儿子啥德行，这回你总算瞧见了吧？你给我好好教育教育他！老邢脸上的肌肉皱在一起，样子显得很为难。好，你不教育他，我就教育你！小顺子后妈抬手打了老邢一巴掌。老邢缩了缩脖子，连屁也不敢放，看来，他挨老婆打骂已经习惯了。

“羊角葱，独头蒜，仰头老婆低头汉。”这句俗语，指的是习惯仰着脸的女人和低着头的男人一般都蛮横毒辣，诡计多端。小顺子后妈就属于那种仰头老婆。从第一眼见到这个娘儿们，田凤芹就觉得不是个善主儿，唯恐小顺子受后妈欺负，所以她一直在院子里静听他们的谈话。隔着玻璃窗看到小顺子后妈举手打人，田凤芹走进淘金工住屋，指着小顺子后妈说，嘿，你怎么跑这儿撒野来了？小顺子后妈说，我管教我男人和儿子，关你啥事呀？田凤芹说，你想管教谁，回你们家管去，这是我们家，不许你动手动脚的！小顺子后妈心里清楚，敢跟她叫板的这丫头肯定不好惹，况且人生地不熟，争执下去难免吃亏，便软下口气说，你让小顺子交出工钱来我就走。

田凤芹替小顺子给了他后妈一笔钱，小顺子后妈离开了，老邢颠颠儿地跟在老婆身后，跛着一只脚，走起路来一瘸一拐的。凤芹妈送小顺子父母走出院门，嘴上寒暄让他们有空儿再来，心里却想，小顺子摊上这么一个厉害的后妈和一个窝囊的爸爸，真够背兴的。多亏留下小顺子做工，不然他在家得多受气呀。

田凤芹追问小顺子把工钱借给谁了。小顺子没有正面回答，说我们几个人定好了，谁也不许把这事透出去。田凤芹问，你们？你们都包括谁呀？小顺子说有王全盛、侯子明、牛大力和他自己。田凤芹明白了，这么说，你们把工钱都借给魏山河了？不许瞒着姐姐，快说，到底是不是？小顺子只好点点头。

田凤芹等候在院门口的高坎上，看见父亲他们收工回来，迎上前叫住魏山河。待人们走进院子，田凤芹直截了当地问，你借钱干啥用？魏山河愣着神，不说话。田凤芹逼问道，你是不是想拿钱赎我凤兰姐？魏山河承认，这是解救田凤兰脱离苦海的唯一办法。田凤芹说，你把借的钱立刻还了，差多少，我给你。魏山河说，凤芹，这件事你不用管。田凤芹急了，都到这时候了，你还磨磨叽叽地分啥你我呀？快说，还差多少钱？魏山河只好实话实说。

晚上，田凤芹约魏山河来到小河边，交给他一个包，里面装着两万元。这是她把自己和父母分得的三份卖金子钱凑在了一起。

事已至此，还能有啥更好办法吗？靠魏山河筹齐四万元钱，不定要等到哪一天呢。魏山河收下钱，说了声谢谢。田凤芹毫不客气地说，用得着你谢吗？凤兰是我姐姐，我有这个责任。魏山河无语，他的心思已经飞了，想象着田凤兰马上就能获得自由，再也不用受大洋驴的虐待，那是多么值得庆幸啊。

田凤芹问，等赎出凤兰姐，你和她是不是就远走高飞了？

魏山河答，我会带着她，永远离开那个让她伤透心的金盏沟。

我会想你们的。

我也会想你们一家人。

那你们俩就常回家来看看。

好的。等以后有了钱，我一定还你。

把钱给你了，我就没想让你还，还了我也不会要。凤兰姐为了我妈，牺牲了她的幸福，今天我也该为姐姐牺牲一次。

你们姐俩是好人，你们全家都是好人。

沉默片刻，田凤芹话锋一转，说，我凤兰姐再也经不起折腾，这些年她活得太苦了。如果有一天，你要是对我姐不好了，变心了，甚至像大洋驴那样虐待她，你可别怪我翻脸不认人。魏山河说，你就放心吧，我会爱凤兰一辈子，把她以前失去的幸福全都弥补回来。

听了魏山河的表白，不知是替凤兰姐感动，还是意识到从此不能和心中的白马王子相爱了，田凤芹心里酸酸的，很想哭。其实，在刚才她说“也该为姐姐牺牲一次”时，就有这个意思。田凤芹站起身，捧住魏山河额头亲吻一下，迅速跑走了。魏山河觉得额头上有些湿，摸了一把才知道，那是田凤芹的泪水。

然而，意想不到的事情发生了。

第二天，魏山河背着装有四万元钱的书包，走进大洋驴家，发现田凤兰倒在炕上，脸色煞白，昏迷不醒，一股白色汁液从她嘴角缓缓流出来。她身旁放着一个饭碗，碗里还剩些苦杏仁。要知道，生的苦杏仁毒性很大，只要吃下二十几粒，人就会中毒身亡的，而且很难救治。

魏山河扑上去，凤兰，你醒醒，都怪我来晚了，凤兰你醒醒啊！

田凤兰没有任何反应。魏山河背起田凤兰，奔出家门。

大洋驴在丑子家喝完酒，一路东倒西歪地回到家，看见魏山河背着田凤兰跑出屋，不知发生了什么事。哎，姓魏的你回来，你还没交出四万块钱呢，怎么就把我媳妇背跑了？大洋驴本想去追，腿脚却不听使唤，踉踉跄跄跑了几步，便一头摔倒在地，醉得不省人事。

得知田凤兰吃苦杏仁自杀的音讯，田有一家人赶到乡卫生院，焦急地等候在抢救室门口的楼道里。大约过了个把小时，抢救室的门打开了，走出一名男医生。魏山河、田有一家人立刻围上前打听。男医生让大家放心，已经给病人洗过胃了，目前已经脱离危险。还说，幸亏发现得早，送来得及时，不然就真的没命了。人们悬着的心终于放下来。

田凤芹恨死了大洋驴，她离开乡卫生院，来到大洋驴家找他算账，看见大洋驴躺在院子里，烂醉如泥。田凤芹三下五除二就把大洋驴的手脚用绳子捆绑起来，然后从酸枣树上找来个“洋蝲子”，塞进大洋驴嘴里，掐住他下巴，灌了一口水，像给牲口灌药似的灌了进去。大洋驴立刻被疼醒了，嗓子眼儿里直冒火，却一声也喊不出来。

这本是偷猪贼惯用的一个招数，田凤芹小时候就听父亲当笑话讲过。将几个“洋蝲子”裹进白薯或馒头等诱饵里，骗猪吃下后，贼跳进猪圈，捆起猪的四蹄，背起来就走，猪再怎么挣扎也叫不出声。田凤芹把这一招儿用在大洋驴身上，果然同样奏效。

田凤芹对大洋驴不打也不骂，而是扒下他的鞋子，从地上捡起一根鸡毛，挠他的两个脚心。大洋驴痒痒得浑身乱颤，嘴巴一张一合，却发不出任何声音，像是蹦到岸边的一条垂死挣扎的鱼。

你不是纸糊的驴大嗓门儿吗，有能耐你叫唤呀，怎么不叫唤了？我凤兰姐被你逼得自杀过两次了，我这是替她报仇！魏山河来赎我姐姐，你竟敢狮子大张口，把钱翻了一倍，是想给你自己买棺材呀？田凤芹照着大洋驴屁股狠狠踢了几脚，然后拂袖而去。

过了几天，田凤兰出院了，直接被接回娘家。凤芹妈对女儿精心伺候，百般服侍。田凤兰渐渐恢复了元气。

这天，魏山河带着四万元钱再次来到大洋驴家。大洋驴说，怎么着，四万块钱这么快就凑齐了？魏山河说，再不快，凤兰就死在你手里了。大洋驴狡辩道，别把屎盆子往我头上扣，是她自己不想活了，怪得着我吗？魏山河说，你甭想推卸责任！大洋驴换了一种口气说，好好好，既然这样，我也大度一回，我只要两万，剩下的两万你拿走。

魏山河不知大洋驴为啥变得这么慷慨。其实，大洋驴是怕了。且不说田凤芹怎么用“洋蝲子”整治他，如果田凤兰真的自杀死了，田家人非得把他吃喽。不如来个顺水推舟，一了百了。

魏山河说，你是不是又憋啥坏主意？大洋驴说，好心当作驴肝肺，我这叫发扬风格，成人之美。好了好了，不再跟你废话，我收下两万块钱，你把田凤兰领走，咱俩从此两清了。不过有句话，我得悄悄告诉你。这些年，我没少往她那块地里撒种子，可种子再好，架不住地赖，连一棵苗也没长出来。赶明儿她怀不上孩子，我可不管包退包换。魏山河说，我也跟你把话讲清楚，只要田凤兰走出这个家，就再不用你咸吃萝卜淡操心了。大洋驴说，好，就这么办，成交！

魏山河拿出事先写好的一份协议，把上面的金额由四万元改为两万元。正当二人准备签字画押时，田凤兰突然闯进屋。原来，她听妹妹凤芹说，魏山河去找大洋驴了，要把她从大洋驴手里赎出来，便从娘家急忙赶来了。

田凤兰厉声质问，你们俩想干什么？

大洋驴和魏山河一时谁也答不上来。

田凤芹拿过协议书，扫了一眼，撕得粉碎，大声喊道，我是人，不是物件，更不是牲口，不许你们把我卖来卖去！

魏山河傻眼了，他完全没有料到，田凤兰会是这个态度。难道她还想跟大洋驴继续生活下去？魏山河刚要解释什么，田凤兰抓起炕桌上的钱，挥手扔出去，钱捆散了，钞票撒得满地都是。随后，田凤兰哭着跑回了娘家。

田凤芹把姐姐凤兰拉到自己住屋，问为啥拒绝魏山河的好意。田凤兰担心大洋驴出尔反尔，魏山河白花冤枉钱。然后又说，我如今活成这个样子，不配再和魏山河好了，不想让他背上我这个包袱。不然，我一辈子都会觉得对不起他。田凤芹说，那你以后怎么办？田凤兰说，你放心，我不会去死了，我要活下去，为了你为了爸妈也为了魏山河，我也要好好活下去，不能总让你们惦记我，总为我操心。田凤芹说，姐，你这样太委屈自己了。田凤兰说，委屈我一个，比委屈几个人强。

田凤芹抱住姐姐哭了。她知道姐姐脾气倔，就像当初答应嫁给大洋驴，只要是她想做的事，不管谁劝说也改变不了她的主意。

田凤兰让妹妹把魏山河找来。当看见魏山河走进屋，田凤兰客气得自己都感到吃惊，说，来，请坐吧。魏山河坐在田凤兰对面的椅子上，像个做错事的学生不敢正视老师。他说，对不起，我本想赎出你，让你逃离苦海，却忽视了征求你的意见，伤害了你的自尊心。田凤兰平静地说，你不要责怪自己了，我知道你是为我好，也知道你是真心的。好了，以后永远不要再提这个了。我找你来，就是想跟你再重复一遍，我妹妹凤芹是个好姑娘，值得你一生去爱她。魏山河说，不，这不可能，我心里只有你。田凤兰说，山河，咱们俩这辈子有缘没分，你不要再挂念我了，真心实意去爱凤芹吧，我没能给你的一切，她都会给你的。好，我的话说完了，请你走吧。

话说到这个份儿上，魏山河只好起身离开。田凤兰忽然又叫住他，说等你哪天回了家，见到你母亲，请告诉她，我叫田凤兰，不叫马兰，我不该骗她老人家，你替我跟她说声对不起。

魏山河走出堂屋，发现田凤芹站在院子里。从她汪着泪水的眼睛里就可以猜到，田凤兰跟魏山河的谈话内容，她全都听到了。二人默默地注视着对方，好像都有话要说，似乎也明白各自要说什么，但终究谁也没有开口。

吃完晚饭，天快黑了，田凤兰要回自己家。凤芹妈劝她再多住几天，好好养养身子。田凤兰执意不肯留下，凤芹妈只好吩咐田凤芹拿着手电筒去送姐姐。

山区里，只要天色一擦黑儿，寒气很快就会漫上来。田凤芹挎着姐姐胳膊，走在通往金盏沟的山路上。田凤兰叮嘱说，以后在魏山河面前，得改改你脾气。田凤芹说，我脾气怎么了，不是挺好吗？

哪个男人喜欢爱尥蹶子的野马驹儿呀？

好好好，我知道了，以后我做个乖乖的小绵羊。

也别疯了吧唧地逮啥说啥，嘴上得有个把门儿的。

好好好，我知道了，以后我拿把锁把自己嘴锁起来。

魏山河喜欢写诗，你应该培养培养这方面的爱好，你们才有共同语言。

姐你怎么跟老太婆似的，唠叨起来怎没完没了啊！

瞧瞧，刚说你几句，火暴脾气又来了，这样你以后会吃亏的。

哎呀，不听不听不听。田凤芹用双手捂住耳朵。

女儿不肯离开大洋驴，恰恰对了凤芹妈的心思。而田有却一声声地叹气，他不明白，女儿凤兰为啥不让魏山河帮她逃出苦海，却甘愿跟大洋驴生活下去，这要等到哪一天才能熬出头啊？凤芹妈安慰田有说，等赶明儿凤兰有个一儿半女，他们两口子的感情就会好起来的。有句话不是说得好吗，浪子回头金不换。田有无奈地说，咳，没啥好法子了，就指望老天让浪子回头吧。

夜空里，一如既往地响起埙的声音，穿透玻璃窗，传进田有夫妇住屋，依然不成曲，不成调，时高时低，时断时续。田有闭着眼睛也能想象得出，田宝孤身一人走在夜路上，手里捧着五眼埙，边走边吹，把对死去亲人的思念和哀鸣，全都融入那呜呜的埙声里。

这埙声，让田有想起，已好多天没去看看田宝给他自己挖掘的墓坑了，不知又有啥进展，如果有什么活儿，也好给他搭把手。第二天上工时，田有让田广和带着大家先走，自己拐了个弯儿，来到田宝家的坟地。田有发现，田宝挖的墓坑深度发生了变化，墓底铺的红砖地面，原先在热闹儿画于墓壁上的狗尾巴下面，而现在却埋住了半截狗尾巴，这说明墓底起码抬高了一尺。这老哥，真有邪的，闲着没事倒腾这个干啥？兴许觉得墓坑挖得太深，以后人们给他下葬时不方便，所以把墓底抬高了。田有这样想来，也就不足为怪。

这天，田有他们又打通了一条废巷道，这对他们来说已习以为常。田有带着儿子广和走进废巷道里探个究竟，发现了一些生锈的铁锹、尖镐等采矿工具，想必是当年日本鬼子开矿时留下的。父子俩拎着电石灯，沿着废巷道继续往里走。田广和脚下被什么东西绊了一下，捡起一看，是只轮胎底的鞋。轮胎底依然黑亮黑亮的，而布鞋帮已烂得不成样子。

田广和说，我好像记得，爷爷走失那天，穿的就是这样一双轮胎底的鞋。田有听了很惊讶。父亲走失时，他在破嘴山金矿做工，所以当时老爷子穿戴什么，儿子比他清楚。田有问，你觉得这鞋是你爷爷穿过的吗？田广和说，这我倒不敢确定，当年很多人都穿这种用废轮胎做的鞋。田有推测说，如果真是你爷爷穿过的，说明他曾来过这儿。田广和生出些感慨，说现在日子富裕了，我爷爷要是还活着，那该有多好啊。当然，这仅是田广和的梦想。爷爷田万山走失在废巷道里已经十年了，怎么可能还活着呢。

晚上，田有做了一个梦，朦朦胧胧地梦见父亲站在一块大石头上，居高临下地急切呼喊着，可他却怎么也听不清父亲说话的内容，急得他激灵一下子醒了。第二天上工时，田有来到那块刻有“田字葫芦”的石头上，努力回忆梦里的情景，父亲似乎就是站在这里，可又觉得不像。父亲站得很高，身旁浮动着的不知是浓烟还是云雾。父亲到底想要跟他说什么？父亲的祭日快到了，也许是冥冥之中在给儿子提醒，别忘了给他烧纸吧。

三

田有一行人收工回来，走到田家门口附近，看见路边石头上坐着一个瞎老头，五十多岁，戴副墨镜，背着大鼓三弦儿，手拿引路的竹竿。听见脚步声，瞎老头说，各位行行好儿，能告诉我田有家住哪儿吗？

田有在瞎老头面前站住脚，问道，你找他有啥事？

瞎老头说，不敢打扰人家太多，只想借住一个晚上。

田有又问，你怎么知道他的名字？

瞎老头说，淘金把式头，美名传四方。

田有再问，你是做啥营生的？

瞎老头说，周游乡里，卖唱算命，不想挣钱发财，只为赚口饭吃。

侯子明嘴快，你真是有眼不识泰山，跟你说话的就是我们把式头田有。

瞎老头立刻双手抱拳，不知大哥能否给老弟一个方便？

对一个残疾人的请求是不好推辞的。田有说，跟我走吧，回家吃饭去。

瞎老头先是道声谢谢，然后又恭维说，大哥心眼善，益寿又延年，财源滚滚来，富贵享不完。

许是卖唱唱得多了，瞎老头开口就合辙押韵，满嘴文词。

侯子明说，嘿，跟卖瓦盆似的，说话一套套儿的。

王全盛说，跟人家一比，你小巫见大巫了吧？

牛大力、魏山河搀扶起瞎老头，小顺子替瞎老头拿着竹竿，走回了家。

算命先生到来的消息像是长了翅膀，很快传遍金牛坨村。到了晚上，男男女女、老老少少来了许多人，把田有夫妇住屋挤得满满的，叽叽喳喳，好不热闹。

瞎老头拿过三弦儿，紧紧弦，调调音，示意人们静下来。果然，人们停止了喧哗。瞎老头说，今儿我准备了几段京东大鼓，不知在座的各位爱听哪一段？人们七嘴八舌地说唱啥都行。

于是，瞎老头道起开场白，老话儿说得好，“酒是穿肠毒药，色是刮骨钢刀，气是下山猛虎，财是惹祸根苗。饮酒不醉最为高，好色不乱乃英豪，不义之财莫要取，忍气饶人祸自消”。下面，我给各位献上一曲《酒色财气歌》。说完，瞎老头清了清嗓子，自弹自唱起来。

好酒的百般不如杯在手，
一醉能解万事愁；
好色的死在花下心无怨，
富贵功名一笔勾；
好财的能积金银有多少，
却不知富贵从来不自由；
好气的不听孔子训，
到头来惹祸便发愁。

不知是瞎老头喉咙没有放开，还是因这段唱词不够通俗，人们的掌声一点儿也不热烈，稀稀拉拉，噼里啪啦，像是雨点打在菜叶子上。

瞎老头自嘲说，看来我得再加把劲儿啊。

侯子明说，对，使出吃奶的劲儿来，大家保证使劲给你鼓掌。

田有瞪了侯子明一眼，让他不要瞎插嘴。

瞎老头的嘴着实不饶人，说让我使出吃奶的劲儿，恐怕勉为其难。我刚一落地，就把我妈克死了，从没吃过一口奶，所以少调失教，长大了也不懂礼貌。

听话听音，锣鼓听声，人们都听出瞎老头婉转地骂侯子明少调失教。

得得得，算我眼瞎了还不行。侯子明暗骂老头瞎眼。

瞎老头说，眼瞎不要紧，就怕心也瞎。

田有拦住说，好了好了，你俩别斗嘴了。下面给我们表演啥呀？

小顺子递到瞎老头手里一杯茶水，让他润润嗓子。

瞎老头喝了几口水，便又自弹自唱起来，摇头晃脑，声情并茂，抑扬顿挫，嗓音洪亮，脑门儿和脖子上的青筋一根根暴露无遗，似乎真要把小时候吃奶的劲头儿使出来。

脱下花鞋扔在地，
看是仰着还是合。
若是仰着夫妻好，
若是合着儿女多。
我与哥哥过几载，
孩子养活一笸箩。
五个男来两个女，
五男二女不算多。
不是月娥夸海口，
没这么点儿能耐，

我也，我也不说。

瞎老头唱到最后一句时，特意把“我也”拐了个弯儿，显得诙谐而滑稽。满屋子的人都被他惟妙惟肖的表演和风趣幽默的唱词逗笑了。

田有带头鼓掌叫好，随即响起热烈的掌声，人们的情绪被调动起来。

瞎老头起身频频点头，连连说献丑了，献丑了。然后又说，我刚给大家唱的是《红月娥做梦》片段，各位还想听什么，尽管报上来。

一个秃顶男人喊道，唱段《小奴割韭菜》，你会不会呀？

瞎老头愣了一下，说会倒是会，只怕唱词太荤，脏了大家耳朵。

《小奴割韭菜》号称京东第一大黄曲儿，很少有人会唱，现在几近失传。讲述的是一个“十七八岁女裙钗”，开春后到地里去割头茬韭菜，遭人强奸的过程和微妙的感受，有不少赤裸裸的细节描写。当年，田有在破嘴山金矿做工时，曾听一个老不正经的工友唱过。但那是在黑咕隆咚的巷道里，又都是一水儿的老爷们儿。今天当着这么多男男女女、老老少少，若扯着嗓子唱这个荤段子，未免显得太过分了。所以，田有赶紧制止，笑着跟那个秃顶男人说，要是想听，花俩钱儿把老先生请回你们家，单独给你和你老婆唱。这番话引来人们爆笑，秃顶男人的脸红得像猪肝。

这恰恰合乎瞎老头的心意。因为弹弦唱曲不过是为招揽生意，逗人一乐，给人算命赚钱才是最终目的。于是，瞎老头进入了正题。

给田凤芹算的命是，桑榆木命。虽是山中金丝雀，寻个情郎才艺多。可惜巳时出生，要是午时生人，福禄寿同享受，吃穿住不发愁。

听到“寻个情郎才艺多”，田凤芹瞟了眼魏山河，而魏山河闷头坐在旮旯，心思不知跑哪儿去了。田凤芹对母亲说，您再晚会儿生我就好了。凤芹妈说，废话，那时疼得死的心都有，谁能憋得住啊。众人被母女俩的话逗笑了。

给凤芹妈算的命是，沙里金命。四十以前，六畜不旺，养猪猪死，养鸡鸡亡。过了四十岁，一年胜一年，耗子拉木锨，大头在后边。

凤芹妈佐证道，可不是嘛，过去猪呀鸡呀老也养不活，现在一年能卖出好几口大肥猪呢。

给侯子明算的命是，杨柳木命。好说好动，好交朋友，好酒好色，好事多磨。

作为报酬，侯子明递给瞎老头一张一元纸币，却谎说是五块钱。

瞎老头眼瞎心不瞎，摸了摸钱面，甩出一句话，欺负我瞎老头子算啥能耐，有本事在自己祖宗坟头上拉泡屎，那才叫英雄。

侯子明闹个自讨没趣，不敢再吭声，补上四块钱。

给小顺子算的命最好，太阳火命。三十以前，受苦受难，三十以后，喜从天降，不是当良臣，就是任宰相。

小顺子激动得满脸通红，我的命真有那么好吗？田凤芹说，还真看不出来，你以后是块当官儿的材料儿。

瞎老头主动说，田有大哥，让我给您算算吧，不收您的钱。

田有说，我都六十的人了，算不算的这辈子也就这样了。田有并不在乎花那几块钱，而是觉得算命先生都会拣好听的话说，把丑闺女说美，傻小子说鬼。

瞎老头说，其实，咱哥俩一照面儿，我就给您掐算了，您的命太好了，老伴贤惠，儿女孝顺，采金金旺，干啥啥成，财气旺得挡都挡不住。

田有说，好，那就借你吉言。

王全盛往瞎老头钱罐里放了五块钱，大方的原因无非是想听几句吉利话。

瞎老头拿过王全盛的手，掐捏着他的每根手指头节，嘴里念念有词，脸上的神情慢慢变得严肃起来，说这位兄弟你叫啥？

王全盛报了自己姓名。

瞎老头问，你一直叫这个名字？

王全盛说，没错，叫了三十多年了。

瞎老头说，那可就别怪我瞎说了。

王全盛无所谓地说，没关系，你瞎说，我瞎听。

瞎老头说，你命里犯有血光之灾，多做善事方保一生平安。

王全盛很不高兴地抽回手。侯子明悄声安慰着王全盛，说甭听他瞎咧咧，纯粹是狗戴嚼子胡勒。随后又撺掇牛大力也算一卦。牛大力说，我才舍不得花那冤枉钱呢。

瞎老头又给村里其他几个人算完命，夜已经深了，人们说笑着陆续散去。

凤芹妈睡到女儿凤芹住屋，把自己位置让给借宿的瞎老头。田凤芹钻进母亲被窝，妈，刚才瞎老头说，赶明儿我嫁个情郎才艺多。凤芹妈说，那好啊，比嫁个女婿不成材，又喝酒来又打牌，强多了。田凤芹抱着母亲胳膊摇晃着，妈，我跟您说正经事呢！那个才艺多的人，远在天边，近在眼前，不光会吹口琴，还会写诗呢。凤芹妈说，别跟我拐弯抹角的，你不就是指魏山河吗？我和你爸商量了，你凤兰姐不想离开你姐夫，你要愿意跟魏山河好，由你自己拿主意，我们当老家儿的不管。田凤芹听了，高兴地亲了母亲一下。凤芹妈笑骂道，疯丫头，把唾沫星子全都蹭我脸上了。

瞎老头躺在田有身旁，一动不动，呼吸均匀，似乎睡得很香。

把式头，还没睡着吧？黑暗中，瞎老头忽然发话了。

田有说，还没呢，有事吗？

瞎老头压低声音问，大哥，你手里头有黄货吗？

淘金人都知道，“黄货”指的便是黄金。

瞎老头原来是倒卖私金的？田有心里有些不安。他到县黄金公司办理采矿证时，工作人员就再三叮嘱，炼出的黄金必须交售给国家银行，私自买卖是违法的。田有确实存了几块铜钱大小的金疙瘩，但那是留着万一遇到什么事救急用的，没想为多卖几个钱。

田有问，是你想买吗？

瞎老头说，不，是替我一个朋友买的，我只是经道手。要是有，就卖我几两吧，我多少也能赚几个钱花。

田有试探地问，你出啥价儿？

价钱好说，比银行的收购价多两成。瞎老头说着，伸出两个手指头。

田有说，万一走漏风声，罚款不说，我丢不起人。

瞎老头说，这事只有天知道地知道，你知道我知道，只要你我不说，神仙也不会知道。

田有不免有些动心了，两个人说话的声音越来越低。

忽然，从窗外传来一阵哗啦啦的声音。田有顿时警觉起来，起身下炕，没有开灯，悄悄走出屋，来到院子里。只见窗户根下刮起一股小旋风，树叶被吹得哗啦啦地团团转。田有又四下看了看，没见什么动静，这才放心地返回屋。

过了片刻，王全盛系着裤腰带从厕所里走出来，进了淘金工住屋。

田有跟瞎老头做完黄货交易，瞎老头连夜就离开了。对他来说，黑夜和白天没有任何区别。

后半夜，牛大力被尿憋醒了，起身去上厕所。魏山河、侯子明、小顺子睡得很香，打着鼾声，而王全盛的被窝却空了。牛大力正觉得纳闷儿，王全盛带着一身寒气，轻手轻脚地走进屋，把牛大力吓了一跳。

牛大力问，你深更半夜的干啥去了？

王全盛反问道，你深更半夜爬起来干啥呀？

牛大力说，我去撒尿。

这不得了，我也跟你一样，有谁能光吃不拉呀。王全盛说完，脱衣爬上炕，钻进被窝里。

牛大力只顾忙着去方便，没有察觉王全盛脱在地上的那双破旧皮鞋沾了不少黄泥巴。如果真的是去厕所撒尿，又怎会沾这么多的黄泥巴？第二天早上起来，牛大力同样也没有察觉，穿在王全盛脚上的是一双球鞋，而他那双破旧皮鞋，放在了桌子底下，虽然黄泥巴还粘在鞋帮上，但已经干巴，裂了许多小口子。

第八章　一声号叫完成了男人的壮举

一

这天早上，在通往淘金谷的山路上，多了一支淘金的队伍。

三番五次到田有掌子里“沾灶火”，既破了淘金人的规矩，脸面上也毕竟不好看。丑子和大洋驴便在村里找了几个人，凑成一伙儿，由丑子担任把式头，进入金牛坨大山的废巷道，寻找金矿脉，采掘金矿砂，准备大干一场。他们扛着大锤钢钎尖镐撬杠，一个个雄心勃勃的样子。

田有蹲在地上“叫金儿”，看见丑子和大洋驴等六七个人拿着工具来到废巷道，立刻明白了他们的意图，但他没有起身，依然忙着手里的活计。

丑子递给田有一根烟，田有这才站起身。丑子说，老哥，现在我算是看透了，谁发家谁英雄，谁受穷谁狗熊，所以我们也学着您淘金来了。大洋驴说，活人不能让尿憋死，你不让我入伙儿淘金，我们合起伙儿来一块儿干，等赶明儿见了阔儿，欢迎你到我们掌子里“沾灶火”。田有冷笑一声，没有理睬，跟丑子说，你早就该这么干，不然白白荒废了你的手艺。丑子说，我也就是个二五眼，比起你老哥来，我手艺差远了。

这话不假。在破嘴山金矿做工时，田有是采矿工，丑子是掘进工。论起淘金技术和眼力，田有比丑子确实强多了。

田有直截了当地问，丑子，你有啥话就直说吧。

丑子脸上显出一副诚意，废巷道里哪条金矿脉旺，请老哥给指点指点。

田有说，矿脉旺不旺，全凭时运壮，这你是知道的。我要是指哪条金矿脉旺，你们费了半天劲，始终不放槽，或挖着挖着断了，你们非得埋怨我不可。说好听的，怪我眼力不行。说不好听的，骂我故意给你们指瞎道儿。所以呀，到底哪条金矿脉旺，还是你们自己去找吧，反正你也不是外行。

丑子闹了个没趣儿，虎着脸说，老哥你可真行，不肯帮我们也就算了，还把话说得滴水不漏，让我都没法再求你了。大洋驴向同伙人一挥手，走！我就不信没有臭鸡蛋，做不成槽子糕！

大洋驴和丑子等人向废巷道深处走去。

田有不是不肯帮助丑子他们，而是金矿脉到底啥时能“放槽”，的确谁都猜不准。即便放了槽，含金量有多少，也是难以预测。田有他们追的这条金矿脉，自从挖到一个“鸡窝槽”后，已经掘进几十米了，仍不见有“放槽”的迹象。

吃过午饭，田有他们的掌子又掘进了几米，不仅没“放槽”，又再次凿通了一条废巷道。这就是说，先前所有的辛勤都成为无效劳动，所有的费用也都变成了泡影。

田有拎着电石灯钻进废巷道里查看，只见巷道两侧岩壁和穹形天棚显得很坚固，便放心了。但有个隐患他没能发现，在不远处的地上，有块形状很像竹笋的石头，斜撑着隐在岩壁里的一块巨石。这显然超出了田有以往的经验，所以才忽略了，或者说他压根儿就没想到有什么危险。而正是这个隐患，田有他们险些被废巷道坍塌下来的岩石给活生生包了饺子。

田有在对面岩壁上，找到了掌子延伸过来的金矿脉，虽然如筷子般粗细，但经“叫金儿”验证，含金量很高。田有吩咐人们追着金矿脉继续凿掌子。

这里的岩层是那种风化岩，很湿也很酥软，根本无须放炮，只用尖镐就能刨得动。刨下来的废矿石，要随时清运到废巷道两侧，以便有足够空间往纵深凿掌子。牛大力推着手推车去倒废矿石，脚尖踢到了什么东西，大脚指头被磕得生疼。他低头一看，是块一尺多长的石头，一头尖，一头平，样子很像竹笋。牛大力放下手推车，搬起“竹笋石”，回身向人们喊道，哎，你们瞧，这块石头长得多像一根大竹笋呀！

听牛大力说到“竹笋”两个字，田有脑子里瞬间浮现出父亲生前刻在烫画葫芦上的“竹笋石”，似乎意识到什么，急忙大声招呼人们，快跑！快跟我跑！

田广和、大哑巴、魏山河、王全盛、牛大力、侯子明、小顺子扔下手里的工具，跟着田有跑出十几米远，这才停下来，你看我，我看你，不知发生了什么事。牛大力说，大叔，您叫我们跑啥呀？就在这时，那块隐在岩壁里的巨石，由于失去“竹笋石”的支撑，忽忽悠悠晃了晃，轰隆一声滚落在地，紧接着又山体滑坡似的涌出许多废矿石，把废巷道一头完全堵死了。正当人们吓得目瞪口呆，身后的天棚受到巨石撞击岩壁的震动，轰隆隆坍塌下来，强大的气浪吹灭了所有电石灯，废巷道里变得一片漆黑。

多亏有打通废巷道前凿的掌子作为通道，不然憋在废巷道里，用不了多长时间，就会因缺氧窒息而死。田有一伙人沿着掌子撤到大山外，总算死里逃生，幸免于难。

这奇特的“竹笋石”，是人设置的秘密机关，还是大自然的鬼斧神工？稳下神来的田有他们坐在山坡上，你一言我一语地分析，还把早先发现的翻板陷阱联系起来，认定是人挖空心思设计的，也可以说又是一道陷阱。魏山河说，没错，竹笋石支撑那块巨石的力学原理，运用得简直太好了。说到力学原理，其他人谁也不懂，只有大眼瞪小眼的份儿了。

那么，又是什么人设计了翻板陷阱和竹笋石陷阱？田有确认是日本鬼子干的，并把日本鬼子当年在金牛坨开矿七年之久的史实讲给伙计们听。可日本鬼子为啥要设置这两道陷阱？如果仅仅为了阻止人们到巷道里盗采金矿砂，用得着费这么大的心思，下这么大的功夫吗？

回到家，田有在烫画葫芦上找到父亲烫刻的“竹笋石”，指给儿子广和看，说幸亏你爷爷在这上面做下记号，不然今天可就出大事了。

是呀，现在想起来我还后怕呢。田广和抱过烫画葫芦看了看，说，爷爷烫在葫芦上的山水画，会不会是废巷道的地形图啊？

田有心里一惊，之前他只猜想烫画葫芦是金牛坨大山的缩影，并没有想到是废巷道地形图，便问道，你为啥这么想？

田广和说，爷爷在废巷道里走失后，您和我兵分两路带人进去找，我把每一层巷道都记了下来，总共有十三层，地上十层，地下三层。您看，这烫刻在葫芦上的线条，不多不少正好也是十三条。

接下来，父子俩又仔细分析起烫画葫芦上留下的一个个标记。事实已证明，平板石是陷阱，竹笋石也是陷阱，而马蹄石会不会也是陷阱呢？还有树皮龟裂的那棵歪脖子树，恐怕也不是画来玩儿的吧？除此之外，还有什么秘密烫刻在这葫芦上？最后田有说，走一步看一步吧，早晚会真相大白的，以后我们处处多加小心就是了。

第二天，田有在另外的废巷道里又找到一条金矿脉。人们叮叮当当凿起掌子，谁也不提“竹笋石”的事，似乎那是个忌讳，都有意在回避。但那惊心动魄的一幕，让每个人都心有余悸。

中午，田凤芹赶着骡子来送饭，交给魏山河一封报社寄来的信，说是乡邮员送来的。田凤芹问，你认识报社的人？魏山河边拆信边说，不认识。田凤芹说，那他们怎么会给你来信？

魏山河从信封里抽出份报纸，看到文艺副刊上刊登了他写的一首二十行诗。这是魏山河刚来做工时投递出去的，以为石沉大海，想不到竟发表出来。

田凤芹拿过报纸，只见在《妈妈论儿》标题下面，赫然印着“魏山河”三个字，不禁非常惊喜。姐姐凤兰曾说魏山河很喜欢写诗，当时她并没怎么在意，今天终于眼见为实。田凤芹毫不掩饰地向魏山河表示祝贺，说打心眼里为他高兴。魏山河红着脸道声谢谢。

伙计们端着饭碗围过来。小顺子说，凤芹姐，快念念魏大哥写的诗，让我们也听听。田凤芹看了看魏山河，从他眼神里得到默许，便清清嗓子，充满感情地朗诵起来。

都说种豆得豆种瓜得瓜，
为啥埋下种子却不发芽？
妈妈明明白白做出回答，
埋进冰雪怎么能发出芽？
良田沃土，长出好庄稼。

都说一四得四二四得八，
为啥算来算去总是出岔？
妈妈清清楚楚做出回答，
意乱如麻怎么能不出岔？
心无杂念，得失全抛下。

都说男大当婚女大当嫁，
为啥阴差阳错成不了家？
妈妈爽爽快快做出回答，
异想天开怎么能成个家？
本本分分，开出幸福花。

都说人字大写一撇一捺，
为啥倒插笔画歪七扭八？
妈妈真真切切做出回答，
身子斜了怎么能不拧巴？
堂堂正正，一生好年华。

田凤芹刚一念完，热烈的掌声随即响起来。

魏山河向大家点点头，扭捏地说，写得不好，让大家见笑了。

田有说，山河，到我这儿做工淘金，看来是屈你才了。魏山河说，大叔，那诗是写着玩儿的，不能当饭吃。

小顺子不明白什么叫“妈妈论儿”，便向魏山河请教。魏山河说，妈妈论儿指的是老一辈人的道德伦理。

报纸在大家手里争相传阅。大哑巴看过之后，伸出两个大拇指，连啊啊带比画，意思是说魏山河真有才。魏山河被夸得再次羞红了脸。

晚上，淘金工们在住屋里又说起那首《妈妈论儿》。牛大力不屑一顾，说我看就是大白话、顺口溜儿。侯子明说，老牛你甭不服气，有能耐你也编一段顺口溜儿试试。王全盛、小顺子起哄架秧子地让牛大力编一段。魏山河笑着没吱声。牛大力说，我要是来一段，咱们每人都得来一段。侯子明说，行，你先来一段，让大伙儿欣赏欣赏。

田凤芹走出屋倒洗脸水，听见淘金工住屋里有说有笑，隔着玻璃窗向屋子里看去，只见几个淘金工嘻嘻哈哈，好不热闹。

牛大力想了想，说有了，你们听着——包子有肉总比没肉的香，一顿十个外加两碗鸡蛋汤，要是再喝上几口小酒儿，仨饱一倒儿整天啥都不想。

人们爆出一阵大笑，差点儿掀翻纸糊的顶棚。

侯子明说，老牛啊老牛，你这叫啥歪诗呀？

牛大力不理侯子明，反问魏山河，山河你说，这叫不叫顺口溜儿？

魏山河笑着说，不错，编得还挺合辙押韵。

牛大力得意地说，怎么样，人家诗人都说不错了。猴子，该轮到你了。

让我搜一搜肚子里有啥词儿。侯子明抓耳挠腮地想着。

怎么样，编不出来了吧？牛大力说，平时油嘴滑舌的，到关键时就掉链子了。

片刻，侯子明露出几分坏笑，说想好了，老牛你支棱起耳朵仔细听着——大葱蘸酱吃得香，放屁咚咚崩塌炕，癞蛤蟆想吃天鹅肉，做梦都想搂个花姑娘。

牛大力似乎咂摸出点味儿来，说，你小子是不是损我呢？

侯子明说，我可没指谁，是你硬往自己身上揽。

这时，田凤芹走进屋，嚯，可真新鲜，一帮淘金工开上赛诗会了。

侯子明说，怎么着，你也给我们来一段？

田凤芹早有准备，她说，来一段就来一段，这有啥难的，听着啊——秃尾巴鹌鹑把歌唱，笨山鸡怎么比凤凰？野兔子要是能驾辕，骡子马还有啥用场？

淘金工们都猜到了姑娘的言外之意。王全盛、魏山河、小顺子笑了，而侯子明、牛大力却蔫了。

魏山河对王全盛说，王大哥，下面该你了。

王全盛坦然地说，我已经想好了，特别简单——梦里他乡，在水一方，大雁南飞，窗前月光。

不等魏山河评判，田凤芹抢着说，好，王大哥有水平。然后又捅了捅小顺子，说，你想好了吗？

小顺子没有答话，进入一种沉思状态。

侯子明催说，快点儿，别耽误工夫，随便编一段。

魏山河打个手势，示意侯子明不要打扰小顺子。屋子里变得非常安静。

过了一会儿，小顺子抬起头，还未开口，眼圈先红了。他说，北风起，破衣裳，雪花飘，炕冰凉，心里的苦向谁说？我想啊，我的亲娘！

说完，小顺子呜呜地哭了。屋子里欢快的气氛瞬间变得异常悲凉。田凤芹鼻子发酸，喉咙哽咽，一句安慰小顺子的话也没说，转身走了出去。她知道，只要自己一开口，含在眼眶里的泪水就会稀里哗啦流出来。

田凤芹坐在院门口台阶上，依旧为小顺子痛苦的身世而伤感。刚才小顺子那句“我想啊，我的亲娘”，深深触动了她的心。她拿定主意，以后一定要像亲姐姐似的照顾好小顺子。

清冷的月光洒在田凤芹身上，像是给她披上一层薄薄的青纱。她打了个寒战，刚想起身回家，看见魏山河走出院门，便往一旁挪了挪，让出一块地方。若是以往，魏山河也许不会坐下来。但今天，他知道田凤芹心情很难受，犹豫了一下，坐在田凤芹旁边。

二人谁也不说话，久久地望着满天的星斗。田凤芹将脑袋靠在魏山河肩头。魏山河没有拒绝，但心里跟她保持着距离。对帮助田凤兰逃离苦海，他已经不抱任何希望，甚至想当初的举动是不是有些鲁莽。而对身旁这个姑娘的执着追求，他一时还不能接受，尽管田凤兰曾多次跟他说，妹妹凤芹值得他爱一辈子，会给他她没能给他的一切。他也觉得田凤芹确实是个好姑娘，倘若没有田凤兰，兴许他来做工的那天就喜欢上她了。

田凤芹率先打破沉默，她说，不知为啥，我心里容不得小顺子受委屈。

魏山河说，那是因为你心地太善良。

田凤芹沉了沉说，可有时候，我……我为啥特别恨你呢？

魏山河一时无语。

田凤芹推了他一把，你怎么不说话呀？

我能说什么？

你心里怎么想的就怎么说呗。

有爱才有恨，所以常忧伤。

哼，真不容易，终于从你嘴里听到“爱”这个字眼儿了。

凤芹你别误会，我知道你是个好姑娘，但我必须跟你说明白，我不可能在这大山里待一辈子，早晚我要到外面去闯世界。

这我知道，你不是深山的俊鸟，你是天外的凤凰，不管你走到哪儿，我都会紧紧追着你。说着，田凤芹拉住魏山河一只手，再也不松开。

二

史翠珍在院子里洗衣服，听见院门响，抬头看去，见一男一女两个陌生人站在门口不敢进来。男人四十岁上下，中等个子，又黑又瘦，一副畏畏缩缩的样子，拎着一个破旧的提包。女人不到三十，身体瘦弱，脸色蜡黄，细长眼尖下颏，模样还算挺俊，只是长了一脸雀斑。

史翠珍不客气地问，你们探头探脑地找谁呀？

男人拉着女人走进院子，操着南方口音的普通话，点头哈腰地说，她大姐，我们不找谁，只想找点儿水喝。

史翠珍尖刻地说，外面小河里有的是。

男人说，我妹妹身体不好，她不能喝凉水。

一脸雀斑的女人不知是怯场还是认生，始终没有说话。

凤芹妈闻声走出北房堂屋，热情地招呼道，来吧，进屋坐吧。

男人连说谢谢，跟在女主人后面走了几步，回头发现妹妹依然站在原地，便过去扯住妹妹的手，说大妈让咱们进屋呢，你还愣在这干啥呀。转脸又向凤芹妈解释说，我妹妹没出过远门，见了生人不好意思。

走进屋子，凤芹妈请兄妹俩坐在炕沿上，沏了两杯茶水递给他们。

凤芹妈问，听口音，你们不是本地人吧？男人说，我们老家是安徽的。凤芹妈又问，是来这儿走亲戚？男人说，我们这儿没亲戚。凤芹妈继续问，那是来做工？男人说，也不是。凤芹妈说，那你们大老远的，到我们村干啥来呀？

男人放下茶杯，起身恳求说，大妈，一看您就是个热心人，我实话跟您说吧，我叫冯贵，这是我堂妹冯月，您能不能帮她介绍个对象呀？

凤芹妈一愣，看了冯月一眼。冯月低下头，躲过凤芹妈投过来的目光。凤芹妈心里有了盘算，问道，你这妹子今年多大了？

冯贵捅了下冯月，大妈问你话呢。

冯月低声回答，二十八。

凤芹妈说，怎还没找婆家呀？

冯月抬起头，欲言又止。

冯贵赶紧接过话茬儿说，我这妹子呀，命苦。前几年在我们老家那边儿找了个婆家，可那男人不学好，吃喝嫖赌抽，坑蒙拐骗偷，被抓起来判了刑，得病死在监狱里了。

凤芹妈哦了一声，说原来是这样。

冯贵说，大妈，你们村有没有合适的，帮着给我妹妹再找个人家，就算我们兄妹俩求您了。

凤芹妈问，想要啥条件的？

冯贵说，二婚还能讲啥条件呀，只要身体硬朗，心眼实在就行。

凤芹妈进一步打探，年龄上有啥要求吗？

冯贵说，年龄大点儿也没关系，还会知道心疼人呢。

凤芹妈心里的算盘打得噼里啪啦响，这女人除了身子骨弱点儿，性格长相个头皮肤，哪样都没的挑儿。如果能给哑巴儿子做媳妇，也算是上辈子修来的福分。可就怕她眼高，瞧不上比她大七八岁又不会说话的哑巴儿子。还是先把这兄妹俩稳住，等当家的回来，让他亲自跟他们说吧。

这时，从外面玩回来的热闹儿跑进屋，看见炕沿上坐着两个陌生人，好奇地问，奶奶，他们是谁呀？凤芹妈说，别啥都打听，外边儿玩去吧。热闹儿有些不情愿，盯着冯月看了一眼，这才走出屋。冯贵问，大妈，这是您的宝贝孙子？凤芹妈说，是，叫热闹儿。冯贵赞叹道，这个名字好，热热闹闹的多吉祥啊。

热闹儿来到院子，对洗衣服的妈妈说，屋子里那个姑姑长得真好看。史翠珍说，狗屁，满脸家雀儿屎，那还叫好看？热闹儿说，反正我就觉得好看。史翠珍照儿子屁股上拍了一巴掌，你个小屁孩儿，懂得啥叫好看不好看呀？

好看不好看，热闹儿说了不算，史翠珍说了不算，凤芹妈说了也不算，只有想娶冯月当媳妇的人说了算。可在没过门儿之前，最终还得一家之主说了算。

田有收工回来，听迎候在门口的凤芹妈说了冯月的情况，又进屋见了冯月本人，当即摆酒设宴，把冯贵和冯月请到炕头坐下。要知道，这是新媳妇或媳妇娘家人或第一次上门的姑爷才享有的特殊礼遇。田有给兄妹俩又是倒酒又是夹菜，显得非常热情。冯贵和冯月受宠若惊，觉得很不自在。

田有端起酒盅说，你们兄妹俩是稀客，咱们先共同干一杯，就算是欢迎你们的到来。冯月拘谨地低垂着眼帘，推辞说不会喝酒。冯贵说，大叔敬的酒，不会喝也得喝。凤芹妈说，等喝完这盅酒，大妈给你换饮料。田有和冯贵的酒盅碰在一起，各自一饮而尽。冯月端起酒盅，只抿了一口，便呛得咳嗽起来。凤芹妈赶紧给她碗里夹了几筷子菜，让她压压咳嗽。

家里来了客人，按乡规除了男女主人作陪外，别人是不能上桌的。所以，凤芹妈把家里其他人安排在女儿凤芹住屋里吃饭。热闹儿口无遮拦，问凤芹姑姑，奶奶屋里那女的，是不是给我大爷找的媳妇？田凤芹说，你怎么知道？热闹儿得意地说，我猜的。史翠珍用筷子敲了下儿子脑袋，说好好吃你的饭，别瞎操心。热闹儿说，反正我挺喜欢的。田广和笑着说，你喜欢管啥用呀？热闹儿说，我喜欢，大爷就肯定喜欢。

大哑巴不知道几个人在说什么，只顾埋头吃饭。热闹儿向他比画着说，大爷，你喜欢奶奶屋里那个女的吗？大哑巴明白了热闹儿的意思，脸一下子红了，一直红到脖子根儿。热闹儿说，你们瞧，大爷脸红了，肯定是喜欢。

刚才，大哑巴在父母住屋见了冯月和冯贵一面，以为是来的客人，并没有在意，只是礼貌地给他们兄妹的茶杯里满上水就退出来了。他曾在给父母写的纸条上说，这辈子再也不娶媳妇。但现在听侄子热闹儿这么一说，深埋在心底的那个念头再次浮了起来。不过，他觉得自己不配。那样一个漂亮的女人，她怎么可能答应嫁给他呢？

酒过三巡，菜过五味，田有婉转地向冯贵提出，可否把冯月许配给哑巴儿子。冯贵显得很为难，说，大叔，这……这不太般配吧？那兄弟看着倒是挺好的，可毕竟不会说话，我怕委屈了我妹妹。说着，冯贵看了冯月一眼。冯月低着头，不发表意见。田有解释说，我这儿子是小时候掉下悬崖摔成哑巴的，不是生来就不会说话。他心灵手巧，识文断字，至于人品就更不用说了。凤芹妈帮腔说，是呀，谁养的儿谁知道，我这个哑巴儿子除了不会说话算个毛病，哪样也不比别人差。冯贵嘬着牙花子说，大叔大妈这么一说，可真让我为难了。从老家出来这一路上，我就盘算好了，给我妹妹找的这个对象，只要品行端正，身体结实，岁数大点儿，家里穷点儿，都没关系，可就是没想到要嫁给一个残疾人。

田有心里燃起的那盆火，被冯贵这一番话无情地给浇灭了。设身处地想想，冯贵拒绝得也有道理，哪个水灵灵的女人愿意嫁给一个哑巴？田有只好说，既然这样，我也不好再勉强你们，婚姻大事毕竟得双方乐意才行。来，喝完这盅酒，咱们吃饭，以后常来常往，就算交个朋友。

冯贵挡住田有递过来碰杯的酒盅，说，大叔，要不这样吧，我跟妹妹再商量商量，您看行吗？

田有一看事情有缓和的余地，赶紧说，行，今儿你们就住在家里，等你们俩商量好了，明天再给我一个准话儿。

冯月一不小心，衣袖把酒盅碰掉在炕上。凤芹妈和冯月都去捡，结果两个人的脑门儿砰地碰在一起。凤芹妈赶紧说，哎哟，闺女，没碰疼你吧？冯月说，没关系的，大妈。田有笑着说，这说明你们娘儿俩有缘分。

也许正是因为“你们娘儿俩有缘分”这句话，冯月突然对冯贵说，你不用再跟我商量，我同意留下来。

听了冯月的表态，田有夫妇和冯贵都不禁愣住了。冯贵说，好好好，只要你同意，我没意见。田有说，这可真是太好了。

凤芹妈有些纳闷儿，冯贵刚刚还铁嘴钢牙地说，不愿意把妹妹嫁给哑巴儿子，怎么冯月一说同意留下来，他立刻就来个一百八十度大转弯？凤芹妈说，闺女你可想好了，跟了我哑巴儿子，你真不觉得委屈？

冯月看了一眼冯贵，说不委屈，我又不是金枝玉叶，再怎么也比我先前嫁的那个人强。冯贵随声附和，对，比那个强多了。像大叔大妈这样好的人家，打着灯笼都难找。然后又跟田有说，大叔，您看这事是不是就可以定下来了？

想不到事情竟这么快就峰回路转，田有连忙说，好哇，就这么定下来吧。来，咱爷儿俩再喝两盅。

当晚，凤芹妈和冯月住进田凤芹闺房，田有和冯贵睡在一个炕上。

田有见冯贵翻来覆去睡不着，还一声接一声地叹气，便问，你有什么难处吗？冯贵说，大叔，我有个事一直憋在心里，不知道怎么开口。田有说，有什么事你尽管直说。冯贵说，其实，这事对您来说，也许不算个事。田有说，是事不是事，你说出来我听听。冯贵说，好，那我就不管好不好意思了。

冯贵告诉田有，冯月嫁给上一家那男人时，收了人家一笔彩礼。这次冯贵带堂妹出来，那婆家人说必须把彩礼如数偿还，不然就攥着冯月的户口不撒手，不让她改嫁。

田有问，多少钱？冯贵说，一万块。田有没有立刻回答。冯贵说，这事您要觉得为难没关系，先让冯月在您家住着，等我凑够了钱还给她婆家，拿来户口，再登记结婚也不迟。田有说，不用那么劳神，明天我就把钱给你。冯贵说，谢谢您了大叔，您真是我们兄妹俩的救星，我妹妹这回总算找到一户好人家。又说，好事宜早不宜迟，明天我就回老家迁妹妹的户口，开结婚证明信，多则十天八天，少则五六天，保准赶回来。田有说，那就辛苦你了。冯贵说，为了我妹妹，这不还是应该的。田有说，好，等你回来咱们再好好喝酒。冯贵说，行，到时候我非得喝个一醉方休。

在田凤芹住屋，凤芹妈仔细盘查冯月过去的一些事情。凤芹妈问，原来，你生过一儿半女吗？冯月说，怀过一次孕，流产了。凤芹妈说，为啥呀？冯月说，那死鬼抓进监狱后，我就给做了。凤芹妈说，你改嫁，婆家同意吗？冯月说，还了当初的彩礼钱，他们就同意。凤芹妈说，你娘家还有啥人呀？冯月说，父母早就不在了，家里还有一个弟弟。

田凤芹听不下去了，说我的妈呀，您户口查得是不是可以到此为止了？凤芹妈说，什么查户口呀，这不是随便聊天嘛。田凤芹生怕冯月误会，赶紧解释说，其实我妈心眼儿最好了。冯月说，从一见面，我就看出大妈心慈面善，知道遇上好人了。大妈，以后我要是有哪些地方做得不对，还请您多包涵。凤芹妈说，有你这句话，大妈就知足了。田凤芹说，怎么样嫂子，知道我妈好了吧？冯月说，你还是先叫我姐姐吧。田凤芹说，先叫姐姐，赶明儿还得改口，那多费事呀，就叫嫂子吧，啊，嫂子。

第二天吃完早饭，冯贵怀里揣着田有给的一万块钱走出田家院门。田有拦了一辆小四轮拖拉机，让冯贵坐上去。拖拉机突突突地冒着黑烟载走了冯贵。送行的田有、凤芹妈、大哑巴、田凤芹，冯月转身往回走。渐渐的，田凤芹、大哑巴、冯月走在前头，田有、凤芹妈落在了后面。

凤芹妈说，他爸，不知为啥，我心里总有些不安。田有说，还有啥不安的？咱儿子终于可以娶到媳妇了，这是多高兴的事啊。凤芹妈说，可我觉得，这事有点儿不靠谱，像是天上掉下来一个大馅饼。田有安慰道，凭我的眼力，冯月人品不错，你就放心吧。凤芹妈说，人心隔肚皮，我担心冯贵是来“放鹰儿”的，别走了以后再也不回来了。田有说，不会的，冯贵把冯月留在咱家，他就得回来。凤芹妈说，就怕肉包子打狗，要真这样咱可就惨了。

凤芹妈所说的“放鹰儿”，指的是一种骗婚形式，女方收了男方的钱，住上个把月，瞧准机会就溜走了，男方落个人财两空。

田有觉得凤芹妈的担心不是没有道理，便说，这样吧，你回家收拾收拾，争取今儿晚上就让儿子和冯月睡在一块儿，生米做成熟饭，鸭子煮在锅里，看她还能往哪儿跑呀？

田有把哑巴儿子留在家，带着其他人上工去了。凤芹妈从板柜里拿出两套新被褥，晒在院子里的铁丝上。即刻起，她就开始为哑巴儿子和冯月同房做准备了。但如果冯月不肯，一切都是白搭，所以首先征得她同意才行。

凤芹妈拉冯月坐下聊天，她说，我们这儿跟你们南方比，好多生活习惯都不一样，你要是觉得有哪些不适应，就跟大妈说，千万别憋屈自己。冯月说，一切都挺好的，没啥不习惯。又聊了几句，凤芹妈开始进入正题，俗话说，五里不同俗，十里不同音。我们这儿有个风俗，大妈想跟你说说，你知道啥叫“住熟儿”吗？冯月茫然地摇了摇头。

于是，凤芹妈跟冯月掰开揉碎地解释什么叫“住熟儿”。这是当地流传多年的乡俗，指男女双方一经确立关系，订下终身，女方就可随时到男方家里来“住熟儿”，意思就是先熟悉熟悉未来婆婆家的人和生活习惯。至于在不在一条炕上睡觉，就看男女双方是否愿意了。家长不仅不干涉，还会积极撺掇，创造一切条件，为的就是板上钉钉。村里乡亲们也不会有非法同居、有伤风化的指摘，早早地就称“她嫂子”“她婶子”“她舅母”。等到了正式拜堂那天，女方即便已经“脉向弦滑，如盘走珠”，身怀六甲，大腹便便，也不觉得丢人现眼，照样大大方方地向来宾敬酒，而来宾则高声庆贺双喜临门。

凤芹妈解释完，生怕冯月不明白，追问说，大妈的意思，你听懂了吧？冯月点点头。凤芹妈进一步说，那今儿晚上你是想跟我和凤芹睡，还是跟我儿子单独睡一个屋呀？冯月红着脸说，我听大妈的，您怎么安排怎么是。

既然冯月明确表了态，这还有什么可说的？凤芹妈拉着冯月走进哑巴儿子住屋。坐在炕沿上给热闹儿做弹弓的大哑巴立刻站起身。凤芹妈只说了句你们俩先熟悉熟悉吧，就转身出去了。大哑巴看了冯月一眼，马上又低下头，慌乱得双手都不知道往哪儿放了。片刻，凤芹妈再次走进屋，把一个作业本和一支铅笔放在炕桌上，对冯月说，你要想和他说啥话，可以写在本上，等以后你们相处时间长了，一个手势、一个眼神就明白是什么意思了。冯月点头嗯了一声。凤芹妈走出屋子，随手关上房门。

大哑巴受审似的低头站着，竟忘了请冯月坐下。面对这样一个老实憨厚的男人，冯月觉得自己选择留下来是对的。她坐在炕桌旁，拿起铅笔在作业本上写道，看来你是个好人。然后把笔和本推到炕桌另一边，示意大哑巴坐下。大哑巴便坐下来，看了一眼冯月写的字，拿起笔写道，你也是个好人。写完，将笔和本又推给冯月。

冯月写道，你爸你妈都是好人。

大哑巴写道，他们是世界上最好的人。

你的字写得不错。

没你写的字好看。

你叫什么名字？

原来叫周来奎，现在叫田广平。

为什么有两个名字？

我随我妈改嫁过来以后，姓和名就都改了。

大哑巴写完，把铅笔直接递给冯月。冯月伸手去接，却不想笔尖扎在手指上，竟然出血了。大哑巴抓过冯月的手，放在嘴里使劲嘬了嘬。二人目光对视在一起，发现对方的脸都红了。

冯月抽回手比画说，没关系，不疼。然后拿起笔继续写道，你上过几年学？

大哑巴写道，普通小学两年，聋哑学校一年多。你呢？

我小学毕业。

为啥不去上中学？

我父母死得早，弟弟要靠我来养活。

你弟弟现在多大了？

二十三岁。

他结婚了吗？

还没有。

以后把你弟弟接过来一起过。

冯月愣了一下，写道，等以后再说吧。

就这样，大哑巴和冯月你一句、我一句，“聊”得很投机。

当凤芹妈抱着晒得暄暄腾腾的被褥走进屋，叫儿子和冯月出去吃午饭时，不禁被眼前的情景惊呆了。屋子里收拾得干干净净，所有东西摆放得整整齐齐，昔日这个简陋凌乱的住屋，变得焕然一新，满堂生辉。同时还看见，放在炕桌上的作业本，写了足足有十几页，铅笔尖都磨秃了。

冯月接过凤芹妈怀里的被褥，一床床地铺在炕上，大哑巴上前去给她帮忙。凤芹妈看着俩人齐心协力忙活，心里生出一些感动，对冯月“放鹰儿”的猜疑跑到九霄云外去了。

晚上，冯月躺在被窝里，晒过的被褥柔软又暖和，太阳的味道让她的心都醉了，如果后半生都是这样的感觉，那该有多好啊。大哑巴坐在炕沿上，脱去上衣，却磨磨蹭蹭不肯褪下裤子，傻傻地搓着胳膊，泥没搓下什么，皮肤却搓红了。这是他有生以来第一次与女人同房，男女之间的事他一点儿也不懂。冯月从被窝里伸出手，拉了一把坐在她枕头旁边的男人。大哑巴触电似的周身一哆嗦，心里怦怦乱跳，更加不知所措。忽然，两条白藕似的胳膊从他腰后伸过来，解开了他的裤腰带。大哑巴回头一看，只见冯月赤身裸体跪在被子上，惊得他这个三十多年的光棍不禁张大了嘴巴。冯月钩住大哑巴脖子扳倒在炕上，不由分说扒去他的裤子。随着起伏的频率越来越迅速，喘气的声音越来越急促，大哑巴嗷地发出一声狼似的号叫，完成了他平生的第一次壮举。

伴着夜空里呜呜的埙声，月光透过玻璃窗照在炕上。大哑巴睡得很沉，鼾声如雷。冯月头枕着大哑巴宽厚的胸脯，泪水打湿了浓密的胸毛。

天刚蒙蒙亮，凤芹妈听见院子里传来哗啦哗啦扫地的声音，掀开被子坐起来，撩起窗帘向外看去，只见冯月抱着竹扫帚在扫院子。而以往，这个活儿总是由大哑巴来干。凤芹妈心里不胜感慨，给儿子说的这个媳妇真是个勤快人。

这一情景，同样被史翠珍隔着玻璃窗看到，她捅醒田广和，指给他看，说哑巴哥这一宿肯定累得够呛，都顾不上起来扫院子了。田广和说，这是你弟媳妇应该说的话吗？史翠珍说，这有啥呀，男女不就是那么点儿事吗。田广和说，起早儿烧火做饭、打扫院子，本该是你干的活儿。史翠珍呸了一声，说，想得美，我又不是你们家雇的长工。

大哑巴激灵一下子醒了。他发现冯月没在身边，赶紧穿衣下地来到院子里，夺下冯月手里的竹扫帚。冯月有些感动，凝神看了会儿替她扫地的大哑巴，转身走到柴火垛前，抱起柴火去做早饭。

凤芹妈打开堂屋门，接过冯月抱的柴火放在灶火前。冯月说，大妈，咱们今儿做啥吃呀？凤芹妈说，做啥你也别动手，回屋洗洗脸、刷刷牙，等着吃现成的吧。冯月说，这怎么行呀，我跟您一起做饭吧。说着，冯月利索地挽起袖子，帮助凤芹妈忙活起来。

吃完早饭，田有带着大家去上工，依旧让哑巴儿子留下来陪冯月。可是大哑巴非要跟父亲进山干活。他觉得自己有了媳妇，肩上的担子重了，不能再像以前那样吃凉不管酸，他要负起儿子和丈夫的双重责任。田有理解儿子的心思，又拗不过，只好同意了。

凤芹妈收拾完碗筷，来到院子里喂鸡。王翠玲拎着个塑料袋走进田家院门，亲热地喊了声大妈。凤芹妈回头一看是王翠玲，放下鸡食盆子迎上前，说，翠玲你今儿怎么有空儿呀？王翠玲笑着说，我想您了呗。凤芹妈说，嗯，这话我信。

王翠玲把手里的塑料袋递给凤芹妈，说有个亲戚办喜事儿，宰了几只羊，她特意拿来两个羊肚儿让凤芹妈炖着吃，羊肚儿可以养胃。凤芹妈说，你还是这么惦记我。王翠玲说，那还不是应该的。凤芹妈请王翠玲进屋坐，王翠玲说她给办喜事的亲戚家帮厨，得赶紧回去干活。凤芹妈说，那也好，等哪天带着你儿子一块儿来。

凤芹妈送王翠玲走出院门口，迎面遇到从小河边洗衣服回来的冯月和热闹儿。凤芹妈把冯月介绍给王翠玲，说她叫冯月，是给你哑巴哥新找的媳妇。

王翠玲顿时怔住，她自己都不知道说了些什么就赶紧离开了。走了一段路，她回过头，看见凤芹妈、冯月、热闹儿老少三辈儿人有说有笑地走进院子，苦笑一声，摇了摇头，眼眶里的泪珠便淌了出来。

三

刚刚被女主人连打带骂地吆喝过，拉碾子的叫驴就又停下来歇脚。它不是偷懒，拉了一下午套，确实是累了。史翠珍解下套绳，放叫驴到山坡上吃草，吩咐冯月替代叫驴推碾子。冯月新来乍到，对弟媳妇的话只得言听计从。开始，冯月倒不觉得有多吃力，她在老家时也常抱着碾棍推碾子碾粮食。但想不到，碾金矿砂比碾粮食要费劲多了，碾磙子死沉死沉的，像是粘在碾盘上。不一会儿，冯月就汗流浃背，呼哧带喘，脚步渐渐慢下来。史翠珍催促说，你快点儿推，别磨磨蹭蹭的，抓紧把这些金矿砂碾完了，省得明天还得干。

冯月前腿弓，后腿绷，身子抵住碾棍，奋力推着碾子，额头上的汗水滴滴答答掉在碾道里。史翠珍坐在马扎上筛着金矿粉，不时瞟一眼冯月，心说，这回知道了吧，田家儿媳妇可不是那么好当的。

当太阳快落山时，汗水早已打湿了冯月的衣衫，浑身上下落满一层金矿粉，看去简直就像一个“土驴儿”，累得她脸色煞白，心里发慌，几乎要虚脱了。她咬紧牙关，用尽力气向前一推，身子靠在碾框上，再也推不动了。史翠珍说，嘿，刚干这点儿活，怎么就给累趴下了？冯月不想让史翠珍看笑话，扶着碾框试图站起来，但双腿打战，身子发软，竟一屁股瘫坐在地上。史翠珍转过脸去，佯装没看见，幸灾乐祸地暗自笑笑，心里骂道，真他妈是个废物点心，夜里跟大哑巴的那点儿能耐劲儿跑到哪儿去了？

收了工，大哑巴惦念着冯月，回家心切，脚步匆匆，不一会儿就将所有人远远落在了后面。当他来到碾道，看见冯月坐在地上，赶紧把她搀扶起来。然后指着一旁吃草的叫驴，急赤白脸地向史翠珍连比画带啊啊，意思是说，你为啥不用叫驴拉碾子，非要把冯月当牲口使？史翠珍比画着说，叫驴累了，换下来让它歇会儿不行呀？你媳妇又不是泥捏的。大哑巴不听弟媳妇解释，掸掉冯月身上的土，抱起她走进院子。

大哑巴抱着冯月径直进了住屋，安顿她在炕沿上坐下。然后端来一盆水，先是给冯月洗干净脸和手，又抄起暖瓶往盆里倒些热水，脱去冯月的鞋袜，将她双脚泡在盆里洗起来。尽管大哑巴手掌粗粗拉拉，冯月心里却感到无比温暖。待给冯月擦干脚，大哑巴发现冯月脚指甲长了，便拿过剪子，掰着她的脚指头，小心翼翼地剪起来。冯月记得，还是在小时候，母亲给她剪过脚指甲，长大以后就再也没被人这般疼爱过。冯月感动得眼眶发酸，捧起大哑巴脸，定睛看了看，在他额头亲吻了一下，泪水随之流下来。大哑巴双手揽过冯月，像哄小孩似的轻轻拍打着她的后背。冯月明白大哑巴的心思，以后他再也不会让她受苦了。

吃晚饭时，大哑巴当着家里所有人的面，一个劲儿地给冯月碗里夹菜。田凤芹说，嫂子，别看我哥不会说话，可他多会心疼人啊。冯月没有吭声，羞涩地低下头。史翠珍给儿子热闹儿碗里夹了一筷子菜，说赶明儿让你姑姑也找个会心疼人的。田凤芹说，反正我不能找个只会欺负人的。凤芹妈生怕姑嫂俩再吵起来，赶紧对女儿说，快吃你的吧，饭都堵不住你的嘴？

大哑巴依然不管不顾给冯月夹菜，直到饭碗冒了尖儿。史翠珍实在看不下去了，赌气端着碗走出屋。田凤芹不屑地哼了一声，对田广和说，二哥你赶明儿得学学哑巴哥，省得有人心里不平衡。田广和一时不知怎么回答才好。田有说，凤芹你就少说两句吧，跟你嫂子较啥劲呀。忽然，冯月放下饭碗，表情很痛苦。凤芹妈问道，怎么了冯月？冯月说，我肚子疼。凤芹妈说，哎哟，肯定是干活出汗着凉了，你先回屋歇着，我马上给你擀碗面条汤。

大哑巴搀扶冯月回到住屋，服侍她躺下。然后急速地搓着双手，感觉手心热了，才把手从冯月盖的棉被下伸进去，捂在冯月肚子上，反反复复了多次。

凤芹妈端着一碗面条汤走进来，让冯月赶紧趁热吃。冯月说，大妈您不用担心，我是要来那个了，每次都疼得要死要活的。凤芹妈一愣，说等赶明儿生过孩子，就不会那么疼了。冯月凄楚地笑了笑，算是回答。

看到母亲走出屋，大哑巴扶冯月坐起来，用筷子挑起碗里的面条，送进冯月嘴里。没等冯月把面条咽下，她的眼泪就滴在了碗里。

转眼过去十来天，冯月已经把自己当成田家的一员，帮助凤芹妈里里外外忙活，表现得非常勤快。她的精神也好了许多，苍白的脸变得红扑扑的。凤芹妈心想，这个儿媳妇算是找对了。只盼着冯贵早点儿回来，有了冯月的结婚证明信和户口，就可以给哑巴儿子和冯月完婚了。

这天临近中午，驶来一辆小面包车，停在田有家的坝坎下。冯贵从车里走出来，离老远就跟在院门口扫地的凤芹妈打招呼，大妈，我回来了！凤芹妈热情地把冯贵让进家，吩咐女儿凤芹立刻上山去叫她爸。

很快，田有赶了回来。田有夫妇自然把冯贵视为贵客，好酒好菜招待一番。席间，田有忍不住问，冯月的结婚证明信和户口带来了吗？

冯贵由手提包里拿出一本杂志，从中翻找出一封结婚证明信，郑重地递到田有手上。田有看了看证明信，落款写着某县某乡某派出所的名字，并盖有鲜红的公章，然后问道，户口呢？冯贵脸上露出几分难色，大叔，实在对不起，我妹妹她婆家，死活也不肯让冯月迁户口。

田有一愣，为啥呀？

冯贵说，嫌我拿给他们的钱少了。

田有脸色沉下来，你不是说还了一万块钱彩礼，她婆家就许冯月改嫁吗？

冯贵说，是呀，我是这么说的。可……可谁想，我内弟出了车祸，我用您的钱给医院交了五千块钱押金，把剩下的五千给了冯月她婆家。她婆婆说不凑够一万，就别想迁走冯月的户口。

凤芹妈插话道，这么说，还得再要五千块才能把冯月的户口迁来？

冯贵说，真不好意思，我妹妹还没过门儿，就花了你们家这么多钱。

这时，冯月阴着脸走进屋，把炒好的一盘菜往炕桌上一蹾，就出去了，似乎对哥哥冯贵很不满。

田有心里琢磨着冯贵的话到底有几分可信。

冯贵见田有不吭声，说，难道我冯贵还骗你们二老不成吗？

田有用话堵住冯贵嘴，是你这么说，我可没那么想。

冯贵说，干脆这样吧，大叔，请您受累跟我回一趟我们安徽老家，您亲手把五千块钱交给冯月她婆婆，您看行不行？田有犹豫着没说话。冯贵又说，您也不想想，我要是骗你们，拿到第一笔钱就跑了，谁敢再来第二趟呀？咳，说了半天，我这个当哥哥的，还不是为了让妹妹嫁个好人家吗？

田有夫妇对视一眼，似乎确信冯贵的话是真的。田有说，既然你这么说，我再不相信你，就跟我有多少歪心眼子似的。这样吧，现钱呢，我手头儿上一时没那么多，只能给你一千块，剩下的你先想办法替我垫上，等迁来冯月的户口，我再加倍偿还你，这总行了吧。

看来大叔对我还是不完全放心呀，可也只好这样了。冯贵看了看手表，说雇的车还在外边儿等着呢，我马上就走，连夜坐火车赶回老家，三天以后我保准把冯月的户口迁来。

冯贵临出屋门前，凤芹妈打开板柜，拿出一千块钱，交到田有手里。田有把钱转给冯贵，让他快去快回。冯贵边往怀里揣着钱，边开玩笑说，大叔您得抓紧准备现钱，等我回来后，您要加倍偿还我才行，可不能说话不算数。田有说，放心吧，我说话肯定算数。冯贵笑着说，您还真信了？我和您逗着玩呢。

走出院门，来到等候的面包车前，冯贵跟冯月说了几句话，趁田有夫妇不注意，塞进冯月衣兜一张纸条。冯贵坐进面包车，探出头来说，大叔大妈请回吧，三天以后再见。面包车载着冯贵一溜烟儿地消失了。

田有夫妇回到住屋，凤芹妈不免有些担心，跟田有说，你就不怕冯贵这一走就再也不回来了？田有说，舍不得孩子套不着狼，已经给他一万了，还在乎这一千打了水漂儿？三天后，冯贵迁来冯月的户口，这一千块钱算是没白花；他要是不回来，反正咱们手里有冯月的结婚证明信，照样不耽误让儿子他俩登记结婚，等以后再把冯月户口迁来也不迟。凤芹妈想想，觉得也对，便放心了。

送走冯贵，田有回到掌子里，比画着告诉哑巴儿子，冯贵来过了，并开来冯月的结婚证明信。大哑巴咧嘴笑着，非常高兴。侯子明将两个大拇指并在一起，问大哑巴啥时能吃上他和冯月的喜糖。大哑巴羞红脸，扭捏得像个大姑娘。

田有他们追的这条金矿脉，又已经凿了几十米的掌子，依然没有“放槽”。田广和劝父亲再找一条金矿脉试试。田有说，要想挖到金矿砂，就得一竿子插到底，不能打一枪换一个地方，只要咱们沿着金矿脉追下去，早晚能摘个金倭瓜。田有说这番话，是为了给大家伙打气，其实他心里也有些打鼓，也许追上几百米，它忽然就断了。这种事情，田有在破嘴山金矿做工时，不是没有遇到过。

牛大力推着一车废矿石走出掌子，倒在废巷道里。一个石头子突然飞来，不偏不倚落在牛大力脑袋上，疼得他哎哟叫了一声。他回头看见侯子明站在身后，过去给了侯子明一拳，说，你猴子敢在背地里暗算我。侯子明觉得特冤枉，说，谁暗算你了？牛大力说，你站在我身后，那石头不是你扔的，还能是谁呀？侯子明急了，谁给你扔石头谁是王八蛋。王全盛闻声走出掌子，说，你们俩怎么又掐上了？牛大力捂着脑袋说，他扔石头砸我。侯子明坚决否认是他使的坏。魏山河推车从掌子里走出来，仰起脑袋看了看，说，是不是从天棚上掉下来的？

听魏山河这么一说，几个人都惊恐地看着天棚，并没有发现什么异样。他们只顾抬头往上看了，谁也没注意废巷道深处有个白毛人一闪就不见了。

收了工，田有他们沿着废巷道往山外走。小顺子不小心绊倒了，他刚要爬起来，借助电石灯光亮，隐约发现岩壁下的石头堆里埋着什么东西，搬开石头一看，原来是个铁皮罐头。于是，伙计们七手八脚扒开石头堆，里面埋藏的罐头竟有二三十个，从颜色上看，好像还是军用的。人们不禁好生奇怪。

牛大力拿起一个罐头，说，这还能吃吗？侯子明说，整个一吃货，不怕药死，你就尝尝。牛大力用榔头尖砸开罐头，里面装的是熏鱼，看似还很新鲜。他把罐头贴近鼻子闻闻，觉得没有什么异味，便撕下一块儿鱼，放进嘴里嚼着。田有提醒说，你可别咽下去，当心中毒。不等田有说完，牛大力喊了起来，嘿，味道还真挺香的，一点儿也没坏。

侯子明、王全盛、田广和、大哑巴、魏山河、小顺子纷纷撬开罐头，里面装的食物大不相同，有牛肉，有鸡肉，有熏鱼，甚至还有蜂蜜，保存得都很新鲜。只有青豆罐头长了白毛，发出一股酸腐的气味。

小顺子问，大叔，这罐头是谁藏在这儿的呀？田有想了想说，当年日本鬼子在这儿开金矿，可能是那时留下的。

田有的话很快得到印证。魏山河发现罐头盒底部用钢印打着 JPN 几个字母，而这正是日本英文的缩写。

田广和说，如果真是日本鬼子留下的，过去这么多年了，罐头到现在为啥还不变质？魏山河说，上高中时，我听老师讲过，制作罐头的马口铁只要不腐蚀，食品接触不到空气，可以保存相当长的时间。这些罐头储存在废巷道里，一年四季都是恒温，所以更不容易变质。另外，前些天我听广播里说，在朝鲜一个山洞里，发现了当年美军留下的一箱牛肉罐头，打开一尝，味道依然很鲜美。

田有点点头，对魏山河的话表示信服。

王全盛说，这些罐头应该存在仓库里，为啥藏进石头堆？侯子明说，这个好解释，我们家养的那条狗，经常刨个坑把骨头埋起来，等什么时候饿了再吃。牛大力说，日本鬼子可没你们家狗那么笨。魏山河说，所以我敢肯定，把罐头埋在石头堆里的人，要么智力不高，要么就是疯子。王全盛说，嘿，你看这事闹的，怎么越说越邪乎啊。

田有一直默默听着伙计们的议论。

侯子明忽然产生一个联想，说，我看见的那个白毛人，会不会就是藏在山里的日本鬼子呀？魏山河接过话茬说，这不可能，日本鬼子投降四十多年了，任何人都不可能在这里面存活下来。王全盛说，那可没准儿，不是有罐头可以吃吗。魏山河说，这么多年，那得需要多少罐头呀？

说话间，小顺子在石头堆旁捡到两根长长的银发，交到田有手里。田广和说，爸，这银发会不会是白毛人埋藏罐头时留下的？田有认可了儿子的说法，吩咐人们把罐头重新埋进石头堆，言明没他允许，谁也不准乱动。

田有一行人走出废巷道，看见丑子和大洋驴等一伙儿人坐在路边，每人身旁放着一条装满金矿砂的帆布口袋。田有知道，他们凿的掌子“放槽”见阔儿了。

采到金矿砂后，大洋驴就盘算好了，一定要让田有看看，没他这个臭鸡蛋，照样能做出槽子糕。所以，当他们背着金矿砂走出废巷道，大洋驴就让同伙儿人坐在山坡上，边歇息边等候田有收工。丑子说，咱们应该悄悄地进军，打枪的不要，不必跟你老丈杆子置气。大洋驴说，我就是要好好气气他，不然我心里不痛快。丑子说，还用你气他？他们的掌子，有好些日子不见阔儿了，早就把他肚子气得鼓鼓儿的了。

看到田有他们双手空空走来，大洋驴得意扬扬地哼起小曲。

丑子主动跟田有招呼道，老哥收工了？田有说，啊，恭喜你们呀。丑子说，托老哥的福儿，挖到一个小鸡窝槽。大洋驴挑衅地说，哪天来我们掌子里“沾灶火”呀？田有说，明天我们就拿着口袋去，也算是礼尚往来。丑子赶紧拦下说，甭听你姑爷的，一个小鸡窝槽，能出多少金矿砂呀。田有说，瞧瞧，舍不得了吧，你当我们真没脸没皮地去沾灶火呀？

这样你来我往地斗着嘴，田有一行人从丑子和大洋驴他们面前走过。

大洋驴向田有的伙计们挑拨离间地喊道，欢迎加入我们这一伙儿，挖到金矿砂，平均分配，有福同享，谁也不剥削谁。

魏山河停下脚步，回身瞪了一眼大洋驴。

大洋驴站起身，捋着袖子说，怎么着，你小子还想跟我要胳膊根儿？

魏山河说，我只想送你一句话，此系中山狼，得志便猖狂。

大洋驴骂道，我要是中山狼，你他妈的就是色狼！

田广和、王全盛见势不妙，赶紧拉着魏山河离开了。

走喽，背起口袋回家大碗喝酒大口吃肉去喽！大洋驴高声招呼着同伙人，意在说给田有他们听。

走了一阵，田有埋怨魏山河，说，你搭理那浑蛋干啥呀？魏山河说，我看不惯他那嚣张劲儿。侯子明说，不就挖到一个小鸡窝槽吗，跟发了多大财似的。牛大力也说，等赶明儿咱们掌子见了阔儿，也好好气气大洋驴。田有说，刚刚消停没几天，你们还想招他来找我麻烦呀？咱们淘的是金子，不是跟谁斗气儿。王全盛说，对，听大叔的没错儿，宁跟明白人打顿架，不跟浑蛋人说句话。

两伙儿淘金人一前一后走在山路上，谁也没能发现，田宝坐在山坡的一棵柿子树旁，正居高临下地注视着他们。柿树的叶子几乎掉光了，只有柿子孤单地挂在树枝上，像是一个个小红灯笼。风儿吹过，一个“树熟儿”掉下来，吧唧一声，地上就又多了摊金黄。看到两伙儿淘金人走远了，田宝背起背篓，走下山坡，直奔废巷道入口而去。

当银盘似的月亮明晃晃地升起来，田宝背着空背篓沿着墓道斜坡走到地面，回身看了看给自己挖的墓坑，墓底又长高了一些，铺在墓底的红砖把画于墓壁上的狗尾巴几乎完全遮挡住了。

第九章　天棚上颤颤悠悠吊着一条蛇

一

自从那天晚上，由魏山河嘴里听到“爱”这个字眼，田凤芹心里的包袱总算卸掉了。特别是她靠着他的肩，拉着他的手，而魏山河并没有拒绝时，她觉得自己的情感终于找到了归宿。不过有一点田凤芹不明白，那以后，魏山河从未向她主动表示过什么，哪怕是投来一个意味深长的眼神，哪怕是说上一句温暖人心的话语。田凤芹渴望的那种爱情，是轰轰烈烈，有声有色，不是夏日里的小河水似的，温温吞吞，不凉不热。难道魏山河的感情还没从田凤兰那里解脱出来？可话又说回来，如果魏山河跟田凤兰立刻一刀两断，不再有任何藕断丝连，说明他是个薄情寡义的人，反倒会让田凤芹瞧不起。

田凤兰好多天没回娘家了，凤芹妈放心不下，委托女儿凤芹前去探望。当田凤芹见到姐姐，想不到她比以前胖了些，脸色也有了红润。问起跟大洋驴的关系，田凤兰说，他再不敢动不动就打骂我了。随后，田凤芹告诉凤兰姐，哑巴哥有了媳妇，名字叫冯月，不仅年轻好看，人也非常勤快，等冯贵迁来冯月户口，他们就结婚。田凤兰听了很高兴，觉得爸妈这回可以安心了。

聊了一会儿，姐俩的话题自然而然转到魏山河身上。田凤兰关切地问，你跟他进展到哪一步了？田凤芹说，基本原地踏步，没有什么进展。田凤兰说，那为啥？你不是说要穷追猛打吗？田凤芹说，他对我一直都带搭不理的，我为啥非要觍脸上赶着呀？田凤兰说，那你跟姐老实坦白，魏山河在你心中到底是什么位置？田凤芹想了想说，到底是什么位置，我一时也说不清，反正到了夜里，脑袋一着枕头，他的影子就在我眼前晃呀晃，没完没了。田凤兰打断说，好了好了，我知道了，给你自己保留点儿秘密吧。现在最要紧的，你一定要闹明白，你在他心里是什么位置。

晚上，田凤芹约魏山河坐在小河边，一心想要搞清楚，她在他心里究竟是什么位置。田凤芹先从哑巴哥的婚事谈起，然后话锋一转说，我爸妈的这块心病总算去了，可他们还得要继续操心。魏山河不明就里地说，是呀，忙里忙外筹备结婚，直到正式登记了才能踏实。田凤芹说，我指的不是这个。魏山河说，那大叔大妈还有什么可操心的？田凤芹看了魏山河一眼，说你好好想想，他们还要为谁操心？魏山河摇摇头。田凤芹说，傻瓜，为我操心呗！魏山河听出了田凤芹的弦外之音，有意回避，低头不语。田凤芹说，儿女们一天不结婚，做父母的就得操一天心。难道你妈不为你操心吗？魏山河说，操心，但她从来不催我。田凤芹说，不催你并不说明她心里不急。魏山河说，也许吧。田凤芹说，我不跟你兜圈子了，你痛痛快快地说，我在你心里是什么位置？魏山河说，我觉得你各方面都挺好的，性格爽快，敢作敢当，爱憎分明，心地善良，人也长得漂亮。田凤芹说，你别扯这些，我只想知道，在你心里我到底是什么位置？魏山河说，我能不回答吗？田凤芹说，不能，你一定要如实回答。魏山河说，那我说了，你不要生气。田凤芹说，只要你说了实话我就不生气，但绝不许糊弄我，更不许欺骗我。魏山河说，好，那我就如实说，目前你还不能替代田凤兰在我心里的位置。田凤芹说，好，有你这句话就足够了，以后我会好好努力，再接再厉，直到完完全全占满你心里的位置。

接下来，魏山河告诉田凤芹，他准备回趟家，一来看看母亲，二来归还借姐姐的一万元钱。田凤芹问，你要走多长时间？魏山河说，顶多两三天吧。田凤芹说，一天看不见你，我都会想你的。魏山河说，我快去快回，等跟大叔请了假，明天就走。田凤芹揽过魏山河胳膊说，不用了，大叔他老闺女已经准你假了。

第二天，魏山河便上了路。他来到县城长途汽车站，想给昌平南口的姐姐打个电话，通报一声下午就可到她家。公用电话亭前，排了好几个人。当前面那个男人打完电话，回过身来，魏山河一眼就认出他是冯贵。二人问过好，没多说什么，冯贵就走开了。魏山河看着冯贵匆匆远去的背影，有些纳闷儿，他不是回安徽老家迁冯月户口去了吗，怎么会在这里？莫非已把冯月户口迁来了？

田有夫妇合计好，在哑巴儿子和冯月登记结婚前，怎么着也得给冯月买些像样的穿戴，等冯贵迁来冯月户口，立马儿就给他们热热闹闹地办喜事。

这天晚上，凤芹妈来到哑巴儿子住屋，交给冯月一个信封大小的红包，说是给她的定亲钱。冯月推辞说，大妈，我不要，不能再让你们破费了。凤芹妈说，这叫啥破费呀，明天你们去县城逛逛，瞧着啥好就买啥吧。冯月说，可我的户口还没迁来呢。凤芹妈说，早晚也得买，你哥这一两天就该回来了。冯月把红包退给凤芹妈，说您还是省着吧，我啥也不缺。凤芹妈说，省着省着，窟窿等着，挣钱不就是为花的吗。冯月说，大妈，我真的不要。凤芹妈又将红包塞到冯月手上，沉下脸说，你再不收下，我可生气了，快拿着吧，啥都别说了。冯月说，那就谢谢大妈了。凤芹妈说，马上就是一家人了，你还跟我客气啥呀？随后，凤芹妈向哑巴儿子连说带比画，让他明天不用跟父亲上工了，带着冯月去逛县城，买一些她喜欢的穿戴。大哑巴点点头，高兴地应下来。

凤芹妈来到女儿凤芹闺房，吩咐她明天陪着哥哥嫂子到县城去买东西。田凤芹说，我才不去当灯泡儿呢！凤芹妈说，你哥和你嫂子一个不会说话，一个人生地不熟，我担心他们不方便。田凤芹说，人家两口子恩恩爱爱的，我要是去了，他们才不方便呢。凤芹妈只好作罢。

临睡觉前，大哑巴端来一盆水，依旧想先给冯月洗脸，再给她洗脚。自打冯月跟他睡在这条炕上，他每天如此，把她当菩萨似的供着。但今天，事情翻了个儿。冯月把大哑巴按坐在炕沿上，给他洗完脸后，拿过暖瓶往盆里倒了一些热水，用手试了试，觉得不凉不烫正合适，便脱下他的鞋子，把双脚浸泡在盆里，不仅洗去脚指头缝儿里的泥，甚至连脚后跟儿上的皴也搓得一干二净。然后，冯月如当初大哑巴对她那样，拿过剪子给他剪起脚指甲。大哑巴静静地享受着这一切，心里觉得温存极了，也幸福极了。

大哑巴把感受写在他们用来交谈的作业本上，你对我真好。

冯月写了一行字，让大哑巴看，那上面写着，你对我的疼爱，我会铭刻在心，一辈子都不会忘记。

大哑巴写道，我会永远永远疼爱你。

冯月写道，就怕我没那个命。

只要我们在一起，你就一定会幸福的。

如果我不能和你在一起了，你会怨恨我吗？

这怎么可能，过几天爸妈就给我们办喜事。

我多么想有那么一天啊。

这一天马上就会来到的。

那样，我将是最幸福的女人。

冯月有一肚子心里话想对大哑巴说，可她做不到。现在她唯一能做到的，只有用自身回报这个疼她爱她对她知冷知热一往情深的男人，让他一次次进入她的肉体，直到他筋疲力尽，酣然入睡。

大哑巴睡得很沉很沉。他不知道，冯月脑袋贴在他宽厚的胸脯上，默默地流着泪水，以致哭肿了眼睛。他不知道，冯月半夜里爬起来，把凤芹妈给她的定亲钱连同冯贵塞进她衣兜的那张纸条，藏在了炕席底下。他不知道，冯月在作业本上写下最后一句话，如果下辈子我能做你的媳妇，我会加倍报答你。他不知道，冯月早早地就起来了，把屋子收拾得井井有条，把院子打扫得干干净净。

吃过早饭，大哑巴骑车带着冯月去县城购物。大哑巴很兴奋，脚掌踏着车镫子，似乎有使不完的劲，车轮飞快，呼呼生风。冯月坐在后座上，双手揽着大哑巴的腰，百感交集，依依不舍。她清楚，这一去，就再也不会回来了，再也得不到这个男人的疼爱了。自行车颠了一下，冯月身子晃了晃，更加抱紧了大哑巴，头靠在他温暖的后背上，眼泪悄悄流下来。

来到熙熙攘攘、人头攒动的县城，大哑巴牵着冯月的手走进一家商场。

大哑巴让售货员从玻璃柜里拿出一块手表，待转过身，发现冯月离开了柜台。售货员帮冯月穿上一件花格上衣，连连说非常得体，就像专门定做的，冯月却脱下衣服，拉起大哑巴走向一旁。冯月试穿着一双皮鞋，大哑巴伸出大拇指夸奖她穿着真好看，但冯月摇摇头，将皮鞋装进盒子，退给售货员。穿衣镜里映出冯月头戴红纱巾的模样，越发显得她含情脉脉、楚楚动人，她向大哑巴点点头，示意可以买下。

待走出商场，除了一条红纱巾，冯月没让大哑巴给她买任何东西。大哑巴连比画带啊啊，意思说，回家以后肯定要受到母亲埋怨。冯月拍拍胸脯，表示凤芹妈要埋怨也会埋怨自己，不会责怪他的。

来到马路边，大哑巴抓过冯月一只手，让她攥住自行车车把，站在原地等他回来，然后下了便道，向马路对面一位卖冷饮的老太太走去。一辆汽车驶来，连续鸣着喇叭，但大哑巴根本听不见，汽车擦着他身子疾驶而过。冯月吓得大叫一声，脸色变得煞白。

大哑巴买了两根雪糕，穿过马路，返回便道，发现自行车还在，而冯月却不见了。她也许去厕所了？也许找水喝去了？或者又回商场买东西去了？大哑巴向旁边的修鞋匠连啊啊带比画地打听，问看没看见一个女人。修鞋匠不懂大哑巴什么意思，茫然地摇摇头。大哑巴久久地等候在原地，一步也不敢离开，生怕冯月回来后找不到他。两根雪糕融化了，一滴滴乳白色的汁液掉在地上，直到剩下两根光秃秃的扁木棍，还依然攥在大哑巴手里。但他毫无察觉，四下张望，一直不见冯月的踪影。

冯月会不会回家了？大哑巴想到这，立刻骑上自行车，风风火火往家赶。

大哑巴骑车出了县城，一辆长途客车从后面超过他。从车窗里飞出一条红纱巾，在天空中飘呀飘，飘呀飘，一直飘落到离大哑巴不远的地方。大哑巴停下自行车，捡起红纱巾，一眼就认出这是他给冯月买的那一条。而那辆长途客车早已风驰电掣般地消失在公路的尽头。

吃过午饭，仍不见哑巴儿子和冯月回来，凤芹妈心里慌慌的。听见自行车哐啷啷一响，凤芹妈隔着玻璃窗看见哑巴儿子推着自行车急匆匆走进院门，便赶紧迎出屋子。凤芹妈连说带比画地问，怎么就你一个人呀，冯月呢？大哑巴啊啊着比画，问母亲冯月是不是回家来了。凤芹妈说，没有啊，我还要问你呢，冯月去哪儿了？大哑巴立刻掉过车把，出了院门。凤芹妈追出来，哎，你干啥去呀？大哑巴头也不回地骑车走了。

田凤芹走出院门，妈，我哥他怎么了？凤芹妈说，冯月丢了，他肯定又回去找了。田凤芹啊的一声，惊讶地睁大眼睛。凤芹妈催促道，啥也别说了，你快骑上车，跟你哥一块儿去找冯月。

这时，史翠珍闻声从院子里走出来，说冯月怎么会丢了呢。凤芹妈急得涨红了脸，谁知道怎么回事呀，你哑巴哥没顾上说，扭头就走了。史翠珍说，妈，您可得有思想准备，我怀疑冯月不是走丢了，而是来“放鹰儿”骗婚的，恐怕再也找不回来了。凤芹妈跺着脚说，哎哟，我担心的就是这个！

田凤芹骑车追赶上哑巴哥，问他冯月在哪儿丢的。大哑巴啊啊几声，让妹妹跟着他走。他们来到县城百货商场外那个修鞋摊旁，大哑巴连啊啊带比画地告诉妹妹，当时冯月就站在这里，他到马路对面买雪糕回来，冯月就不见了。田凤芹向修鞋匠打听，是否看见一个脸上长有雀斑的三十岁左右的女人。修鞋匠称，他只顾埋头修鞋，什么人也没看见。

兄妹俩来到长途汽车站，存好自行车正要进站打听，迎面遇见从家回来的魏山河，田凤芹眼圈顿时就红了。魏山河得知他们在寻找冯月，便把那天在公用电话亭前看到冯贵的事，告诉给田凤芹，并分析说，如果冯贵没有回老家迁户口，他很可能带着冯月跑了。田凤芹说，不要让哑巴哥知道这个情况，不然他非得急疯了不可。

晚上，田有一家人和淘金工们聚在田有夫妇住屋，七嘴八舌谈论着冯贵和冯月。田有后悔不迭地说，我怎么就上了冯贵这狗日的当呢！田凤芹说，闹不好冯贵和冯月的名字都是假的。田广和说，没准儿他们就是两口子，冒充兄妹俩，跑出来骗婚骗钱。凤芹妈说，瞧着冯月那可怜巴巴的样儿，想不到她是个骗子。史翠珍说，当初一瞧见冯月长了满脸家雀屎，我就知道她不是个好女人。小顺子说，明天我们所有人都出动，再到县城去找找。牛大力说，恐怕早就逃之夭夭了，不可能再找到了。田有说，都怪我糊涂，轻信了他们的鬼话。侯子明说，要不是您给儿子找媳妇心切，就冲您那精明劲儿，也不会上当受骗。田凤芹说，可冯贵又怎么知道哑巴哥要找媳妇呢？王全盛说，苍蝇不叮无缝的鸡蛋，他们肯定事先打听好了，才找上门来的。魏山河说，所以缺德啊，死了也得下地狱。大叔，要不要去报案？田凤芹说，对，报案，赶明儿要是逮着他们，我非揍扁了这俩坏蛋！王全盛拦阻说，报了案恐怕也不会有什么结果，嚷嚷得满世界都知道了，谁的面子也不好看。

不管人们怎么议论，大哑巴坐在炕沿上，低着脑袋，始终一声不吭。牛大力想安慰大哑巴几句，比画着对他说，你别想不开，那个冯月是个坏女人，赶明儿让大叔大妈再给你找一个好的。不等牛大力说完，大哑巴顿时急了，啪地抽了牛大力一个嘴巴。牛大力捂着腮帮子，委屈地说，我是为你好，你怎么还打我呀？大哑巴向所有人大声啊啊着比画，意思说，以后谁要敢再说冯月一句坏话，他就对谁不客气。史翠珍拉起田广和走出屋，嘀咕说，都到这会儿了，哑巴哥还护着那狐狸精呢，真没见过这么一根筋的。

夜里，凤芹妈翻来覆去睡不着，担心哑巴儿子有什么好歹，便披衣下炕来到儿子住屋。只见炕桌上有个空酒瓶子，儿子醉倒在炕上睡着了，脸上蒙着一条红纱巾，随着鼻子吸进呼出的气体，红纱巾一瘪一鼓的，像是风箱两边的堵头。凤芹妈坐在炕沿上，看着烂醉的儿子，默默地流着泪水。

忽然，凤芹妈觉得炕席下面有什么东西硌了一下，她起身掀开炕席一看，竟是她头天晚上送给冯月的定亲红包，装在里面的钱原封没动，一张不少。

凤芹妈回到住屋，把红包和钱拿给田有看。

田有也感到很奇怪，说，冯月为啥不拿走这钱？是忘了还是特意留下的？

不可能是忘了。

田有说，那她为啥要把这些钱留下来？

我哪儿知道啊，她和冯贵来"放鹰儿"，不就是为了骗钱吗？

田有沉了沉说，看来不光是"放鹰儿"那么简单，恐怕另有隐情。

还能有啥隐情呀，这该死的冯月把咱儿子算是坑苦了。

田有附和说，是呀，要光是损失万八千块钱，咱也就自认倒霉了。我担心儿子认死理儿，一时半会儿过不去这个劲儿。

说到这，凤芹妈不禁又抹起眼泪。

田有把钱重新装进红包时，发现里面有一张纸条，抽出来一看，皱皱巴巴的纸条上只写了六个字，却有两个歪歪扭扭的问号：大哑巴？你弟弟？

这纸条是谁写的？

指的是什么意思？

怎么会跑到冯月手里？

冯月为啥把纸条和定亲钱放在一起？

田有夫妇分析来分析去，始终不知所以然。

丢了冯月，大哑巴像是丢了魂儿。虽然每天跟着父亲进山凿掌子，但干起活来无精打采，再也没有了往日那股狠劲。伙计们谁也不敢跟他搭腔，生怕哪句话说得不当，又惹恼了他。上工前和收工后，大哑巴一天两次站到村外山岗上，向通往县城的山路张望，期盼着冯月回来。

这天早晨，凤芹妈迟迟不见哑巴儿子起来吃饭，走进他的住屋，发现被窝空了，人已不知去向。炕桌上放着一张纸，写的内容很简单，爸妈，我出趟远门，过几天就回来，不要为我担心。凤芹妈情不自禁喊道，哎呀，我能不担心吗儿子！住在对屋的田广和听见母亲声音，急忙跑进来，看过纸条，问道，我哥能去哪儿呢？凤芹妈说，谁知道啊，真是急死我了！田有闻声走进来，说赶紧看看冯贵开来的那封证明信还在不在。凤芹妈说，昨天晚上儿子把信要走了。田有说，看来，他是按照证明信的地址去了安徽。田广和说，那证明信肯定也是假的。凤芹妈说，这孩子真是死心眼，大老远地白白跑一趟。田有说，儿子去一趟也好，如果真能验证那封信是假的，以后他也就死心了。随后又安慰凤芹妈说，你放心吧，如果不再节外生枝，儿子过两三天就能回来。田广和说，爸、妈，有合适的再给我哥说个对象，这回不知根知底儿的坚决不能要。凤芹妈说，就怕你哥迷上了冯月，心里再也装不下别的女人了。

正如田有预料的那样，三天以后，大哑巴面色憔悴、筋疲力尽地走进院门。凤芹妈赶紧过去连说带比画，哎呀，儿子你可回来了，你让妈惦记死了！大哑巴神情木然地看了看母亲，一声没吭，径直走进自己住屋，关起房门，插上门闩。凤芹妈跟进堂屋，连敲门带嚷嚷，让儿子打开门，却听不见里面有任何反应。

凤芹妈反身来到院子里，扒着玻璃窗向屋里看去，只见儿子用剪子把那条红纱巾剪得稀巴烂。她知道，冯月让儿子彻底伤透了心。

晚饭后，大哑巴交给田凤芹一封信，让她转交给父母，便又回到自己住屋，关上房门谁也不见。田凤芹看了信的内容，觉得事情非同小可，立刻来到父母住屋，念给他们听。

大哑巴的信是这样写的：爸、妈，我这次去安徽查清楚了，冯贵开来的那封结婚证明信是假的，派出所公章也是假的，当地根本没有叫冯贵和冯月的人。你们为了给我找媳妇，上了这俩骗子的当，让二老精神上受到很大伤害，经济上也受到很大损失，作为儿子我对不起你们。以后，请不要再为我的婚事操心了，我要陪你们过一辈子，直到给你们养老送终。

二

田有他们的金矿脉多日不放槽了，一直如筷子般粗细，既不断线，也不见阔儿，而含金量却很高，诱惑人继续追着它凿掌子。每天徒劳地打眼放炮清运废矿石，极大地考验并消磨着把式头田有的毅力和财力。

打好新一轮炮眼，田有按部就班忙活一番，点燃导火索引爆炸药，不等硝烟散尽，就来到掌头查看。金矿脉依旧紧夹在岩缝中间，没有任何放槽的迹象。田广和说，爸，咱们已经追一百多米了，金矿脉怎么还不放槽呀？田有说，只要金矿脉不断线，放槽见阔儿是早晚的事。田广和说，万一断了线，咱们可就白费劲了。田有很有把握地说，这条金矿脉走向平稳，粗细匀称，凭我的经验，应该不会断线。说着，田有招呼大家振奋起精神，继续干起来。但直到收了工，金矿脉还是没什么起色。

田有一行人出了废巷道，走在通往回家的山路上。王全盛远远地看见有辆警车停在前面三岔路口，不由得显出几分惊慌，蹲下身来紧着鞋带，眼睛却始终盯着那辆警车。

警车里下来一高一矮两个警察，确认田有身份后，矮个警察说，跟我们走一趟。田有说，哎，这是为啥呀？高个警察说，去了你就知道了。

不由分说，田有被请上警车。

田广和扒着车门问，我爸怎么了？你们总得给我一个理由吧。

警察理也不理，砰的一声关上车门。

大哑巴拦住警车去路，嘴里大声啊啊，不许警察带走父亲。

高个警察探出车窗警告说，让这个哑巴起开，不然把他也一起带走。

田广和、魏山河赶紧过去拉开大哑巴。

直到警车鸣响警笛开走了，王全盛这才跑过来，愤愤不平地说，这叫什么事呀，怎么能随随便便抓人呢？

听说田有被警察带走了，凤芹妈让田广和、田凤芹赶紧去找村干部打探情况。很快，二人回来了，村干部也不知道什么原因。

田广和说，妈，这会儿没外人，您分析分析，警察为啥要带走我爸？凤芹妈说，我估摸着，要犯事就犯在卖给算命先生那两块儿金疙瘩上。田广和惊讶地问，我爸卖私金儿了？凤芹妈叹了一口气，咳，经不住算命先生连哄带求，也是为了多卖几个钱。史翠珍说，我爸真是聪明一世，糊涂一时，国家明明有规定，炼出的金子必须卖给银行，不许私自买卖，这回恐怕吃不了兜着走。田凤芹说，嫂子，我听你的话，怎么有点儿不对味儿呀？史翠珍说，我这不是替爸着急嘛。凤芹妈说，哎呀，都到这会儿了，你们俩就别戗戗了！

史翠珍嘴上不再言声，心里却耿耿于怀。要不是公爹被警察带走露了馅儿，谁会想到他偷偷摸摸卖私金儿？得来的钱，黑不提白不提了。田广和也有些不满，卖私金儿的事，父亲跟他这个亲生儿子竟然一点儿没透露过。

警察带走把式头，啥时能够放出来，以后还能不能继续淘金，伙计们心里谁也没谱。看到王全盛把他那双旧皮鞋收进提包，牛大力说，你这皮鞋怎么还舍不得扔啊？王全盛说，这你就不懂了吧，有句老话儿说得好，穿旧鞋，放响屁，坐着牛车到姥姥家去，这是最舒服不过的了。侯子明说，你不会是收拾东西准备溜号儿吧？王全盛阴下脸说，猴子你这话是啥意思？侯子明直截了当地说，把式头如果一时半会儿回不来，你好拎上提包就开路啊。王全盛说，我是那种不仗义的人吗？我正想跟你们商量呢，明天咱们该上工还上工，该怎么干活还怎么干活，而且还得多干活。平日里把式头对咱们不薄，到了关键时刻，不能辜负了他。牛大力和小顺子立刻表示赞同。魏山河看了王全盛一眼，心说，想不到他还挺讲义气。侯子明说，你这话应该当面儿讲给把式头听，马屁就算掐到点儿上了。

第二天田有就被放了出来，果然是因卖私金儿犯的事，但警察带走田有的真正缘由是涉嫌一起命案。那个倒卖私金儿的算命先生被人拧断脖子，扔进一口枯井里，过了好多日子才被路人发现。有人反映被害人曾来田有家给人算过命，所以警察带走田有了解情况。田有如实讲了他卖给算命先生两块金疙瘩，而警方从被害人身上只发现用来称重量的戥子，并没发现金子。排除了杀人的嫌疑，交了卖私金儿的罚款，田有得以平安无事回到家。那么，到底是谁图财害命杀死了算命先生？至今仍是个无头案。

在掌子里干活的伙计们，看到田有回来上工了，都很高兴，虽然很想知道把式头被警察带走的原因，但谁也不好意思开口问。田有呢，自当啥事也没发生，带领人们继续凿掌子。过了一会儿，田广和终于憋不住劲了，悄声地问父亲，爸，警察叫您去，是不是为卖私金儿的事？田有嗯了一声，算是回答，再没多说一个字。从县公安局刑警队出来时，警察叮嘱田有，算命先生被害这件事，跟谁也不能透露，以免打草惊蛇，妨碍调查。但田广和的问话和田有的回答，恰恰被清运废矿石的王全盛听到了。

掌子又掘进了几米，金矿脉忽然发生了明显变化，由原来筷子一般细变得如小孩胳膊似的那么粗，而这正是“放槽”前的征兆。

田有刨下一些金矿砂，挑了块带有石英砂眼的矿石，砸碎了，开始叫金儿。人们围成一圈，将所有电石灯的光亮对准田有手里的叫金儿碗。水在碗和盆里流进流出，渐渐地，碗底里剩下些黑色的“底留”。田有将碗在手掌上灵巧地那么一抖又一斜，底留里显出六七个针尖大小的黄色物质。凭经验可以断定，这样的金矿砂，每吨含金量起码在三四十克以上。田有非常高兴，拿过撬棍，插进金矿脉与岩石的缝隙里，用力一撬，岩石哗啦啦塌下一大片，一个鸡窝槽徒然暴露在面前，惊喜得田有竟有些不知所措。他举着电石灯上上下下、仔仔细细查看一番，只见从地板到天棚，全是一水儿的金矿砂！

这是鸡窝槽！我们挖到大鸡窝槽了！田有高兴地喊起来，几十天的沮丧一扫而光。人们赶紧围过来观看，一个个喜出望外。田有说，怎么样，我早就说了，只要金矿脉不断线，一直追下去，放槽见阔儿是早晚的事。这就叫隔纸如隔山，倭瓜秧上结倭瓜。田广和笑了笑，要不说您是我老爸呢。王全盛又有了顺情说好话的机会，他说，所以呀，以后甭管啥事，听大叔的准没错。田有半开玩笑地说，那都还大眼儿瞪小眼儿看着干啥呀，赶紧抄家伙，铆足劲干吧。

人们嘻哈笑着，忙活起来。

金矿脉放了槽，就像农民辛苦一年，终于可以收获劳动的成果了。所以人们干起活来劲头十足，心情也十分舒畅。到临近收工时，从掌子里面运到废巷道里的金矿砂已经有很大一堆了。人们俩人一组，往帆布口袋里装着金矿砂，准备背到山外，让田凤芹赶着骡子驮回家。

田有忽然问儿子广和，叫金儿的家伙儿放哪儿了？

田广和说，您想干啥？

再叫叫金儿，心里踏实。

田广和说，金矿脉放槽前，您不是叫过了吗？

放槽以后光顾高兴了，还没叫过一次呢。

金矿脉含金量不低，金矿砂肯定也错不了。田广和一边说着，一边拿过帆布兜子，掏出叫金儿碗等家什儿，交给父亲。

田有挑了一块金矿砂，砸成粉末，放进碗里叫着。但碗里只有黑黑的“底留”，却不见一粒黄色的物质。田有用榔头对着碗底的矿粉研了研，将碗再次贴近水盆，随着水在碗和盆里流进流出，碗底里仍只有黑色的“底留”，而看不到他所渴望的那微小的金颗粒，连一粒也没有。田有的眉头皱紧了，脸上显出几分不安，倒掉这碗“底留”，重新叫了一碗，但依然如此。他抄起铁锨，铲去表层的金矿砂，从底部挑出一块带有石英砂眼的金矿石，砸碎后再次叫了一遍，碗底里仍然只有黑色的“底留”，不见一粒黄色的金子。

无疑，这是一个“空槽”！

田有的心情从浪尖忽悠一下子跌到谷底。

田广和不甘心，从父亲手里拿过叫金儿碗，一遍又一遍地叫着。

田有说，算了，别费劲了，再怎么叫，它也是个“空槽”。

田广和说，怎么会是“空槽”呢，金矿脉放槽前，含金量明明很高的啊。

田有深深叹了一口气，咱们都被它戏弄了，这堆东西根本就不是金矿砂，而是一文不值的“毛儿石”。说着，田有夺过儿子手里的叫金儿碗，狠狠地砸在地上，啪的一声，叫金儿碗被摔得粉碎……

回到家，田有沮丧得一个劲地喝闷酒。自打干上淘金，除了卖金子给银行得了几万块钱，就没有一件顺顺当当的事。凤芹妈旧病复发，住院治疗。女儿凤兰服下苦杏仁，自杀未遂。哑巴儿子被放鹰儿的冯贵和冯月骗婚，落个人财两空。算命先生死得不明不白，虽说自己摆脱了干系，但因卖私金儿被罚了款。沿着金矿脉凿了一百多米掌子，好不容易“放槽”了，却是个最背运最晦气最懊丧的“空槽”。所有这些，耗费了大把大把的票子。而眼下，又该给伙计们发工资了，也又该去买炸药了，还有十几张嘴巴每天等着要吃饭。这桩桩件件，哪样不都得他这个一家之主和淘金把式头来操心？然而，家里可支配的钱，实在是不多了。好在家里还存有十几袋子碾压好的金矿粉，等炼出金子卖了，多少还能支撑一阵子。想到这，田有打定主意，豁出老命再赌上它一把。如果以后金矿脉仍不放槽见阔儿，只能怪老天爷不长眼，自己没有淘金发财的命。那么，就只好辞退雇工，鸣金收兵了。

当天晚上，田有和凤芹妈把每个伙计的工钱数出来，放进信封里。

凤芹妈说，这工钱，晚些日子发给伙计们行吗？田有说，这可不行，当初就说好了的，工钱一天不能拖，一分钱也不能少。凤芹妈说，咱们家底儿快要空了，连买炸药的钱都不够了。田有说，炸药还够使几天的，等用完了再想办法。凤芹妈说，我倒是替你想了个办法。田有说，哦，有啥好办法？凤芹妈说，我跟儿女们已经打了招呼，准备把卖金子分的钱先要回来，等以后有了再还给他们。田有说，儿女们跟着我没少受累，如果要回钱，他们嘴上不会说啥，心里肯定不高兴，特别是翠珍那张厉害嘴，又该说闲话了。凤芹妈愣了一下，沉下脸说，谁说闲话，她都不应该说闲话。田有看了凤芹妈一眼，问道，我听着，你怎么像是话里有话呀？凤芹妈话到嘴边，又咽了回去，算了，没什么，我只是随便一说。

今天上午，热闹儿交给奶奶一个用手绢做的小花布口袋。凤芹妈打开一看，不禁惊呆了，里面装有几十粒碎金子，大的如黄豆，小的如米粒，上下掂了掂，足够一两多。早在个把月以前，凤芹妈就看见碾压金矿粉的史翠珍往衣兜里藏东西，见到婆婆，脸上显得很慌乱。当时，凤芹妈并没在意。今儿总算闹明白了，儿媳妇偷偷摸摸藏起来的竟是碎金子。

凤芹妈问孙子，你在哪儿发现的？热闹儿说，在我妈睡觉的枕头里。

原来，热闹儿踩着枕头去给贴在炕墙上的大美人画胡子，觉得脚心硌了一下，撤去枕头外套，发现有个小布口袋，便拿来给奶奶看。热闹儿问，奶奶，这是啥东西呀？凤芹妈说，别管是啥，你从哪儿拿的，咱们还把它放回哪儿去。

史翠珍上山收柿子去了，田广和夫妇的住屋里空无一人。凤芹妈把小花布口袋重新放回史翠珍的枕套里，然后叮嘱孙子，这事以后不许告诉任何人。热闹儿问，跟我妈也不能说吗？凤芹妈说，跟你妈你爸都不能说。热闹儿问，为啥呀？凤芹妈说，因为这是咱们俩的秘密，我们要保守这个秘密，你说是不是？热闹儿点点头，说那好吧，我听奶奶的。

对史翠珍借碾压金矿砂之机，私下偷藏碎金子这件事，尽管凤芹妈很生气，甚至有些寒心，但她会一直烂在肚子里。不然，一旦抖搂出来，史翠珍的面子就算丢尽了，还有啥资格管教孩子，日后还怎么有脸做人？另外，儿子广和也会在家人面前抬不起头。正因为如此，当田有提到史翠珍会说闲话时，凤芹妈意识到自己说走嘴了，便赶紧遮掩过去。

田广和听母亲说准备把卖金子分的钱要回去，他并没有反对，只是说跟媳妇商量商量。田广和知道，这要让把家虎儿似的史翠珍同意，肯定很难。所以到了夜里，等热闹儿熟睡以后，他就钻进媳妇的被窝，先温习了一遍功课，然后趁着史翠珍高兴，便把拿出钱帮助家里渡过难关的事说了。

史翠珍一听，顿时就瞪大眼睛，没门儿！谁也别想打那钱的主意，没听说把拉出的屎又坐回去的。田广和解释说，又不是让咱们白退回去，等赶明儿挖到金矿砂，爸妈会把钱连本带息还给咱们。史翠珍说，这是你爸出的馊主意吧？田广和说，不是，是妈跟我打了声招呼。史翠珍说，得得得，你给我打住吧。以后要是挖不到金矿砂，闹个竹篮打水，血本无归，那钱不就白扔了？田广和说，不可能白扔，爸说了，金矿脉放槽见阔儿是早晚的事。史翠珍说，晚了，分的那钱，我借给热闹儿他舅舅盖房子了。田广和说，嘿，你这人可真行，借钱给别人，怎么也不跟我说一声呀？史翠珍说，废话，跟你说了，你会同意借吗？

忽然，田广和觉得枕头里有什么东西硌了下脑袋，抽出来一看，是个小花布口袋，里面装有大大小小几十粒碎金子。田广和惊诧地问，这是从哪儿弄来的？史翠珍知道瞒不住了，只好实话实说。田广和说，你这么做，是不是太黑了？史翠珍说，啥黑不黑、红不红的，淘金本来就是没谱的事儿，以后要是赔个底儿掉，哭都不知道找谁哭去，我这是为了你、我和咱们儿子留的一手儿。田广和说，你留的这一手儿，要是让爸妈知道了，他们不定会多寒心呢。史翠珍说，你不说，我不说，他们怎么会知道呢？再说了，许他们长辈儿偷偷摸摸卖私金儿，就不许我们晚辈儿做一点儿手脚？田广和说，没有不透风的墙，万一传出去，你我的脸面往哪儿搁呀？史翠珍说，哎呀好了，你就把心放肚子里吧，即便爸妈他们听到什么风声，你媳妇我也有主意对付，不会让你吃挂落儿的。

说着，史翠珍爬到田广和身上，好一阵亲昵。田广和搂紧了媳妇，同时也默许了史翠珍偷拿碎金子的行为。

三

清理完“空槽”里以假乱真的“毛儿石”，夹在岩石缝隙里的金矿脉不仅没断线，含金量又鬼使神差地变得很高了。是继续追着金矿脉凿掌子，还是另外寻找一条新的金矿脉？抱着最后一搏想法的田有思来想去，举棋不定。

这时，人们发现一只小白耗子贴着岩壁急速跑了过去。小顺子说，大爷，您不是说过，哪儿有小白耗子，哪儿的金矿砂就旺吗？

人在走投无路的时候，往往就选择了迷信。小白耗子的出现，促使田有拿定主意，顺着这条金矿脉追下去，不管结果如何，成败在此一举。于是，田有抄起钢钎和手锤，在掌头上叮叮当当凿起炮眼。伙计们看得出，把式头在拼老命了，一个个铆足劲儿干活，谁也不敢怠慢。

然而，一连数天都是白干。掌子向纵深又掘进了几十米，那引道的金矿脉仍只有筷子般粗细，“放槽”依然遥遥无期。

收了工，走出废巷道，被迎面刮来的山风一吹，田有剧烈地咳嗽起来，胸腔里发出空空的声响，上气不接下气，憋得满脸通红。田广和赶紧过来捶了捶父亲弯成虾米似的后背。田有吐出一口浓痰，痰里分明带着红红的血丝。

田广和心疼地说，爸，您明天别来上工了，在家好好歇两天，有我带着大家干活就行了。田有没接儿子的话茬，说，你们先回家吧，我坐这儿歇歇再走。田广和要留下来陪父亲，但田有执意想一个人待会儿。

看着两个儿子和伙计们沿着小路走下山，田有一屁股坐在山坡上。他哭了，却没有声，任凭泪水在老脸上尽情地流淌。是因为年岁大了，眼窝子浅了，情感脆弱了，还是因为捉摸不定的金矿脉几乎耗尽了他的精力和财力，一次次的希望变成了一次次的失望，使他的心灵受到极大的伤害和愚弄？怎么鼻子一酸，忍不住就哭了呢？田有抹了把眼泪，苦笑一声。

家里存的十几袋子金矿粉，已炼成金子，卖给银行得来的钱，全部买了炸药，而如今炸药又已快用完了。以后怎么办？田有得好好盘算盘算了。如果继续干下去，除非向银行贷款，不然没有炸药，仅靠人工凿掌子，恐怕寸步难行。可是贷了款，又怎么敢肯定金矿脉能放槽？到头来，说不准真得抽柁扒檩出溜瓦抵债不可。难道就这样散伙算了，向那丧尽天良的金牛坨大山认输了？不，还不能！这两个多月来，虽说吃苦受累，操心费力，可细想起来，这些日子比以往几十年过得都有滋有味有盼头，再也不用听谁指手画脚、吆三喊四，是正儿八经用心去过的，是按自己的想法去奔的。干下去！不到用光最后一管炸药，就一直沿着金矿脉凿掌子！即便这一线希望再次落了空，那只能说命该如此，赶明儿有一天躺进棺材，也算安心了。

想到这，田有的心情反倒踏实下来。剩下的炸药还够干两三天的，那就再干它两三天，如果金矿脉仍不放槽，就请伙计们吃顿散伙饭，结清所有工钱，让他们各回各的家。

两天很快过去了，金矿脉依然没有放槽。经“叫金儿”验证，矿砂的含金量更高了，似乎故意诱惑着田有沿着它追下去。但田有不想被它诱惑了，也经不起诱惑了。这天上工来，田有在废巷道里转转悠悠，没事找事地干点这、干点那，始终没有迈进掌子一步。他不愿看到自己失败的结局，他恨死这个挫败了他全部锐气的黑窟窿，恨死这个吞掉了他全部钱财的无底洞。

收了工，田有邀伙计们围坐在摆满了丰盛菜肴的炕桌前，将五个装有工钱的信封平摊在桌子上，说道，这是上个月的工钱，你们都收好吧。

五个伙计一人拿起一份，装进衣兜里。

田有若无其事地招呼道，来来来，大家筷子别闲着，嘴巴也别闲着，今儿的粉条炖肉管够。

王全盛觉得有些奇怪，大叔，这不年不节的，您为啥这么招待我们呀？

田有怕讲了实话，大家心里不痛快，再好的饭菜吃着也不香，便谎说，中秋节时，活儿太忙，没顾得上给你们过，今天就算补过节了。

牛大力夹起一块炖肉放进嘴里，连连说，大妈炖的肉就是好吃，肥的不腻嘴，瘦的不塞牙。

侯子明说，你老牛除了吃，还知道自己姓啥不？

牛大力还击道，姓牛姓马姓朱姓啥都行，反正不能姓猴子。

魏山河似乎猜到什么，试探地问，大叔，您今儿是不是有啥事呀？

田有顿了一下，说，来，都端起酒盅，干了这杯，我跟你们有话说。

六盏酒盅碰在一起，六个人一饮而尽。

田有给伙计们一一满上酒，平心静气地说，这两个月来，你们跟我吃苦受累，担惊受怕，让干啥干啥，没少卖力气，如果我有哪些说得不对、做得不妥的地方，还请你们多担待。

王全盛嗅出田有话里的味道，大叔，您说这话啥意思？

田有用平缓的语气道出一个让伙计们大为惊讶的消息，他说，吃完这顿饭，咱们就散伙吧。

小顺子急忙问，大爷您不想雇我们了？

田有说，不是我不想雇你们，是我实在雇不起你们了。

听田有这么一说，小顺子心里立刻觉得没着没落。到这儿做工以来，他感受到家的温暖和亲人般的疼爱。如果回了家，等待他的必将是后妈的谩骂。

牛大力说，大叔您不是总跟我们讲，淘金就像倭瓜秧上结倭瓜，只要沿着金矿脉追下去，就能摘到金倭瓜吗？其实，牛大力心里想的是，若真散了伙，上哪儿去找这种天天都吃现成饭，每月都能按时领工钱的活呀。但话说出口，就变成了对田有的鼓励。

田有说，现在我也认为，金矿脉早晚能放槽见阔儿，可那得有嘎嘎响的票子撑腰。实话跟你们说吧，我连买炸药的钱都拿不出来了，没有炸药，怎么凿掌子追金矿脉呀？

魏山河倒不在乎做不做淘金工，他早晚要走出大山去闯世界。但因为与田凤兰和田凤芹的关系，他不忍心看着田有败下阵来。他说，大叔，您作为淘金把式头，难道就这样低头认输了？

田有无奈地说，不低头认输，又能怎么办？

魏山河说，大洋驴那拨儿人，可正等着看您的笑话呢。

田有说，想看就看吧，钱袋子不给劲，我真是没辙了。

小顺子带着哭腔说，大爷，咱们不散伙行吗？

田有说，别难过，等以后有了钱，我再把你们请回来。

还等以后干啥呀，现在就有钱。说着，王全盛掏出刚刚揣进衣兜的信封，推到田有面前，大叔，咱还不至于走到散伙这一步，您就自当晚发几天工钱，我们谁也不会说什么的。

田有把信封又推给王全盛，说道，不行，我早就打过保票，给你们的工钱一天也不能耽误。

这不是遇到特殊情况了吗。王全盛拿起信封塞在田有手上，说等啥时挖到金子，您啥时再给我们工钱不就得了。

田有掂量着手里的信封，知道这份情意不轻，他说，淘金这事没个准儿，戏弄起人来最无情，谁知道金矿脉啥时能见阔儿呀？

王全盛说，不管啥时见阔儿，您就大胆地带我们赌一把。田有说，要是赌输了，我拿啥还你们的工钱？王全盛说，要是赌赢了，您不就有钱了吗？

说话间，魏山河、牛大力、小顺子也纷纷掏出信封，放到田有面前。

田有说，小顺子，你的我坚决不能要，抽工夫把这钱送回家去，不然你后妈又该找你闹来了。小顺子说，这钱您无论如何也得收下，您对我那么好，我不能没有良心。

王全盛扯了把一直低头不语的侯子明，猴子，你也表个态吧。

侯子明眨巴眨巴小眼睛，脸上显出几分难色，他说，大叔，其实我也特想帮您一把，可……可我早就跟对象讲好了，等拿到这个月的工钱就回家跟她结婚。所以大叔，真是对不住您了，明天我就走，以后也不打算再回来了。

田有说，没关系，明天你想走就走吧，我也不好意思再挽留你了。按理说，我应该备份儿礼才对，可现在，大叔只有真诚地祝福你和侄媳妇白头到老了。来，大叔跟你干一个，就算是提前喝你的喜酒了。

侯子明眼圈红了，说，谢谢大叔。

田有和侯子明端起各自酒盅碰了下，一口干了，竟然喝出些悲壮的意味来。小顺子抄起瓶子给二人的酒盅里满上酒。

田有看着摆在眼前的信封，说，你们这样仗义，让我真不知说啥好了。

王全盛说，听人劝，吃饱饭，大叔您就听我们一回。

魏山河说，对，大叔，您别犹豫了，带着我们继续干吧。

田有感激地说，那就谢谢大家了。如果以后淘到金子，我会连本带息把钱还给你们。如果淘不到金子，我就是拆房卖瓦，也不会赖账的。

本来是一顿散伙饭，却变成了把式头和伙计们的一次情感交流。

然而，人有情，山无情。

过了十来天，用伙计们工钱买的炸药眼看又快用光了。金矿脉像是存心挑逗田有，含金量仍然很高，但就是不放槽。田有把剩余的七八管炸药全部装进一排炮眼里。他想好了，放完最后这一炮，金矿脉如果还是不见阔儿，他扭头就回家，从此远远地离开它，再也不干淘金这行当。金子这东西，就像浪荡的娘儿们，太诱惑人，太戏弄人，也太没良心了。

装完炸药，点燃导火索，田有跑出掌子，同俩儿子和四个伙计躲在废巷道外。片刻，传来轰隆隆一阵惊天动地的爆炸声，一股强大的气浪裹着滚滚烟尘，呼啸着冲出掌子口，硫黄的气味呛得人们不断打喷嚏。

田有点燃一支烟，慢慢地抽着。此时此刻，田有和伙计们对金矿脉都已不抱任何幻想了。坐下来等着硝烟散尽后，进入掌子里最后再查看一番，无非是为了把淘金这件事画个句号。

田有招呼伙计们坐到他面前，心情沉重地说，明天，你们几个就都各奔前程吧，甭管做啥也比在我这儿有出息。你们借我的钱，尽管放心，我一定想办法尽快还给你们，绝不会死皮赖脸拖着。然后又对儿子广和说，等硝烟散得差不多了，你带着他们到掌子里收拾起工具，咱们回家吧。

魏山河、王全盛、小顺子、牛大力这四个淘金工，听到田有这番话，面面相觑，显得很沮丧。

王全盛说，大叔，真是对不起，本来我们几个是想帮您一把，让淘金的事儿继续做下去，指望着能摘个大金倭瓜。可到头来，不仅没给您帮上忙，反倒让您背上债了。牛大力说，是呀，这让我们心里怪不落忍的。田有说，话不能这么说，我知道你们都是好心，到啥时候我都领这个情。魏山河说，您不用太悲观，即便做不成淘金，也还可以干别的，现在政策放宽了，赚钱机会多的是。王全盛说，凭大叔的精明和为人，以后准能干成大事。田有苦笑一声，说，好了，谢谢你们安慰我，等以后我真干成了什么大事，一定还把你们请回来，就看咱们爷儿几个有没有这个缘分了。

小顺子心里很难受，一直没说话，眼泪始终在眼眶里打转儿。待到硝烟渐渐散去，他拎起电石灯走进掌子。不一会儿，便慌慌张张地跑出来，喊道，大爷，我看见掌子里有条蛇！

田有一怔，愣在那里，心里仅存的那一点点希望彻底破灭了。自古就有一句话，淘金人遇到蛇，散伙回家骂老婆。真是倒霉到家了，越忌讳啥，越偏偏碰见啥。

田广和问，蛇在哪儿呀？小顺子说，在刚才放炮的掌头上吊着呢。田广和拉起小顺子走进掌子。

田有站起身准备回家，眼前忽然一阵发黑，身子不由地晃了晃。魏山河赶紧上前扶住田有，大叔，您没事儿吧？田有闭上眼睛定定神，这才慢慢缓过劲来，说道，放心，没事儿。

这时，田广和跑出掌子口，爸，您进来瞧瞧，好像不是蛇。

田有再也不想走进掌子，说它爱是啥是啥，我回家了。

田广和拉住父亲胳膊，爸，您进掌子瞧一眼，再回家也不迟。

田有说，还有啥可瞧的，越瞧我越心寒。

田广和说，今儿您就听我一回行不行啊?!

田有被儿子广和拉到掌头。

小顺子指着天棚说，大爷您瞧，蛇就在那儿吊着呢。

田有顺着小顺子所指的方向仰脸看去，只见天棚上吊着个二尺多长如大拇指粗的东西，忽忽悠悠，颤颤巍巍。田有似乎意识到了什么，本来已经放松的那根神经又一下子绷紧了。他举着电石灯凑向前，贴近那东西仔细看，奓着胆子伸手摸了摸，感觉硬硬的、凉凉的，抹去潮湿的泥土，露出金黄色的光。田有顿时惊得目瞪口呆，心里怦怦乱跳，手一松，电石灯掉在地上，两条腿越来越发软，身子不由得慢慢地往下沉。

小顺子和田广和见状，赶紧过去搀住田有。

田广和问，爸，您这是怎么了?

田有瞪大眼睛张着嘴，浑身不断地颤抖，激动得一句话也说不上来。

小顺子说，怎么了大爷，您说话呀!

田有哆哆嗦嗦地说，我们……我们……

田广和说，爸您别着急，慢慢说。

田有的舌头僵硬得打不过弯儿，像是喝醉了酒，反反复复只说着三个字，挖到了……挖到了……挖到了……

田广和说，挖到啥了，爸?

田有抬起手，指着吊在天棚上那蛇一样的东西，喃喃地说，我们……我们挖到……挖到纯金蛇了!

田广和惊呆了，啊，纯金蛇?您是说我们挖到纯金蛇了?

田有点点头，一串哈喇子从嘴角流出来。

小顺子高兴地喊道，噢，太好喽，我们挖到纯金蛇喽！

田广和、小顺子拎着电石灯走上前，仰着脑袋仔细看那纯金蛇。

田有双腿一软，瘫坐在地，双手捂脸，号啕大哭，就像一个在外面挨了欺负，心里受到莫大委屈，回到家见了母亲的孩子。

第十章　炕桌成为两个被窝的分水岭

一

采到淘金人千载难逢的纯金蛇，田有再也不敢偷偷摸摸卖私金儿了，而是规规矩矩交售给国家银行。对此，田有向外界严格保密，心里偷着乐，对谁也不说。要知道，气人有，笑人无，这是人近似本能的一种心态。特别是如今这个一切向钱看的年代，倘若谁先富起来，人们的反应往往先是羡慕，后是嫉妒，接下来就是恨了——恨别人，恨自己，恨社会。

田有本来不想露富，唯恐招来嫉恨。可谁知收金子的那家银行有个职员与几个朋友喝酒时，把田有采到纯金蛇的事，当作谈资泄露出去。喝酒的人里恰好有位县广播站记者，把这消息写成一篇广播稿，经安装在各家各户的小喇叭一嚷嚷，从穿开裆裤的孩童到七八十岁的老者，全县几乎所有人都知道了。这条纯金蛇到底卖了多少钱，一时成为人们津津乐道的话题。有说几万的，有说十几万的，甚至也有说几十万的，就像击鼓传花的游戏，越传越邪乎。尤其金牛坨村的乡亲们，只要见到田有，就免不了问起。田有呢，总是嘿嘿一笑，避而不谈，再不就搪塞一句，有空儿到家喝酒去。

不管人们风传的数额是多是少，是真是假，反正田有偿还了伙计们的工钱，赏给一人一份奖金，又分给家人各一万元之后，剩余的钱还够凿几百米掌子，即便金矿脉半年不放槽见阔儿，也不会因缺少资金而发愁了。

田有这次给家人分钱与上次有所不同，按的是人头儿，所以热闹儿也分得一份。但史翠珍并不满足。分钱的当晚，史翠珍就把心里的不快向田广和道了出来，她说，一人才分一万块，跟打发要饭的似的。田广和说，爸留着钱是为了以后淘金用，省得到时候再为钱的事嘬瘪子。史翠珍说，哼，我这回算是知道了，再怎么累死累活地干，顶多也就是个扛长活的。田广和说，你放心吧，我心里有数，咱们亏不着。史翠珍说，还亏不着呢，你就傻吧你！田广和说，傻人有傻福。史翠珍说，有啥福？豆腐！田广和说，豆腐也是正经粮食，吃饱了照样不饿。史翠珍打了田广和一巴掌，你今儿嘴怎这么贫呀？田广和说，今儿不是分钱了嘛，我高兴。史翠珍说，纯金蛇卖了那么多钱，就匀点儿肥汤给咱们喝，你还有啥可高兴的呀？田广和半遮半掩地说，许你藏碎金子，就不许我也随手捞点儿？史翠珍听到这话，立刻来了精神，问道，莫非你也留了一手？田广和刚想要说什么，又忽然打住。

俗话说，做贼要单，捉奸要双。况且史翠珍是个肚子里藏不住话的人，万一哪天她没憋住，说漏了嘴，麻烦可就大了。所以，田广和话到嘴边，打了个滚儿，又咽了回去，改口跟老婆说，留啥一手呀，我逗你玩儿呢。

第二天早晨，田有一行人走在通往金牛坨的山路上，匆匆的脚步蹚起满地的落叶，发出阵阵哗啦哗啦的声响。太阳从东山顶露出头，给深秋的淘金谷披上一层绚丽的霞光。墨绿的松柏，金黄的山草，岩石上一块块黑褐的青苔，低洼处一片片白白的芦苇，还有零零星星挂在树梢上的火红柿子，使得这条山谷不仅色彩斑斓，而且充满了灵气。

田广和拉了一把王全盛衣袖，示意他慢些走。王全盛心领神会，放慢了脚步。田广和将用废报纸包裹的一叠钱迅速塞进王全盛衣兜里，压低嗓音说，一点儿小意思，你别嫌少。王全盛明白田广和的用意，悄声说，你这是干啥呀，咱哥儿俩谁跟谁呀，还用得着这一套吗？说着，王全盛掏出纸包，同样迅速地塞回田广和衣兜。

那天，在掌头天棚上意外发现了纯金蛇，绝处逢生的田有激动得只顾瘫坐在地，号啕大哭了，是田广和、王全盛上前取下纯金蛇。田有双手托着纯金蛇走出掌子，人们也随之而去。无意间，王全盛回头看了一眼天棚，想不到却有惊人的发现，只见从取下纯金蛇留下的那个洞眼里，又露出一截金子，这是那条纯金蛇的“蛇根”。田广和先是察觉到王全盛脸上惊异的表情，然后顺着他的目光望去，惊讶得不禁睁大了眼睛。王全盛回到天棚下，抬手一扯，“蛇根”便出来了，有两寸多长，手指般粗细。王全盛毫不犹豫地将“蛇根”放进田广和衣兜里。田广和、王全盛相互看了一眼，都明白了对方是什么意思。

今天，田广和将裹有相当于一个月工钱的纸包犒劳给王全盛，目的就是封住他的嘴。田广和再次把纸包塞进王全盛衣兜，没听他再拒绝，这才放心了。王全盛说，其实你不给我一个子儿，我也不会把秘密泄露出去的。你和弟妹为淘金做的贡献最大，那根儿小东西本该是你的。再说了，你上有老，下有小，中间有媳妇，活着不容易，想花几个钱还得伸着巴掌朝父母要、朝媳妇要，作为老爷们儿多没面子呀。田广和说，王大哥替我想得真周到，还望以后……不等田广和说完，王全盛抢过话茬儿说，你就放心吧，我绝不会让第三个人知道的。不过，你也得把这事烂在肚子里，到啥时候都不能把我给抖搂出去。田广和说，哪儿能呀，我感谢你还感谢不过来呢。

二人加快了步伐，到临进废巷道之前追赶上了田有他们。

采到纯金蛇后，凿了不长的一段掌子，金矿脉就放槽了。虽说是个小鸡窝槽，金矿砂储量仅够装满一两个帆布口袋，但含金量却极高。这是淘金人最喜欢的那种“小而富”的矿，不仅省去驮运、碾压、拉溜等工时，节约了许多费用，同时也不显山不露水，免得惹人眼红，招来麻烦。

今天上工来，干到中午时分，田广和捧着一把金矿砂走出掌子，告诉父亲金矿脉又放槽了。田有抄起“叫金儿”的家什，对这窝金矿砂进行验证，在碗底黑色“底留”里，显出十几粒像针尖一样的金黄色物质，其中有一个竟如稻粒般大小。田有捏起“稻粒”，放在上下槽牙之间，使劲一咬，然后吐在手心里，原本鼓溜溜的“稻粒”变成跟瘪臭虫似的了。

没错，肯定是金子！田有很有把握地说。

田广和问，爸您估计估计，含金量有多少啊？

田有说，如果每碗都能像这样，起码在百十克以上。

田广和显得很高兴，但有一点不明白，说，原来凿那么长的掌子，金矿脉也不放槽，现在为啥接二连三地放槽见阔儿呢？

田有想了想，说，咱们很可能遇到“珍珠串”了。走，进去瞧瞧。

说罢，田有父子俩一前一后走进掌子里。

所谓“珍珠串”，如同“倭瓜秧上结倭瓜”一样，是淘金人对一窝连一窝的金矿砂由金矿脉串起来的形象比喻。田有在破嘴山金矿做工时，曾听老工人说过这种奇特的现象，但从未遇见过。难道这回真的要让田有开开眼界，见识见识？

果然，此后一连几天，天天都能挖到一个小鸡窝槽，天天都能采到一两口袋金矿砂。槽与槽的距离相隔很近，长的不过五六米，短的甚至只有三四米。这对淘金人来说，简直就像捅破一层窗户纸那么容易。而“珍珠串”每个小鸡窝槽里的金矿砂含金量都很高，少则五六十克，多则百八十克。

这天收了工，田有他们将采到的两口袋金矿砂放到骡子驮架上，有说有笑地下了山。田凤芹边赶着骡子边唱起那首“月亮走啊我也走”的民歌，并不时深情地向魏山河瞟上一眼。

把式头淘金处于绝境，伙计们主动退回工钱，使得田有最终挖到可遇不可求的纯金蛇，这其中自然有魏山河一份功劳。昨天晚上约会时，田凤芹把这层意思讲给魏山河听。魏山河不以为然地说，我岂敢贪天功为己有啊，那是大叔好人有好命。田凤芹对心中白马王子的人品越加佩服了。

悄没声地坐在山坡栗子树旁的田宝，居高临下看着满载而归的田有一行人沿着山路走远了，起身倒掉背篓里的草药，背上背篓走向不远处的废巷道出入口。藏在背篓里的一支手电筒，骨碌骨碌地滚来滚去。这时，大洋驴等人背着帆布口袋从废巷道里走出来。田宝赶紧躲在一块岩石后面。

大洋驴和丑子一伙儿人坐在路旁歇息，尽管每人都采到一口袋金矿砂，但却没了往日的欢颜。大洋驴骂道，妈的，背一千袋子金矿砂，也不如田有老小子挖到一根儿纯金蛇值钱。丑子酸不溜丢地说，是呀，这千载难逢的好事，让田有瞎猫碰上死耗子了。大洋驴说，不行，不能就这么便宜了他。丑子撺掇说，怎么着，你还想分他一半儿？大洋驴说，当初他要是答应我入伙儿，可不就得分我一半儿吗。丑子说，人家不是没答应你吗。大洋驴又旧话重提，说要不是我们家二丫头一泡尿冲出块儿金矿石，他田有怎么会想到淘金呢？丑子说，算了，说起这个你就嘴起泡、尿黄尿，着急上火。大洋驴照着帆布口袋狠狠踹了几脚，一是发泄心中的愤怒，二是免得金矿砂硌后背。

待大洋驴等一伙儿人背起帆布口袋下了山，田宝从岩石后面闪出身来，走进废巷道里。

到了家，大洋驴逼着田凤兰回娘家向田有要钱，说你爸挖出的那根儿纯金蛇，卖老鼻子钱了，你是他大闺女，理该分一份儿。

田凤兰说，还用你瞎操心，爸妈已经分给我一份儿了。

大洋驴听了一惊，你为啥不早告诉我？

我凭啥要告诉你？

怎么也应该分给我一份儿吧。

你脸上哪儿写着“应该”俩字呢？

我正经是田家大姑爷，没有我，你爸能想到淘金吗？能挖到纯金蛇吗？能有腰缠万贯的今天吗？

整天嚼来嚼去就这两句话，你还能说点儿新鲜的不？

啧，兜儿里刚揣几个臭钱，跟我说话就不客气了。

以前我跟你说话倒是客气呢，可你总觉得我软弱可欺。

你别跟啄木鸟似的光嘴硬，有能耐生出个孩子来，算我没白费劲，也证明你不是个废物点心。

你才是废物点心呢！

大洋驴举起手，威胁说，你再敢顶嘴，小心我抽你！

田凤兰不像以往那样躲闪了，说你打，你打呀，你再敢动我一下，我就告诉凤芹，让她替我整治你。

你搬出小姨子来吓唬谁呀？把我逼急了，连她和你一块儿揍。大洋驴嘴上说不怕田凤芹，但还是缓缓放下手。

第二天傍晚，田凤芹正在铁丝上晾衣服，看见大洋驴拎着大包小包的礼品走进院子，贬损地说，哎哟哟，这是谁呀，你走错门了吧？大洋驴说，我来看看老丈人、丈母娘，怎么着，不允许呀？田凤芹上下打量了打量，说这真是一日不见，刮目相看，自从吃了我的洋蝲子，你这小嘴儿学得够乖的呀。大洋驴嬉皮笑脸地说，小姨子的话一句顶一万句，我当然得要乖乖儿地听了。田凤芹说，就怕你跟馋嘴驴似的，只记吃，不记打。大洋驴绷起脸，装作生气地说，大姑娘家家的，以后跟我说话文明点儿行不？田凤芹呸了一声，说你咳嗽你还喘起来了，管好你自己吧！

这时，凤芹妈走出北房堂屋。大洋驴举着礼物迎上前，妈，我看你们二老来了，我爸在家吧？凤芹妈说，在，刚收工回来。

不管过去有多少成见和矛盾，女婿拎着礼物登门拜访，先不说出于什么目的，起码证明了一种态度，所以不好将其拒之门外。田有吩咐凤芹妈多炒几个菜，留下大洋驴在家吃晚饭。

翁婿俩面对面盘腿坐在炕桌两旁，大洋驴主动给老丈人酒盅里满上酒。田有问道，咱爷儿俩有多长日子没在一起喝酒了？大洋驴想了想，说大概有好几年了吧。田有说，你忘了，我可记得真真儿的。自从凤兰被你打得鼻青脸肿那天起，我就发誓再也不跟你小子喝酒，这过去差不多得有四年了。

大洋驴做好了被田有训斥的心理准备，连忙认错说，都怪我浑蛋不懂事，爸您千万别跟我一般见识。田有说，我要跟你一般见识，今儿就不会请你喝酒了。大洋驴说，那是那是，您大人不记小人过，宰相肚子里能撑船。田有说，你别想拿好听的话儿灌晕我，来，先干一个再说。大洋驴端起酒盅与老丈人碰了碰杯，二人一饮而尽。

家里其他人围在堂屋桌子前吃饭。田有和大洋驴说话的声音，不时从两间一明的东屋里传出来。田凤芹说，想不到我爸今儿肯和大洋驴一起喝酒。凤芹妈说，冤家宜解不宜结，还不都是为了你凤兰姐好。史翠珍插话说，当官儿的还不打送礼的呢。田凤芹说，嫂子，咱能不那么庸俗吗？史翠珍说，这怎么叫庸俗啊？田凤芹说，爸又不是当官儿的，大洋驴再怎么拍马屁，也不能给他个一官半职。史翠珍没好气地说，给他一大把钱不是更好吗！田凤芹说，钱是爸冒着危险挣来的，他愿意给谁都行，谁也管不着。史翠珍说，噢，我整天辛辛苦苦碾金矿砂，难道就都不算数了？见到姑嫂俩又戗戗起来，凤芹妈赶忙解劝道，得了得了，都少说两句吧。田广和也随声附和，你们俩怎么到一块儿就掐呀？田凤芹和史翠珍便都不再言声。

一瓶二锅头喝下肚，田有和大洋驴都有了些醉意。田有又打开一瓶酒，放到炕桌上，说咱们打开天窗说亮话吧，你今儿是不是冲着我卖纯金蛇的钱来的？大洋驴被老丈人一语道破天机，尴尬地笑了笑，爸，瞧您这话说的，我有那么贪得无厌吗？我今儿来，主要目的是恭喜您发财。田有说，那我就谢谢了，你接着往下说。大洋驴一愣，我……我还说啥？田有说，你主要目的说了，次要目的是啥呀？大洋驴说，爸，其实我不说，您心里也清楚。田有故意装糊涂，说，我心里不清楚。大洋驴说，好，那我就直说了吧，您给全家每人分了一份儿钱，是不是也给我留着一份儿呢？田有说，算你猜对了，确实给你备了一份儿。大洋驴顿时心花怒放，说，我就知道您不会忘了我这个姑爷。

田有起身下炕，从板柜里拿出一个厚厚的信封，但没有交给大洋驴，而是放在屁股底下坐着。田有说，给你这份儿钱之前，有几句话我得先问问你。

大洋驴往炕桌前凑了凑，说，有啥话您尽管问。

田有问道，你还说不说，没我这个臭鸡蛋，就不信做不成槽子糕了？

大洋驴怔了一下，立刻换作笑脸说，我那是气话，您别当真。当然了，就算是气话，也不该这么说，我认罚。说完，大洋驴端起酒盅，一口干了。

田有又问，你还说不说，我六亲不认，做事太绝，不为自己留条后路了？

大洋驴说，爸，连这话您也记着呢？都怪我一时犯浑，胡说八道，您别往心里去，我再自罚一盅。大洋驴给自己满上酒，又干了一盅。

田有说，我还得要问你，你还说不说……大洋驴打断田有的话，说，我的好爸爸，您还记得我说过啥错话，干脆都一块儿抖搂出来，省得一句一句问，这多麻烦呀。田有拉下脸说，怎么着，刚说几句，你就不耐烦了？大洋驴说，不是我不耐烦，话说完就过去了，可您总记在心里，这也太爱记仇儿了吧？

是你的话太让我伤心了！田有将酒盅蹾在炕桌上，酒滴横飞四溅，像掉进油锅里的水珠，吓了大洋驴一跳。田有说，要是别人甩出那些混账话也就算了，可你是我女婿，你的每一句话，都像一把刀子扎在我心上，疼得我经常整宿整宿睡不着觉。大洋驴说，您还想让我怎么样啊？我这不是一个劲儿给您点头哈腰承认错误吗？田有说，光嘴上认错不行，你必须洗心革面，痛改前非！大洋驴说，好好好，从今往后，我洗心革面，我痛改前非，我不再胡说八道，我老老实实做人，这总行了吧？田有说，以后绝不许你对凤兰张嘴就骂，抬手就打，必须要好好地待她，这你能保证吗？大洋驴说，行，我向您保证，一定对凤兰好，整天把她当菩萨似的供着。您还有啥要嘱咐的？田有没再说什么，抬了下屁股，拿出那个厚厚的信封，交到大洋驴手上。

到了晚上还不见大洋驴回家，田凤兰怕他在娘家闹事，便找来了。

此时，大洋驴喝得酩酊大醉，倒在大连炕上睡着了。田凤兰对母亲说，您瞧他这个现眼劲儿。凤芹妈说，没啥，谁都有喝醉的时候，今儿就让他睡这儿吧。田凤兰说，还是回家睡吧，我怕他酒醒了在您这儿胡折腾。凤芹妈说，都醉成这样了，还怎么让他跟你回家呀？干脆你今儿也住下吧。

田凤兰陪伴烂醉如泥的大洋驴躺在父母住屋的大连炕上，百感交集，辗转反侧，久久不能入睡。忽然，大洋驴翻过身，趴在炕沿上哇的一声吐了。田凤兰赶紧拉亮电灯，扶起大洋驴让他靠墙坐好，然后倒了一杯水，递到大洋驴嘴边，埋怨说，知道自己没啥能耐，还喝这么多酒，让我说你什么好呀？

大洋驴睁开醉眼，迷迷瞪瞪地看了一眼田凤兰，以为是在自己家里，便撒起酒疯骂开了，你爸那老……老东西，真他妈的不……不是个好鸟儿。

田凤兰摇晃着大洋驴，你怎么又胡说八道起来了？醒醒，你醒醒！

大洋驴酒喝得太多了，脑子一时清醒不过来，心里怎么想就怎么说，分给我一份儿钱，还得让我保……保证这保证那，要我痛改前……前非，洗心革面，我又不是他妈的三孙子，他凭啥那么逼……逼我呀？那纯金蛇，本该有我的一半儿。可……可都让他被窝放屁，独……独吞了。

田凤兰气得啪地抽了大洋驴一个嘴巴，你浑蛋！

大洋驴倒在炕上，醉话不断，说，田有不让我入伙儿淘金，以为就……就难住我了，我还就不信邪，没有他这……这个臭鸡蛋，我照样能……能做出槽子糕！

田有突然闯了进来，从炕上揪起大洋驴，恨得咬牙切齿地说，把你心里话都当面儿给我吐出来！

大洋驴醉得根本不认识人了，问田有，你……你是谁呀？给我一边儿凉……凉快去。你告诉田有那个老东西，他六亲不认，做事太……太绝，以后有他好瞧的。

田有一把推倒大洋驴，骂道，你真是狗改不了吃屎！说完，田有从大洋驴衣兜里翻找出那个厚厚的信封，重新锁进板柜，愤然走出屋子。

大洋驴醉得不省人事，又呼呼睡去。田凤兰从地上捡起一只鞋子，狠狠抽打着大洋驴屁股，口口声声要打死他这个癞狗扶不上墙的东西。

凤芹妈跑进屋，夺下田凤兰手里的鞋子，说，这又怎么了？吃饭时不是还说得好好儿的吗？田凤兰抱住母亲哭着说，妈，他这么丢人现眼不争气，以后我可怎么跟他过呀！

二

魏山河姐姐来信了，说姐夫所在的部队近期要换防到张家口，让他抽空儿到南口家里去一趟。魏山河向田有请假，说明缘由。田有欣然同意，叫凤芹妈备了些栗子、核桃和几串上等的松蘑，让魏山河捎给他姐姐，并指派田凤芹骑车送魏山河到县城长途汽车站，为的是让他们有单独在一起的机会。通过几个月的接触了解，田有对魏山河的品行和为人都很满意，私下跟凤芹妈商量，尽可能促成他和女儿凤芹的好事。田凤芹送魏山河上了长途汽车，二人隔着车窗挥手道别。客车载着魏山河走了，也带走了田凤芹的心。

从县城回来，田凤芹推着自行车刚要走进家，迎面看到母亲送阎媒婆走出院门。阎媒婆说，哎哟，你瞧这丫头，真是女大十八变，越变越好看，有对象了吗？让大婶我给你介绍一个。田凤芹笑着说，不用您操心，就等着喝喜酒吧。阎媒婆转脸问凤芹妈，哪家小伙子有这么好的福气，我怎么一点儿也不知道啊？凤芹妈说，你别听她的，跟你逗着玩儿呢。阎媒婆瞬间变作一副严肃的面孔，叮嘱道，刚才咱们说好的事儿，不是逗着玩儿的吧？凤芹妈说，你就把心放在肚子里吧，等孩子他爸收工回来，我立刻就跟他商量，明天一定给你个准话儿。阎媒婆说，那我就等着好消息了。回吧回吧，别再送了，咱姐俩你还跟我客气啥呀。

阎媒婆走了几步，忽然又转过身问道，哎，你那哑巴儿子大名叫啥来着？凤芹妈说，叫田广平。阎媒婆说，哦，田广平，这回记住了。

送走阎媒婆，田凤芹问母亲，阎媒婆是不是给哑巴哥提亲来了？凤芹妈如实回答。田凤芹问提的是谁。凤芹妈说，还是那个叫王翠玲的。田凤芹一愣，说，我爸对她好像不是太满意吧？凤芹妈说，我看人家挺好的，又知根知底儿，省得上当受骗，白花冤枉钱。

收工回来，听凤芹妈一说，田有果然仍心有余悸，认为王翠玲这个人确实挺好的，也知根知底儿，但只要一看到她，就不由得想起掉进陷阱里的那具腐尸。这以后要是天天在一个锅里吃饭，低头不见抬头见的，心里得多别扭呀。凤芹妈说，你别再想那档子事儿不就得了。田有说，这不是想不想的事儿，是心里过不去那股子劲儿。凤芹妈说，你只顾自己的感受，不管儿子至今还是光棍儿一人。田有说，你误解了，我的意思是，咱家经济条件比过去好多了，完全可以给儿子找个比王翠玲更好的。凤芹妈说，我觉得王翠玲就不错，跟我也说得来。上次我住院，你瞧她忙前跑后的，比亲闺女还亲呢……对了，人家可不是冲着咱们家钱来的。田有说，这我知道，她不是还有个孩子嘛，又是个男孩儿。凤芹妈说，孩子的事儿不用担心，王翠玲婆家的人说了，王翠玲改嫁可以，但必须把孩子留下，那是他们家唯一的根儿。

田有似乎被凤芹妈说服了，随即又提出一个新问题，说冯月“放鹰儿”骗婚的事，王翠玲肯定也知道了，她会不会在意呢？凤芹妈说，阎媒婆早就问过王翠玲了，她不在乎，还说反正也没结婚。田有说，要是这样，你告诉阎媒婆，明天就把王翠玲领家来。凤芹妈说，嘿，你倒真是急茬儿的，咱们怎么也得先跟儿子商量商量吧。田有说，不用商量，儿子肯定没意见。要是王翠玲同意的话，明天就让她和儿子住到一块儿。凤芹妈说，这着什么急呀，又不怕她跟冯月似的，没几天就跑了。田有说，反正越快越好，省得夜长梦多。凤芹妈想了想，觉得也是，等见到王翠玲，听听她是啥意思再说。

第二天，田有没让哑巴儿子去上工，而是把他留在家里，也没告诉他王翠玲要来家里的事。

田凤芹赶着骡子给父亲他们送饭去了。大哑巴在院子里劈着一个树墩子。这树墩子是棵老榆木的，不湿也不干，所以很难劈。但随着大哑巴手里的斧子上下翻飞，树墩子终于四分五裂，变成了一块块劈柴。

阎媒婆和王翠玲走进田有家院子。王翠玲背着一个双肩背包，两只手各提着一个帆布提包，看来这是她的全部家当了。大哑巴往墙角码着劈柴，没发现二人到来，却把虎背熊腰亮给了她们。

阎媒婆悄声对王翠玲说，你瞧这身子板，壮得跟牛似的，赶明儿保准能让你舒舒服服的。王翠玲用拎着的提包撞了下阎媒婆，刚想骂句老不正经，见大哑巴转过身来，便把到嘴边的话又咽了回去。

大哑巴看到拎着大包小包的王翠玲，一时不清楚她来家里干啥。阎媒婆向大哑巴连说带比画，让他别傻呆呆地愣着，赶紧把王翠玲的东西接过来。大哑巴上前接过王翠玲拎着的提包。王翠玲借机向这个未来的男人扫了一眼，却不想被阎媒婆发现。阎媒婆笑着说，别偷偷儿地看了，等夜里钻进被窝儿，让你光光溜溜看个够。王翠玲羞红了脸，责怪阎媒婆就会瞎咧咧。阎媒婆佯装生气地说，你要认为我瞎咧咧，你的事儿我可撒手不管了。王翠玲赶紧对阎媒婆说好话，等事成以后一定登门好好感谢。

凤芹妈从堂屋里迎出来，热情地请阎媒婆和王翠玲进屋坐。王翠玲脆脆生生叫了一声大妈。凤芹妈高兴地答应着，拉住她的双手说，翠玲，大妈可想你了。王翠玲说，我也想您。阎媒婆说，往后就好了，婆婆、媳妇天天在一块儿，就不用再想了。凤芹妈脸上笑开了花，感激阎媒婆牵线搭桥儿，促成了这件好事。

进了屋，大哑巴忙着给客人沏茶。凤芹妈、阎媒婆、王翠玲坐在炕沿上聊着，知道大哑巴耳朵听不见，所以她们说话也就没了顾忌。

凤芹妈说，翠玲，当着你阎大婶的面儿，有个事儿我得先问问你。

大妈，您有啥话就问吧。王翠玲说。

凤芹妈以家里房子不宽裕为由，把想安排哑巴儿子和王翠玲今天晚上就睡在一起的意思，婉转而又明确地表达出来，最后问道，翠玲你看行吗?

不等王翠玲回答，阎媒婆抢过话说，行，有啥不行的，早晚都是这么回事儿。我替翠玲做主了，就这么办。都干柴烈火的，分着睡多难受啊。

王翠玲不禁再次羞红了脸。凤芹妈顺水推舟说就这样定了，一会儿让儿子把王翠玲东西拿到他住的厢房里。王翠玲看了眼大哑巴，算是默许了。

大哑巴倒了一杯茶水，首先递给阎媒婆。

阎媒婆高兴地接过茶杯，问凤芹妈，今儿个喝茶，啥时请我喝喜酒呀?凤芹妈说，你定哪天就哪天。阎媒婆说，都知根知底的，也用不着“住熟儿”了。依我看，等过些天，选个黄道吉日，就把喜事办了吧。凤芹妈欢喜地答应就照大媒人说的办。

大哑巴将倒的第二杯茶水，递到王翠玲手里。

王翠玲接过水杯，脸上泛起一片桃花。

阎媒婆看看大哑巴，又看看王翠玲，似乎有惊人的发现，对凤芹妈说，嘿，老嫂子，真应了那句话了，不是一家人，不进一家门。你瞧这俩人，天生就有夫妻相，我怎么早没发现呢?凤芹妈说，现在发现也不晚啊。阎媒婆说，对对对，这就叫千里有缘来相会，月下老人一线牵。

大哑巴看到母亲和阎媒婆嘴在动，脸在笑，但不明白她们谈话的内容，回身又倒了一杯茶水递给母亲，然后向屋外走去。

阎媒婆一把拉住大哑巴，哎，你可不能走。

凤芹妈向哑巴儿子连说带比画，让他坐下。大哑巴连比画带啊啊，意思说他到院子里继续劈柴。凤芹妈说，柴火够烧的了，改天再劈吧。

阎媒婆不失时机地对王翠玲说，瞧见了吧，他勤快着呢，一天到晚闲不住。王翠玲说，还用您介绍，我早就知道。阎媒婆说，嗬，还没进洞房呢，就想一脚把我给蹬了?凤芹妈赶紧替王翠玲解释说，翠玲是夸你这个媒人当得好。阎媒婆说，你这个当婆婆的，可真会向着儿媳妇说话。

大哑巴似乎看出什么名堂，指指王翠玲，又指指炕上王翠玲拎来的包裹，比画着问母亲，她到家里来干啥？

傻小子，往后她就是你媳妇了知道不？阎媒婆说着，伸出两个大拇指，合并在一起。

大哑巴怔住了，拍拍自己胸脯，又连连摆摆手。

阎媒婆问道，你说你不想娶媳妇？

大哑巴点点头，迅速走出屋子。

阎媒婆脸上顿时阴了天，质问凤芹妈这到底是怎么一回事。凤芹妈一时蒙了，不知说啥好，她怎么也没料到，哑巴儿子竟不想娶王翠玲做媳妇。阎媒婆的话就越加难听了，说，你们这不是要弄人玩儿吗？

王翠玲拎起炕上的包裹就要走，被阎媒婆一把按住，说，不行，今儿进了田家这个门儿，就不能走！凤芹妈说，他大婶，你们先坐着，我去跟儿子再说说。阎媒婆拦住凤芹妈，这还有啥可说的？我当了这么多年的媒人，还从没遇到你们这样的呢。媳妇我已经给你们领进家门了，翠玲她原来婆家那边儿，我也给断了后路。这媳妇你们要也得要，不要也得要，反正你不能让我这个媒人坐蜡。凤芹妈连连说，要，要，翠玲我们一定要。阎媒婆不想再听凤芹妈啰唆，气冲冲地走出屋子。凤芹妈说，他大婶你别走啊，听我跟你解释解释。阎媒婆一脚门里一脚门外，说，你还是向翠玲好好解释解释吧！

凤芹妈又想去送阎媒婆，又想安慰王翠玲，分身无术，左右为难。王翠玲显得很冷静，说，大妈您先去送人吧，我没事儿的。

凤芹妈追出院门，见阎媒婆已经走远了，只好返回住屋，劝说王翠玲千万别在意，都是因为事先没跟哑巴儿子打好招呼，造成了误会。王翠玲低头不语，一个劲儿地捏弄着衣角。凤芹妈说，翠玲，你刚进门儿，大妈就让你受委屈了，真是对不住。王翠玲抬起头，眼眶里含着泪花，说，大妈，我是走还是留，就听您一句话。

凤芹妈当然要王翠玲留下，答应一定说通儿子。王翠玲问，那他要是不同意呢？凤芹妈说，没什么不同意的，我当妈的看上的媳妇，他敢不要。你在这儿坐着喝茶，我找他去。王翠玲说，大妈，您可不能急，跟他好好儿说。凤芹妈说，你别安慰我了，只要你不生气就行。

田凤芹送饭回来，走进院门，看见母亲急匆匆出了正房堂屋，一问才知道，阎媒婆把王翠玲领进家，哑巴哥却不想娶她为妻。田凤芹说，这是为啥呀？凤芹妈说，谁知道啊，我正想找你哥问问呢，这么好的媳妇，他到底为啥不要。田凤芹把劝说哑巴哥的事揽下来，让母亲进屋陪王翠玲说话。凤芹妈叮嘱说，你哥他脾气倔、一根筋，你好好劝劝，让他说啥也得娶了王翠玲。

坐在炕沿上的王翠玲，透过玻璃窗看见田凤芹走进大哑巴住的厢房，而凤芹妈向正房走来，便转过身坐正了。片刻，凤芹妈走进屋。王翠玲说，大妈，我想问问您，广平他为啥嫌弃我呀？凤芹妈一时不知如何回答是好。王翠玲直截了当地说，是不是他心里还惦记着那个叫冯月的女人呢？既然被王翠玲点破，凤芹妈只好承认，说，别提了，上当受骗、人财两空不说，我那哑巴儿子也彻底寒了心，跟你大叔我们俩说，再也不用替他张罗婚事了。可你知道，哪个做父母的能眼睁睁看着自己儿子打一辈子光棍儿呀？王翠玲安慰凤芹妈说，您别着急，我会把广平寒了的心慢慢暖过来的。如果广平同意，就照您说的，今儿晚上让我和他住在一起吧。

在大哑巴住屋，田凤芹连说带比画，劝了哑巴哥好一阵。但大哑巴就是不吐口。田凤芹说，过了这个村，没那个店儿，你不娶王翠玲，以后再想找这么好的人就太难了。大哑巴摆了摆手，伸出一个大拇指，意思是他这辈子就一个人过了，不想再找媳妇。田凤芹说，这不是你找不找媳妇的事，你想过没有，看着你都三十好几了，还光棍儿一人，爸妈的心里得有多着急啊！田凤芹唯恐哑巴哥听不明白她的话，拿过纸和笔，写了一行字，交给哑巴哥，上面写的是，如果你这样固执，妈到死也不会安心的！

大哑巴怔住了。父亲去世得早，是母亲把他含辛茹苦拉扯大。他再怎么不接受王翠玲，也不好违背母亲的意愿。

田凤芹见哑巴哥半天不吭声，以为他同意接纳王翠玲了，就立刻告诉给母亲。凤芹妈忐忑的心终于安稳下来。当天晚上，凤芹妈便安排哑巴儿子和王翠玲睡在一个屋子里。

隔着堂屋住的史翠珍和田广和，始终没听见对帘屋里有什么动静，觉得有些奇怪。要知道，冯月住进来的那天夜里，大哑巴一声狼似的号叫，不仅吓了他们一跳，也让夫妇俩心里都痒痒的。史翠珍说，这都老半天了，怎么还听不见响动呀？田广和说，你趴在窗户根底下听听去吧。史翠珍拧了丈夫一把，说，你以为我有那个瘾啊？我就是觉得哑巴哥挺有艳福，不到一个月，睡了俩女人，个个长得还都人模狗样儿的。田广和说，这关你屁事？史翠珍说，怎么不关我的事？赶明儿分家，财产肯定得分给他们一半儿。田广和说，是不是分一半儿，还得两说着。史翠珍说，不分一半儿，即便哑巴哥同意，王翠玲也不会同意。田广和说，明着分是一半儿，暗着分就不一定了。史翠珍说，你啥意思？近来我怎么觉得，你总是话里有话呀？田广和知道自己险些又说漏了嘴，便打哈哈说，不是我话里有话，是你鬼心眼子太多。史翠珍骂道，讨厌。

月牙从厚厚的云层里露出头来，昏黄的月光照在田广和夫妇睡的炕上，也同样照进大哑巴和王翠玲住的屋子。

王翠玲静静地躺在被窝里，耐心等着大哑巴脱衣服睡觉。大哑巴坐在炕沿上，愣愣痴痴，半天不动。忽然，他起身抱起被褥出了房门，走过院子，进了淘金工住屋。接着，从东厢房里传出王翠玲嘤嘤的哭声。

听见王翠玲哭，凤芹妈急忙赶了过来，好言好语地劝说王翠玲。凤芹妈说，都怪我，事先没跟儿子敲定好。王翠玲说，谁也不怪，就怪我自己命苦。凤芹妈说，其实，我这个哑巴儿子觉得事情来得太突然，一时接受不了，等过几天他就会回心转意的。王翠玲说，万一他心里头特别扭，那不就委屈他了？

凤芹妈听了很感动，到这会儿，王翠玲依然替哑巴儿子着想，可见她的心地有多好。凤芹妈说，你放心吧，委屈不着他。又说，不是当你的面夸我儿子，他跟你一样，心肠也好着呢，别人有了难处，比自己的事还上心。就冲这，你们俩再般配不过了。

不用凤芹妈说，王翠玲也深知这一点，不然她不会死心塌地想嫁给大哑巴。那天，田有他们帮她给死于非命的男人下葬时，她就看出来了，别人嫌脏嫌味儿又害怕，谁都不愿多伸手，只有大哑巴什么也不顾，一点儿不在乎。

经凤芹妈一番解劝，王翠玲心里有了底，心情也好多了。她说，大妈，谢谢您给我解心宽儿。凤芹妈说，快别说谢谢了，是大妈对不住你。今天只能先委屈你一宿了，我把凤芹叫过来陪你。王翠玲说，您别麻烦了，我不害怕。沉了一下，王翠玲又说，往后，我就管您叫妈了，您看可以吗？凤芹妈高兴地说，好啊，我巴不得呢。王翠玲便脆生生地喊了一声妈。凤芹妈也脆生生地答应了一句，哎。

看见凤芹妈走回住屋，趴在炕沿上抽烟的田有问，王翠玲怎么样了？凤芹妈说，翠玲特懂事，没劝几句就想通了，还管我叫妈了呢。田有说，看来这翠玲认定了跟咱儿子，就怕儿子一时半会儿转不过弯来。凤芹妈说，由我来劝儿子，不然就太对不起人家翠玲了。田有叮嘱道，儿子脾气倔，你要好好跟他说，千万别硬来。凤芹妈说，他要敢不听我的话，我还就真给他来点儿硬的，明天非得让他跟翠玲睡到一个炕上去。最后，夫妇俩商定，暂时不让哑巴儿子去上工，让他在家多待几天，跟王翠玲培养培养感情。

然而，第二天早晨，凤芹妈一眼没盯紧，大哑巴溜出院门尾随父亲他们上山淘金去了，直到晚上收了工才回到家，等吃完饭又一头钻进淘金工住屋，再也不出来。

侯子明辞职回家娶媳妇了，魏山河请假去了姐姐家，淘金工住屋里只有王全盛、牛大力和小顺子三个人。大哑巴倒在铺盖卷上，紧闭双眼，一声不吭，似乎睡着了。牛大力说，这老哥可真行，有媳妇不陪，总跟咱们仨睡一块儿有啥意思呀。王全盛说，十个哑巴九个认死理儿，他心里肯定还惦记着那个冯月呢。小顺子说，自从冯月跑了，还没见他笑过呢。牛大力说，我瞧着王翠玲一点儿都不比冯月差，再说了，他又聋又哑的，还想找个啥样儿的呀。王全盛说，要是王八看绿豆对上眼儿了，换个仙女都瞧不上。小顺子说，那王翠玲怎么办呀？牛大力说，是呀，人都住到家里来了，总不能再稀里糊涂地搬出去，那样名声多不好啊。王全盛开玩笑说，你要是那么替人家着想，干脆把她娶回家算了。牛大力说，得了，还是给你留着吧。王全盛说，可惜我已经有媳妇了，要不然……

要不然什么呀？随着话音，凤芹妈走进来，说，你们谁也别想惦记，王翠玲是我的儿媳妇。

三个淘金工都很不自在，刚才说着玩儿的话显然被凤芹妈听到了。他们知道凤芹妈是来劝说儿子回屋睡觉的，外人在场不方便，所以主动走出屋子。

凤芹妈从炕上拉起哑巴儿子，交他手里一张纸，比比画画地把写的内容道出来。凤芹妈说，如果你是个孝子，你就答应妈和王翠玲成亲，等赶明儿有个孩子，妈就是死了也能闭眼了。

大哑巴看完纸上写的字，抬头望了母亲一眼。这短短两行字，字字如重锤敲打在大哑巴心上。

凤芹妈又连说带比画地劝道，我知道，你心里还惦记着冯月，可你亲自去调查过了，根本就没冯贵和冯月这俩人，结婚证明信也是假的。所以呀，你趁早儿忘了冯月，跟王翠玲结婚。

大哑巴低头不语，对母亲的话既不反对也不赞同。

走，今儿说什么你也得回自己屋里睡觉去！凤芹妈扯过儿子的被褥，大哑巴死死按住不让动。凤芹妈气得打了儿子一巴掌，抱起被褥，拉着儿子，走出淘金工住屋。

在大哑巴房里静候的王翠玲，看见凤芹妈拉着儿子走进来，赶紧上前接过凤芹妈抱在怀里的被褥。凤芹妈将儿子按坐在炕沿上，走出屋子，关紧房门，扣上钌铞，落了把锁，把哑巴儿子和王翠玲反锁在屋子里。

大哑巴坐在炕沿上，低着头，绷着脸，一声不吭。王翠玲比画着说，我进了田家门，就是你媳妇，不管你喜欢不喜欢，反正我都不走了！大哑巴看了王翠玲一眼，依旧呆呆地坐着。

王翠玲并排铺好了两个被窝，大哑巴却将其分开，把王翠玲的被窝留在炕头，把自己的被窝移到炕脚，还搬过炕桌摆放在两个被窝之间，当作井水不犯河水的分水岭。王翠玲不仅没生气，反倒被大哑巴孩子般的举动逗笑了。她不再强求，关掉电灯，当着大哑巴的面，慢慢地脱去上衣，脱去裤子，脱去背心，脱去内裤，直到一丝不挂地把自己身体展现给大哑巴。而大哑巴始终背着身子，看都不看她一眼。王翠玲只好钻进被窝，心想，耐住性子别着急，有了这第一步，就会有第二步，不信你坐怀不乱，守身如玉，不钻进我被窝里来。大哑巴见王翠玲躺进被窝，这才脱鞋上炕，和衣睡下，不一会儿便响起如雷的鼾声。

三

早晨起来，凤芹妈强行留下哑巴儿子陪王翠玲。为了防止他再次跑去淘金，待田有一行人上工走了以后，凤芹妈把儿子和王翠玲推进他们俩的屋子，并叮嘱王翠玲说，你替我看住他，不许他迈出屋子一步。

虽说还没正式结婚，但进了田家门，跟大哑巴睡在一条炕上，就算是这家的儿媳妇了，怎么好意思吃饱饭待在屋里啥活也不干呢。坐了一会儿，王翠玲比画着对大哑巴说，听妈的话，你不能出去，不然妈该埋怨我了。大哑巴明白了王翠玲的意思，既不点头也不摇头。

王翠玲来到院子里扫地。凤芹妈见了，夺下她手里的竹扫帚，说家里有这么多人，哪儿能让你扫院子啊。王翠玲来到做饭的堂屋掏着灶膛里的柴火灰。凤芹妈见了，抢过她手里的灰耙和簸箕，说这活儿怪呛人的，你可不能干。王翠玲来到田有夫妇住屋里收拾房间。凤芹妈见了，夺过她手里的抹布和鸡毛掸子，说我来吧，这屋子用不着你收拾。王翠玲说，妈，您啥活都不让我干，还真拿我当新媳妇呀？凤芹妈说，你可不就是新媳妇嘛！我知道你勤快，等以后有的是活让你干。王翠玲说，让我待着不干活，反倒觉得憋得慌。凤芹妈说，你要是憋得慌，出门去溜达溜达散散心。

王翠玲出了院门，看见坝坎下的碾压场上，史翠珍正一边筛着金矿砂粉，一边吆喝着拉碾子的叫驴，便过去从史翠珍手里接过罗，说我来筛吧。史翠珍说，你一个新媳妇，就不怕脏呀？王翠玲说，翠珍，咱们以后就是妯娌了，家里有啥活，你尽管让我干。史翠珍说，我是怕你白天累，夜里也累，身体吃不消。王翠玲问，你……你这是啥意思？史翠珍脸上露出几分坏笑，凑近王翠玲耳朵嘀嘀咕咕地说，哑巴哥身体那么棒，夜里能让你闲着？王翠玲先是一怔，马上又换作笑脸，回应说，夜里广和兄弟是不是总不让你闲着呀？

二人说着话，拉碾子的叫驴停了下来。它原是生产队养的一头种驴，三里五村的同类们有许多都是它的子孙。后来老了，两个曾经饱满得油光闪亮的睾丸，瘪瘪地垂了下来。生产队解散时，分给了田有家。

史翠珍走过去，抄起一根木棍照着驴屁股狠狠打下去，骂道，你这头懒驴，不打你就不走，天生就是挨揍的货！

不管史翠珍是不是在指桑骂槐，王翠玲听了心里很不舒服，她低头筛着罗，眼圈不禁红了。

一连几天，尽管王翠玲和大哑巴睡在一条炕上，但那张炕桌就像座不可逾越的大山，一直挡在两个被窝之间。大哑巴始终和衣而睡，碰都不碰王翠玲一下。这让王翠玲有苦难言，急不得也恼不得。到了白天，她当着人的面装作有说有笑，但只要单独一个人待着时，就闷闷不乐，郁郁寡欢。这天，大哑巴随父亲上工去了。凤芹妈发现王翠玲躲在屋子里，偷偷抹眼泪，经一再追问，王翠玲这才道出实情。

王翠玲说，妈，不怕您笑话，这些天，广平都是穿着衣服睡觉，从来就没挨过我身子。

凤芹妈一听便急了，说，这浑球儿，也太过分了！等他收工回来，我非得好好骂他一顿。

妈，不用您管，我慢慢来吧。

那你就多主动点儿，时间一长，他就会对你好的。

好，我再试试。

他要还那德行，你就告诉妈。

嗯，我也会努力的。

翠玲，委屈你了。

有您对我这么好，我不觉得委屈。

我这哑巴儿子，从小心眼儿实得就跟石头似的，妈相信你一定能把这块石头焐热喽。

我会的，妈您就放心吧。

当晚，王翠玲把一张纸放在两个被窝之间的炕桌上，上面写着，你就是块石头，我也要把你给焐热了。大哑巴端着一盆洗脚水走进屋子，看了一眼炕桌上王翠玲写给他的字迹，不动声色地坐在炕沿上准备洗脚。王翠玲蹲下身，不由分说扒掉大哑巴的鞋袜，硬是把他的脚按在水盆里。大哑巴只好就范，默默看着王翠玲，不禁想起冯月给他洗脚的情景。

给大哑巴洗完脚，王翠玲换了一盆水，坐在炕沿上，比画着让大哑巴给她洗脚。大哑巴不从，想上炕睡觉。王翠玲伸着大腿左右拦挡，说什么也不让他上炕。大哑巴一不留神，踢翻洗脚盆，当啷啷，洗脚水洒了一地。王翠玲的眼泪也随之流下来。大哑巴拿过毛巾，递给王翠玲。但王翠玲不接，示意让大哑巴给她擦眼泪。大哑巴却一动不动，像个木头人似的。

半夜，王翠玲以为大哑巴睡着了，爬出自己被窝，越过分水岭的炕桌，想悄悄钻进大哑巴被窝。哪知大哑巴并没睡，他双手使劲扯着棉被，把被窝裹得紧紧的。王翠玲猛地一扯，掀开棉被，刚要躺下，大哑巴却猴子似的嗖地跳下炕，光脚站在地上。王翠玲抄起枕巾，连抽带骂地说，你这个死木头！臭石头！大哑巴不知躲闪，任凭王翠玲抽打。这一来，王翠玲反而舍不得了，赌气将枕巾摔在大哑巴脸上。

炕桌依然横在两个被窝之间，王翠玲睡在炕桌这边，大哑巴睡在炕桌那边，尽管相隔咫尺，但井水不犯河水。躺了一会儿，王翠玲起身拉亮电灯，伏着炕桌在纸上匆匆写了两行字，扔到大哑巴枕头边。大哑巴拿起纸，见那上面写着，就算你浑身上下都是铁打的，我也要用长长的工夫慢慢的性儿，把你这根儿铁杵磨成绣花针！

天刚蒙蒙亮，王翠玲爬起来帮助凤芹妈做早饭。凤芹妈从王翠玲嘴里得知，哑巴儿子依然不和媳妇睡一个被窝，安慰说，哪天我非得教训教训他，好好儿给你出出气。王翠玲说，这事您不用再管了，我一定能焐热他的心。

吃完早饭，田有他们上工来，发现头天没采尽的金矿砂被人盗采了几口袋。昨天收工时，田有特意在掌头上做了个记号儿，而现在这个记号却不见了。田广和说，爸，这会不会是大洋驴他们干的？田有说，应该不会，他们掌子也放槽见阔儿了。再说，他们要是来偷，不会只挖这么一点儿，肯定都得连窝儿端走。田广和说，那肯定就是村里人干的，听说咱们挖到纯金蛇，一个个都犯了红眼病。田有说，那为啥不明着来沾灶火？田广和说，也许不知道有沾灶火这个规矩，也许磨不开面子吧。田有认可儿子的这个说法，同时拿定主意，以后金矿脉放了槽，哪怕连续赶个通宵，也要把金矿砂采完运走，绝不给人留下盗采的机会。

临到中午，估摸着田凤芹快要送饭来了。田有支派伙计们把采的金矿砂背到山外，让田凤芹赶着骡子运回家。中途，人们坐在废巷道里休息。小顺子嗅到一股酒味儿，使劲吸着鼻子闻了闻，酒味儿越加浓烈，最终察觉酒味儿来自坐在屁股底下的废石头堆里。他扒开石头堆，发现有七八个酒瓶子，上面没有任何商标，瓶子口上封着蜡，其中一个瓶子蜡封破裂了，酒味儿飘了出来。

你们快过来瞧，这里埋着酒呢！小顺子兴奋地喊道。

大家闻声纷纷围过来。田广和拿起一个酒瓶子，抠掉蜡封，咬掉瓶盖，先是闻了闻，又试着喝了一口，咂吧咂吧，觉得挺香，说道，爸，您尝尝，还真挺好喝的。田有尝了一口，说这酒有些年头儿了，得在五十度以上。

酒瓶子在大家手里传递，你一口我一口地喝着。

王全盛说，大叔，您不觉得这事有点儿蹊跷吗？前些天，咱们发现不少罐头，今儿又发现了酒瓶子，这都是谁藏的呀？小顺子也说，是呀大叔，这到底是怎么回事呀？

田有想了想，没有正面回答，吩咐大家把酒埋进石头堆。

牛大力说，这么好的酒，埋起来那多可惜呀，还不如拿回家喝了呢。王全盛说，你懂啥呀，听把式头的错不了，没准儿还能引来藏酒的人呢。

说着，大家七手八脚将酒瓶子重新埋回石头堆里。

吃完午饭，田有他们把装有金矿砂的帆布口袋抬到骡子驮架上，看着田凤芹赶着骡子下了山，便沿着原路返回掌子里干活。走到途中，发现那个石头堆被扒开了，藏在里面的酒瓶子不翼而飞！

是谁把酒瓶子偷偷藏在这里？又是谁把酒瓶子悄悄拿走了？

田有他们沿着废巷道深处飘来的阵阵酒香寻去，发现地上有个摔破的酒瓶子，碎玻璃撒了一地，厚厚的瓶子底儿还残存着少量白酒。这显然是谁不小心刚刚摔碎的。田有蹲下来仔细查看，地上的脚印很深，是那种军靴留下的，而且全部都是左脚。由此可以推断，埋藏在石头堆里的罐头和白酒，是同一个人所为。可这个人到底是谁呢？为什么做出这等稀奇古怪的事来？

田凤芹赶着驮有金矿砂的骡子出了淘金谷沟口。坐在路边歇息的侯子明听见铃铛声，循声看去，见田凤芹赶着骡子走来，故意响亮地咳嗽了一声。

田凤芹说，嗬，是猴子回来了，娶了媳妇还这么坏，嗓子卡鸡毛了？

侯子明嬉皮笑脸地说，我咸盐吃多了，嗓子发紧。

田凤芹问，有你新媳妇照片吗？拿出来我瞧瞧。

不能白瞧，按价收费。侯子明说。

田凤芹说，那得瞧好看不好看了，要跟你似的，长个孙猴子样儿，你还得倒找我钱呢。

侯子明从挎包里找出一张照片，不等递过去就被田凤芹一把夺走了。

这是一张二人合影，侯子明媳妇小眼睛小鼻子小嘴唇，长得小巧玲珑，甚至可以说很俊俏。但是，这种合影照片，通常都是女的在前，男的在后。而这张照片却相反，侯子明的身子恰巧遮挡住了他媳妇的一条胳膊。

田凤芹一惊一乍地喊起来，哇，还真挺漂亮的，这不是一枝花骨朵儿插在狗屎尖儿上了吗！

侯子明说，你要学会透过现象看本质。

田凤芹问，你这是啥意思？

侯子明说，你没发现吗，我们俩总共只有三只手。

田凤芹不解，三只手？那不是小偷吗？

侯子明拿过照片，说，挡在我身后的那条衣服袖子里是空的。

田凤芹感到很惊讶，啊，你媳妇少了一条胳膊？

侯子明说，不然一枝花骨朵儿怎么肯插在我这狗屎尖儿上？

听了侯子明的自嘲，田凤芹心里很不是滋味。

收工回到家，田有见侯子明又来家做工了，自然很高兴。眼下不愁金矿脉放槽见阔儿，愁的是人手儿不够用。田有让凤芹妈安排晚宴为侯子明接风。

侯子明拿出喜烟和喜糖分发给大家，戏称媳妇只能我一个人受用，喜烟喜糖大家可以一起分享。

田有说，你小子嘴还是那么贫。都说只要不结婚就是孩子，你这次回来，变成大人了，以后说话别再那么四六不靠儿。

行，以后我一定听您的。侯子明点头应是，殷勤地给田有点燃烟卷，换了一种语气说，大叔，您不会怪罪我吧？

我为啥要怪罪你呢？田有问道。

侯子明说，在您最困难的时候，我……我脚底下抹油溜号儿了。

怎么算是溜号儿呀，啥事能比结婚娶媳妇重要？田有说。

这时，凤芹妈走进淘金工住屋，将一把筷子和一盘腌鸡蛋放在炕桌上。被切成一瓣瓣的腌鸡蛋，均匀地摆在盘子里，像是盛开的牡丹花。

凤芹妈对侯子明说，赶明儿把你媳妇领来，让大妈也瞧瞧。

好，下次回家我就带她来。侯子明说着剥了一块糖，送进凤芹妈嘴里。

嗯，这喜糖就是甜。凤芹妈又说，你们别着急，饭菜很快就上来。

临出门，凤芹妈向田有使了个眼色，田有跟随凤芹妈走出屋。

猴子，我记得你说过，回家娶了媳妇，就不打算来做工了，今儿怎么又厚着脸皮回来了？牛大力嘴里嚼着喜糖，说话声音呜呜囔囔的。

侯子明说，架不住我想你们呀。

王全盛哼了一声，说，有了媳妇，你还能想我们？

是想钱了吧？牛大力说，这回你可错过一次挣大钱的好机会。你走了以后，把式头带着我们挖到一根儿纯金蛇。

正是听说了这个消息，侯子明才又返回来做工的，但他佯装不知情，说，你肯定骗我呢吧，好让我抓耳挠腮地后悔是不是？

牛大力说，不信你问问他们。

王全盛和小顺子都说是真的。

侯子明低声问，把式头分给你们多少钱？

牛大力故弄玄虚地说，这个嘛，得跟你保密。

哼，挣再多的钱，也不如睡觉搂个媳妇，你老牛有这福气吗？侯子明说着，学起布谷鸟的叫声，布谷布谷，光棍儿好苦。

牛大力说，一条胳膊的媳妇，还有啥臭显摆的。

侯子明顿时急了，你再敢提这个，别怪我跟你不客气！

牛大力说，酸脸子狗，真不经逗。

王全盛说，大力，这就是你的不对了，打人不打脸，揭人不揭短，你怎么能跟猴子开这样的玩笑啊。

为了缓解气氛，小顺子剥了一块糖，塞进侯子明嘴里，说猴儿哥你也吃块儿自己的喜糖。

侯子明憋在心里的火总算消了。

田有走回屋子，递给侯子明一个红包，说，这是你大妈我们俩的一点儿心意。

侯子明说，大叔，您这是干啥呀？

田有解释说，你回家结婚那会儿，正赶上我手头儿紧，没能随成份子，现在有钱了给你补上，你就拿着吧。

大叔，这……这钱我不能要。侯子明把红包退给田有。

田有说，怎么着，嫌钱少是不是？

侯子明连连摆手说，不不不，大叔您别误会，我绝对不是这个意思。

那你还推三搡四地干啥呀？田有把红包又递到侯子明手里。

侯子明看着红包，有些感动，结结巴巴地说，大叔，其实……其实吃散伙饭那天晚上，我跟您说，拿工钱回家结婚，是……是我编的瞎话。实际上，我是怕……怕把工钱交给您，打了水漂儿。

牛大力喊了起来，嘿，敢情你猴子回家不是结婚呀？

侯子明说，是订婚。所以大叔，这钱我……我没脸要。

田有拍了拍侯子明肩膀，你讲了实话，证明没跟我隔心，这钱就算是给你的奖金吧。

侯子明连忙说，无功不受禄，我拿这奖金心里愧得慌。

田有说，你跟着我足足干了两个月，吃了多少苦，受了多少累啊，怎么会没有功劳呢？

王全盛帮腔说，猴子你就拿着吧，大叔也给我们一人一份儿奖金。

小顺子说，对，我们一人也有一份儿。

侯子明看了田有一眼，眼眶湿润了，信誓旦旦地说，大叔，您放心，我以后保证好好干，再也不临阵脱逃了。

好，我想听的就是你这句话。田有说着将红包塞进侯子明衣兜。

这天晚上，侯子明喝醉了，拿着与独臂未婚妻的合影照片，一会儿哭，一会儿笑，闹腾好半天，终于睡着了。

第十一章　墓底红砖下埋着惊人的秘密

一

由一个个小鸡窝槽连起的“珍珠串”采过去之后，金矿脉就不再那么慷慨地频频放槽了。田有他们沿着筷子般粗细的金矿脉继续凿掌子，时不时就叫一叫金儿，以验证含金量的多少。临近收工，大洋驴和丑子拎着电石灯走来。田有用余光瞟了一眼，没有主动搭腔，仍旧低头叫金儿，让水在碗和盆里流进流出。

丑子走近了，猫腰看了看田有手里的叫金儿碗，问道，含金量不错吧？

田有抬起头，说，还凑合，你们掌子里怎么样？

咳，别提了，没采到几袋子矿砂，金矿脉就忽然断了线。丑子说着递给田有一根烟，并殷勤地给点燃。

田有问，说吧，你们来有啥事？

丑子说，请大哥帮我们找一条新的金矿脉。

这金牛坨大山里，金矿脉多的是，你又不是外行，还用我帮你们？田有说。

我不是外行这不假，可我们的运气比大哥差远了。丑子说，您瞧您，随便找一条金矿脉就能放槽见阔儿，还挖到千载难逢的纯金蛇。

你只见我过五关斩六将了，没见我走麦城呢。田有说，我们也有好几次挖到了空槽。

掌子里不断传来叮叮当当抡锤打钎的声音。丑子向大洋驴使了个眼色。

说干脆的，你到底帮不帮我们找金矿脉？大洋驴话里带着枪药味儿。

丑子埋怨道，嘿，怎么跟你老丈人说话呢！

田有笑了笑，把话直接捅向二人的腰眼，说，看来你们俩的戏演得不错，一个扮红脸儿，一个扮白脸儿，来之前就商量好了吧？

把戏被田有当场戳穿，丑子脸色有些挂不住，老哥您……您怎能这么说呢？

田有说，我要是错怪你们，算我瞎了眼。

丑子只得承认，好好好，您猜得没错，要不说您眼睛毒呢。

其实，让我帮你们找一条金矿脉不是件难事。田有说，可我还是那句话，这金矿脉又贼又鬼，变化无常，谁也说不准它啥时候能放槽，万一你们掘进几十米、上百米，甚至更长，还是不见阔儿，你们非得怪罪我不可。

大洋驴说，我们保证不怪罪。

田有逼问道，你说话啥时算过数？

大洋驴反驳说，那还不是被你六亲不认给逼的！

我还就六亲不认了！田有愤愤地说，让我帮你们找金矿脉，门儿也没有！

田广和闻声走出掌子，手里拿着一把铁锹，似乎随时准备跟谁打架似的。

丑子拉了大洋驴一把，说，你就不能忍着点儿吗？

大洋驴说，我早就忍够了！我就不信，没有臭鸡蛋做不成槽子糕！

你小子就会坏事！没法儿跟你置气！丑子说完，甩手离开。

好，有能耐你等着，骑驴看账本，咱们走着瞧！大洋驴飞起一脚踢翻田有的叫金儿碗，骂骂咧咧地随丑子而去。

田广和说，爸，以后咱们得防着他们点儿。

田有说，兵来将挡，水来土掩。我谅他们也尿不出一丈二尺尿去。

大洋驴追上丑子，说，丑子叔您还真生我气了？丑子说，你这驴脾气啥时能改一改呀？大洋驴说，我一见田有那副德行就拢不住火。丑子说，大丈夫能伸能屈才可干成大事。大洋驴还想要说什么，脚忽然被绊住，趔趄几下，险些摔倒，回身一看，只见石头堆里露出一只翻毛皮鞋，吓得妈呀叫了一声躲开了。

一惊一乍的，你怎么了？丑子问。

大洋驴指着露在石头堆外面的皮鞋，说那……那里头埋着的，不会是死人吧？

丑子将手里的电石灯凑近石头堆，看见里面埋有一只翻毛皮鞋，橡胶的鞋后跟朝下，包头的鞋尖冲上，很像是死人露出的一只脚。丑子战战兢兢地扒开石头堆，发现埋着二三十只翻毛皮鞋，而且还都是崭新的，不禁觉得奇怪，哪儿来这么多鞋子呀？

丑子和大洋驴本想挑一双鞋穿在脚上试试合不合脚，但很快就察觉，所有翻毛皮鞋都是左脚的。丑子说，这可真邪门儿了，怎么都是左脚的呀？四下里再找找，看哪儿还有石头堆，没准儿藏着右脚的呢。

大洋驴和丑子拎着电石灯四处寻找，没有看见石头堆，更没有发现哪里埋有右脚的翻毛皮鞋。

大洋驴说，丑子叔，这会不会是谁偷的，藏在这儿的？

谁偷鞋也不会专偷左脚、不偷右脚的呀。丑子说。

那这皮鞋为啥要埋在这儿呢？大洋驴问。

是呀，不明白，实在想不明白。丑子说，反正这鞋也没法儿穿，咱把它还埋进石头堆里，兴许藏鞋的人以后把右脚的鞋也埋到这儿来。

说着，二人将翻毛皮鞋重新埋回石头堆里。

丑子和大洋驴出了废巷道，来到山坡上坐下来，商量着下一步的对策。大洋驴埋怨道，我早就说，田有那老东西不会帮咱们，可您不听，非要去试试。

丑子说，既然这样，那就别怪咱们对他不客气了。

听您这话，是不是已经有了啥打算？

丑子说，刚才田有叫金儿时，我注意看了，这条金矿脉含金量挺高。

含金量再高，也是他们的呀。

丑子说，把它夺过来，不就是咱们的了？

您是说跟他们夺掌子？

丑子说，哪儿能那么傻呀。

不夺，他田有肯让出那么好的一条金矿脉吗？

丑子说，咱们给他来个“截头打绕儿”。

啥叫“截头打绕儿”呀？大洋驴不解地问。

丑子拿起块石头在地上画了一道，比作田有他们正在追的金矿脉，说道，咱们从侧面打条通道过去，截断他们的去路，金矿脉就是咱们的了。大洋驴高兴地说，这太好了，到时候让那老东西哑巴吃黄连，有苦说不出。

在淘金人眼里，截头打绕儿是争夺金矿脉最阴损的一招儿。但成功的难度很大，必须要掌握金矿脉的走向，了解对方掌子所在的位置，选准打通道的地点，估算好双方掘进的速度。不管哪一条，如果有一点偏差，就等于瞎子点灯白费蜡。

傍晚，看见田有一行人收了工，走下山去，躲在山坡上的丑子和大洋驴钻进废巷道，来到田有的掌子里。他们借助电石灯光亮，把掌头的位置、金矿脉的走向、掌子与地面的距离等数据都一一测量好了，便又回到了山坡上。

根据掌握的参数，丑子指着一棵歪脖子树旁边的缓坡，胸有成竹地说，咱们就在这儿打通道，估计掘进三十多米，就能截住田有他们的金矿脉。

大洋驴问，咱啥时动手？

丑子说，让咱们的人准备好工具和炸药，明天一早就干。

大洋驴说，好，等回家我就通知他们哥儿几个。

离开山坡，走上回家的山路，大洋驴回头看了一眼，只见有一群山雀扑棱棱飞来，歇息在那棵歪脖子树上，叽叽喳喳叫个不停，搅得所剩无几的树叶飘飘洒洒落下来。

丑子说，田有一旦知道咱们截头打绕儿，肯定跟咱玩儿命地拼进度。大洋驴说，拼就拼，咱们这帮人不比他们那些人差，如果打通道的人手不够，我可以再多找几个。丑子说，不用，人多了反倒转悠不开身子。随后，丑子又跟大洋驴说，家里如果有干辣椒，明天可以带上一些。大洋驴不解，问，要干辣椒有啥用？丑子卖了个关子，说有备无患，到时候你就知道了。另外，明天尽可能多带些吃的喝的，要做好昼夜连轴转的准备。大洋驴说，没问题，等回到家，我拿上钱就到村里小卖部去买。丑子说，在老辈儿淘金人眼里，截头打绕儿比不了沾灶火，认为是最绝情的事。明天只要咱们一动手，你我跟田有的关系，就算彻底掰了。大洋驴说，要面子就别要金子，要金子就别要面子。再说了，他啥时给过您面子呀？咱求他帮忙找一条金矿脉，哪次他不是把您噎得一愣一愣的？丑子说，好，既然他不仁，我也就不义了。大洋驴说，这就对了，无毒不丈夫。

第二天上工来，田有他们按部就班地打锤、扶钎、清运废石头，干得热火朝天。忽然，从天棚的斜上方传来几声爆炸声，震落下许多大大小小石渣。田有似乎意识到了什么，出了废巷道，来到山坡上。

在歪脖子树旁边，丑子和大洋驴一伙人已经炸出一个通道的入口。田有看到这个入口，立刻明白他们是想截头打绕儿，夺取金矿脉。

田有说，丑子，这一招儿可够损的，肯定又是你出的馊主意吧？

截头打绕儿，自古以来就有，怎么会是我出的馊主意呢？再说了，矿藏是国家的，又不是你的，只要有采矿证，谁都有权开采。丑子说这番话时不仅不惭愧，反倒显得理直气壮。

田有说，可你想过没有，我会老老实实束手就擒，让你们得逞吗？

丑子叫板说，要是不服气，那就比试比试呗。

好啊，就按老辈儿淘金人留下来的规矩办。田有说，如果你们打的通道截在我们掌子前面，二话别说，金矿脉归你们。

丑子紧接话茬儿说，如果你们掌子越过我们打的通道，我们甘拜下风，金矿脉还是你们的。

田有说，君子一言，驷马难追。

丑子说，谁要反悔，不得托生。

一场争夺与反争夺、较量与反较量的搏杀，就此开始了。

丑子他们截头打绕儿的通道选在山坡上，不仅清运废石头十分方便，放炮过后的硝烟也能很快散去，所以干到傍晚，通道就掘进去十几米深。相比之下，田有他们凿掌子的进度就慢多了，尽管掌子缩窄到只能容下一个人，但放过了炮，由于硝烟憋在废巷道里久久不散，人无法钻进掌子里干活。如果一直这样下去，田有他们一准儿是输定了。但让丑子万万没有料到的是，通道前方遇到了坚硬的青石层，八磅大锤打下去，钢钎在岩石上只留下一个白印。好不容易打好炮眼，装足炸药，崩下来的岩石也只有浅浅一层，这大大减缓了掘进的速度。

于是，带来的干辣椒便派上了用场。丑子和大洋驴悄悄潜进废巷道里，来到距田有他们掌子不远的地方，先是把一抱柴草放在地上，然后把干辣椒倒在上面，又洒了些助燃的白酒。丑子将电石灯吐出的火苗凑近柴草，腾的一声，柴草和干辣椒呼呼地燃烧起来。火促着烟，烟裹着火，翻滚着向废巷道那边漫去。很快，便听见蝙蝠扑棱棱抖动翅膀的声音。

大洋驴和丑子撤出废巷道，他们没能发现，躲在拐弯处的白毛人一闪就不见了。走到半路，大洋驴忽然停住脚步，幸灾乐祸地说，等等，我得好好听听他们是怎么咳嗽的。丑子说，肯定上气不接下气，眼睛熏得跟烂桃儿似的。

说着，二人坐下来，各自点燃一支烟，悠然地抽着，静候那特别渴望听见的咳嗽声，但咳嗽声却迟迟没有传来。大洋驴觉得奇怪，说，那柴火是不是灭了？丑子也很纳闷儿，说，按说不应该呀，走，瞧瞧去。

二人原路返回，发现柴草果真灭了，而且显然是被人扑灭的。柴草和干辣椒上蒙有一层湿湿的山土，还压了好几块碗大的石头。

大洋驴说，嘿，真邪门儿了，这是谁给弄灭的？

是呀，这儿除了咱们俩，没别人啊。丑子边说边往四下寻看。

大洋驴和丑子搬开石头，从山土下扒出柴草和干辣椒，用电石灯再次将其点燃。大洋驴脱下上衣，呼啦啦扇着，直到柴草再次燃烧起来，他们才迅速撤出废巷道。

滚滚浓烟铺天盖地涌进田有他们的掌子里。清运废矿石的牛大力首先发现了烟雾，大声喊道，哪儿来这么多烟呀，妈呀，还是辣的！不等说完，牛大力咳嗽起来。其他人也被呛得嗓子发痒，泪流满面，蹲在地上捣蒜似的吭吭咳嗽。

田有拎起盛水的塑料桶，迎着烟雾飘来的方向猫腰跑过去，发现地上有一堆柴草冒着浓烟，赶紧将其浇灭了。田广和跟过来，说，爸，这肯定又是丑子出的损招儿，我找他算账去！说着，田广和就往外走，几个伙计紧随其后。

田有喊道，回来，都给我回来！

人们只好停住脚步。

田有说，你们现在去闹，恰好中了丑子的奸计。

侯子明说，这简直是骑在人脖子上拉屎。牛大力说，总不能就这样忍了吧？王全盛劝道，你们就别火上浇油了，大叔说得对，事闹大了，对咱们不利。

见父亲半天没说话，田广和问，爸，咱们该怎么办？

田有只说了一个字，撤！

撤？田广和很是不解，咱不和他们一比高低了？

田有说，不比了。

田广和说，难道金矿脉就这样拱手送出去？那也太便宜他们了，就怕那帮小子不仅不领情，反倒认为咱们好欺负，以后还会得寸进尺。

田有说，咱们是淘金，不是斗气。

田广和说，人活着，不就是为了争口气吗？

田有说，话是这么说，可人活在这世上不容易，等到闭上眼睛再明白这一点就晚了。

王全盛插话道，大叔说得没错，退一步海阔天空，小不忍则乱大谋。

田有说，好了，不再提这事了。走，收工回家吃饭，明天咱们再找新的金矿脉。

第二天早晨，田有一行人上工来，路过那棵歪脖子树时，看见干了一天一夜的大洋驴和丑子等一伙人，七横八卧地睡在通道口的山坡上，呼噜声此起彼伏，地上胡乱扔着几十个空酒瓶子。大洋驴四仰八叉地躺在地上，嘴角流着口水，右手拿着一个还剩有半瓶啤酒的酒瓶子，一只大黑蚂蚁爬到他脸上，竟也浑然不知。脑袋枕在大洋驴腿上的丑子，身旁放着一个白瓷碗和一个盛水的破铝盆，这证明他对金矿砂早就叫过金儿了。田有拿起碗，在掌上一磕又一斜，碗的黑色底留里呈现出几个针尖大小的黄色物质。不用说，他们已经截到金矿脉了，似乎还得意忘形地庆祝了一番。

田广和说，爸，咱要是不撤，哪有他们的份儿呀。田有苦笑了一声，说让他们好好儿睡吧，咱去找新的金矿脉。说着，田有带着人们走进废巷道里。

当太阳升起一竿子高，丑子醒来了，他爬起来捅醒大洋驴等人，说都赶紧起来吧，该干活了。大洋驴揉着惺忪的睡眼说，不知道田有他们怎么样了。

丑子和大洋驴来到田有的掌子，却不见一个人，甚至连一件工具也没发现。丑子说，看样子，他们好像早就撤了。大洋驴说，要撤也是被辣椒熏跑的。

这时，从另外一条废巷道里传来叮叮当当的凿击声。大洋驴和丑子闻声找过去，看见田有和伙计们正在岩壁上抡锤打钎寻找新的金矿脉。

田有主动与丑子打招呼，不去追你们的金矿脉，跑这儿干啥来了？

丑子说，我想问一句，你们是不是主动撤的？

田广和抢过话茬说，我们要是不撤，你们截头打绕儿能得逞吗？

丑子说，老哥，这不像是你的脾气，你可从来不认输啊。

啥也别说了，那条金矿脉归你们了。等啥时放了槽，别忘了告诉我一声，我好到你们掌子里去沾灶火。田有的话里明显带有讥讽的味道。

回到地面，大洋驴不解地问丑子，田有老东西为啥不跟咱比试了？不会是怕比输了没面子吧？丑子说，我看不是那么回事。这就像俩人赛跑，本来他是领先的，忽然停下不跟咱玩儿了，让我们抢了个第一，这多臊眉搭眼呀，没劲，真是没劲。大洋驴说，管他有劲没劲呢，只要金矿脉到手就行。

截头打绕儿抢来的金矿脉，当天就放槽了，而且是个大鸡窝槽。丑子砸碎一块金矿砂，放进碗里叫金儿，随着水在碗和盆里流进流出，碗底里剩下一些黑色的底留。丑子将碗在手掌上一磕又一斜，底留里呈现出七八个针尖大小的金黄色物质，其中有一个竟跟小米粒似的。

大洋驴高兴地喊起来，哈哈，还真有货！

丑子说，这样一吨矿砂，含金量起码在六七十克以上。

大洋驴说，太好了，田有要是知道，非得把他鼻子给气歪了！

到傍晚收工时，大洋驴和丑子一伙儿每人背着满满一口袋金矿砂出了废巷道，撅着屁股猫着腰，走在回家的山路上。

一只鹞儿鹰从高空俯冲下来，抓起躲在草丛里的一只山雀，随后又腾空而起，一片片灰褐色的羽毛飘落到山坡的一块大石头上。躲在大石头后面的田宝看着大洋驴和丑子他们一伙人下了山，背起背篓走进废巷道里。

当夜幕降临，田宝蹲在墓坑里，重新铺好墓底的红砖，抓了几把土，撒在红砖上，用树枝当笤帚，胡乱地扫了扫，让土灌满砖缝。墓壁上，热闹儿画的那条狗的尾巴和身子都已经被墓底的红砖埋住，只露出一个狗脑袋。这说明，墓坑足足长高了一米多。田宝背起背篓，沿着斜坡墓道走上地面，回身看了一眼自己的墓坑，终于满意地点点头。

二

深秋的夜晚是静谧的，没有了夏日青蛙的鼓噪，没有了初秋蟋蟀的鸣叫，流淌的小河也因水量的减少，由哗啦啦的欢唱变成了轻缓缓的低吟。

田凤芹和魏山河约会在小河边，河水在月亮映照下闪着粼粼波光。魏山河本来只请了两三天的假，可到了姐姐家，正赶上姐夫所在的部队换防，他帮助姐姐把家随部队搬到张家口郊外安顿下，这才赶回来，比原计划晚了好几天。这让田凤芹很不高兴，埋怨说，为啥不寄封信来，省得让我胡思乱想瞎惦记。

魏山河说，等信到了，我人也回来了，闹不好信比我还晚到呢。

哪怕信比你晚到，也能证明你心里有我。田凤芹不依不饶。

魏山河说，如果我心里没有你，就不会回来了。

你要敢不回来，就是钻进石头缝儿里，我也会找到你。这辈子，你永远别想丢下我！田凤芹耍起小性。

也许为了表白对姑娘的真诚，魏山河把这次去姐姐家，姐姐给他介绍了一个女朋友的事向田凤芹如实说了。

田凤芹一听，忽地站起来，说，那你还回来干啥？

魏山河说，你放心吧，让我给推了。

听这意思，你们好像还见了面？

魏山河说，是我姐夫把那女的领到我姐家。

她是干啥的？

魏山河说，师部电话班的话务员，家在甘肃农村，今年就该复员了，不想回老家，托我姐给找个男朋友。

尽管田凤芹心里酸酸的，但嘴上不服软，说，她跟你不是很合适的吗？你姐夫大小也是个副师长，托人给你们找一份工作还不容易？省得你总想着要远走高飞，到外面去闯世界了。

魏山河说，你真是不懂我的心，要那样的话，我为啥还把这事告诉你？

田凤芹问，那你说为啥？

我不说你也知道。

我就是让你说出来。田凤芹特想从魏山河嘴里听到那几个神圣的字眼。

魏山河沉了沉，拐弯抹角地说，因为……因为有你缠着我呗。

讨厌吧你就！田凤芹抡起拳头捶打着魏山河。

忽然传来啪的一声，二人转脸看去，原来是鱼儿跃出水面，平静的河水漾起层层涟漪。

魏山河不禁叹了一口气。

田凤芹问，叹啥气呀你？

魏山河说，我忽然生出一些感慨。

哦，啥感慨？说出来，让我也听听。

算了，没太想好，不说了。

哪有说半截儿话又憋回去的？快说，我听听。

沉寂片刻，魏山河用诗一般的语言和声调，道出了他心中的感慨。他说，明晃晃的月光，冰凉凉的星，哗啦啦的河水，深幽幽的井。是啥绊住了脚步？怀揣着希望却走不动。是啥搅乱了心思？已久的梦想却一场空。

田凤芹推了魏山河一把，嘿，你这是啥意思？说我绊住了你的脚步、搅乱了你的心思吗？

魏山河说，不，不是这个意思。我早跟你说过，我不可能在这山里待一辈子，早晚要出去闯世界。

那你去闯啊，谁也没拦着你！说着，田凤芹站起身，赌气离开。

魏山河追上去说，哎，凤芹，凤芹你听我跟你解释。

田凤芹说，不用解释，你当我是傻子，听不出你的意思吗？

你没听我解释，怎么知道我是啥意思？

这还用你解释吗？

魏山河一步跨到田凤芹面前，挡住去路，说，我的意思是，我一个人先出去闯荡，等稍稍安顿好了，立稳了脚跟，再把你接出去。

田凤芹缓和下口吻，说，不行，要走我跟你一起走，不管是到天涯还是海角。

我担心你跟着我会受苦的。

田凤芹说，和你在一起，再苦我心里也甜。

第二天，当大家上工走后，田凤芹把母亲拉到自己住屋，说，妈，我正式地跟您说件事。凤芹妈笑了笑，说，啥大事呀，值得让你这么正经？田凤芹板着面孔说，我要跟魏山河一起到外面去闯世界。

凤芹妈听了一怔，怎么说风就是雨呀，这我得跟你爸好好商量商量。

田凤芹说，反正我决心已定，不管你们同意不同意，我都要跟他一起走。

凤芹妈问，你们啥时走？出去打算干啥？

田凤芹说，还都不知道，我只是先给您下点儿毛毛雨，等我跟魏山河计划好了，再通知您。

这时，传来乡邮员拿信的喊声。母女俩透过玻璃窗看去，只见乡邮员在院门口露了一下头就不见了。

田凤芹跑出院门，乡邮员已经骑车走了，一封信塞在门垛的砖缝里。田凤芹拿过信，见是寄给魏山河的，信的右上角写有“内有照片勿折”几个字，字迹清秀规整，一看便知出自女人的手笔。田凤芹摸了摸信封，觉得很厚也很硬，里面的照片可能不止一张。田凤芹将信封对着太阳看了看，从信封里隐隐约约透出一个梳着两只刷子的姑娘与魏山河的合影。这个姑娘莫非就是魏山河姐姐给他介绍的那个女话务员？难道魏山河跟自己说了瞎话？田凤芹皱着眉头想了想，心里的疑惑印在了脸上。

回到屋，田凤芹将信封放在两片剪刀之间，犹豫片刻，改了主意，将剪子和信封狠狠扔在炕上。可又禁不住诱惑，再次拿起剪子想剪开信封，但终究还是没有下去手。

中午，田有一伙人出了掌子，坐在山坡上平日吃饭的地方歇息。铃铛声传来，人们循声看去，见田凤芹赶着骡子送饭来了。魏山河上前帮助田凤芹卸下驮子里的饭菜，发觉田凤芹阴着脸，有意回避他的目光。

田凤芹给大家一一盛着饭菜，轮到魏山河时，她却放下勺子不管了，沿着小路向山岗上的长城敌楼走去。

田凤芹坐在敌楼楼座的基石上，茫然地望着远处莽莽的群山，越想越觉得委屈。自从魏山河来家做工那天起，他一天也没让她心里安稳过。先是他深更半夜溜出院门，又得知他寻找的恋人竟是凤兰姐，而凤兰姐与他彻底断绝来往后，他始终也没明确跟她是什么关系。特别是今天那封来信里的照片，让她心里慌慌的，难道他不喜欢自己而又不好拒绝？

吃完饭，魏山河走上敌楼。田凤芹见了，转过身去。

魏山河问，怎么了凤芹，今儿好像有些不高兴？

田凤芹语气很硬，说，要是整天笑呵呵的，那不成傻子了。

魏山河说，我哪儿惹你生气了？

谁也没惹我，是我自己跟自己生气，恨我瞎了眼，那么轻易地就相信了别人说的假话。

你是说……我跟你说假话？

谁说假话谁知道。

凤芹，我向你保证，自从认识你，我对你没说过一句假话。

田凤芹不屑地哼了一声，说，这句话本身就是假话。

魏山河说，你不能无缘无故地冤枉好人。

那你就继续装你的好人吧。说罢，田凤芹起身下了山岗。

晚上，田凤芹将那“内有照片勿折”的信封，再次放在两片剪刀之间，咬咬牙，狠下心，正想要剪开看个究竟，热闹儿忽然跑进屋来。田凤芹赶紧将剪子和信封藏在身后。

热闹儿说，姑姑，魏叔叔让我告诉你，他在老地方等你。

田凤芹问，他还跟你说啥了？

热闹儿说，他还说，你要是不去，他就一直等。

我就不去，看他等到啥时候。田凤芹说。

热闹儿说，姑，你还是去吧，要不然……

田凤芹追问道，他是不是给你啥好处了？

热闹儿说，没有，就说以后他还教我吹口琴。

田凤芹想了想说，好吧，你跟他说在老地方等着我吧。

魏山河坐在小河边，悠悠地吹着口琴，虽然吹的依旧是《小河淌水》，但是曲调缓慢，与他此时心境一样，显得很忧伤。

躲在树后面的田凤芹探出头来，偷偷看了魏山河一眼，只见魏山河边吹口琴边向村路上张望。田凤芹缩回身，心想，吹吧，吹破了嘴唇我都不会搭理你的。片刻，口琴声停止了，田凤芹再次探出头。魏山河起身张望了一阵，似乎绝望了，一屁股坐下来，躺在河滩上。田凤芹狠心离开了。

魏山河打开随身携带的半导体收音机，喇叭里立刻传出《九九艳阳天》的歌声，九九那个艳阳天来哟，十八岁的哥哥约我在小河边……听见歌声，田凤芹停住脚步，犹豫再三，终究没有回头。

躺在被窝里，田凤芹拿出那封“内有照片勿折”的信，用手电筒从信的背面照着，一个梳着两只刷子的姑娘与魏山河的合影再次隐隐约约显现出来。她想撕碎这封信，忽听传来开门声，便过去撩开窗帘看去。只见魏山河走进院子，向黑着灯的田凤芹住屋凝神看了看，然后走进淘金工住屋。

田凤芹放下窗帘，心里骂道，活该！让你也尝尝编瞎话的滋味儿。

魏山河躺进被窝，心情烦躁，久久不能入睡。他不知道是热闹儿把话传错了，还是田凤芹故意不去赴约。

淘金工们睡觉时各有各的习惯，侯子明哼哼唧唧，牛大力鼾声如雷，小顺子的门牙磨得很响。

忽然，王全盛说起梦话，别动，金疙瘩是我的！

魏山河跟他搭话，问道，哪儿有金疙瘩呀？

王全盛竟然接话说，有，有两块儿呢。

魏山河问，在哪儿？

王全盛含含糊糊应了一句，翻了个身睡实了。

第二天，淘金工们围在桌子前吃早饭。魏山河对小顺子说，你夜里睡觉咯吱咯吱总是磨牙，说明肚子里还有蛔虫，赶明儿再买点儿驱蛔虫的药片吃。小顺子说，怨不得我夜里经常肚子疼呢。

说者无意，听者有心，王全盛问魏山河，哎，我夜里是不是说梦话了？

我没听见。魏山河没有实说，反问道，你睡觉爱说梦话吗？

王全盛说，这我哪儿知道啊，不过听我老婆说，我有时说梦话。

魏山河开玩笑说，那就等回了家，问你老婆吧。

到了中午，田凤芹又为大家送饭来了。她示意魏山河有话要说。魏山河随田凤芹沿着小路来到山岗上的敌楼。田凤芹将那封“内有照片勿折”的信交给魏山河。她想好了，放在手里攥着只能添堵，实在没什么意思，反正早晚也要真相大白。

魏山河接过信，看了一眼，说，谢谢，是今天刚寄来的？

田凤芹说，不，在我手里已攥了好几天了。说实话，我几次想剪开，但又一想，剪开看了又有啥用？你的心根本就没在这里。

魏山河忽然明白了什么，说，你是不是因为这封信，才跟我闹别扭的？

田凤芹说，以后我不会再跟你闹别扭了，你和照片上的那个姑娘一起远走高飞吧，是龙你上天，是蛇你入地，随你的便吧。

魏山河撕开信封，看了看随信寄来的两张照片，不禁笑了。

看见那女话务员，你高兴了是吧？

说啥呢？你自己看看！

田凤芹接过两张彩色照片，一张是魏山河与姐姐和姐夫的合影，另一张是魏山河跟一个穿着军装但没佩戴领章帽徽、梳着两只刷子姑娘的合影。姑娘的一只手顽皮地躲在魏山河脑后，伸着食指和中指，做着胜利的造型。田凤芹隔着信封隐隐约约看见的就是这一张。

魏山河说，你是吃这假女兵的醋吗？

田凤芹厉声地问，你老实交代，她到底是谁？

魏山河忍不住笑起来，说，她是我外甥女，我是她小舅舅。

田凤芹觉得奇怪，你外甥女能有这么大？

魏山河解释说，她看着大，其实才十六岁，刚刚考上解放军艺校，你看把她高兴的。

田凤芹心里释然了，这么说，你是萝卜不大长在了“辈”儿上？

魏山河笑着说，你要说我长得像个大白萝卜，干脆直说，我不在乎。

田凤芹捶了魏山河一拳，你真讨厌，害得我好几天都没睡踏实。

魏山河问，这回踏实了吧？

不踏实，除非你给我一个明确的回答。田凤芹死死盯着魏山河的眼睛，希望从他嘴里说出她一直想听到的那句话。但魏山河迟迟没有开口。田凤芹逼问道，你到底爱不爱我？魏山河沉了沉，“爱”这个字眼儿，对我来说，意味着要负起太多太重的责任。田凤芹说，用得着绕那么大弯子吗？爱就是爱，不爱就是不爱，今天你必须给我一个明确的答复。

面对姑娘火辣辣的目光，魏山河知道，回避是不可能的了，他点点头，算作回答。田凤芹拉过魏山河，在他脑门上响亮地亲了一下。

三

经过碾压、拉溜、提纯，冶炼等工序，丑子将他们一伙人采到的金矿砂炼成金子，每人分得一块指甲盖大小的金疙瘩。大洋驴在丑子家喝完酒，醉醺醺地回到家，将金疙瘩拍在炕桌上，对躺在被窝里的田凤兰说，你睁大眼睛好好瞧瞧，知道这是啥东西吗？

田凤兰不屑地说，还不是截头打绕儿得来的，这算什么能耐呀。

甭管怎么得来的，它也是金子！咱家现在不愁吃不愁穿，就看你肚子给我争不争气了。说着，大洋驴一把掀开被子，压在田凤兰身上。田凤兰不从，使劲扭动着身子，不让大洋驴进入她的体内。但终究抵挡不过，只好任凭大洋驴在她身上兴风作浪，上下癫狂。

待完了事，大洋驴死猪似的呼呼睡着了。田凤兰披衣下地来到堂屋，打开碗柜，从盐罐里翻找出一个小塑料瓶，倒出一粒白色药片，放进嘴里服下去。

这难道是避孕药不成？

第二天上工来，丑子用探矿镐刨了几下掌头的岩壁，回身对大洋驴说，坏了，金矿脉断线了。大洋驴说，要是一直追下去，金矿脉会不会再续上？丑子说，你不懂，金矿脉只要一断线，就不可能再续上，这是多少辈儿淘金人总结的经验。大洋驴问，咱们怎么办？丑子说，只能再去找新的金矿脉。大洋驴说，那咱们截头打绕儿不是亏了吗？丑子说，也不能算亏，毕竟挖到一个大鸡窝槽，出了几十袋子金矿砂。收拾好家伙，咱们撤！

说着，一行人收拾起工具，撤离了掌头。当他们走过掌子与通道拐弯处时，从通道顶部一条很细的岩石缝隙里钻出一小股青烟，就像一炷燃香散发出来的。但大洋驴和丑子一伙人只顾往外走，谁也没有察觉。

走在最后的一个叫黑子的合伙人刚从通道里走出来，便哇的一声吐了。大洋驴问，你怎么了这是？黑子脸色煞白，说忽然觉得特恶心。丑子说，你早上吃啥了？黑子说，吃了头天剩下的一个煮鸡蛋。丑子说，怪不得，以后注意点儿，吃坏了肚子，可就淘不成金子了。黑子不等回答，哇的一声又吐了，吐得稀里哗啦，恨不得把胆汁都吐出来。丑子吩咐两个人架着黑子下山去看病，自己和大洋驴及另外几个人钻进废巷道里寻找金矿脉。

从通道顶部岩石缝隙里钻出的青烟越聚越多，由通道口徐徐冒出来。一只鸟儿飞来，落在歪脖子树上，欢快地叫着。一阵风儿将青烟吹过，树枝上的鸟儿像中弹了似的，一头栽下，掉在地上，扑腾了几下翅膀就死了。青烟沿着山坡缓慢地飘向山顶，有一只山耗子，嘴里叼着刚刚捕获的蚂蚱，待青烟从它身上漫过，山耗子不等将蚂蚱吃下便四肢一蹬，再也不动弹了。

大洋驴和丑子一伙人采用截头打绕儿的手段，夺得田有的金矿脉。而这条金矿脉放过槽之后，又忽然断了线，大洋驴和丑子他们不得不放弃掌子。不然，无论是谁，非得被这股含有剧毒的青烟熏死不可。两拨人马都就此躲过一劫，这也许就是天意吧。那么，金牛坨大山的肚子里怎么会有青烟冒出来？青烟里到底含有什么剧毒成分？直到后来田有他们发现了若干桶氰化物，才得以真相大白。

在废巷道里寻找金矿脉的两拨人，冤家路窄，不期而遇。

丑子主动跟田有打招呼，怎么着老哥，还没找到金矿脉？

田有没有正面回答，说，你们不是挖到一个大鸡窝槽吗，怎不沿着那条金矿脉继续追了？

丑子懊丧地说，咳，别提了，金矿脉断了线。

这倒霉的事，怎么也让你们赶上了？田有话里多少有幸灾乐祸的味道。

丑子说，啥都别说了老哥，咱们两拨人干脆合起来一块儿找金矿脉吧。

别价别价，还是各找各的吧。等我找到金矿脉，你好再到我们前面去截头打绕儿。田有揶揄道。

丑子说，截头打绕儿也只能一回，我不能破了老辈儿淘金人留下的规矩。

你还知道有这个规矩呀？田有说，那就更不能合伙儿了，等你们找到金矿脉，告诉我一声，我也到你们前面截头打绕儿去，这才叫礼尚往来嘛。

丑子说，即便我们找到金矿脉，恐怕老哥也不会那么办。

田有哼了一声，说，那可不一定，你欠着我一回呢。

田广和插话说，谁像你们似的，缺德带冒烟儿。

田有拉了儿子一把，话里有话地说，孩子混，不懂事，你做长辈儿的，不会跟他一般见识吧？

丑子说，只要老哥不跟我一般见识就行。

田有不想再跟丑子磨嘴皮子，带领一伙人向废巷道深处走去。

大洋驴骂了一句，老东西，谁愿意跟你合伙儿呀。

丑子说，你以为我真想跟他合伙儿啊？大洋驴说，您刚才不是说，要跟他一起找金矿脉吗？丑子说，我那是套他的话呢。大洋驴不解地问，您套他啥话呀？

丑子招呼同伙儿人坐下来，问道，你们都在电视里看过《动物世界》吧？见人们纷纷点头，丑子又说，鬣狗只要跟着狮子走，就一准儿饿不着，这是为啥呀？

大洋驴说，狮子逮到猎物，成群的鬣狗扑上去就抢，吃现成儿的。

丑子一拍大腿，对呀，这话算是说到点儿上了。

人们你看我，我看你，不明白丑子的计谋与鬣狗跟狮子抢食吃有什么关系。

丑子进一步解释说，田有找金矿脉的眼力，在破嘴山金矿上做工时就是出了名儿的，这一点，别说你们，八个我加起来，也抵不上他。

大洋驴打断说，您就别长他人志气灭自己威风了，怎么想的就直接说吧。

丑子指着废巷道两侧的岩壁说，只要有金矿脉露头，就会呈水平走向，暴露在岩壁两侧，如果田有在这一侧找到金矿脉，另一侧肯定也有，你们说是不是这个理儿？

人们连连点头称是。

大洋驴恍然大悟，我明白了，只要咱们悄悄跟在田有这头狮子后面，就不愁没有大块大块的肉吃。

丑子得意地笑了，我要说的就是这个意思。

大洋驴说，好主意，这样咱们就能省大事了。

田有举着电石灯在废巷道两侧岩壁上仔细寻找，终于发现铜钱大的一个圆点，而圆点里的石头生着铁锈红，闪着石英的亮光，这无疑是一条探出头来的金矿脉。田有用探矿镐刨下一把矿砂，将其砸碎了，开始叫金儿。大家围成一圈，将电石灯齐刷刷地对准田有手里的叫金儿碗，目不转睛地看着，直到看见碗的黑色底留里显出几个针尖大小的黄色物质。

这条矿脉不错，就在这儿凿吧。田有说着站起身，却发现丑子和大洋驴等人站成一排，用身体挡住了岩壁的另一侧。田有顿时明白了他们的意图。

嘿，你们啥时跟来的？田有说。

丑子心里窃喜，不动声色地说，老哥不是说各找各的金矿脉吗，你们在这边儿凿，我们在那边儿凿，咱们井水不犯河水，看谁的金矿脉先放槽见阔儿。

田有说，我是不是可以理解为，你要成心跟我对着干？

"对着干"这仨字多难听呀。有句话说得好，远亲不如近邻，近邻不如对门。丑子说，咱们门对门地干活，这多好啊，万一有个啥事，也相互有个照应。

田有笑了笑，既然你这么说，丑子，我要是再不同意，好像多小气似的。这么着吧，这岩壁两边儿的金矿脉，让你随便挑。

大洋驴似乎不敢相信，说，真让我们先挑？

田有眼睛始终盯着丑子，根本不理睬大洋驴。

丑子来到田有刚才找到金矿砂的一侧，说，我就挑这边儿了。

田有问，想好了？

丑子说，想好了。

田有又问，不再变了？

丑子说，不变了。

田有装作无奈地说，那我只能挑另一边儿了。

两拨人像哨兵换防似的调换了位置。田有很容易就在岩壁上找到金矿脉的另一头，用探矿镐刨了几下，哗啦啦掉下一块金矿砂。

大洋驴见了，说，哎，等等，我们改主意了，挑那边儿了。

田有问丑子，你是啥主意？

丑子看看这边，又看看那边，一时拿不定主意。一条金矿脉被废巷道分割成两头儿，谁也不可能知道哪头儿能放槽见阔儿。最后，丑子只好说，那就照您姑爷说的办吧。

田有问，不再换了？

丑子底气不足，说，不换了。

田有似乎故意逗丑子，说，要不要再想想？

丑子说，不用再想了。

那好，有句话我得跟你先说在前头。田有说，金矿脉的特点，是倭瓜秧上结倭瓜，倭瓜秧往哪儿爬，爬多远能结一个倭瓜，别说你我猜不准，就连老天爷也说不清。所以我提醒你丑子，到底挑哪边儿，你可得考虑好了，以后别来回来去拉抽屉玩儿。

丑子指着岩壁说，考虑好了，就这边儿了！

田有说，刚才你不是说要相互照应吗，那咱两个把式头讲好了，要打眼一起打眼，要放炮一起放炮，省得相互干扰，谁也不得干活，你看怎么样？

丑子说，好，就这么办。咱们啥时开干，听老哥你一句话。

田有想了想，说，今儿都回家准备准备，明儿早七点在这儿见面。

丑子说，好，就早上七点，不见不散。

不等走出废巷道，大洋驴就急不可耐地问丑子，今儿那老东西怎这么好说话呀？丑子得意地说，他是被我逼得没辙了，两边儿的金矿脉他总不能都占着吧。大洋驴问，他会不会憋着啥臭屁呢？丑子说，不管他憋啥屁，这回也要让他痛痛快快地放出来。

田广和对父亲的举动也很不解，说，您答应丑子跟咱对着干，就不怕他们没事找事添乱吗？

田有解释说，两列火车开往两个方向，只会越跑越远，这样他们就不会到咱们前面截头打绕儿了。

田广和说，按照规矩，截头打绕儿不是说就许一回吗?

田有说，沾灶火也只许一回呢，可丑子和大洋驴不是也死皮赖脸沾了好几回吗。再说了，把他们放在眼皮子底下，随时随地能了解他们的动向。

田广和还是有些不明白，说，那您又为啥让他们先挑边儿?

田有说，为的是堵上他们的嘴，省得他们再来找后账。

王全盛插话说，想不到大叔把后几步棋都设计好了，真是狐狸再狡猾也斗不过好猎手啊。

侯子明说，嘿，这事闹的，我怎么觉得挺好玩儿的呀。

田有笑着说，好玩儿就对了。

走出淘金谷沟口，大哑巴发现不远处的田宝家坟地竖起一块石头墓碑，便连啊啊带比画地指着。

田广和说，爸您看，田宝大爷把自己的墓碑都竖起来了。

你带人先回家吧，我过去瞧瞧。田有说着走向田宝家坟地。

田宝墓坑前埋着一块青石板制作的墓碑，上面只简简单单刻了“田宝之墓”四个字，既没有生卒年月，也没有落款，却已经在阴刻的字上描了红漆。要知道，只有墓主人死了以后，才可对墓碑上的字描红。田有不解地摇摇头，心说，这老哥，把自己后事都准备好了。真要有那么一天，田姓没出五服的人有几十口子，还会担心没人给你墓碑的字上描红吗?

田有刚想转身离开，不久前孙子热闹儿画在墓壁上的那只狗吸引住了他的目光。狗仅露着一个脑袋，身子和尾巴都被埋入铺在墓底的红砖下面。这足以说明，墓底起码长高了一米。田有觉得奇怪，沿着斜坡墓道下到墓底，跺了几脚，红砖有些松动，这显然是新铺的。随后，又看见在墓坑角上有几块黄豆粒大小、生有铁锈红的金矿砂。田有过去捡起，仔细看了看，忽然明白了什么。他撬起两块红砖，惊奇地发现铺在墓底下面的竟是金矿砂！这就不难理解墓底为何抬高了一米，掌子里为何经常丢失金矿砂了。可是，田宝为什么要在自己墓坑底下埋这么多金矿砂？一个人死了，要这些金矿砂还有什么用？田有不得其解，重新铺好红砖，又往砖缝里撒了一些土，使其更加严丝合缝，不露破绽。

田有没有直接回家，而是来到田宝住的院子。他搬开栅栏门，走了进去，看见院子里停放着一口涂了黑漆的棺材，不禁一愣。

田有喊了一声，大哥在家吗？

没有人回答，只有一大两小三只羊向田有咩咩地叫着。

田有走进田宝住屋，不见有人。屋子里凌乱不堪，炕上的被褥好像多日没有叠了，炕桌上放着半碗吃剩下的疙瘩汤，有几只苍蝇嗡嗡地上下翻飞。

田有出了院子，回身关上栅栏门，自言自语地说，怪了，人去哪儿了？

待田有走后不久，院子里那架在两条板凳上的棺材有了动静，厚重的棺材盖被慢慢移开，田宝从棺材里露出秃顶的脑袋，向院门口看了一眼，又重新缩回到棺材里去了。

晚上，田有把心里的疑惑告诉给凤芹妈，说，田宝大哥真是越来越古怪了，古怪得让人都不可理解。

凤芹妈也有同感，说，原来他多爽快啊，有说有笑的，还特爱唱戏，自打家人都被煤气熏死了，他就变成了另外一个人。

田有说，前些日子他给自己挖好墓坑，这就够邪行的了，今儿我看见他又给自己竖起墓碑，在墓碑刻的字上描了红，还买了一口棺材，停放在院子里。

凤芹妈叹了一口气，咳，他是担心赶明儿没人帮他料理后事呗。

田有说，还有件事更怪，我发现他在墓坑里偷偷埋了一层厚厚的金矿砂。

凤芹妈问，他为啥要这么干？

田有说，是呀，我也猜不透。不过我分析，那些金矿砂，很可能就是从咱掌子里偷的。

凤芹妈一愣，哦？这肯定是他的一个秘密。

田有沉了沉，说，就让他带着这个秘密走吧，咱谁也别去戳穿他。

这天，金牛坨村的夜空里又响起幽幽的埙声，不成曲，不成调，断断续续，时有时无。与以往不同的是，比哪天都凄楚、都悲凉。

第二天，田凤芹赶着骡子去给父亲他们送午饭，在村路上遇到一个中年人骑车迎面而来。中年人下了自行车，向田凤芹打听，认识不认识一个叫田宝的人。田凤芹说，当然认识，他是我本家大爷。中年人将一个很大的塑料袋交给田凤芹，让她尽快转交给田宝。

田凤芹问，这里面是啥东西呀？

中年人说，是田宝在县医院照的片子和诊断证明，好几个月了始终也没人去取，县医院把这转到我们乡卫生院，院长派我特地给他送来。中年人又特意叮嘱道，你让田宝赶紧到县医院复查，一天也不能耽误了。

田凤芹问，我大爷得了啥病？

中年人说，肝癌。

田凤芹不禁一怔，啊，肝癌？

中年人说，再不抓紧治疗，恐怕就来不及了。

当田有从女儿凤芹嘴里得知田宝患有肝癌的消息，立刻带着儿子广和下了山，来到田宝家。

田有刚一搬开栅栏门就急切地喊道，大哥！田宝大哥在家吗？

回答他的依然是院子里那几只羊咩咩的叫声。

父子俩走进屋子，但屋里却空无一人。放在炕桌上的那半碗疙瘩汤，表面已经皱干了皮，说明多日没人动过了。

田广和说，爸，我大爷他能去哪儿呢？

田有想了想，说，咱们到他墓地去瞧瞧。

停放在黑漆棺材旁木凳上的一只破胶鞋，映入从屋子里走出来的父子俩眼帘。田有走近黑漆棺材，只见木凳上和木凳下各有一只破胶鞋，地上还有一双袜子，大拇脚指头的地方各破了一个洞。田有与田广和对视一眼，似乎都猜到了什么。父子俩合力推开棺材盖儿一看，不禁大为惊愕。

田宝静静地躺在棺材里，似乎睡着了，穿着一身新衣新裤新鞋新袜子，枕头左侧放着一个五眼埙，右侧放着厚厚一摞冥钱。

田有喊道，大哥！田宝大哥你醒醒，你醒醒啊！

田宝脸上的肌肉抽动了几下，然后才慢慢睁开眼睛。

田有说，大哥，你有病为啥不早说呀？

已经奄奄一息的田宝，只有吐气，很少吸气，发出的声音很微弱，我的后事，就全都托付给你了。

田有说，没问题，你放心吧。

田宝不断捯着气儿，兄弟，有件事我对不住你，你们掌子里丢的金矿砂，是我偷的。

田有无所谓地说，你别往心里去，这根本不算个事。

田宝苦笑一下，说，敢情你早就知道了？

田有说，你放心，这事我不会让外人知道的。

这辈子，我是穷命鬼，死了以后，能躺在金山银山上，下辈子就能托生个有钱人了。说完，田宝一口气没捯上来，脑袋一歪，闭上了眼睛。

当天，田有张罗田姓家族的人把田宝的遗体安葬在了他自己掘好的墓坑里，并堆起一个很大的坟头。从此，金牛坨村的夜里再也听不到那不成曲不成调的幽幽埙声。

第十二章　父亲想说什么梦却激灵醒了

一

按照双方约定，以田有和丑子为把式头的两拨人马，在同一段废巷道的南北两侧开始了“对着干”。你打炮眼，我也打炮眼；你装填炸药，我也装填炸药；你放炮前通知我一声，我要放炮了也先跟你打声招呼。总之，谁也不妨碍谁，但又暗暗地较劲儿。这样相安无事地干了两天，各自的掌子都已掘进十几米深。

这天，田有他们挖到一个小鸡窝槽，经叫金儿验证，含金量着实不低。

对门掌子里的丑子闻着腥味儿就来了，说，不错呀，这么快就放槽见阔儿了？

放槽是真的，见阔儿说不上，挖出的矿砂只够装三四袋子的。田有反问道，你们掌子里怎么样？

新媳妇肚子一点儿动静也没有。丑子有些沮丧。如果当初选定在这边凿掌子，那么率先放槽见阔儿的就不是田有他们了。

稳住劲，别着急，沿着金矿脉一直追下去准能放槽。有句话说得好，一网不捞鱼，二网不捞鱼，三网兴许就捞它个大金鱼呢。田有说完笑了笑。

丑子却笑不起来，说，老哥你可真是个福星，怎么挖哪儿都见阔儿呀？

田有说，我算啥福星啊，不过就是赶巧了呗。

丑子本来还要说什么，但当着田有等人的面，似乎不好意思张嘴，便走回他们的掌子里。

收了工，田有一伙人背着三四袋子金矿砂从大山里走出来。等候在山坡上的丑子迎上前，大哥你等等，我有话跟你说。但丑子却不急于开口，而是等田广和、大哑巴和几个伙计走下山去，他这才说道，你姑爷让我给你传句话，他想跟你换掌子。

田有四下看看，问道，他人呢？

他说他不好意思出面，让我跟你说。丑子明显是在撒谎。

田有当即否决，不成，谁说也不成。

丑子脸色阴下来，顿了一下说，本来一开始，我挑的就是你们现在凿的那边儿，可后来……

田有打断说，后来看我们放槽见阔儿了，你们又想跟我换掌子了是吧？丑子，事儿怕调个理儿怕翻，这要是你，你能答应吗？

丑子说，老哥你就再大度一回，不看僧面看佛面，看在你姑爷的分儿上，就把掌子换过来吧。

别跟我提他，提起他我就来气！田有脑门儿上的青筋暴了起来，像是爬了几条蚯蚓。

其实，大洋驴并没有走远，就躲在不远处的一块大石头后面，正探头探脑地向这边窥视。听见田有这么一说，他恨得把槽牙咬得咯吱咯吱响。

好好好，咱不再提他，省得招你生气。丑子说，就算我求你了，看在咱老哥儿俩一起工作二十来年的分儿上，这点儿面子你得给我吧？

丑子你平心而论，我少给你面子了吗？田有说，你们三番五次地沾灶火，又丧尽天良地截头打绕儿，还死皮赖脸地跟我对着干，我哪次没给足你面子？

丑子脸上泛起一片红，厚着脸皮说，那请老哥就再多给我一次面子，把好人做到底呗。

田有没有立刻回绝，沉了一下，耐心地说，凭我眼力看，你们那边儿的金矿脉是条旺脉，一点儿也不比我们这边儿的差，只要坚持不懈地追下去，肯定能放槽见阔儿，无非就是早晚的事。

丑子说，这我信，可这一早一晚，差大事了。

要是我跟你们换了掌子，以后你们很可能会吃亏的。田有善意提醒说。

即便吃亏我们也认了。丑子双手抱拳央求道，你就答应换了吧，好吗？

田有回答很坚决，不行！就这样吧，我还有事，先走了。

看到田有下了山，大洋驴从大石头后面走过来，骂骂咧咧地说，这个老东西，敬酒不吃吃罚酒，牵着不走打着倒退，他不答应换，咱们就抢！

丑子说，不到万不得已不能乱来，刚才你老丈人说了，咱现在追的金矿脉是条旺脉，要不然，掌子咱不换了？

大洋驴说，他这是借口，就是不想跟咱换掌子。

回到家，大洋驴把对田有的怨恨发泄到老婆田凤兰身上。而他发泄的方式除了无端谩骂就是强行做爱，把射出的精液当作从枪膛里射出的复仇子弹。待发狠地消耗完力气，大洋驴从田凤兰身上滚下来，倒在一边，呼呼睡着了。

田凤兰默默擦干眼泪，悄悄起身来到堂屋，照例打开碗柜，从盐罐里翻找出那个白色的塑料小药瓶，从中倒出一片药，刚要放进嘴里，门帘突然一挑，大洋驴走出来。田凤兰想藏起小药瓶，但已来不及了。大洋驴一把抓住田凤兰的手，夺过小药瓶，盯着看了看，原本贴在小药瓶上印有药名和说明的纸被撕去了，只留下一些胶水的痕迹。

大洋驴瞪大眼睛问，你吃的这是啥药？

田凤兰说，反正不是耗子药。

大洋驴晃动着小药瓶，里面的药片发出哗啦哗啦的响声，他似乎明白了什么，说，你吃的这是不是避孕药？怪不得这些年怀不上孩子，原来你背着我偷偷吃避孕药，你这是故意让我们杨家断子绝孙啊！

田凤兰似乎想争辩什么，但大洋驴忽然翻了脸，狠狠抽了田凤兰几个耳光，骂道，好你个王八蛋！竟敢背着我吃避孕药！

一股鲜血从田凤兰嘴角流出来，但她一声不吭，狠狠地瞪着大洋驴。

大洋驴厉声质问，说！你是不是一直背着我吃避孕药？

田凤兰被逼急了，对！我吃的就是避孕药，我就是让你们家断子绝孙！

大洋驴一下子愣住了，随后竟委屈地抽泣起来，说，过去我一直纳闷儿，这么饱满的种子，这么肥沃的土地，为啥撒下种子总也长不出苗儿，今儿我终于闹明白了，敢情你一直背着我偷吃避孕药，田凤兰你也太缺德了吧！

田凤兰回骂道，你才缺德呢！

大洋驴止住抽泣，说，我再怎么缺德，也不会做出你这种伤天害理的事来。

田凤兰反驳说，伤天害理的事，你做得还少吗？

大洋驴警告说，以后你敢再吃这种破药，我割下你的舌头，撕烂你的嘴！

田凤兰不屑地说，大不了一死。

不给我生个儿子你就想死？门儿也没有！大洋驴摇晃着手里的小药瓶，说，这回我非得跟你爸那个老东西好好掰扯掰扯，让他睁大眼睛瞧瞧，他养活出的这个闺女，到底是个什么玩意儿！

早晨起来，田有坐在炕桌旁吃饭。大洋驴怒气冲天地闯进屋，将手里的小药瓶啪的一声蹾在炕桌上，说，你瞧瞧这是啥东西！

凤芹妈从堂屋跟进来，哎呀，这大清早儿的，你为啥发这么大的火呀？

大洋驴指着小药瓶说，我能不发火吗？你们打开瞧瞧就知道了。

凤芹妈刚要拿起小药瓶，被田有一把拦住，对大洋驴说，有啥事你说啥事。

好，我替你们打开。说着，大洋驴拧开瓶盖，抬手一扬，药片四散，炕上地下到处都是。

凤芹妈问，这……这是啥呀？

这是你们闺女吃的避孕药！大洋驴一蹦老高。

凤芹妈和田有都愣住了。

大洋驴对田有夫妇俩指指点点地说，这是不是你们给凤兰出的坏主意？

凤芹妈赶忙解释，你这话是怎么说的呀，我盼着当姥姥都盼白了头了。

凤兰跟我结婚五六年，为啥光开谎花不结果？这回知道原因了吧？她这招儿也太阴太损了！大洋驴带着哭腔说。

田有问，你打算怎么办吧？

你得赔偿我们杨家断子绝孙的损失！大洋驴开始引入正题。

凤芹妈强装笑脸说，别把话说得那么难听，谁让你们杨家断子绝孙了？

大洋驴说，我要是没发现这瓶药，我们家可不就断子绝孙了吗！

凤芹妈自知理亏，让大洋驴坐到炕沿上，来来来，坐这儿消消气，等回头我一定批评凤兰，再怎么着她也不能这样啊。

大洋驴不依不饶，说，难道我就这么白受损失了？

田有说，想让我怎么赔偿你？

大洋驴没有直接回答，说，要不是你闺女这么缺德，我早该有一儿半女了。

田有催促道，痛快点儿说，怎么赔偿你损失？

大洋驴拿捏起来，说，让你赔人，你肯定赔不起，也没办法赔，那就赔钱吧。

田有说，一撅屁股我就知道你拉什么屎，你就死了这个心吧！

那你就得答应我换掌子。大洋驴说。

田有冷笑一声，说，这才是你到这儿来闹的真正目的吧？

大洋驴逼问道，你到底答应不答应换掌子？

田有说，答应换怎样？不答应换又怎么样？

大洋驴忽地站起身，威胁说，你痛痛快快答应，避孕药这事就算我活该倒霉；你要是不答应，等我就把凤兰糟蹋够了，退回娘家，物归原主，还得满世界嚷嚷，让全村人都知道，凤兰到底是个什么东西。

田有说，看来，我是无路可走，不想答应也得答应了？

一座独木桥，一条阳关道，随你挑。

田有说，如果换了掌子，以后我们要是放槽见阔儿了，你保证永不后悔？

永不后悔。

田有说，不再变着法儿地跟我捣蛋？

绝不捣蛋。

田有说，好，我答应跟你换掌子。

大洋驴似乎不敢相信，说，你真的答应了？

田有说，趁我没改变主意，你还不给我快滚！

大洋驴起身蹿出屋子。田有气得抄起饭碗摔在地上，他倒不是舍不得掌子，而是痛恨大洋驴用这种无赖手段要挟他。

上工来，田有便和大洋驴交换了掌子。

丑子乐不可支，说，想不到你小子真把掌子给换成了。

大洋驴说，这我还觉亏得慌呢，不然我儿子都会满街跑了。

得了，别得便宜卖乖了，赶紧抄家伙干活吧。丑子说，我听见一只大金公鸡在前面鸡窝槽里打鸣儿呢。

丑子和大洋驴一伙人干劲倍增，信心十足地干起来。

相比之下，田广和等人却垂头丧气，无精打采。田有在筷子般粗细的金矿脉里采到一把金矿砂，叫完一碗金儿，招呼大家过来看，鼓励大伙儿说，这条矿脉的含金量，一点儿也不比咱们原来那掌子里的差，别都跟霜打了似的，振奋起精神来，沿着金矿脉追。

田广和说，含金量是不差，可谁知道追多远才能放槽呀？

啥时能放槽，谁也说不准，这就要看有没有福气了。田有说着，接连打了好几个响亮的喷嚏。

王全盛开玩笑说，就冲大叔这一串喷嚏，咱们很快就能见阔儿。侯子明瞪了王全盛一眼，没听说过，你这是啥理论呀？魏山河说，大叔不会是感冒了吧？田广和说，爸，要不您歇一天，回家吃点儿药。牛大力说，是呀，您回家歇着去吧。田有说，没事，干点活儿，出出汗就好了。小顺子说，是谁在念叨大爷呢吧？田有说，谁会念叨我呀？侯子明挤眉弄眼地说，那可没准儿，万一大叔年轻时有哪位……不等侯子明说完，田有将叫金儿碗里的水泼在侯子明脸上，骂道，让你小子胡说八道！侯子明闹个满脸花，大家都笑了，因换掌子带来的不悦跑到了九霄云外。

田有他们追着金矿脉凿掌子，干到下午，再次打通了一条废巷道，金矿脉自然也就断了，好在田有在废巷道对面的岩壁上找到了伸延过来的金矿脉。但岩壁下码放着一堆废石头，只有把这些废石头清走，才可以继续凿掌子。王全盛和魏山河将石头一块块搬开，发现石头堆下又埋着二十多听军用罐头和几瓶白酒。大家撬开几个罐头，与不久前发现的那批罐头一样，有青豆的，有熏鱼的，有牛肉的，也有蜂蜜的。而且大都保存完好，味道鲜美。这次，田有没有让人们把罐头埋进石头堆，而是装进帆布口袋，准备带回家。

侯子明和牛大力回到原来的掌子里取大锤、钢钎等工具。当侯子明猫腰去拿一根撬棍时，通过叉着的双腿下意识地向后面看去，只见有个白毛人一动不动地站在他身后不远的地方，白衬衣白裤子白胡子，耷拉下来的白头发遮住了整个脸庞。侯子明吓得扔掉撬棍，瘫坐在地，一阵乱叫。

牛大力回过身来问，猴子你瞎叫唤啥呀？

侯子明哆哆嗦嗦地说，我……我看见一个白……白毛人站在那儿。

牛大力举起电石灯照了照，不见有任何活物，说，哪儿有什么白毛人啊，不会你又看走眼了吧？

侯子明从地上站起来，躲在牛大力身后，说，这回我绝对没看走眼。

你要没看走眼，那白毛人在哪儿呢？牛大力说，黄鼠狼专咬病鸭子，别人谁也看不见白毛人，为啥每次都让你这个胆小如鼠的人看见呀？

这……这我怎么知道啊！侯子明说。

猴子，你要总是喊狼来了，到最后狼真的来了，谁也不信了。牛大力说完，抱起工具就走。侯子明赶紧捡起撬棍追上去，忍不住回头又瞄了一眼，隐约看见不远处有个白毛人。侯子明揉了揉眼睛，再一看，白毛人却不见了。他怀疑自己是否真的看走了眼，再也不敢瞎嚷嚷。

每打通一条废巷道，为了安全起见，田有都要对周围的环境仔细巡视一番。他拎着电石灯只顾仰头查看天棚了，脚下却被什么东西绊了一下，捡起看了，原来是个牛皮缝制的烟荷包，拴有一根尺长的皮线，里面空空如也，没有丁点儿烟丝。田有觉得这个烟荷包有些眼熟，却又想不起在哪里见过，因为村里许多年长的男人都用这种烟荷包装叶子烟。

晚上，田有把捡到的烟荷包拿给凤芹妈看。凤芹妈翻过来调过去看了半天，忽然有一个惊奇的发现，拴在烟荷包上的皮线是断了以后又重新缝上的，便问道，你这烟荷包在哪儿捡的？

田有说，在新打通的一条废巷道里。

凤芹妈说，这一准儿是咱爸的。

田有似乎不敢相信，你怎么敢肯定这是咱爸的？

凤芹妈指着烟荷包上的皮线，回忆说，爸走失前，这皮线断了，是我给缝起来的。

田有凝神片刻，幽幽地说，我总觉得，爸好像还活着。

这怎么可能呢？凤芹妈说，爸走失在废巷道里已经十年了，没吃没喝，没穿没盖，他靠啥活着呀？

田有从帆布口袋里掏出军用罐头和白酒，一一摆放在炕桌上，说，这是我们在废巷道里发现的。

凤芹妈感到很惊讶，你的意思是……不不不，不可能！靠一些罐头，爸不可能活到今天。

田有说，要是有成百上千个罐头呢？要是有整整一仓库罐头呢？

就算有吃的，穿啥呀？咱爸是刚入秋时走丢的，穿的是单衣单裤，这怎么能熬得过冬天呢？凤芹妈怎么也不相信公爹至今还活着。

田有被问住了。是呀，尽管废巷道里冬暖夏凉，可仅靠单衣单裤，是怎么也熬不过冬天的。

凤芹妈将烟荷包递给田有，让他收起来当个念想儿，别再胡思乱想了。田有把烟荷包与墙上的烫画葫芦挂在了一起。从废巷道里捡到的十几根长长的银发搭在烫画葫芦两侧，看去像是一幅荒诞派的艺术作品。葫芦是脑袋，烫刻的笔画是脸上的五官和皱纹，垂到两边的银发则是辫子，而那个烟荷包似乎证明这一切是那么真实可信。

夜里，田有做了一个梦，与前不久做的那个梦大同小异，朦朦胧胧地梦见父亲站在一块大石头上，连说带比画，似乎很迫切，却怎么也听不清父亲在说什么，急得他激灵一下子就醒了。

二

与田有交换掌子后的第三天，在掌头干活的大洋驴将尖镐插进岩缝里，用力撬了几下，哗啦啦掉下一大块片岩，露出了一窝金矿砂。大洋驴叫来清运废矿石的丑子，问这是不是放槽了。丑子刨下一块金矿砂，贴近眼前，借助电石灯看了看，见上面布满了石英的蜂窝，蜂窝里有白马牙、黑铁碴、黄锈斑，还挂有小米粒大的一块块绿。这让他眼睛顿时放光，说放槽见阔儿了那是没错，含金量肯定还不低呢。

同伙欢呼起来，纷纷说掌子这回算是换对了。

丑子打了个手势，让同伙小声点儿，说这要让田有他们听见了，就跟咱们成心气人家似的。大洋驴说，我就是想好好气气他。丑子说，等赶明儿炼出金疙瘩，咱们再气他也不晚。而大洋驴非要立竿见影，说这事您就听我安排吧。丑子便顺水推舟地说他不管了，吩咐人们赶紧采掘金矿砂，装进帆布口袋里。不然，田有若真按照淘金人的规矩前来沾灶火，他是没有理由拒绝的。

收工时，丑子和大洋驴一伙儿将挖到的金矿砂背出山外，坐在山坡上边歇息边等候田有他们从山里出来。大洋驴把装满金矿砂的布口袋炫耀地挨个摆放在路边，乍一看，像是筑起一道防御工事。没过一会儿，田有他们一行人走来了，除了田有手里拎着一个布兜子，其他人都两手空空。

大洋驴对丑子说，这一天他们肯定又白费王八劲了。

丑子低低叮嘱人们，别显得太得意了啊。

待走近了，田有主动与丑子打招呼，看来不错呀，刚换掌子就见阔儿了。

丑子佯装哭穷说，凑凑合合吧，挖到一个鸡窝槽，出了十几袋子金矿砂，含金量还算可以。然后反问道，你们怎么样啊?

田有向丑子晃了晃手里的布兜子，说，这不嘛，七八个人干了整整一天，就挖到这么一点儿金矿砂。

丑子貌似安慰实为添堵地说，甭着急老哥，着急容易上火。有句话不是说得好吗，耗子拉木锨，大头儿在后边。

大洋驴故意气田有，大声喊着，欢迎到我们掌子里沾灶火!

田广和接过话说，好啊，等我们新做了大的帆布口袋再去沾。

说着，田有他们从摆放在路边的装满金矿砂的帆布口袋前面走过。

侯子明回头瞄了一眼，看见丑子和大洋驴一伙儿正得意地笑着，悄声说，有啥臭显摆的，别看就这么一点儿金矿砂，含金量比你们一百条口袋的金矿砂还要多。

田有拉了一把侯子明衣袖，低声训斥道，少废话!

看着田有一行人渐渐走远了，丑子眨巴了几下烂边子眼，觉得有些不对劲，跟大洋驴说，你瞧出来没有，他们的表情好像一个个都在偷着乐呢。大洋驴说，是偷着哭吧？丑子说，不对，田有为啥要亲自拿着一兜子金矿砂？这里面肯定有文章。大洋驴不屑地说，狗屁文章，他就会打肿脸充胖子，野鸡扎进草丛里，光顾脑袋不顾腚。

然而，还真让猴精的丑子给猜对了，田有他们一个个的确实是在偷着乐。

今天，田有带领大家追着金矿脉凿掌子时，大哑巴一锤打下去，魏山河手扶的钢钎钻进岩层里大半截，怎么也拔不出来了。魏山河喊来田有，说钢钎好像是被岩石咬住了。

听到“咬住”这两个字，田有心里不禁一动，但他容不得多想，照准钢钎又是用脚踹，又是用大锤震，但都无济于事，像被焊死了一样。

牛大力和田广和放下清运废矿石的手推车，攥住钢钎合力往外拔，用尽吃奶的力气，钢钎依然纹丝不动。

田有叫过来侯子明，说，你嘴巴不是能耐吗，这回有用武之地了，赶紧学几声驴叫，声音越大越好。

侯子明不明白把式头为啥突然让他学驴叫，说，要学驴叫，您得去找大洋驴，他学得肯定比谁都像，声音也比谁都大。

田有催促说，别耍贫嘴了，我就让你学，快叫，快学几声驴叫。

侯子明拿糖说，学驴叫并不难，可您不说为啥，我不学。

田有只好说，你知道王八咬人不撒嘴这句话吧？

我知道！牛大力抢过话茬儿说，想让王八撒开嘴，除非听见驴叫唤。

侯子明打了牛大力一巴掌，你别起哄架秧子，一边儿凉快去！

田有让侯子明学驴叫，绝不是故意让他难堪。田有在破嘴山金矿做工时，有两个工友就曾遇到过钢钎凿进岩层里拔不出来的情况，后来有人学了几声驴叫，钢钎很容易就拔出来了，等挖开岩层一看，底下埋着个“金王八”。所谓金王八，其实就是一小窝形状如同王八似的金矿砂，具有极高含金量，甚至不亚于在溜槽里拉溜之后剩下的“底留”。后来，这个仅有不足十斤重的金王八，竟然炼出了七百多克黄金，成为这一带矿藏“小而富”的又一例证，被写入金牛坨金矿的矿史。但田有留了个心眼，没有明说这件事。

王全盛、牛大力、魏山河、小顺子以为把式头在拿侯子明开涮，你一句我一句地催着侯子明学驴叫。侯子明被逼无奈，对田有说，我要真的学驴叫了，您可不许拿话损我。田有说，你就快叫吧，我保证不损你。侯子明依然不忘要贫嘴，说，那好吧，只要不让我当王八，学几声驴叫也没啥。说完，侯子明憋足一口气，捏住鼻子仰起脖，扯着嗓子儿啊儿啊地学了几声驴叫。

人们忍不住发出一阵爆笑。

牛大力贬损道，一听这叫声，肯定是草驴。侯子明说，叫驴怎么叫，你学几声我听听。牛大力说，大叔也没让我学呀。田有打趣地说，等需要学牛叫时，再让你来吧。

说来也真邪了，侯子明学过驴叫之后，魏山河没费多大劲就把被岩石“咬”住的钢钎拔了出来。不仅如此，魏山河用钢钎撬了几下，一层手指厚的片岩如同鸡蛋壳似的轻而易举地就被剥开了，果真现出一窝形同王八似的金矿砂，无数个芝麻粒大小的金颗粒暴露在外，闪闪发光，耀人眼目。田有挖了一把湿漉漉的金矿砂，用力一攥，黏成一团，仿佛是刚刚用热水和好的玉米面。

人们简直惊呆了，一时竟不知说什么好。

田有把这一窝含金量极高的金矿砂装进布兜子，重量起码有五六斤，随后对嵌在王八窝麻坑里的金矿粉刮了又刮，扫了又扫，最后又反复地用手指蘸着吐沫把每一个细小的颗粒沾起来，直到丁点儿不剩。

如果不交换掌子，又怎么能打通废巷道？不打通废巷道，又怎么能在对面岩壁上发现金矿脉？不沿着金矿脉凿掌子，又怎么能挖到罕见的金王八？活该大洋驴和丑子他们没有这个命，挖到一个鸡窝槽就敢在田有面前臭显摆。

晚上，田有在淘金工住屋摆酒设宴犒劳伙计们。牛大力说，大洋驴他们这帮傻帽儿，还真以为咱们白费王八劲了呢。王全盛说，是呀，哪知道咱们真的挖到了金王八。侯子明说，这事如果让他们知道了，后悔不死也得脱层皮。小顺子旧话重提，说大爷让你学驴叫，你还死活不学呢。侯子明说，我不是不知道有金王八这档子事吗。魏山河问田有，大叔，您让猴子学驴叫，是不是一开始就知道钢钎被金王八咬住了？田有说，我当时脑子一闪，可又不敢有啥指望，想不到底下还真埋着个金王八。牛大力说，当初您幸亏跟大洋驴换了掌子。魏山河说，这就叫失之东隅，收之桑榆。王全盛说，大叔可真是福星高照啊！田有说，这还不是靠你们哥儿几个帮忙？来，我敬大伙儿一杯。

把式头和伙计们的酒盅脆生生地碰在一块儿，仰起脖子，一饮而尽。

忽然，从窗外传来当啷一声。田有怀疑有人偷听，急忙来到院子里，发现放在窗根下的鸡食盆子被踩翻了，一黄一白两只野猫追逐着蹿上墙头。阴历二八月，猫狗闹臊时，现在可不正是节气吗，田有也就没再多想。

回到淘金工住屋，田有宣布从这个月开始给伙计们涨工钱，而且幅度还不小。然后又特意叮嘱说，挖到金王八这事，谁也不许声张出去，省得招人眼红，惹来是非。

王全盛说，这要让丑子和大洋驴他们知道了，非得来捣乱不可。

明枪易躲，暗箭难防。田有说，我担心的倒不是他们来捣乱。

魏山河问，那您担心啥呀？

田有沉了沉，说，算了，还是不说了吧。

王全盛欲擒故纵，说，您还怕我们泄露出去不成？

牛大力说，只要猴子管住他那张破嘴，没人会瞎说的。

侯子明咬牙切齿地瞪了牛大力一眼。

田有给伙计们酒盅里满上酒，说道，前些日子，县公安局请我去，你们知道为啥吗？

伙计们摇摇头，虽耳闻田有是因卖私金犯的事，但谁也不好意思说出口。

王全盛问，大叔，到底为啥呀？您就跟我们直说吧。

田有放低了声音，你们还记得来家给人算命的那个瞎老头吧？

小顺子说，当然记得，他还说我赶明儿不是良臣就是宰相呢。

也许是酒喝多了无所顾忌，也许是话说到这里一时兴起，田有把警察对他保守秘密的叮嘱完全忘在了脑后，伸手划拉两下，示意伙计们凑过脑袋，说，那瞎老头让人扭断脖子，尸体被扔进一口枯井里了。

伙计们听了，个个显得十分惊愕。

魏山河问，抓到凶手了吗？

田有说，还没呢，警察找我去就是为了调查有没有什么线索。

王全盛稳住神说，这瞎老头说我命犯血光之灾，闹了半天，命犯血光之灾的是他。所以呀，算命先生的话都是瞎掰，一个字也不能信。

田有嘱咐道，今儿我跟你们说的这事，哪儿说的哪儿了，谁也不许传出去，都记住了吗？

伙计们纷纷点点头。

直到三星偏西，酒宴才散了。伙计们酒喝得都不少，倒在炕上很快进入梦乡。王全盛却怎么也睡不着，他起身下地，从桌子下面拿出那双沾有干泥巴的破皮鞋，包裹了一层废报纸，放进他带来的手提包里。

田有躺在被窝里，挖到金王八的喜悦让他久久难眠。这时，从院子里传来猫叫春，一声接一声，好似小孩哭。

然而，田有怎么也没有想到，踩翻鸡食盆子的根本不是那两只闹春的野猫，而是丑子，他隔着窗户把田有采到金王八的事清楚地听到了。从田有家溜出来后，丑子便直接去了大洋驴家。大洋驴听丑子说田有挖到金王八，顿时就傻了眼，捶胸顿足，后悔不迭，口口声声不该换掌子，不然那金王八一准儿就是他们的。丑子和大洋驴只得自认倒霉。但总不能就这样善罢甘休吧？俩人商量来商量去，决定由丑子出面，再把掌子换回来。

第二天，丑子来到田有的掌子里，看到他们正往帆布口袋里装着金矿砂，知道又放槽见阔儿了，心里就越加不是滋味。而让他出乎意料的是，还不等把换掌子的意思说出来，田有就好像猜到了他的心思，直截了当地说，你们是不是想把掌子再换回去？这让丑子措手不及，一时怔住。田有说，怎么着，犯啥愣呢？掌子到底换不换，来个痛快的。

丑子心里慌慌的，没了主意，来之前编好的一番话全都用不上了，更琢磨不透田有主动提出换掌子的用心，只好结结巴巴地说，这……这我可做不了主，回去得跟你姑爷商量商量。

田有说，那你还磨蹭啥，赶紧去商量吧。

好，换不换掌子，明天给你准话。丑子说完，匆忙走了。

田广和问，爸，您真想跟他们换掌子吗？田有说，我不提出换，他们也会提出来，我先提出换，他们肯定就不换了。侯子明插话说，嘿，大叔这个主意真高。魏山河说，这就叫兵不厌诈。王全盛说，大叔把人的心思算是琢磨透了。

果然，大洋驴听丑子说田有主动提出换掌子，立刻又改了主意，说，咱们不能跟他换，这老东西不定又憋啥臭屁呢。丑子想了想说，不换也好，他田有在哪个掌子里干，咱们就追到哪儿，跟狗皮膏药似的黏上他了。大洋驴说，您的意思是跟他抢掌子？丑子说，不不不，不能这么干。大洋驴说，那怎么能黏上他呀？丑子说，他们不可能一天二十四个小时都在掌子里干活吧，他们白天干，咱们夜里干，反正矿藏是国家的，又不是他田有的。

第二天上工来，田有发现掌子里的金矿砂被人盗采了。田广和说，肯定是大洋驴和丑子他们干的。田有说，看来他们真要跟我对着干了。田广和说，这回您可不能太软弱，不然还以为咱们是软柿子，可以随便捏呢。侯子明说，对，马老实被人骑，人老实被人欺。牛大力挥着拳头说，有我们这些人在，大叔您啥都不用怕。魏山河说，到关键时候，谁也不会袖手旁观。

伙计们一个个义愤填膺，信誓旦旦，只有王全盛一直没有说话。

田有问道，全盛，你啥意思？

王全盛说，依我看，不到万不得已，不能跟他们硬来。大叔您不是说过吗，咱淘的是金子，斗的不是气儿。如果真把事情闹大了，怎么收场啊？

田有认为王全盛的话有道理，但又说，不惹事并不是怕事，事既然来了躲也躲不过去。我还是那句话，兵来将挡，水来土掩，人不犯我，我不犯人。今天夜里如果他们还敢来偷采金矿砂，那就别怪我们不客气了。

夜里，大洋驴和丑子一伙人再次悄悄摸进田有的掌子里，每人肩上搭着一条用来装金矿砂的帆布口袋，拎在手里的电石灯晃晃悠悠，像是一团团鬼火。

忽然，传来一声大喝，站住！谁敢再往前走，我就开枪了！

这伙人被突如其来的喊声吓了一跳，定睛看了看，见牛大力端着一把步枪模样的东西。大洋驴似乎很不屑，照样往前走，说，甭吓唬我，你哪儿来的枪啊？

牛大力威胁说，再往前走，我可真的开枪了！

大洋驴拍着胸脯说，开枪啊，有胆量往这儿打。

砰的一声，枪果真响了。做贼心虚的大洋驴和丑子一伙人吓得望风而逃。

躲在暗处的小顺子走出来，手里拿着几个麻雷子和一个打火机，说，我时间掐得准不准？牛大力笑着说，不早不晚正合适。小顺子说，我还担心这麻雷子受了潮，点不响呢。牛大力拍了拍手里的扁担，说，这帮人真以为我开枪了呢。

牛大力和小顺子是被田有派来看护掌子的，小顺子出了个用麻雷子吓唬人的主意，想不到真的挺奏效。

大洋驴跑了一阵停下，说，不对劲儿呀，他们怎么可能有枪呢？丑子也咂摸过味儿来，说这里边肯定有诈。于是，一伙人转身返了回去。牛大力和小顺子故技重演，但终被识破。大洋驴和丑子一伙人三下五除二就把他们俩五花大绑地捆起来，随后扑向掌头，凿挖金矿砂。

小顺子用牙咬开反绑着牛大力胳膊的绳索，二人双双逃脱，回去报信。

田有得知大洋驴和丑子一伙儿又去盗采金矿砂了，立刻让大家抄上家伙火速赶到掌子里。这时，大洋驴和丑子他们每人背着一条装满金矿砂的帆布口袋正往外走。田有将手里的铁锨把一横，虎视眈眈地挡住了去路，连挖苦带损地说，丑子，你们真是吃惯了嘴儿，跑惯了腿儿，还不快把偷的金矿砂给我放下！

大洋驴和丑子一伙人哪里肯把吃到嘴里的肉再吐出来，背着帆布口袋就是不肯松手。大哑巴和牛大力过去将他们背的帆布口袋一个个掀翻在地。

丑子显得很委屈的样子，说，老哥，你这又是何必呀？

田有说，你别叫我老哥，我也没你这个兄弟！

大洋驴凑前一步，阴阳怪气地说，没他那个兄弟，总得有我这个姑爷吧？

田有哼了一声，说，你觉得我会搭理你吗？

丑子将大洋驴拉到一边，说，我们这是被逼无奈，实在没别的招儿了。

田广和插话说，那你们就深更半夜来偷啊？

丑子梗着脖子说，这怎么能算是偷呢？

田有说，不是偷难道还是光明正大？

老哥要是这么说，我得跟你好好掰扯掰扯。丑子说，首先，这金矿脉本来就是一条，让废巷道截成了两段，在哪边儿采不都是一样啊。再说了，矿藏是国家的，你们白天采，我们夜里采，两不耽误，各得其所。

田有说，既然是一条金矿脉，你们为啥非要跟我换掌子？

大洋驴说，要是不换掌子，你们能采到金王八吗？我们简直亏大了！

丑子说，是呀，有肉应该大家吃，不能都被你们独吞喽！

田有没想到金王八的事这么快就泄露了，说，丑子，看来你们这是想逼我呀。

丑子反驳说，到底谁逼谁呀？是你逼得我们走投无路！

你可真会猪八戒倒打一耙，今儿我也跟你好好掰扯掰扯。田有说，从死皮赖脸反复沾灶火，到丧尽天良截头打绕儿，从不知羞耻换掌子，到明目张胆盗采金矿砂，你们一而再再而三地跟我捣乱，这到底是我逼你们，还是你们逼我？总得有个公理吧。

丑子要赖说，公说公有理，婆说婆有理，只有挖到金子才是硬道理。

田有指着丑子鼻子，你这么说，可就是胡搅蛮缠了。

你才胡搅蛮缠呢！大洋驴说着推了丑子一把，丑子向前一扑，撞到田有身上。田有趔趄几下，要不是被田广和扶住，肯定就摔倒了。大哑巴顿时急了，上前揪住大洋驴扭打起来。两拨儿人纷纷上前貌似劝架，但各自拉各自的偏手，结果引发群殴，大打出手。

正当厮打得难解难分，大哑巴觉得有几块石头渣掉在脑袋上，他抬头一看，见天棚上有道岩缝正在一点点地裂开，一场塌方即将发生。而就在这时，趁大哑巴不注意，大洋驴抡起拳头打在他脸上。大哑巴嘴角立刻出血了，他顾不上还手，指着天棚啊啊地大叫，比画着让人们赶紧逃离。田有发现天棚上的裂缝正在渐渐扩大，声嘶力竭地喊着，要冒顶了！快跑，快往外跑！

人们停止了厮打，争先恐后往外跑。塌方发生了，天棚上掉下来的大石块砸倒了大洋驴。田有和大哑巴返回身，架起大洋驴就跑。塌方的石块和腾起的烟尘像风暴似的一直在他们背后紧紧地追撵着。

田有和大哑巴架着大洋驴跑出大山外，将他放在用小树做成的担架上，两拨儿人轮流换手抬着，快速赶往山下。大洋驴昏迷不醒，一只小腿肚子上流着血，翻着肉，露出白花花的骨头。

田有让丑子赶紧到大队部打电话，要辆救护车。丑子应了一声，沿着山路跑走，消失在茫茫的黑夜里。

走到半路，大洋驴醒来，一把拉住路旁的树枝，担架只好被迫停下。大洋驴歇斯底里地喊着，我不服，我不服，老天爷你不公！我不服啊老天爷！

田有说，你要是不服，以后再跟老子较量，现在先顾你的命要紧！

大洋驴死死拉住树枝，就是不肯撒手。大哑巴见状，飞起一脚踢在大洋驴手上。大洋驴惨叫一声，松开树枝，脑袋一歪又昏厥过去。人们这才得以抬起担架，继续火速赶往山下。

三

大洋驴躺在县医院病床上养伤已好几天了，骨折的小腿打着夹板，脸上涂了一片片红药水，脑袋也被绷带包扎起来，看上去有些滑稽，像是一个稻草人。

田凤兰坐在床边，给大洋驴削着苹果。都说灾难可以消除隔阂和仇恨，这对儿夫妇也是如此。他们你一句我一句地聊着，语气里显出从未有过的平和。田凤兰劝大洋驴要知恩图报，等出了院一定去好好谢谢父亲。她说，要不是爸和哑巴哥拼死拼活救你出来，恐怕你早就没命了。

大洋驴说，我和你们家人闹得跟仇人似的，哪儿还有脸登田家门儿呀。

田凤兰削了一块苹果送进大洋驴嘴里，说，只要你还是田家女婿，田家大门就永远向你敞开。

大洋驴说，就怕去了，爸也不会给我好脸色看。

不会的，你是不了解我爸。田凤兰说，他虽然好面子，爱争强，但无论是谁，只要你把他当人敬着，他就会把你当神供着。

大洋驴沉了沉说，自从把我送进医院，爸再也没来看过我。

你这话说得没味儿，爸和哑巴哥救了你一命，你反倒有功了是不是？田凤兰说，还指望当长辈的主动来给你问寒问暖呀？

大洋驴说，也是，都怪我这些年总犯浑，伤透了爸的心，跟爸结下的梁子太深了，他不会轻易原谅我的。

田凤兰说，那你就拿出实际行动给爸看。

大洋驴自嘲地说，我都这样了，能拿啥实际行动呀？

这时，田凤芹拎着保温瓶走进病房，说，实际行动来了。

田凤兰起身接过保温瓶，问，妹妹又给送啥好吃的来了？田凤芹说，大棒骨汤，保准喝一口就能勾出馋虫。田凤兰打开保温瓶，棒骨汤冒着热气，依然很烫。

妈说了，喝了棒骨汤，伤骨好得快。田凤芹说，这可真应验了那句话，丈母娘疼姑爷——实打实。田凤兰说，回家替我谢谢妈。田凤芹瞟了一眼病床上的大洋驴，说，谁喝汤谁应该谢谢。大洋驴说，那你就替我谢谢妈吧。田凤芹说，我大老远地颠颠儿地给你送汤来，就不该谢谢我了？大洋驴说，也谢谢你。

田凤兰把棒骨汤倒在碗里，一勺一勺地喂进大洋驴嘴里。

田凤芹开玩笑说，把这汤都喝了，一点儿也不许剩下，不然骨头长不好，成为一头瘸腿驴，以后还怎么尥蹶子呀。田凤兰瞪了妹妹一眼，你呀你，好话也不得好说。田凤芹一惊一乍地说，哎哟哟，这刚刚几天呀就心疼上了？姐我提醒你，你可别好了伤疤忘了疼。大洋驴说，凤芹你放心，以后我再也不会欺负你姐了。田凤芹绷紧脸说，就怕你本性难移，狗改不了吃屎。田凤兰喊了一声，凤芹，你嘴上就不能积点儿德呀？田凤芹撇了撇嘴，说，看来真是一日夫妻百日恩，以后他再跟你犯驴脾气，我可再也不管了。

又斗了几句嘴，田凤芹称晌午前要赶回家给父亲他们去送饭，田凤兰便收拾起保温瓶送妹妹出了病房。姐妹俩前脚儿刚走，一位男医生后脚儿就拿着大洋驴的精液化验单进了病房，对大洋驴说，现在看来，问题还真的在你身上。大洋驴根本不相信，说，这怎么可能呢，我身体棒着呢！男医生说，精子成活率的高低，不在于身体棒不棒。你平时是不是好喝酒，还经常喝醉？大洋驴只得承认，紧接着又问，这跟喝酒有啥关系？男医生说，身体里酒精浓度过高，往往就会导致死精，成活的精子数量不够，女方就很难受孕。大洋驴似乎难以接受这一现实，说，难道真是我的毛病？男医生说，化验结果上写得清清楚楚，你得承认科学。

住进医院以后，田凤兰劝大洋驴借养伤的机会检测一下精液。开始，大洋驴死活不答应，声称自己没有问题。后来田凤兰透露说她以前背着他吃的那些药片，根本不是什么避孕药，而恰恰是促进排卵的，大洋驴这才勉强同意了。现在真相大白，老婆不能怀孕的根本原因在于他大洋驴，这可真真冤枉田凤兰了。

男医生安慰大洋驴说，不过，只要你下决心把酒戒了，并结合一些药物治疗，等到成活的精子达到一定数量，你想要孩子的愿望应该不难实现。我给你爱人也检查过了，她原来排卵不太正常，如今已没有什么问题了。

大洋驴一惊，您说啥？我老婆也找您看过病？

都看两三年了，一直吃我给她开的药。现在可以肯定，你爱人不怀孕，主要是你的问题。说着，男医生凑近大洋驴，悄声叮嘱道，以后你必须要减少房事的次数，别认为自己身体棒就没有任何节制。大洋驴听了，脸上直发热，心想这医生也太好心了吧，怎么连两口子睡觉的事都要管呀？男医生又说，借用一句话不知合适不合适，只有集中兵力，重拳出击，才能更好地消灭敌人，你能懂我的意思吧？不等大洋驴回答，男医生眯眼笑着走出病房。

大洋驴反反复复看着化验单，尽管根本不懂写的那一串串数据是什么意思，但他依然懊悔不已，连连叹息，说，怎么会是这样呢？

这几年，大洋驴一直以为田凤兰是个光开谎花不结果的废物，为此对她常常开口就骂，抬手就打，甚至误认为她故意吃避孕药让他杨家断子绝孙。想不到，原因不在田凤兰身上，而是他经常酗酒的结果。这么想来，大洋驴内心很愧疚，竟有几滴眼泪流下来。

田凤芹从县医院回到家，赶着骡子给父亲他们去送饭。田有知道女儿凤芹天天到医院送吃的喝的，便主动问，你姐夫的腿好点儿不？田凤芹说，好多了，对我姐好像也好多了。田有感叹说，要真是这样，我也就放心了。

听到这话，在一旁吃饭的魏山河向父女俩这边看了看。

田凤芹说，爸，以后干脆让大洋驴跟着你们一起淘金算了，上阵亲兄弟，打仗父子兵，一个姑爷半个儿嘛。田有说，就怕狗肉永远也贴不到羊身上。田凤芹说，看他那样儿，倒像是要痛改前非、重新做人似的。田有推辞说，等他的腿伤养好了再说吧。

吃完饭，田凤芹和魏山河来到山岗，坐在长城敌楼的楼座上。魏山河说，大洋驴他要真能痛改前非，不再欺负你姐姐，以后无论我走到哪儿，也就不用再惦记了。田凤芹说，听这意思，你心里还一直惦记着我凤兰姐？魏山河说，现在的惦记和原来的惦记，意思完全不同了，难道你不惦记？田凤芹说，我能不惦记吗？刚才那话是逗你玩儿呢。魏山河装作生气地说，这种玩笑，以后你最好还是少开。田凤芹说，嗬，敢情你这么不禁逗啊？魏山河说，你连我外甥女的醋都吃，赶明儿万一有个什么事，你又该抓耳挠腮瞎猜想了。田凤芹打了魏山河一巴掌，讨厌！你还记着那件事呢？

魏山河向田凤芹透露，他想干满这个月，就走出大山，到外面去闯世界。田凤芹说，我听你的，你说啥时走，咱就啥时走，你走到哪儿，我就随你走到哪儿，反正这辈子，我跟定你了。说着，田凤芹把头靠在魏山河肩头上，魏山河愣了一下，便没再拒绝。

十几天以后，田凤芹雇了辆面包车把田凤兰和大洋驴从县医院接回到他们住的金盏沟，便急忙赶回家准备给父亲他们去送饭。凤芹妈关切地问，你姐夫出院了？田凤芹说，出院了，我把我姐和大洋驴一直送回家。凤芹妈说，以后别一口一个大洋驴地叫了，多难听啊，怎么着他也是你姐夫。田凤芹说，他外号本来就叫大洋驴，不叫他大洋驴，那叫他啥呀？凤芹妈说，人家有名有姓儿，他叫杨……杨啥来着？田凤芹说，瞧瞧，连您也忘记他大名儿了，干脆还是叫他大洋驴吧。凤芹妈说，那就把那个难听的“驴”字去掉，叫他大杨。田凤芹说，但愿以后他把“驴”字和驴脾气一块儿都去掉。凤芹妈说，真要能这样，敢情太好了。

忽然，凤芹妈眉头紧皱，双手捂着胃部，这是她的胃又疼起来了。田凤芹赶紧搀扶母亲进屋躺下，伺候母亲服下药片，说，我带您到医院查查吧。凤芹妈说，用不着，老毛病了。田凤芹说，您可别不当回事，该去医院就别硬撑着。凤芹妈说，没事，这药我吃了挺管事的，你赶紧给你爸他们送饭去吧，顺便告诉你爸一声，让他放心，你姐夫出院了。田凤芹答应着，好，我就说大杨、大杨……怎么这么别扭呀，还是叫大洋驴顺口。凤芹妈说，顺口也不许叫！田凤芹说，好，小姨子听丈母娘的，不许叫就不叫。凤芹妈说，嘿，你这是怎么论的呀？田凤芹嬉笑着走出屋。

大洋驴出院当天，丑子和几个合伙人来家看他。

丑子见大洋驴胖了，说，这医院可真没白住，变得又白又胖的。

您要也想又白又胖，回头咱爷儿俩换换？尽管大洋驴是在打哈哈，但听得出，他的语气里明显有些不敬的成分。

丑子说，别，我可不想受那份儿洋罪。怎么样，腿能着地儿了吧？

大洋驴指了指身旁的拐杖，说，这不，又多了一条腿。

有个合伙人看了门帘一眼，生怕在堂屋里沏茶的田凤兰听见，压低声音下流地说，你原来不就有三条腿吗。大洋驴笑骂道，去你的，没有三条腿，那不成太监了？丑子说，好了好了，咱们言归正传。

说着，丑子从衣兜里掏出一个布包，放在炕桌上打开，露出七个如鹌鹑蛋般大小的金疙瘩。在大洋驴住院期间，丑子把他们一伙人采到的金矿砂，经过碾压、拉溜、提纯、冶炼，最终炼出了这七块金疙瘩，每块重量相差无几，他们可一人分得一块。

丑子显得很慷慨，说，这块儿小一点儿的我要，剩下的归你们挑吧。大洋驴说，这哪儿成啊，亏谁也不能亏了您呀。同伙人也纷纷说绝不能让把式头吃亏。丑子无所谓地说，啥吃亏不吃亏的，冲咱爷儿几个的交情，还在乎这么一点点儿吗？说完，丑子拿起那块稍微小一点儿的金疙瘩，装进衣兜里，随后把包裹金疙瘩的白布翻过来，蒙住剩下的六块金疙瘩，说还是照老规矩办，一人摸一块儿，谁也别计较，摸到哪块儿是哪块儿。

于是，大洋驴等人先后将手伸到白布下面，摸出一块金疙瘩，各自揣进怀里。这时，田凤兰端着茶壶走进来，给客人倒着茶水。

丑子对大洋驴说，要等你的腿完全好了，恐怕没俩仨月不行，所以我们几个人商量了，我们进山先干着，你尽管踏踏实实在家养伤，等挖到金子，照样有你一份儿。大洋驴说，我的那一份儿就不要了，无功不受禄，不然遭报应。

田凤兰满意地看了丈夫一眼，端起茶杯一一递到客人手里。

没过多少日子，田凤兰所说的让大洋驴“拿出实际行动给爸看”的机会果真就来了。这天，小顺子后妈独自来找小顺子要工钱。凤芹妈把这位满脸横肉的妇人让进屋，一边沏茶倒水热情招待，一边让孙子热闹儿去把帮助史翠珍和王翠玲碾压金矿砂的小顺子叫回来。

待小顺子一瘸一拐地走进屋，小顺子后妈得知他是干活时崴了脚，顿时耷拉下脸，对凤芹妈说，崴脚了，怎么还派他去干活呀？你们使唤人也太狠了吧？小顺子赶紧解释说，不，谁也没让我干活，是我自己要干的。

不由分说，小顺子后妈拉起小顺子走向淘金工住屋，让他去拿工钱。凤芹妈说，哎，你慢点儿，孩子脚还没好利落呢！小顺子后妈说，还用你废话？我是他妈你是他妈呀？凤芹妈张了张嘴，无言以对。她知道这母老虎不好惹，让热闹儿转告他妈，赶紧去把爷爷叫回来。

小顺子只给了后妈很少的钱。小顺子后妈说，干了好几个月，就挣这么一点点儿？是不是把钱藏起来了，留着给你爸那个瘸子呀？小顺子问，我爸为啥没来？小顺子后妈说，怎么着，我来还不行啊？你爸瘸了吧唧的，等走到这儿，天早黑了。小顺子说，我爸不来，你就别想从我这儿拿走更多的钱。小顺子后妈一把揪住小顺子衣服领子，说，你小子不给是吧，走，跟我朝你们东家要去。

小顺子被死鸡拉活雁似的扯到院子里，小顺子后妈看见凤芹妈站在门口，张口就让她赔付小顺子一万元工伤费。凤芹妈不禁一愣，心说你真敢开呀。小顺子帮衬说，脚是我自己崴的，跟别人没关系，养些日子就会好的，大妈您一分钱也不能给。小顺子后妈回身抽了小顺子一个嘴巴，骂道，小狼崽子，你敢胳膊肘往外拐。凤芹妈把小顺子护在身后，指着小顺子后妈鼻子尖说，你想怎么着冲我来，不许打孩子！小顺子后妈说，不管冲谁来，不赔一万块钱，今儿我就吊死在你们家大门口。凤芹妈说，赔你多少钱，我说了不算，等我们孩子他爸回来再说行不？小顺子后妈说，不行，我还得赶路呢，现在你立马就得给我拿钱！凤芹妈说，即便我答应给你一万块钱，手头儿一时也凑不齐呀。小顺子后妈说，我看你是不见棺材不落泪，真想让我吊死在你们家大门口是不是啊？小顺子说，大妈，她就会吓唬人，别信她的话。小顺子后妈说，那好，我现在就死给你们看！说着，她从窗台下拿起一根绳子和一个板凳，走到院门前，将绳子拴在门梁，系了一个可以松紧的绳套，然后站到了板凳上。

渐渐的，院门口围了许多赶来看热闹的乡亲。人群里有人喊道，嘿，真要是吊死了，这世上又多了一条光棍儿！

在人们的嬉笑声中，小顺子后妈手握绳套逼问凤芹妈，快说，你到底赔不赔钱？凤芹妈生怕惹出人命，赶紧说，你千万别这样，赔，我们赔！小顺子后妈说，别光嘴上说赔，赶紧进屋给我拿钱去！凤芹妈说，孩子他爸很快就回来，你再等等。小顺子后妈说，再等，你就等着给我收尸吧！

说着，小顺子后妈拿起绳套就往脖子上套，可是绳套小，她脑袋大，套了几次也没套进去，倒把自己的头发弄得跟喜鹊窝似的。加上板凳放得不稳，人随着板凳一个劲儿地摇晃，引得看热闹的人又是一阵嬉笑。

这时，传来大洋驴的声音，用不用我帮你套在脖子上？小顺子后妈回头一看，见是个拄着拐的男人走来，贬损地说，怎么又是个瘸子呀？我这辈子真是倒霉透了，到哪儿都遇见瘸子。大洋驴向前凑近一步，说瘸子好啊，有了瘸子，你就不会嫌路不平了。小顺子后妈打量一下眼前这个瘸子，说你跑这儿来管什么闲事呀，河边没青草，不用多嘴驴。

围观的人群里不知谁喊了一句，算你说对了，他就叫大洋驴！

小顺子后妈笑了笑说，你叫大洋驴？怪不得跑这儿尥蹶子来。

我是驴是马不要紧，您老人家有啥话，尽管冲我说。

你是啥二五眼呀，我有那么老吗？

哎哟，敢情您没那么老啊？那您狮子大张口，要那么多钱干啥，不是想为了凑棺材本儿吧？

你……你敢咒我？

还用我咒你？大逆不道，阎王不叫自己到。

你到底是哪路神仙？

好，那我就让你死个明白。田家的大闺女是我老婆，赶明儿我们有了孩子，这儿就是他姥姥家，你说我是不是个正经神仙？

绕了半天弯子，不就是个烂姑爷嘛。

姑爷肉烂嘴不烂，你有啥事跟我说。

跟你说，你能做主儿吗？

大洋驴一改嬉皮笑脸的戏弄语调，忽然变得严厉起来，废话！不能做主儿，我跟你瞎扯淡干啥呀？

小顺子后妈指着凤芹妈说，我问问你，他能做主儿吗？

凤芹妈赶紧回答，能，他啥主儿都能做。

听见了吧？我丈母娘发话了。大洋驴说，有啥话咱们进屋聊，您是稀客，不能总让您站在板凳上呀。

小顺子后妈犹犹豫豫，不想进屋。

大洋驴说，您老嚷嚷半天了，肯定嗓子干了，口也渴了，进屋我给您沏一壶好茶，咱们有话好好说，不管您提出啥条件，我都答应您，这总行了吧？

小顺子后妈就坡下驴，松开绳索，跳下板凳，径自走向北房堂屋。大洋驴拄着拐杖跟了过去，回身关上屋门。

过了一会儿，田有和田凤芹赶了回来。凤芹妈把小顺子后妈来家无理取闹的事学述了一遍，又说，这不，大杨跟小顺子后妈进屋谈判去了。田有一时没听明白，问道，大杨？谁是大杨？田凤芹替母亲补充说，大杨就是您大姑爷。田有问，他怎么来了？田凤芹说，他来帮您解围还不好吗？

小顺子后妈和大洋驴进屋之后，始终没传出来任何动静。田有走到北房堂屋门口，推了推门，没有推开，门被闩死了。田有喊道，开门，快开门！

屋子里没有人回答。

田凤芹来到窗户根下，透过玻璃向屋子里看了看，立刻吓得脸色煞白，岔了声地喊着，不好了，出大事了！

这时，门打开了，小顺子后妈神色惶恐地走出来，一声不吭地逃出院门。

人群里有人说，嘿，怎么走了，那一万块钱不要了？还有人觉得奇怪，说，大洋驴用啥狠招儿，制服了这个泼妇呀？

田有夫妇和田凤芹冲进屋子，只见大洋驴左手心上划破了一道口子，鲜血直流，炕桌上扎着一把带血的菜刀……

后来才知道，小顺子后妈跟小顺子父亲离婚的当天就跑来向小顺子要工钱，看到小顺子崴了脚，便生出歹意，想趁机敲诈一笔钱，却被大洋驴搅了局。大洋驴就此完成了田凤兰所说的“拿出实际行动给爸看”。

凤芹妈宰了一只老母鸡让田凤兰炖成鸡汤给大洋驴补身子。大洋驴说，母鸡正下蛋，那不可惜了。田凤兰说，妈说了，多亏你，要不然小顺子后妈不定还怎么闹呢。不过，你以后跟谁也不许再这么玩儿狠的了。大洋驴挥了挥缠着绷带的左手，说，不跟她玩儿狠的，那娘儿们才不怕呢。田凤兰说，好了，别逞能了。

大洋驴从碗里舀起一勺鸡汤就往嘴里送，田凤兰赶紧提醒说，慢着点儿，小心烫着。大洋驴用舌头尖试了试勺子里的鸡汤，说，看着不热，怎么这么烫呀？田凤兰忽然有了一些伤感，自责地说，这都怪我，结婚五六年了，我压根儿也没给你炖过鸡汤。大洋驴说，那以后就多给我炖几次。田凤兰说，这好办，只要你爱喝。大洋驴把汤勺递到田凤兰嘴边，来，你先喝一口。田凤兰说，不，你先喝。大洋驴说，你先喝。

推来让去，大洋驴最终还是将勺子里的鸡汤送进田凤兰的嘴里。田凤兰把鸡汤喝了下去，眼泪却流了出来。

第十三章　指向烫画葫芦上的歪脖子树

一

摆在炕中间的炕桌，依然是阻隔王翠玲和大哑巴两个被窝的分水岭，二人照例一个睡在炕头，一个睡在炕脚。

王翠玲伏着炕桌在纸上写了两行字，推给坐在炕桌对面炕沿上的大哑巴，嘴里念叨着她写的内容，我睡到你屋里这么多天了，一直不明不白的，这到底算怎么回事呀？

大哑巴写道，对不起，我让你受委屈了。

受一阵子委屈可以，受一辈子委屈我可不答应。王翠玲写完这句话，再次把纸推给大哑巴。

大哑巴看看纸上的字，又看看王翠玲，似乎有所触动。王翠玲拿过纸写道，哪天我想去趟县城买些东西，你能陪我去吗？大哑巴摇了摇头，算是回答。王翠玲写道，你心里是不是还惦记着那个冯月？大哑巴愣怔片刻，最终还是摇摇头。王翠玲又写道，那你为啥嫌弃我？大哑巴只写了一个“不”字，便将纸推到王翠玲面前。王翠玲不想写来写去了，比画着说，你既然不嫌弃我，为啥对我不冷不热、不咸不淡的？大哑巴没再表示什么，脱去外衣，准备睡觉。

你真是个不开窍的榆木疙瘩！王翠玲把纸揉成一团，狠狠砸向大哑巴，但毕竟是纸团，显得绵软无力。这让她更加气恼，索性一不做二不休，搬开炕中间充当分水岭的炕桌，抱起大哑巴被窝放到炕头，与自己的被窝紧紧挨在一起。

大哑巴将自己的被窝重新搬回炕脚。

王翠玲再次把大哑巴被窝抱到炕头。

大哑巴还想把自己被窝移至炕脚，但被王翠玲死死按住，僵持了一会儿，大哑巴不再坚持，只好作罢。

半夜，大哑巴睡着了，响起如雷的鼾声。王翠玲悄悄爬出自己被窝，掀开大哑巴被子一角，泥鳅似的钻了进去。大哑巴并没有察觉，睡得仍然很沉，呼噜依旧很响。王翠玲小心翼翼地撩起大哑巴背心，一块块牛腱子般的肌肉和浓密的胸毛展露在她的眼前。王翠玲热血沸腾，得寸进尺，顺着大哑巴胸脯一直摸下去，越过裤衩松紧带，终于触到了男人的那一根秤杆两个秤砣。

忽然，大哑巴醒了，翻身坐起来，往上提了提大裤衩子，随后又赶紧背过身去。王翠玲扑上前，照着大哑巴后背擂了几拳。大哑巴既不还手，也不躲闪，任凭女人捶打，坚决不肯就范。王翠玲双手抱住大哑巴，将脸贴在他宽厚的背上，默默地哭了，泪水顺着大哑巴脊梁流下来。

第二天，万里无云，阳光明媚。凤芹妈先是支派田凤芹去给姐姐送些漤好的柿子，随后吩咐王翠玲抱出淘金工们的被褥，晾晒在院子里的铁丝上，为的是让他们盖着舒服，还省得生虱子。

凤芹妈发觉王翠玲情绪发蔫，眼睛有些红肿，问道，怎么了，昨晚上没睡好觉？王翠玲苦笑一下，算是默认。凤芹妈又问，是不是我那儿子欺负你了？王翠玲含含糊糊应了一声。凤芹妈拉下脸说，他怎么欺负你了？告诉我，妈给你出气。王翠玲张了张嘴把话又咽了回去，她怎么好意思把大哑巴始终拒绝跟她睡一个被窝的事如实讲出来呢。凤芹妈猜王翠玲肯定有难言之隐，追问说，现在就咱娘儿俩，没有外人，有啥委屈你就直说，妈一定给你做主儿。王翠玲这才委婉地说，他还是跟石头似的冰凉，我怎么焐也焐不热他。凤芹妈听了不禁一愣，你说详细点儿，怎么就焐不热他呀？

在凤芹妈一再追问下，王翠玲只好心一横，将她和大哑巴依旧各睡各被窝的实情全盘端了出来。凤芹妈感到很惊愕，就在昨天晚上，她还跟孩子他爸说起这事呢，想最近就把他们俩的婚事给办了。想不到，哑巴儿子至今不肯接纳王翠玲，这让凤芹妈不知怎么安慰王翠玲好了。

王翠玲说，妈，我进了这个家，就不能再走出去了。凤芹妈说，那当然了，你进了这个家门儿，就是田家的媳妇。王翠玲说，可总这样下去，算怎么一回事呀？凤芹妈说，妈知道你受委屈了，我跟你爸再合计合计，尽快把你们的婚事给办了，看广平他还能有啥蔫主意。

凤芹妈的许诺并没有让王翠玲彻底放心，因为还有个很关键的问题始终困扰着她，难道大哑巴在那方面不行？不然，她那么主动，而他却无动于衷，这不是一个正常男人所能把持得住的。如果他真的不行，她是否还跟他结婚？刚刚摆脱寡妇的身份，总不能再当个活寡妇吧。

王翠玲鼓足勇气，绕着弯儿地说，妈，广平小时候掉下悬崖，除了摔破后脑勺，不会说话了，还摔坏别的什么地方了吗？凤芹妈一时没理解王翠玲的意思，说，没摔坏别的地儿，胳膊腿儿都挺好。王翠玲说，我指的不是这个，我想知道他……他……看到王翠玲扭扭捏捏、吞吞吐吐的样子，凤芹妈忽然明白了她的意思，说，不会的，我曾问过冯月，绝对没问题……咳，对不起，我提她干啥呀。王翠玲红着脸说，那我就放心了。

你尽管放心吧，要是质量有问题，我当妈的包退包换。凤芹妈之所以用开玩笑的口吻说，目的是让王翠玲不要再为此担心。王翠玲说，您可真会给我解心宽儿，一个大活人怎么换啊，又不是买东西。凤芹妈笑着说，到时候啊，就怕给你金子也不换了。王翠玲说，好，那我就把他当成金不换。

淘金工们的被褥全都晾晒在了铁丝上，院子里俨然多了一道五颜六色的风景。王翠玲心情愉快地走出院门，去帮助史翠珍碾压金矿砂。

蒙着眼罩的叫驴卖力气地拉着碾子，一圈圈走在没有尽头的碾道上。史翠珍坐在马扎上筛着矿砂粉，发现钢丝罗里显出几个芝麻大小的金颗粒，眼睛顿时一亮，逐个捏起来装进衣兜。这情形恰恰被走来的王翠玲看到。史翠珍知道瞒不住了，用指导的口气对王翠玲说，如果见到大一点儿的金粒粒儿，一定要单挑出来。王翠玲应了一声，拿起笤帚把压挤到碾子边的金矿砂扫到碾盘中央。史翠珍站起身，将罗里的矿渣倒在碾盘上，随后又敛起一些矿砂粉，重新坐回马扎，把罗搭在笸箩里的罗杠上，来回来去筛起来。

罗里又现出几个芝麻大小的金颗粒，史翠珍暗暗责骂王翠玲搅了好事，她若不在场，这些东西就都是自己的，可现在只能装模作样地演戏了。史翠珍像是从米里挑沙子那样把金颗粒一个个捏起来，装进衣兜里。

这时，热闹儿走来，问道，妈，您捡的这是啥呀？史翠珍说，傻儿子，这就是金子！咱们全家人黑天白日地忙活，就是为了这个。热闹儿又问，金子有啥用？史翠珍说，可以打戒指、打镯子、做项链，值老鼻子钱了。热闹儿说，妈，那您一定有很多很多钱吧？史翠珍一怔，不知儿子啥意思，说，妈一个做媳妇的，哪儿来很多钱啊，有仨瓜俩枣就不错了。热闹儿说，我不信，您睡觉的枕套里，有个小布袋，里面装着不少……不等热闹儿说完，史翠珍一把捂住儿子的嘴，同时瞟了一眼王翠玲。好在王翠玲这会儿用铁锹铲起碾道里的驴粪蛋子，走向路边倒在粪堆上，没听见热闹儿的话。史翠珍低声问儿子，那个小布袋，还谁看见过？热闹儿说，我给奶奶看过。史翠珍心里一紧，问道，你奶奶说啥了？热闹儿说，奶奶让我又放回枕套里，还说不许告诉任何人。

史翠珍长舒一口气，但悬着的心并没有完全放下来，她不明白孩子奶奶为啥叮嘱热闹儿不许告诉任何人。莫非婆婆给她这个儿媳妇留着面子？要知道，这事一旦传出去，她史翠珍的脸可就丢大了。

碾完矿粉，回到家里，史翠珍当着王翠玲的面，从衣兜里掏出十几个金颗粒，交到婆婆手上，说是筛金矿粉时捡到的。凤芹妈说，好，等赶明儿攒多了，给翠玲你们俩一人打一个金戒指。至于那个小布口袋的事，凤芹妈一个字也没有提。

魏山河被田有派回家取炸药，他走进院子，看到凤芹妈正在扫晾晒在铁丝上的被褥，便上前接过笤帚，说明他回来的目的。凤芹妈让魏山河把他们的被褥收回屋，出门到房后窑洞里拿炸药。

淘金工们的被褥晒了一上午，变得暄暄腾腾，好像厚了许多。魏山河从铁丝上扯下被褥，抱进屋子，放在炕上，按原来位置铺好。当铺王全盛的褥子时，他在褥子角碰到一个硬硬的东西，而且发现褥子角上有一段线明显是后缝上去的，针脚又大又笨，线的颜色也不一样。强烈的好奇心驱使魏山河将那个硬硬的东西挤出针脚缝，原来是一条粗大的金链子！他大吃一惊，迷惑不解，王全盛怎么有这么贵重的东西？为什么要偷偷藏在褥子里？

这时，从院子里传来田凤芹的喊声，妈，我给姐送柿子回来了！魏山河透过玻璃窗看去，见田凤芹风风火火走进院子。于是，他赶紧把金链子又塞回到王全盛的褥子里。

晚上，小顺子钻进被窝，揪着被子闻了闻，说，怎么有股暖暖的太阳味儿？魏山河说，是大妈白天给晒了。王全盛听了一怔，问道，把咱所有的被褥都晒了？魏山河回答，对，都晒了，是我取炸药时给收回来的。王全盛若有所思地哦了一声，又问，你没发现有虱子啥的吧？魏山河猜到王全盛话里有话，佯装开玩笑说，除了在牛大力被里儿上发现几块地图，其他啥都没看见。侯子明听了，掀起牛大力棉被，说，让我检查检查你地图画得及格不。牛大力赶紧捂住被子，说，要检查就先检查你自己的。小顺子不解地问魏山河，啥叫画地图呀？魏山河说，等你再长几岁就会无师自通的。大家不禁哈哈笑了。

睡梦中的王全盛忽然大叫起来，火！火！魏山河被惊醒了，推了推睡在身边的王全盛，哎，醒醒，快醒醒！王全盛醒来，抹了一把脑门儿上的冷汗。魏山河问，是不是做噩梦了？王全盛定了定神，说，梦见有人往我身上泼汽油，还腾地一下子给点着了。魏山河故意将话题引向别处，说，做梦要是梦见火，这是好事，预示你赶明儿做生意非火不可。

王全盛说，借你吉言，但愿如此。

早晨起来，趁王全盛出屋上厕所之际，魏山河摸了摸王全盛的褥子，发觉那个硬硬的东西不在了，褥子角上留下一条两寸长的口子，拆下的棉线被塞进褥子里。不用说，王全盛肯定起了疑心，把大金链子转移走了。

因为塌方，原来那条废巷道被堵死。田有带人在另外的废巷道里新找到一条金矿脉，追着金矿脉凿了十几米掌子，便又打通了一条废巷道。这条废巷道里异常潮湿，雾气贴着天棚，渐渐凝聚水滴，滴答滴答掉在地上，形成片片浅浅水洼。一个水滴不偏不倚掉进侯子明衣领里，吓得他缩了缩脖子，举起电石灯照着天棚，生怕再受到水滴的惊扰。他只顾仰脸往上看，却忽略了脚底下，一脚踏进水洼里，扑通一声，掉了下去。多亏大哑巴眼疾手快，一把将他拉上来。侯子明衣裤全都湿了，凉凉地贴在身上，再加上惊吓，浑身哆嗦，牙齿打战。牛大力脱下外衣，给侯子明披上。

大家围过来一看，原来那片水洼竟是一口水井！

田广和问父亲，爸，这废巷道里怎么还会有水井呀？

田有没有回答，捡起块石头投进井里，咚的一声，证明很深。

这时，田有看见水井旁边堆放着一套衣裤、一条裤腰带和一只轮胎底鞋子，而这只鞋与前不久发现的那只鞋一模一样。不同的是，这只鞋的鞋帮还没有完全腐烂，用线纳的一个方方正正的“田”字依稀可见。田广和说，爸，这肯定是我爷爷脱在这儿的。

田有拿起衣裤翻找着，看是否有什么东西。果然，裤腰带上拴着一杆烟袋，青白玉嘴，紫铜烟杆，黄铜火锅，拴烟袋的皮绳一头系着山核桃。田有一眼就认出，这是他在破嘴山金矿当工人时，亲手给父亲做的那杆烟袋。至今仍记得，送给父亲的同时又给老人家买了个可以灌气的打火机和一个储气罐，那在当时算是很新鲜的玩意儿。如今，烟袋还在，而父亲……什么也不用说了，父亲很可能就是在这儿脱去衣裤和鞋子，下到井里再也没有上来。

王全盛被闹蒙了，问田广和，你们爷儿俩这是说啥呢，我怎么听不明白呀？田广和说，十年前，我爷爷走失在这大山肚子里，一直活不见人，死不见尸。王全盛又问，老爷子跑到大山肚子里去干啥呀？田广和说，三里五村的人都风传，大山里藏着日本鬼子留下的八百块金砖。王全盛张大了嘴巴，啊？原来是这样。伙计们听了，一个个也都很惊愕。

田有从布兜子里拿出根绳子往腰上拴，准备下到井里探个究竟。魏山河夺过绳子说，大叔，让我下去吧。田有问，你会扎猛子吗？魏山河说，我小时候常下河摸鱼，能在水里憋气三五分钟。田有说，下去探一探就赶紧上来。魏山河说，好，您放心吧。

说着，魏山河脱去衣裤和鞋袜，腰上拴好绳子，身子下到井里。大家拉着绳子另一头，随着田有的指挥，一点点儿地松着手里的绳子。当绳子进入井里四五米深时，忽然，水面上咕噜噜冒出一股带血的气泡。

田有大声喊着，拉绳子！赶紧拉绳子！

人们用力一拉，扑通通，一个个都仰八脚摔在地上。原来，绳子被利器齐刷刷地割断了。田有赶紧把绳子拴在自己腰上，刚要下井去查看，魏山河的脑袋忽地冒出水面，嘴里叼着一把匕首。人们七手八脚把魏山河从井里扯上来，只见他左胳膊上划破一道两寸长的血口子。田有问，怎么样，碍事吗？魏山河说，没大事，只划破一层皮。田有赶紧找出云南白药和纱布给魏山河包扎上。自从大洋驴被砸伤，田有就备下这些东西，今天果真派上用场。

田有问，井里是啥情况？快跟我说说。

魏山河用匕首在地上画了一个 U 字，然后说，水井是马蹄形的，那边还有个井口。井壁上镶着好几把匕首，我游过井底时，胳膊被划伤了，腰里的绳子也被割断了。

田有说，看来，这根本不是水井。

魏山河说，更像是一道马蹄形陷阱。

收工回到家，田有顾不得洗脸，取下挂在北墙上的烫画葫芦，沿着一条貌似小路的曲线，找到了烫刻的马蹄形石头。

田有对儿子广和说，这就是那代表井的石头，加上先前发现的平板石和竹笋石，你爷爷在这上面一共标了三道陷阱。

这么说，爷爷生前就摸清了这三道陷阱的位置？

应该是，用不同形状的石头，标注不同的陷阱。

爷爷为啥要把这三道陷阱烫刻在葫芦上？

可能是作为一种标记。

爷爷活着时，从来没听他讲过呀。

要是讲出来，就不是秘密了。

正说着，凤芹妈走进屋。田有让儿子广和把那只在井边捡到的轮胎底鞋子拿出来，说，让你妈瞧瞧。凤芹妈看到鞋帮上用线纳的“田”字，不禁一惊。田有说，你认得这鞋？凤芹妈幽幽地说，这是咱爸穿的鞋，上面的田字是我特意给纳上去的。田有说，这就对上号儿了。

田广和又拿出爷爷用过的烟袋递给母亲。凤芹妈一手拿着鞋子，一手拿着烟袋，愣愣地看了许久，百感交集，热泪盈眶。

田有忽然向儿子广和发问，你说废巷道里的白毛人和你走失的爷爷，有没有什么关联？田广和说，您的意思，那白毛人是我爷爷？不可能，绝对不可能！我爷爷走失十年了，不可能还活着。田有说，如果不是你爷爷，那废巷道里的白毛人又怎么解释？田广和想了想，说，也许是谁玩的恶作剧，也许是谁为了偷金矿砂，故意装神弄鬼。凤芹妈插话道，不管你们说啥，这轮胎底的鞋和烟袋，肯定是你爷爷的。田广和说，所以证明我爷爷早就遇难了。

在淘金工住屋，伙计们躺进被窝，对白天发生的事情议论纷纷。侯子明心有余悸地说，多亏我命大，不然今儿真变成鬼了。牛大力说，所以呀，以后你嘴上多积点儿德。王全盛说，你们相信大山里藏着日本鬼子留下的八百块金砖吗？魏山河说，我估计是无中生有，捕风捉影。侯子明说，要是真有八百块金砖，还能留到现在让咱们惦记？小顺子说，谁要找到那八百块金砖，可就发大财了。

王全盛换了个话题，问魏山河，你认为那马蹄形陷阱是谁设下的？

自从在王全盛褥子里发现了大金链子，魏山河对他多少有了戒心，说，我怎么知道啊，反正就觉得奇怪。

是呀，我也觉得特奇怪。王全盛说，啥事就怕连起来看，一开始在翻板陷阱里发现王翠玲她男人，后来的竹笋石陷阱差点儿给咱们包了饺子，这个马蹄形陷阱又悬一悬儿要了魏山河的命。这三道陷阱到底是谁设下的，为啥要设这么多陷阱？你们不觉得越来越神秘、越来越不可思议吗？

侯子明拦阻道，嘿嘿嘿，快闭嘴吧，我头发根子都要立起来了。

这时，夜空中传来几声雁鸣，由远而近，又由近而远。可以想象得出，一群大雁结成人字或结成一字，正日夜兼程、不知疲倦地向南飞去。它们偶尔叫上几声，不过是为了消除旅途的寂寞或是与北方的人们告别。

二

天刚蒙蒙亮，凤芹妈就爬起来做早饭。她打开堂屋门去抱柴火，看到院子里落了薄薄的一层雪花。这是今年入冬以来下的头一场雪，尽管很小，且已经停了，但预示着严寒就要来临。

凤芹妈看到雪地上有两行梅花似的脚印，赶紧过去检查鸡窝，发现一只老母鸡被咬死在鸡窝里，要不是铁栅栏扎得密，一准儿就被叼走了。凤芹妈掏出那只死鸡，看到鸡脖子被咬断了，心疼得差点儿掉下眼泪，心想这不是狐狸就是黄鼠狼作的孽。

上工来，田有把裹有羊肠子的几个药丸放在半山腰的小路上。要知道，当下正是捕猎狐狸的好时节。数九的树，小雪的狐，这是在论儿的。数九时放伐树木，树干憋足一冬的筋脉，无论当柁作檩都很结实，如等开了春，树叶长出来，树干就糠了。小雪时捕捉狐狸，是因为狐狸恰好刚刚长出密密的绒毛，用这会儿捕获的狐狸皮做帽子当围脖，既柔软又暖和。然而，待田有再去查看时，发现蜡制的药丸一个个都被拍碎了，藏在蜡丸里的氰化钠白花花地暴露在外面，而地上没有任何痕迹，甚至连一个脚印也没留下。无疑，那只少了半条前腿的银狐肯定又回来了。

田有连夜做了十几粒裹有氰化钠的药丸，想再次用药丸下埋大铁夹子的方法诱捕那只银狐，但突发的一件事让他改变了主意。

这天上工来，拐过一道山弯，即将进入废巷道时，小顺子忽然听见路旁的枯草丛里传出一阵吱吱的叫声，过去扒开草丛，不禁吓了一跳，只见有只肥大的獾子叼着一条小狐狸。小狐狸张嘴捯着气，眼看就要被咬死了。大哑巴见状，捡起一块石头打过去。獾子受到惊吓，松开小狐狸，钻进枯草丛里不见了。

小顺子抱起狗崽儿似的小狐狸，捋顺着它身上灰白色的皮毛。

田有说，快放了它，别招一身跳蚤。侯子明也吓唬道，小心狐狸精的魂儿附在你身上。小顺子吓得赶紧放下小狐狸。

小狐狸抖动几下身子，颠颠儿地跑走了。

田有寻思，莫非这小狐狸是那少了半条前腿的银狐生养的？从皮毛的颜色上看，似乎很有可能。于是，他彻底放弃了诱捕银狐的想法，不然，岂不是害了两条性命。

小顺子拉着牛大力，尾随小狐狸而去，想知道它的窝安在哪里。小狐狸跑了一段路，钻进一片茂密的矮树丛里。小顺子和牛大力追过来，扒开树丛，发现有个坍塌的山洞，似乎是条废弃的巷道，随即跟了进去，看到小狐狸钻入一堆石头的缝隙里。

小顺子说，这肯定是小狐狸的家，咱们搬开石头，里面兴许还有大狐狸呢。牛大力看看四周，说，算了，这儿不安全，咱们出去吧。小顺子不甘心，牛大力拉起小顺子就走。

二人出了山洞，沿着山坡走过丑子和大洋驴他们曾截头打绕儿留下的通道口。通道里不再有青烟冒出来，两只山雀站在歪脖子树的枝杈上，欢快地喳喳叫着，不像先前那样，只要一闻到青烟就掉下来死了。

第二天，小顺子向凤芹妈要了些头天吃饭剩下的猪蹄炖黄豆，装进一个罐头盒，上工时带到山洞里，放在那堆石头旁，想喂给小狐狸。等收了工，小顺子和牛大力走进山洞，发现猪蹄炖黄豆全被吃光了，就连罐头盒也被舔得干干净净。小顺子说，也许是小狐狸妈妈吃的吧。牛大力说，嗯，有可能。

走在回家的山路上，田有他们听见一阵警笛声由山下传来。王全盛有些紧张，不由得放慢了脚步。待拐过山弯儿，人们居高临下地远远看见，在金牛坨村通往县城的弯弯曲曲山路上，疾驶着一辆救护车，而不是什么警车，王全盛的神情便放松了。

史翠珍和热闹儿焦急地等候在院门口的坝坎下，看到田有一行人收工回来，热闹儿快速跑上前，扑到爷爷怀里，哭着说，我奶奶让救护车拉走了。田有一惊，想必是凤芹妈的胃病又严重了，心头泛起一种不祥的预感。

今天后半晌，凤芹妈去抱柴火准备烧火做晚饭，忽然感到胃部剧烈疼痛，随后吐出几大口鲜血，一屁股瘫坐在院子里。史翠珍跑到大队部打电话，为婆婆叫来一辆救护车。田凤芹和王翠玲随救护车去了县医院，史翠珍和热闹儿等候在家门口，以便把这消息告诉给收工回来的田有。

田有吩咐史翠珍留在家里给伙计们做晚饭，自己和两个儿子火速赶到了县医院，向田凤芹和王翠玲打听完情况，便忐忑不安地等候在急救室外面。

过了一会儿，急救室的门打开了，走出位男医生，一家人立刻围上去询问。男医生告诉他们，已经取了切片去做化验，初步诊断病人患的是胃癌。听到“胃癌”这两个字，如同听到一声惊雷，一家人几乎被炸蒙了。田有恳求医生无论如何也要治好老伴儿的病。男医生答应一定尽力，准备明天就实施胃切除手术。男医生说，不过，你们要做好充分的心理准备，病人是否下得了手术台，就目前情况看，谁也不敢保证。即便手术成功了，以后也要百分百地吃流食，只能靠一段肠子替代胃的功能。

田有说，全都拜托您了，不管花多少钱也没关系。

不是钱的问题，你们送来得太晚了，就怕我们也无能为力。男医生直言不讳地说，有关后事问题，你们该准备就准备吧。

很快，化验结果出来了，确诊凤芹妈患的是胃癌，而且已经到了晚期。田凤芹和王翠玲忍不住呜呜地哭起来。田有说，谁也不许哭，不然让你妈听见，她更该难受了。田凤芹和王翠玲这才强忍悲痛，止住哭声。

办妥住院手续，凤芹妈转入病房。她躺在病床上，打着吊瓶，鼻孔里插着氧气管子。大哑巴和王翠玲围坐在病床两侧，凤芹妈一手拉着哑巴儿子，一手拉着王翠玲，说，妈应该早点儿给你们俩成亲，死了也就不后悔了。王翠玲说，妈，您别多想，您的病过不了几天就会好的。凤芹妈说，别再安慰我了，你去找张纸、拿支笔来。

邻床的病人是位中年妇女，她从床头柜抽屉里拿出纸和笔交给王翠玲。

来，翠玲，我说，你写。凤芹妈对哑巴儿子比画，你在旁边看着。

大哑巴点点头。

王翠玲将纸垫在床头柜上，妈，您说吧。

凤芹妈想了想，说道，儿子，哪天妈要是不在了，家里有翠玲照顾你，我也就放心了。你要替我好好疼爱翠玲，可不能辜负她，更不能欺负她。

大哑巴看了看王翠玲写在纸上的字迹，点点头。

如果你还像过去那样，对翠玲不亲不近、不凉不热，妈死了也不会瞑目的。凤芹妈喘了一口气，又说，妈的日子不多了，不能给你们俩亲自操办喜事了，但你要答应我，一定尽早娶翠玲做媳妇，翠玲是个好人，是个值得你一辈子疼爱的好女人。

大哑巴看了看王翠玲，点了一下头，算是默认了母亲临终前的嘱托。

凤芹妈继续说，好儿子，我知道，你从小就特别听妈的话，刚才妈说的，你一定要记在心里，赶明儿来世，咱们娘儿俩还做母子。

王翠玲写不下去了，哽咽地说，妈，您别再说了。

大哑巴攥住母亲的手，使劲点点头，眼泪随之掉下来。

邻床的妇女听到这里，不禁也抹起眼泪。

凤芹妈把王翠玲的手搭在哑巴儿子手上，说，等你们结了婚，在妈坟前烧几张纸，鞠三个躬，躺在地下的妈就会知道的，也就心满意足了。

王翠玲哭着说，妈，您放心，以后我一定会把广平照顾好。

大哑巴拿过写在纸上的母亲临终遗言，折叠起来，装进衣兜。王翠玲看了看大哑巴，从他眼神里，她知道这个对她一直冷冰冰的男人，终于听从了母亲的忠告，答应接纳她了。

田凤兰、史翠珍和热闹儿赶到医院。热闹儿一下子扑到病床上，哭喊着，奶奶！奶奶！

凤芹妈连连应着，好孙子，不哭，不哭了，你都快成大小伙子了。

热闹儿说，奶奶，咱们回家吧。

凤芹妈说，等奶奶病好了就回家。

热闹儿看了一眼吊瓶和氧气管子，问道，奶奶您不会死吧？我不让您死，您要是死了，我就再也没奶奶了。

凤芹妈苦笑一下，说，奶奶不死，奶奶还没活够呢，奶奶舍不得热闹儿。来，亲亲奶奶。

热闹儿双手捧着奶奶的脸，噘起小嘴紧紧贴了上去，许久许久才分开。再一看，凤芹妈脸上沾满了孙子的泪水，她伸出舌头，舔了舔流到嘴边的泪水，送进嘴里，咽了下去。

大哑巴抱起痛哭不止的热闹儿，同王翠玲一起走出病房。

田凤兰拉过妈妈的手，眼泪汪汪地说，妈，您受苦了。

史翠珍说，您早点来看就好了。

凤芹妈安慰道，你们都别难过，我没啥大事儿。

田凤兰说，妈，大杨说他明天再来看您。

凤芹妈立刻拦阻说，别让他来，他腿上的伤还没好利落呢，万一落下毛病就麻烦了。

田凤兰说，他的伤好多了，您就放心吧。

你要真想让妈放心，当着你嫂子的面儿，我还得再劝你一句。凤芹妈说，你年岁也不算小了，应该尽快生个孩子，有了孩子，过的那才叫日子。

史翠珍接过话茬，替田凤兰说，妈，告诉您个好消息，在来的路上，凤兰告诉我，她已经怀上了。

凤芹妈喜出望外，似乎又不敢相信，见到凤兰点点头，高兴地说，真是托菩萨的福，妈心里总算踏实了。

田凤兰说，妈，这些年，您为我的事，简直操碎了心。凤芹妈说，当初没有你给妈换来两万块钱手术费，妈兴许早就死了。田凤兰说，妈，只要您能健康长寿，我做什么都心甘情愿。凤芹妈叮嘱道，以后你出来进去的，可要小心了，特别是前三个月，别干脏活累活，也别着凉感冒，有啥不知道的，就多问问你嫂子。史翠珍说，对，我有经验。

忽然，田凤兰觉得一阵恶心，捂着嘴跑了出去。

凤芹妈说，翠珍，你替我照顾凤兰吧。史翠珍说，妈，您别多想，您的病会好的。以前都是我不对，总是故意给您甩脸子，您别跟我一般见识，等您出了院，我一定好好孝敬您。凤芹妈说，如今的媳妇，能像你这样吃苦受累，就算不错了。以后，你要好好培养热闹儿，咱们田家门儿里，祖祖辈辈没一个大学生，这个任务就交给你了。史翠珍说，放心吧妈，我一定完成这个任务。随后，凤芹妈透露说，我和你爸给热闹儿存了十万块钱，是专门留着给热闹儿上大学用的，以后家里不管有啥困难，都不许动这笔钱。史翠珍点点头，眼泪流下来，妈，您越说我越觉得心里有愧。说着，她从衣兜里掏出一个小布口袋，将里面的东西倒在婆婆手心里——竟是十几颗如黄豆粒般大小的金豆子！

凤芹妈并不觉得惊讶，而是会心一笑。

史翠珍说，这是我碾压矿砂粉时捡的，都怪我一时财迷心窍。

知道不对就行了，快把这东西收起来吧。

不，我不能要。

热闹儿从小就爱吃肉，赶明儿他考上大学，把这换成钱，给他每顿饭加一道肉菜吧。

妈，不，我不要！

别再固执了，就这么说定了，快收起来吧。凤芹妈说着，将金豆子装入小布口袋，塞进史翠珍衣兜。

田有留下女儿凤芹，让家里其他人回家休息，说，你们明天再来，晚上有我和凤芹照看你妈就行了。大哑巴、王翠玲、田广和、史翠珍、田凤兰、热闹儿只好依依不舍离开了医院。

送走儿孙们，田有回到病房陪凤芹妈说话。

凤芹妈说，孩子他爸，我对不住你。

田有不解，你这话是从哪儿说起呀？

我要走在你前头了。

你别胡思乱想，大夫说了，手术的成功率非常高。

我自己的病，我自己知道。

你知道也不行，不许你离开我。自从你嫁过来，一直跟着我受穷，刚刚没过几年好日子，你就想离开我，离开儿女们，离开这个家，不行，老天爷答应，我也不能答应。

就怕你做不了老天爷的主儿。

快别说这个了，等你出了院，咱们就给哑巴儿子和翠玲办喜事。

谢谢你在我和哑巴儿子最难的时候，收留了我们娘儿俩。

你的话说反了，是你帮我把凤兰和广和拉扯大，又给我生了凤芹，我感谢你还来不及呢。这辈子，能有你这个女人，我田有知足了。田有说到这里，哽咽得再也说不下去了，为不让凤芹妈看到他的眼泪，起身出了病房。

田凤芹走进病房，坐在妈妈床边，用一把可以折叠的鱼形小刀削着苹果。她说，妈，等您病好了，我准备跟山河到外面闯世界去了。

去吧，鸟儿长大了总是要飞的。凤芹妈说，山河这孩子人品正派，做事稳妥，你跟着他，妈放心。

田凤芹说，可我放心不下您。

甭惦记我，有你爸你哥你嫂子照顾我呢。凤芹妈说，妈有句话提醒你，以后跟山河在一块儿，别太任性，逮啥说啥，哪个男人都喜欢温柔的姑娘。

田凤芹点点头，我记住了，妈，您以后千万注意身体，可别再像以前那样，没黑天没白日地干活了。

想干也干不成了。凤芹妈说，没有了胃，啥饭也吃不了，啥活也干不了，真成个废人了，活着还有啥劲呀。

田凤芹安慰说，妈，您不能这么想，只要您活得好好儿的，就是咱全家人的福分。您不是总盼着我姐有个孩子吗，现在她怀孕了，赶明儿给您生个外孙儿，有苗不愁长，用不了两年，围在您身边，一口一个姥姥地叫，您心里肯定乐开了花。我哑巴哥跟翠玲嫂子，要是再给您添个孙子或孙女，您会笑得整天合不上嘴儿。

凤芹妈笑了笑，要是真能看到那一天，我这辈子啥遗憾也没有了。

护士走进病房，劝母女俩不要再聊天，说，养足了精神，有利于明天的手术。母女俩只好作罢。田凤芹端来一盆水，给母亲洗了脸，洗了脚，看到母亲睡着，自己也伏在床边睡了。

田有坐在楼道走廊的长椅上，迷迷糊糊地打着盹。

半夜，凤芹妈醒来了。她拔掉插在鼻子里的氧气管子，又拔掉扎在手背上的输液针头，从床头柜上拿起那把削苹果的鱼形折叠小刀，伸到被子里，刺破自己腹部，疼得她脸上的肌肉剧烈地抽动一下。她看了看伏在床边睡觉的女儿，看了看屋子里的这个世界，又看了看紧闭着的病房房门——她知道，楼道走廊里守候着她心爱的丈夫——然后安详地闭上眼睛，随之淌下两行热泪。

片刻，一股浓浓的鲜血小河似的从被子下面流出来，源源不断地流出来，流到放在床下的脸盆里，发出一阵阵响声，滴答，滴答，滴答……

靠在长椅上打盹的田有，一激灵醒了。他刚刚做了一个梦，梦见凤芹妈跟他连连摆手。他推门走进病房，鲜血滴入脸盆里的情景一下子跳入他的眼帘，而那滴答滴答的声音，此时此刻仿佛放大了千百倍，如同一记记重锤，一下又一下地敲打在他的心上。

这时，伏在床边睡觉的田凤芹醒来，先是看到父亲脸上悲痛万分的表情，又随着父亲的目光看到脸盆里浓稠的鲜血，最后才看到躺在病床上盖着雪白棉被的母亲，而母亲已经永远永远闭上了眼睛。

田凤芹悲恸欲绝哭喊道，妈妈——

这时，一颗流星拖着长长的尾巴，在夜空里划出一道亮光，急速地垂落到天的那边去了。

三

大山皱褶里的金牛坨村还没有完全醒来，几只麻雀扑棱棱飞临，落在田有家院门口的榆树梢上，叽叽喳喳打闹一阵，便又展翅飞走了。

史翠珍一个鲤鱼打挺儿从炕上爬起来，嘴里叨叨着，晚了晚了！都怪你，也不想着叫我。躺在旁边的田广和揉了揉惺忪的睡眼，说，你怎么啥事都怪我呀？史翠珍说，废话，妈不在了，早起做饭的事不该是我的呀？田广和说，早就应该是你的事。史翠珍打了田广和一巴掌，嘁，别不知足啊。说着，她匆匆穿上衣服，来到院子，见北房屋顶上的烟囱里徐徐冒着炊烟。

史翠珍走进北房堂屋，看见王翠玲早已忙活上了，咋咋呼呼地说，哟，嫂子你可真勤快，起得也太早了吧。王翠玲说，往后做早饭的事，就交给我了，你不用这么早起来。史翠珍挽着袖口说，这哪儿成啊，咱们姐俩一起来，我干点儿啥呀？王翠玲说，粥熬熟了，在大锅里闷着呢，烙饼的面也和好了，等人起来现烙现吃，你要闲不住，就从腌缸里捞几个芥菜疙瘩，切点儿咸菜丝。史翠珍愉快地答应着，好，再放点儿香油拌一拌，妈那会儿就总爱……史翠珍忽然意识到说走了嘴，看了眼王翠玲，妯娌俩的眼圈不禁都红了。

吃完早饭，田有带领大家去上工。料理完了凤芹妈的丧事，田有这是头一次进山。小顺子和牛大力又来到坍塌的山洞里，把装有猪蹄炖黄豆的罐头盒放在石头堆旁，拿起昨天放的另一个罐头盒。这个罐头盒里的猪蹄炖黄豆已被狐狸吃光了。忽然，小顺子发现空罐头盒底下粘着一根长长的银发。牛大力说，走，拿给把式头瞧瞧。这时，石头堆后面有个白毛人嗖地站起，飞速向山洞深处跑去，转眼就不见影了。小顺子和牛大力吓得目瞪口呆，许久才醒过神儿来。

小顺子和牛大力追赶上田有他们，说在山洞里发现了白毛人。

田有半信半疑，问，白毛人长得啥样？

牛大力比画着说，白头发，白胡子，都特别特别长，遮住整个脸和半截身子，穿着一身白衣服，跑起来比飞还快。

我们还捡到一根长长的银发呢。小顺子说着，把银发交到田有手里。

侯子明总算找到了佐证，怎么样，这回相信了吧？上次我说发现了白毛人，你们非污蔑我看花了眼。

大家面面相觑，谁也不再认为白毛人是子虚乌有了。

田有吩咐儿子广和等人进废巷道里继续凿掌子，然后对小顺子和牛大力说，你们俩陪我去瞧瞧。

小顺子和牛大力带着田有返回坍塌的山洞里，来到那堆石头前。然而让他们吃惊的是，十来分钟之前刚刚放在石头堆旁的罐头盒已经空了，装在里面的黄豆炖猪蹄不翼而飞！这是谁吃的？白毛人还是小狐狸？

第二天，田有、田广和悄悄钻进山洞，把装满猪蹄炖黄豆的罐头盒放在石头堆旁，然后走了出去。但他们并没有走远，而是躲在山洞两侧，连大气也不敢出，密切监视洞里的情况。

过了一会儿，一只小狐狸从石头缝里钻出来，香甜地吃着罐头盒里的猪蹄炖黄豆。父子俩看到这一情况，有些扫兴。正要起身离开，发现一个白毛人飘然而至，赶跑小狐狸，拿起罐头盒，用手抓着猪蹄炖黄豆，狼吞虎咽吃起来，嘴巴发出吧唧吧唧的声响。正如牛大力描述的那样，白毛人的白头发和白胡子如瀑布似的垂下来，遮挡住了脸庞和上半身，使田有父子无法看清白毛人的真面目。忽然，白毛人似乎察觉到什么，嗅了嗅鼻子，扔掉罐头盒，飞也似的一溜烟逃走了，消失在漆黑的山洞深处。

田有父子俩走进山洞，在刚才白毛人停顿的地上找到许多脚印，由深深的花纹上判断，白毛人穿的肯定是军靴，而且所有脚印全部都是左脚。看来，先前在废巷道里发现的军靴脚印，无疑是白毛人的，埋在石头堆里的白酒、蜂蜜和军用罐头，也很可能是白毛人藏起来留作备用的。

那么，这白毛人到底是人还是鬼呢?

一场追捕白毛人的行动就此展开了。

田有制作了一堆火把，带着俩儿子和五个伙计进入山洞里，迈过石头堆，向深处走去。火把将山洞照得通明，大家分为三行，一行左边走，一行右边走，一行走在中间，仔细查寻岩壁两侧和天棚及地上的情况，不放过任何蛛丝马迹。当来到一处岔路口，人们停下来，犹豫着往右走还是往左走。田有蹲下身来，仔细查看，在右边巷道的地上发现了军靴脚印。于是，田有他们循着脚印，深一脚浅一脚地追踪而去。

没走多远，发现一条横向的废巷道。田有认出来，这废巷道正是他们追着金矿脉凿掌子时打通的其中一条。后来，金矿脉被丑子和大洋驴截头打绕儿夺了去，田有他们才不得不撤离此地。

沿着废巷道走了几十米远，田有在岩壁与地面连接的地方，发现一条手指宽的缝隙，并隐隐约约看出一个门的轮廓，有四五十厘米高，五六十厘米宽。门上筑着一层用来伪装的水泥，颜色和形状跟岩石几乎一模一样，若不是一小块山石恰巧卡在门下，形成一道缝隙，任何人也难以发现这道经过伪装的隐形门。

田有照着门使劲踹了几脚，门纹丝不动，倒有巴掌大的一块水泥脱落下来，露出锈蚀的铁板和几个奶头样子的乳钉。田有将火把交给儿子广和，腾出双手来，扣进门缝里，往上一端，却不想没费吹灰之力，门竟然吱扭扭地升了起来，露出一个可以爬进人的洞穴。人们围拢过来，看到这一情景，神经不由得绷紧了，觉得这洞里必定大有文章。

大哑巴刚想往里钻，被田有一把拉住，将火把伸进洞穴试了试，火把没有熄灭，说明不缺少氧气，里面似乎还很宽敞。大家这才依次钻了进去。王全盛留在最后，用火把照了照废巷道两头，记住了这道暗门所在的位置。

大家钻过洞穴，直起身来，举着火把，四下寻看，发现这里头竟别有洞天，面积有三间房子那么大，洞顶也足有好几米高。大家的身影被火光投映在岩壁上，全都变了形，如一个个鬼影。

突然，砰的一声，那道伪装门落了下来，吓得每个人心惊胆战，以为被关在里面出不去了。人们将所有火把照向门的方向，只见门中间系着一根细钢丝绳，通过固定在岩壁上的两个滑轮，绕到门的一侧，而钢丝绳的另一头，则拴在与门重量相当的一块铸铁上，起到配重的作用——门升起来，配重落下；门落下来，配重升起。刚才，田有没用多大劲儿就将门抬起，也就不难理解了。看来，设计这道隐形门的人，心思都花在门的伪装上，并不在乎它是否坚固。魏山河走上前，往下按了按用于配重的铸铁，门又轻盈地升起。人们悬着的心终于放下来。

这时候才看清，在山洞一角堆放着大大小小几十个木箱，人们七手八脚撬开木箱，发现有的装着罐头，有的装着白酒，有的装着蜂蜜，有的装着白衬衣衬裤，有的装着黄呢子大衣。

魏山河说，看来这很像一个军需仓库。

田有附和道，肯定是当年日本鬼子留下的。

侯子明又撬开一个木箱，见里面装的是翻毛军靴，拿出来一看，全都是左脚的，说，这真奇怪了，鞋都是左脚的，让人怎么穿呀？

魏山河说，我看过一本杂志，上面登了条消息，说在辽宁的一座山里，发现日军一个军需仓库，藏的军靴都是左脚的，后来在附近又发现一个军需仓库，藏的军靴全都是右脚的。

牛大力接过话茬，你是说这山里还有个仓库，放着右脚的军靴?

王全盛说，这小日本鬼子简直太狡猾了。

忽然，小顺子喊起来，大叔，您快过来瞧，好像有人在这儿睡过觉。

田有走过去，见一摞箱子后面，横七竖八地铺着几件黄呢子大衣，上面明显有人躺过的痕迹，有件大衣卷了起来，当作枕头，旁边还倒着个锈迹斑斑的电石灯。田有伏下身，从“枕头”上捡起几根长长的银发，他思索片刻，叮嘱说，这里面的东西一件也不许拿，所有箱子都恢复成原样儿。

人们遵照田有的吩咐，把打开的箱子一一盖上，码放到原处，然后陆续钻出山洞。王全盛最后一个钻出来，回身拉下伪装门。

田有让灭掉所有火把，严令谁也不许说话。大家或蹲或坐隐蔽在伪装门不远的废巷道两侧。废巷道里一片漆黑，伸手不见五指。

牛大力在地上坐了会儿，肚子咕噜噜响起来，一侧身，放了个响屁，在寂静无比的废巷道里显得非常嘹亮，引得大家一阵嬉笑。

田有责骂道，牛大力，你妈的有屁也得给我憋着!

牛大力心里不服，可又不敢顶撞，有了屁也只能新媳妇放屁——零揪儿。

大约过了半个小时，从废巷道深处走来个白毛人，撩开垂在脸上的银发，露出一只眼睛，四下看了看，似乎放心了，抬起伪装门钻进去，回身又将门放下。白毛人走到箱子后面，摸摸索索拿起几件呢子大衣穿在身上，又翻找出一条皮带系在腰间，然后将一件呢子大衣铺在地上，将箱子里的罐头倒在上面。不用说，他是要逃离此地。忽然，伪装门吱扭扭地被抬起，照进一团团火光。白毛人赶紧躲了起来。

田有他们钻进洞口，来到箱子后面，看到当作枕头和铺在地上的黄呢子大衣不见了，却没发现白毛人的踪影。莫非这军需仓库还有其他地方可以出入？

田广和、魏山河把守在伪装门外，看见白毛人钻出洞口，不等他爬起来，就上前顺势按倒。白毛人不吭一声地拼命挣扎，田广和、魏山河死死按住不放。田广和喊道，爸，快出来，我们抓到白毛人了！

待田有闻声钻出洞口，田广和、魏山河已将白毛人从地上架了起来。白毛人依然无声地挣扎着，嘴里呼出的气将垂在脸上的银发吹得一扇一扇的。田有撩开白毛人的长长银发，一张清瘦的面孔露了出来，只见鼻子右侧明显长着一个很大的痦子，这不正是走失了十年的父亲吗！

田有悲切地喊道，爸，是您吗？我是田有，是您儿子！您还认识我吗？

白毛人继续挣扎着，对田有的话没有任何反应。

大哑巴、田广和各搀扶着白毛爷爷一只胳膊，小心谨慎地走出坍塌的洞口，来到山外。只见这老爷子长长的银发和白胡子盘在脖子后面，眼睛蒙着一块黑布，身上套了好几件黄呢子大衣，腰间扎着一条很宽的牛皮带，两只脚踏着都是左脚的翻毛军靴，看去活脱脱一个被俘的日本鬼子形象。

第二天早晨，当田有父亲田万山走出住屋，站在台阶上，再次亮相于正在院子里刷牙洗脸的淘金工面前时，由于相貌和装束变化极大，人们竟没认出这位是谁，如果没有鼻子右侧那个大痦子，还以为是从哪儿冒出来的黑社会老大呢。老爷子长长的银发不见了，脑袋剃得明明亮亮，白胡子也剪掉了，下巴刮得光光溜溜，鼻梁上架着一副大墨镜，穿一身中式白色便服，踏一双千层底黑布鞋，显得既幽默又滑稽。

侯子明刚要上前逗老爷子两句，田有随即跟出来，扶着父亲回屋吃早饭。

被解救出来近一整天了，老爷子始终粒米未进，滴水未沾。家里人把饭菜端到他眼前，他给打翻；将水杯递在他手里，他给摔碎。除了睡觉时发出轻微的呼噜，他连一声也不吭，更不会开口说话，智力甚至不如两三岁的孩子。

这也难怪，十年来，一直被困在与世隔绝、极度黑暗的废巷道里，无论谁也会变茶变呆变傻的。若不是田有他们追着金矿脉凿掌子，一次次打通废巷道，老爷子恐怕这辈子也别想重见天日了。

可再怎么呆傻，饭也该知道吃，水也该知道喝呀。这让田有急不得，恼不得，可又想不出什么好办法，总不能跟填鸭似的，捏着鼻子硬往嘴里灌吧？

一家人坐在炕上吃早饭。田有将一碗小米红豆粥端给父亲，老爷子理都不理。田有又给父亲碗里夹了些咸菜丝，老爷子看都不看。田有劝道，爸，您怎么不吃呀？尝尝，好吃着呢。老爷子呆呆地看着碗里的粥，就是不肯吃。

热闹儿将一双筷子塞进太爷手里。而老爷子却不知道这是用来吃饭的工具，将其插进后脖颈子里，一下下地挠着痒痒。田广和说，爷爷是不是不饿呀？史翠珍说，不可能，从昨天回到家，连一口饭也没吃呢。田凤芹说，再这么下去，就得送到医院输营养液了。

而老爷子在山洞里对食物的态度绝不是现在这样，田有清清楚楚地看见父亲赶跑小狐狸，用手抓着罐头盒里的猪蹄炖黄豆，三下五除二便吃光了。莫非父亲只认罐头，不认别的？

翠玲，咱家还有罐头吗？田有问。

王翠玲说，有，前两天刚买的。

转眼，王翠玲拿来一听撬开的豆豉鲮鱼罐头。老爷子看到罐头，眼睛顿时放光，一把夺过来，抓起鲮鱼就往嘴里送，吃得狼吞虎咽，噎得不断打嗝，末了又把豆豉和汤汁一股脑儿地倒进嘴里。然后，拿着空罐头盒向前一伸，似乎还想吃。田有灵机一动，将碗里的小米红豆粥倒进空罐头盒里。老爷子也不管是啥，仰起脖子，直灌嘴里。一家人都看呆了。

吃完饭，田有送上工的人们走出院子，对田广和说，一定要注意安全，时不时就叫叫金儿，测测含金量，中午我让凤芹给你们送饭去。田广和说，好，您就在家多陪我爷爷几天吧。田有又跟伙计们说，要是遇到啥事，你们哥儿几个多给广和出出主意。伙计们纷纷答应着，让把式头尽管放心。

史翠珍和王翠玲在堂屋里边刷碗边聊天。史翠珍说，我娘家妈活着时，从大队规模猪场买了两头猪崽儿，抱回家以后，猪崽儿渴得嗷嗷儿叫唤，可就是不会喝水。后来才知道，敢情这猪崽儿嘴对着水管子喝习惯了，换了盛水的家伙儿，死活不认。这不，咱爷爷也……还没说完，史翠珍发现王翠玲脸上的肌肉突然僵住了，转身一看，见公爹虎着脸站在门口台阶上，赶忙解释道，爸，我……我只是打个比方，没说爷爷是猪……不不不，不对，我说猪是爷爷……不等史翠珍语无伦次掰扯清楚，田有气得一甩手，走进住屋。

王翠玲捂着嘴巴强忍一会儿，终于还是笑喷了。

田有进了住屋，见父亲歪在炕上睡着了，均匀地打着呼噜。也许在暗无天日的废巷道里待得太久，老爷子早已昼夜不分，啥时困了，躺倒就睡。田有拿过一条棉被给父亲盖好，又拿过一个枕头垫着父亲脑袋，然后坐在炕沿上，凝神看着受尽磨难的父亲。忽然，老爷子猛地抽动了几下，似乎受到什么惊吓。田有猜想，父亲肯定是在做梦呢。

后来，田有带着父亲去看医生，听神经科专家介绍，别看老爷子醒着时糊里糊涂，但在梦里对身历的事情很可能是清醒的。

此时，老爷子梦见独自走进废巷道，去寻找传说中的日本鬼子留下的八百块金砖，忽然一脚踩空，险些掉进埋有利剑的深坑里，仔细一看，是个翻板陷阱。他还梦见，碰倒了一块形如竹笋的石头，当看到堵在岩壁的那块巨石开始晃悠，又迅速将竹笋石支在原地，避免了被“包饺子”的危险。他还梦见，脱掉衣服和鞋子，用塑料布将打火机和电石灯严严实实包裹起来，潜入 U 字形的水井里，发现井底那边另有一个井口。他还梦见，成群结队的蝙蝠呼啦啦飞来，扑灭了电石灯，而电石灯却怎么也点不着，反倒耗尽了打火机里的气体，原来忘记往铁罐里装乙炔石了。在纵横交错如蜘蛛网般的废巷道里，没有了照明，别说是两条腿的人，就是长着一双翅膀的鸟儿也休想飞出去。他在漆黑的世界里摸索了好几天，逢路就爬，是洞就钻，碰得头破血流，遍体鳞伤，直到饿晕了过去。当他醒来，发觉自己置身于一个军需仓库里，而仓库里有许多箱子，箱子里有他维持生存的罐头、白酒和蜂蜜，还有可以御寒的呢子大衣……

老爷子笑了，激灵一下子醒来。他翻身坐起，看看四周，一时不明白身在何处。田有端过一杯茶水，送到父亲嘴边。老爷子呆呆地看了看，如同用碗不会吃饭一样，也不知道用杯子喝水。田有发现父亲眼神转向板柜上的白酒瓶子，便过去拿来交给父亲。老爷子一口气喝光瓶子里所剩的二两多白酒，嚅动着嘴唇，做出还要喝的样子。田有将杯里的茶水倒进酒瓶子，老爷子咕咚咕咚几口就把茶水喝完了，然后冲田有傻傻地笑了笑，从喉咙里发出一阵唔唔的声音。

田有终于明白了，父亲吃饭时必须用罐头盒装，喝水时必须用酒瓶子盛。不然，他就不吃也不喝。这也许是他十年来吃罐头、喝白酒，用酒瓶子接废巷道天棚上渗下来的滴水而养成的习惯吧。

田有开始教父亲发音，啊。老爷子没有反应。田有又啊啊了几声。老爷子眼珠转了转，呆滞的眼神里有了些内容，随即发出短促的一声，啊。尽管很轻，也很嘶哑，但毕竟知道跟着人学了。田有受到鼓舞，又啊啊了几声。老爷子愣怔片刻，忽然来了情绪，不断啊啊着，一声接一声，一声比一声嗓门大，似乎要一直没完没了、无休无止地喊下去。

看到父亲疯癫的样子，田有心头一热，鼻子发酸，泪水不禁夺眶而出。

此后几天，老爷子不管早晚，不分场合，动不动就啊啊啊号上几声，好像蹩脚的京剧票友在吊嗓子，而且还是那种男扮女装的老旦发音，不知底细的人还以为田有家请来了唱戏的。这天晚上，老爷子盘腿坐在炕头，每啊啊一次就举起空酒瓶子往嘴里比画着灌一下，随后吧唧吧唧嘴巴，用舌头转着圈地舔舔双唇，似乎真的品尝到了美酒佳酿。其实，晚饭时，田有已给父亲喝了二两酒，这要是在走失前，老爷子肯定红头涨脸跟关公似的了。但如今，老爷子酒量大增，嗜酒如命，这无疑是军需仓库里小日本的清酒练就出来的。看着父亲一次次瞎比画，田有实在于心不忍，打开一瓶白酒，嘴对嘴地往父亲空酒瓶子里倒了些。老爷子仰起脖子，一口干掉。田有便又倒了点儿，老爷子又喝干了，连连啊啊着，意思还想喝。

田有摆手说，不能喝了，再喝就醉了。

趁田有不注意，老爷子一把抢过酒瓶子，咕咚咕咚灌了几口。

田有夺下酒瓶子，说，您要是再喝，就更糊涂了。

老爷子打了一个很响的酒嗝，随后含混不清地吐出两个字，糊——涂。

田有很惊喜，爸，您会说话了？您再说一遍！

老爷子顿了顿，糊涂。

作为奖励，田有给父亲倒了些酒。老爷子又一口喝干了，然后一遍遍地重复着那两个字，糊涂，糊涂，糊涂。

田凤芹拎着开水壶走进屋来灌暖瓶，听到爷爷会说话了，伸出大拇指像称赞小孩儿似的夸奖道，爷爷真棒！再接再厉，好好练习。

老爷子咧嘴笑了笑，露出几乎掉光了门牙的紫红牙床子，随即一股哈喇子顺着嘴角流下来。田凤芹赶紧掏出手绢，给爷爷擦干净。

老爷子又说了一句，糊涂。

田凤芹说，您在废巷道里待了十年，可不就憋糊涂了呗。

老爷子抬手指了指挂在北墙上的烫画葫芦。

田凤芹说，爷爷，您到底是说糊涂，还是说葫芦啊？

听女儿这么问，田有心里一怔，蹬着椅子摘下烫画葫芦，放在父亲面前，爸，您知道这是啥吗？

老爷子说了声，糊涂。

田有终于理解了，父亲说的“糊涂”，原来就是“葫芦”。

田凤芹灌完暖瓶，临出屋前嘟嘟哝哝地说，葫芦，糊涂，糊涂，葫芦，简直把人给闹糊涂了。

老爷子看着葫芦，张了张嘴巴，想说什么却说不出来。田有问，您想说啥呀爸？老爷子慢慢伸出拇指和食指，比画了一个“八”。田有又问，您是说八吗？老爷子吭哧瘪肚地说出两个字，八百。田有不解，八百是啥意思呀？

老爷子拿起田有的手指头，放在烫画葫芦上，沿着一条烫刻出的曲线徐徐滑动，依次划过平板石，划过竹笋石，划过马蹄石，最后指向一棵歪脖子树，重复着说，八百。

田有意识到什么，您说的八百，是指藏在金牛坨大山里的八百块金砖吗？

老爷子点点头，随即发出一阵傻笑。

田有仔细端详着烫刻在葫芦上的歪脖子树，忽然一切都明白了，藏有八百块金砖的金库，很可能就在这棵歪脖子树附近。

然而，田有万万没有想到，他们父子的举动和对话，被隐蔽在玻璃窗外的一个身影偷看并窃听到了。

午夜时分，淘金工们躺在炕上睡得死死的。王全盛故意重重咳嗽一声，不见有任何反应，悄悄爬了起来，光脚蹲在地上，打开他的手提包，从中拿出那双沾有泥巴的破皮鞋和一把锋利的匕首，撬开钉在鞋后跟儿上的胶皮掌。两只鞋后跟儿原来都是空的，里面各藏着一块鸽子蛋大小的金疙瘩。他拿出金疙瘩，装进衣兜里，回到炕上，钻入被窝。这时，牛大力翻了一下身，咚地放个响屁，似乎是欢送他即将离开这里的礼炮。

第十四章　还有四百块金砖不知道去向

一

早晨起来，王全盛向把式头请假，说把这几个月的工钱送回家，顺便瞧瞧老婆。田有同意了，并让他在家多住几天。侯子明逗着王全盛，说你应该把回家的主次理由倒过来，第一是瞧老婆，第二才是送工钱。王全盛笑着说，反正怎么都是那回事儿。

吃完早饭，王全盛简单收拾收拾就起程了。

出工时，田有一行人走在通向淘金谷的山路上。不知侯子明说了什么坏话，引起众怒，大家纷纷追他而去。这样，田有和魏山河便落在了最后。魏山河不经意地问，大叔，您对王全盛这个人怎么看？田有说，还不错，干活肯卖力气，不多说不少道，也挺能为我着想的。哎，你为啥忽然问起他？魏山河说，不为啥，随便问问。田有说，山河，你是不是有啥事不便告诉我？魏山河说，其实也没啥，您知道吗，他以前是个小老板。田有说，这个他跟我透露过，说厂子倒闭了，为躲债主纠缠，到我这儿来做工淘金儿。魏山河说，以后您对他最好多留个心眼儿。田有停住脚步说，你好像还瞒着啥吧？魏山河犹豫一下，终究没把在王全盛褥子里发现大金链子的事说出来。

田有让伙计们和哑巴儿子进山凿掌子，自己和广和来到金牛坨北山坡那棵歪脖子树下。田广和拍着龟裂的树干说，爸，这就是爷爷标注在烫画葫芦上的那棵歪脖子树。田有说，如果你爷爷指的没错，金库应该就在这下面。田广和有些疑惑，说，我爷爷糊里糊涂的，不会是随便一指吧？田有说，你爷爷在烫刻葫芦时，可一点儿也不糊涂。

忽然，田广和看见地上有几只死鸟，他仰头望望树枝，并没有发现什么异常。田有也觉得奇怪，用根木棍翻动着死鸟，每只死鸟都被蚂蚁蛀空了，只剩下一具具散架的骨骼和一团团凌乱的羽毛。看来，鸟死了已经不是一天两天了。

距歪脖子树几米远，就是丑子和大洋驴他们截头打绕儿凿的通道。父子俩进入通道口，走了二十多米，通道折个九十度弯儿往右拐去。这肯定是因为截到金矿脉，通道才改变了方向。当初要是一直向前凿下去，会不会就可以挖到藏有八百块金砖的金库呢？若果真如此，金库的位置离田有他们原来凿掌子的地点应该没有多远。

一双阴险而贪婪的眼睛看到田有父子从通道口走出来，赶忙缩回脑袋蹲下身，隐蔽在山坡一块大石头后面。

田有父子俩走进废巷道，七拐八拐来到一个掌子口，认出这就是为避免跟截头打绕儿的丑子和大洋驴他们争斗，而主动撤离的地方。忽然，不知从哪儿吹来一股邪风，两盏电石灯噗噗全都熄灭了，废巷道里顿时变得一片漆黑，只听田广和惊叫几声便没了动静。待田有摸摸索索找出打火机，重新点亮电石灯，见儿子广和已被绑在支撑天棚的一根木桩上，手脚动弹不得，嘴里塞着毛巾，王全盛将一把闪着寒光的匕首抵住他脖子。

田有一时惊呆了，王全盛，你……你想干什么？

王全盛原形毕露，恶狠狠地说，你帮我找到金库，我留你儿子一条活命，要不然，我先捅死他，再宰了你。

田广和嘴里的毛巾被塞得严严的，有话说不出，只得乱呜呜。

田有冷静下来，你到底是什么人？

到现在你不会还以为我是来做工淘金儿的吧？王全盛冷笑几声，亮明自己身份，实话告诉你，我杀了人，抢了财，到深山老峪躲着来了。

说着，王全盛扒开衣服，露出挂在脖子上的大金链子，又撸起袖子，露出戴在腕子上的一块金表，随后从衣兜里掏出两块鸽子蛋般大小的金疙瘩，说，这金疙瘩，你瞧着是不是有些眼熟啊？

田有一眼就认出来，这两块金疙瘩正是他卖给算命瞎子的。

买你私金儿的算命瞎子，被我拧断脖子，扔进枯井里。王全盛威胁说，你们爷儿俩要不想跟他一起见阎王，你就老老实实带我去找金库里的八百块金砖。

田有说，你休想！别说我不知道金库在哪儿，就是知道也不会告诉你。

你们俩的话我都听到了，金库就在歪脖子树底下的废巷道里，你立刻带我去找，不然你就给宝贝儿子收尸吧。王全盛说着，噗的一声将匕首刺向田广和的肋部。田广和疼得浑身颤动，脚下乱蹦，却喊叫不出来。

田有冲上去解救儿子，却被王全盛用匕首死死顶住喉咙。

王全盛冷笑道，你以为你儿子是啥好鸟儿吗？他瞒着你偷了一截儿金蛇蛇根儿，重量足有好几两，这你绝对想不到吧？

田广和呜呜着，虽不知说什么，但王全盛猜到一准儿是在骂他。王全盛推开田有，挥起匕首再次向田广和刺去。

田有大喊一声，等等！我带你去找金库。

早这么说，你儿子何必挨一刀啊。王全盛收回匕首，顶在田有腰上，说，那就请你带路吧。

田有只得屈从了，被王全盛押着向废巷道深处走去。废巷道里支支岔岔繁多，转来转去，又回到了原处。

王全盛警告说，你再要滑头瞎转悠，小心我一刀捅死你！

田有不声不响继续走着，用电石灯照向两侧岩壁和天棚，似乎真的在寻找金库。拐了一个弯，田有停住脚步，指着岩壁一个浅浅的凹洞说，你看是不是这儿？王全盛信以为真，上前查看。田有乘机猛地推了王全盛一把，王全盛趔趄了趔趄，双脚踩空，掉进翻板陷阱，随即传出一阵哭爹喊妈的惨叫。不用说，这是埋在井底的竹剑刺进他的肉里。这就是你贪得无厌的下场！随着田有的话音，陷阱翻板快速转动几圈之后，终于慢慢停了下来。

田有解救下儿子广和，给他包扎好伤口，又找来哑巴儿子和伙计们，把扎在竹剑上的王全盛从翻板陷阱里拉上来，五花大绑地带出废巷道。这时，大洋驴和几个佩枪的警察赶到了。田有以为女婿犯了啥事，后来才知道，原来他是带着警察来抓捕王全盛。

今天，大洋驴到银行卖金子，工作人员检测出金疙瘩里有假，大洋驴死活不承认，与人家争执起来，甚至动了拳脚，结果被扭送到城关派出所。警察将金疙瘩一锯两半，发现外表一层是金子，里面包着的却是银子，就像被切开的一枚熟鹌鹑蛋，所不同的是，蛋清部分是金黄，而蛋黄部分却是银灰。淘金人管这叫“金包银”，是专门用来蒙骗买私金儿贩子的。大洋驴傻了眼，知道丑子在炼金子时做了手脚，他和另外几个合伙人都被坑了，而丑子分给自己的那一块儿肯定是纯金的。警察了解到实情，教训大洋驴一番，便把他释放了。大洋驴走出派出所，心里骂道，丑子这个王八蛋，看我回家以后怎么跟你算账！忽然，他看到门口的公告栏里新贴出一张全国通缉令，并一眼就认出来，照片上这个名叫盛余的杀人犯，正是在老丈人家做工的王全盛！于是，大洋驴带着警察回了村。由于山路太窄，警车开不进淘金谷，只好停在山下沟口，警察搀扶着大洋驴来到山上。

咔嚓一声，王全盛——不，盛余腕子上多了副手铐，被警察押解走了。

当天晚上，大洋驴将合伙人召集到家，并请来老丈人田有，彻底清算丑子“金包银”的昧良心行为。

丑子自知理亏，抽了自己一个嘴巴，痛哭流涕地说，我狼心狗肺，我不该蒙骗大伙儿，要罚要打，你们爷儿几个瞧着办。

田有说，丑子，这要按老辈子淘金人的规矩，非得剁下你俩手指头不可！

大哥，兄弟知道错了，你替我跟大伙儿求求情，饶了我这一回吧。丑子说着，鸡啄米似的向每位合伙人鞠了一躬，保证以后再也不做对不起大家的事了。

俗话说，兔子不吃窝边草。田有杵着丑子脑门儿说，可你呢，连只兔子还不如！他们哥儿几个跟着你凿掌子，找矿砂，整天提心吊胆，脑袋拴在裤腰带上，你再怎么财迷，也不该用“金包银”这损招儿蒙骗他们。

丑子说，都怪我丧尽天良，财迷心窍，我不是人，我该死！

不过呢，坏事变成了好事，不然我姑爷也不会看见通缉令，警察也不会逮到那个叫盛余的杀人犯。田有对大家说，你们哥儿几个先放过丑子这一马，以后他如果再干出丢人现眼的事，别说是你们，我也饶不了他，你们看这样行不？

几个合伙人同意了田有的裁断，提出那几块“金包银”怎么处理。田有说，这好办，把丑子那块儿纯金疙瘩和你们这几块儿“金包银”，重新放到坩埚里炼一遍，你们每人平分一块儿。至此，这件事便算圆满解决。

说来，田广和命真够大的，肋部挨的那一刀，幸亏有皮带隔了一下，所以并无大碍，医生给他缝了五六针，让七天以后来医院拆线就行了。回到家，田广和把那一截金蛇根儿交给父亲，悔恨地说，爸，我对不住您。田有说，你这样做，不光对不住我，也对不住热闹儿，你作为一个父亲，见钱眼开，见利忘义，以后怎么教育好自己孩子？田广和低下头，羞愧难当。田有掂量着金蛇根儿，说，这东西，金光闪闪，沉甸甸的，确实珍贵，它能让人过上富足的日子，能做成首饰让人看着漂亮，可它也能让人发疯发狂，也能让人丧失做人的良心，这就看你经不经得住它的诱惑了。儿子，我们淘的是金，炼的可是心啊！田广和泪流满面地说，爸，您的话，我会记一辈子。

踏破铁鞋无觅处，得来全不费工夫。按照田有父亲在烫画葫芦上标注的大概方位，田有带着哑巴儿子和伙计们轻而易举就发现了金库。其实，说轻而易举，倒不如说人算不如天算。

这天，寻找金库的田有他们走累了，坐下来休息。不一会儿，大家抽烟和火把燃烧产生的烟雾在废巷道里越来越浓。田有发现，一股股烟雾被吸进岩壁下方一条韭菜叶宽的缝隙里，不禁好生奇怪。借助火把的光亮，他隐约看到岩壁上显出一个门的轮廓，筑在门上的水泥跟周围岩石颜色没有什么区别，与那个军需仓库的伪装门几乎如出一辙。田有把钢钎插入缝隙里，轻轻一撬，经过伪装的隐形门便升了起来，露出一个约五十厘米见方的黑洞。待钻进去才知道，这隐形门与军需仓库那道门，结构完全相同，附有铸铁配重。但跟军需仓库比，面积显然小多了，高度和宽度更像是一段巷道。在最里面的岩壁旁，整整齐齐码放着十几个木箱。撬开木箱一看，装的是翻毛军靴，而且全部都是右脚的。这就再次验证了魏山河在杂志上看到的那则消息，狡猾的日本鬼子绝不会把所有鸡蛋都放在一个篮子里。

侯子明说，这回左右脚的鞋都有了，咱们穿上神气神气。田有说，别废话，赶紧把这箱子运出去。

遵照把式头吩咐，人们往外搬木箱。这时，田有和魏山河几乎同时发现，被吸进来的烟雾并没有老老实实待在洞里，而是分成若干股钻入箱子之间的缝隙里。这又是为什么？难道还有足以将烟雾吸走的引力？搬开木箱，露出岩壁，一个伪装门的轮廓又显露出来，烟雾被隐形门四周的极小缝隙吸了进去，这说明里面还有一个空气对流的山洞。田有、魏山河交换了下眼神，过去轻轻一抬，隐形门便升了起来。

人们钻进门里，举着火把寻看，只见五六米高的穹顶斜上方，有一条很长的缝儿，弯弯曲曲，闪着亮光，就像定格在夜空里的一道闪电，烟雾顺着这道“闪电”被强有力地吸了出去。那么，烟雾为何从废巷道一直被抽到这里，也就不言自明了。

这个山洞的高矮与面积，与先前发现的那个军需仓库相差无几。洞中央码放着一垛方方正正的东西，上面蒙着落满尘土的军用帆布，大家似乎都已猜到军用帆布下面是什么了。田有刚要上前掀开帆布，眼尖的大哑巴一把拉住父亲，连啊啊带比画地指着那垛东西前面。田有这才看见，地面横着一条如头发丝细的钢丝，钢丝两端拴在埋入地下的两根铁钉上。田有小心翼翼地走过去，看清那垛东西四周围着一圈钢丝，每个拐角都有一截露出地面的铁钉作为支撑，就如同安装在楼顶上的避雷针。

魏山河提醒说，大叔多加小心，很可能埋着地雷。

田有命令大家马上撤离，从帆布兜子里拿出根尼龙绳，一头拴在钢丝上，一头攥在手里，倒退着钻出门去，又爬过第一道伪装门，躲在废巷道一侧，然后用力拉动手里的尼龙绳，随即从门里连续传出几声轰隆隆的爆炸声。

后来，听在山坡上放羊的一个老头说，随着脚下一阵剧烈颤动，从歪脖子树旁截头打绕儿留下的那个通道里，喷出一股裹有沙石的气浪，烟雾直插云霄，沙石四处飘落。

当人们再次钻进山洞，发现里面很亮，只见穹顶斜上方那一道“闪电”变成一个大窟窿，山外的一束亮光探照灯似的照射进来，未尽的硝烟正从这个大窟窿散了出去。然而，更让人惊呆的是，在山洞一角被地雷爆炸掀翻的木箱子后面，七横八竖地倒着五六具日本兵的遗骸，每个头骨上都戴有钢盔，怀里抱着三八大盖步枪。在这些遗骸面前，放着七八只涂着黑漆的铁桶，铁桶一面画着白色骷髅，一面印有“KCN”字母，而每只桶盖上都被戳了几个眼，有把匕首依然直挺挺地扎在桶盖上。

小顺子问，山河哥，这桶上的字母是啥意思呀？魏山河说，KCN，应该是氰化物的缩写，可以用于提炼金子。田有说，氰化物？那可是剧毒啊。魏山河分析说，这些鬼子兵肯定是被氰化物挥发出的毒气熏死的。侯子明说，看来他们像是集体自杀。牛大力说，死了活该，罪有应得。

人们掀开军用帆布，看到几十个铝皮箱子码放得整整齐齐。尽管早有心理准备，但打开箱子，仍让田有他们大吃一惊，里面装的全部都是金砖，一块块见棱见角，金光闪闪……

二

田有在金牛坨大山里找到了日本鬼子藏匿的金砖，这一消息像长了翅膀不胫而走。于是，不断有乡亲来找田有借钱，而且开口就在五位数以上，这个说想翻盖房子，那个说要娶儿媳妇，还有的说筹办果品加工厂。田有说，不是我驳各位面子，我真没那么多钱。乡亲说，你找到四百块金砖，还敢说没钱？田有说，找到四百块金砖这不假，可所有金砖都让警车拉走了，入了国库，你们又不是没看见。乡亲说，奖励总该是大大的吧？田有就坡下驴，说，上边倒是答应给我奖励了，但奖励多少，啥时奖励，谁也不知道。你们尽管放心，只要奖励一兑现，我立马借钱给大伙儿。

这天临近傍晚，王翠玲正准备抱柴火做饭，院门吱扭一声开了，走进一个长有满脸雀斑的女人。王翠玲一时没认出是谁，问道，你找谁？女人说，我找田广平。王翠玲又问，你找他干啥？女人扭捏着，不知如何回答。王翠玲打量一下，认出来人，顿时傻了眼，你……你是冯月？冯月说，是我，你叫王翠玲吧？

田凤芹闻声走出北房堂屋，看到从天而降的冯月，不由得惊呆了。她赶紧把二嫂史翠珍从屋子里喊出来，将王翠玲和冯月分别拉进屋子。

王翠玲哭着对田凤芹说，你大哥这块冰凉的石头，我好容易快给焐热了，冯月却回来了，我以后可怎么办呀？

就在昨天晚上，大哑巴依然不肯挨近王翠玲身子，尽管炕桌已不再是两个被窝的分水岭。王翠玲用书写的方式跟大哑巴交流，说，妈在临终前叮嘱过，让你好好照顾我，可你为啥对我还是不冷不热的？大哑巴要她等到结婚那一天。然而，冯月的出现，大哑巴还会和她结婚吗？

田凤芹安慰说，嫂子你别着急，这事总会有解决的办法。

王翠玲抹了一把眼泪，说，凤芹，别叫我嫂子，谁知道我能不能成为你嫂子啊。我这辈子的命太苦了，真不如一头撞墙死了呢。

嫂子你千万不能这么想。

不这么想，我还能有啥活路呀？

你相信我，田家人保证不会让你受委屈。

妈活着时也跟我这么说过，可到头来……王翠玲哽咽得说不下去了。

在史翠珍的追问下，冯月也终于坦露实情。原来，冯月的男人病死了倒是不假，但冯月和冯贵根本就不是堂兄妹，冯贵也不是他的真名，他叫赵贵。他绑架了冯月弟弟当作人质，逼迫冯月“放鹰儿”骗婚为他挣钱。后来，冯月找个机会逃离魔掌，到公安局告发了，警察逮捕了赵贵，救出了冯月的弟弟。

史翠珍问，那你为啥又回来？

自从认识了广平，我才知道什么叫爱，什么叫女人。冯月迟疑了一下，又说，我……我怀孕了。

史翠珍一惊，问道，这孩子，是……是谁的呀？

冯月坦然地说，当然是广平的。

史翠珍似乎有些怀疑，说，难道你跟冯贵，不，跟那个赵贵，就一点儿关系也没发生过？

咱们都是过来人，我不怕你笑话。冯月说，赵贵根本就没男人那个本事。

这时，热闹儿领着太爷爷走进来，看到冯月，疑惑地问，大妈，是你吗？

冯月说，热闹儿，是我。

热闹儿说，你还走吗？

不等冯月回答，热闹儿转身跑出屋子。

史翠珍喊道，热闹儿，你干啥去？

从院子里传来热闹儿的声音，我去告诉我哑巴大爷！

老爷子愣愣地看着冯月，一个劲儿地傻笑。

冯月问史翠珍，这老人家是谁呀？

史翠珍说，这是爷爷，迷失山洞里整整十年，前些天才找回来。

冯月又问，大妈呢，我怎么没看见她？

顿时，史翠珍眼圈红了，说，妈已经入土了。

冯月潸然泪下，说，我太对不住大妈了。

田有他们一行人收工回来，走在山路上。热闹儿满头大汗跑来，气喘吁吁地向哑巴大爷连说带比画，说冯月大妈回来了。

田有一愣，热闹儿你说啥？

热闹儿重复说，我冯月大妈回来了！

大哑巴明白了热闹儿的意思，撒丫子就跑。

田广和对父亲说，爸，王翠玲和我哑巴哥就要结婚了，这可怎么办呀？

田有没有回答，一筹莫展，他也不知道该怎么办才好。

大哑巴跑进家门，冲进父母住屋，一眼看到冯月，往事历历在目，记忆犹新。渐渐地，二人眼眶里都盈满了晶莹的泪花……

热闹儿和大丫头等几个小伙伴站在院门口，每人用竹竿高挑着一串噼啪作响的鞭炮。两扇院门上各贴着一个大红喜字，院子里扯起五颜六色的彩带，前来随份子喝喜酒的乡亲们围坐了五六桌，抽烟吃糖，说说笑笑，喜气洋洋，一场隆重热烈的婚礼即将举行。

侯子明手持干电池小喇叭，喊道，请大家静一静，静一静了！

人们停止了说笑，目光转向侯子明。

侯子明拿腔拿调，抑扬顿挫地说，各位来宾，良辰已到，结婚仪式，现在开始，请用热烈的掌声，欢迎新娘新郎入场！说着，侯子明按下收录机按钮，喇叭里立刻响起毛阿敏《不白活一回》的歌声。侯子明赶紧纠正道，对不起，对不起，磁带放反了。在人们的嬉笑声中，侯子明打开磁带盒，换到另一面，重新按下按钮，《婚礼进行曲》随即响了起来。侯子明说，我这主持人，是新媳妇上轿头一回，请大家谅解。好，我再说一遍，请用热烈的掌声，欢迎新娘新郎入场！

伴着热烈的掌声和欢快的乐曲，大哑巴和冯月从东厢房里走出来。冯月头上戴着一条田广平为她新买的红纱巾，这不由得让人想起他们经历过的磨难。

侯子明用小喇叭高声喊道，大家还得再鼓鼓掌，请另一对儿新郎新娘入场！

有人说，嘿，不是说大哑巴和冯月结婚吗，怎么还有一对儿呀？

话音未落，小顺子一手牵着父亲，一手牵着王翠玲，走出田有夫妇住屋。

人们发出一片惊叹，这是怎么回事呀？

这是田有为两个苦命人牵的红线。以后，小顺子父亲老邢就留在田家做工淘金儿了。

侯子明手里的小喇叭响起来，新郎新娘们注意，听我口令，一拜天地！

冯月拉着失聪的大哑巴的手，为的是让他跟自己动作一致。四位新人随着侯子明的口令，高高扬起脸，深深低下头，向天向地鞠躬。

侯子明又喊道，二拜高堂！

四位新人转过身，向并排坐在板凳上的田有和田万山老爷子鞠躬。

侯子明继续高喊，夫妻对拜！

大哑巴与冯月，老邢与王翠玲相互鞠躬。由于挨得太近，冯月和王翠玲两个圆圆的屁股碰到一起，引来人们一阵嬉笑。

侯子明说，在这大喜的日子里，我为两对儿新人特意献上我编写的一副对联，以此表示祝贺，请大家支棱起耳朵仔细听，然后再咂摸咂摸滋味儿。

牛大力催促着，别耍贫嘴了，猴子你就快说吧，啥对联呀？

侯子明清了清嗓子，一字一板地说，上联“老猎头使老枪弹无虚发”，下联“老瓶子装老酒度数更浓”，横批“温故知新”。

坐在酒桌旁的大洋驴喊了一声，好！够水平，有滋有味儿，还挺含蓄。

田凤兰拉了一把大洋驴，嘿，注意点儿你姑爷的身份。

田凤芹悄声骂道，这个坏猴子，啥时都忘不了冒坏水儿。

魏山河附和说，这就叫江山易改，本性难移。

喜宴开席了，新郎新娘们一桌一桌地轮流向人们敬酒。

丑子跟合伙人与另外几个乡亲围坐在一个桌子旁，边喝边吃边聊。丑子神神秘秘地透露，我听说，田有那四百块金砖的奖励，政府马上就要兑现了。一个满脸皱褶的老头问，哦，奖励多少？丑子说，国家有政策，发现地下文物和珍宝，最高奖励可达百分之二十五。老头掰着手指头掐算起来，四百块金砖的百分之二十五，是一百块，一块就按十斤算，一斤是五百克，十斤是五千克，一百个五千克，等于……等于……不行不行，我脑子不够使了。丑子说，手指头算不过来，您干脆脱下鞋，掰着脚指头算算。老头笑骂道，你爷爷才用脚指头算数呢。

这时，戴着大墨镜的田万山老爷子来到丑子他们餐桌前，举着始终不离手的酒瓶子，含糊不清地蹦出两个字，还有。

丑子等人端着酒杯站起来，纷纷说，还有，还有酒。

人们用酒杯碰了碰老爷子的酒瓶子，一饮而尽。

老爷子举着白酒瓶子走向另外一桌，嘴里不断叨叨着，还有，还有。

丑子觉得奇怪，这老爷子总是说还有还有，到底是啥意思？

一个合伙人说，他傻了吧唧的，能有啥意思呀？说他酒瓶子里还有酒呗。

沉了沉，丑子一语道破天机，老爷子不会是说，金牛坨大山里还藏有四百块金砖呢吧？

满脸皱褶的老头说，嘿，丑子你这么一说，还真有可能。传说日本鬼子在山里藏了八百块金砖，田有他们只找到四百块，还有四百块不知道去向了。

丑子说，是呀，日本鬼子连军靴都左右脚分开藏，更何况……

说到这儿，同桌十个人似乎都被这一大胆设想吓住了，一个个睁大眼睛。

丑子放下筷子站起身，说，你们慢慢喝着，我早走一步，到县城给我老妈抓药去，晚了人家药店该关门了。说完，即刻离席。

同桌人相互看了看，猜到丑子的名堂，纷纷借故离去。

田有喊道，酒还没喝好呢，怎么就走了？

人们谁也顾不上回答，头也不回地出了院门。

不一会儿工夫，刚才酒桌上的人们拿着大锤、钢钎、尖镐、铁锨等工具，争先恐后地奔走在通向金牛坨大山的小路上，寻找田有父亲所说“还有”的那四百块金砖去了。

几天以后，魏山河、田凤芹这两个对未来充满憧憬的年轻人，手挽手，肩并肩，迈着坚实的步伐，走出大山去闯世界了，从此开启了他们新的人生。

这天早晨，田有走进那个坍塌的洞口，将装满黄豆炖猪蹄的罐头盒放在石头堆旁。他对小狐狸心存感激，若不是这个小精灵引路，不定何时才能从废巷道里解救出父亲呢。所以他几乎天天喂给小狐狸一盒猪蹄炖黄豆，就算是一种回报吧。田有拿起昨天放在这里的罐头盒，听见哗啦一声，发现罐头盒里还剩有一粒黄豆，其他的都被小狐狸吃掉了。可转念又想，黄豆是熟的，怎么会发出金属般的声音呢？他捏起黄豆，掂了掂，觉得很沉，放嘴里用槽牙使劲一咬，吐在手心里，“黄豆”上留下清晰的牙印儿。

原来，这竟是一粒金豆子！

田有走出坍塌的洞口，仰脸望向空中，只见有一大群野鸽子，一会儿冲上云端，一会儿冲下山岗，在湛蓝湛蓝的天上自由自在地飞翔……

2019 年 11 月修订于德国帕德博恩

图书在版编目(CIP)数据

暗道 / 刘连书著. — 北京 ：中国文史出版社，2021.1

(跨度小说文库)

ISBN 978－7－5205－2069－0

Ⅰ. ①暗… Ⅱ. ①刘… Ⅲ. ①长篇小说－中国－当代 Ⅳ. ①I247.5

中国版本图书馆 CIP 数据核字(2020)第 102624 号

责任编辑：牟国煜

出版发行：**中国文史出版社**

社　　址：北京市海淀区西八里庄路 69 号院　邮编：100142

电　　话：010－81136606　81136602　81136603（发行部）

传　　真：010－81136655

印　　装：北京新华印刷有限公司

经　　销：全国新华书店

开　　本：720×1020　1/16

印　　张：20.75　　　字数：274 千字

版　　次：2021 年 1 月第 1 版

印　　次：2021 年 1 月第 1 次印刷

定　　价：68.00 元